从红月开始

Since the Red Moon Appeared

4

黑山老鬼 著

北京联合出版公司
Beijing United Publishing Co.,Ltd.

图书在版编目（CIP）数据

从红月开始. 4 / 黑山老鬼著. -- 北京：北京联合
出版公司, 2024.6（2024.6 重印）
ISBN 978-7-5596-7434-0

Ⅰ.①从… Ⅱ.①黑… Ⅲ.①幻想小说—中国—当代
Ⅳ.①1247.5

中国国家版本馆 CIP 数据核字 (2024) 第 074507 号

从红月开始. 4

作　　者：黑山老鬼　　　　　　出 品 人：赵红仕
责任编辑：徐　鹏　　　　　　　特约编辑：王周林
产品经理：路忆尘 Louis　　　　美术编辑：任尚洁
封面设计：别境 Lab　　　　　　封面插画：Cakypa

- -

北京联合出版公司出版
（北京市西城区德外大街 83 号楼 9 层　　100088）
北京联合天畅文化传播公司发行
天津中印联印务有限公司印刷　新华书店经销
字数 293 千字　710 毫米 × 1000 毫米　1/16　18.5 印张
2024 年 6 月第 1 版　2024 年 6 月第 2 次印刷
ISBN 978-7-5596-7434-0
定价：49.80 元

- -

公元前3年，汉哀帝时期，天下大旱。函谷关以东地区出现神秘事件，百姓集体陷入恐慌，弃田掷锄，皆手持禾秆或麻秆，称其为西王母之筹策，须递于皇宫。他们或披头散发，或赤臂光脚，晓宿夜行，奔波于路野田间，相互传递。各地官府或抓或压或打，意图阻止，却无济于事。数千禾秆、麻秆经历二十六郡、国，最终送入京师，放在汉哀帝面前。

　　此后，百姓皆在巷弄田间歌舞诵经，祭祀西王母，直至秋天，方大梦初醒。（见于《汉书》《资治通鉴》等）

　　1518年，欧洲罗马斯特拉斯堡爆发"跳舞瘟疫"。初时有一女子忽于大街上起舞狂欢，引人驻足。后陆续有人加入，随之跳舞，经夜不休。一天后，舞者达到三十四人；三天后，舞者达四百余人。当地官员请来医者问询，却无策可施。甚至有多名医者及士兵加入舞蹈，跳舞数日，累死方休。一个月后，一城之人有近半死于疯狂舞蹈。

　　1960年，美国马萨诸塞州发生稻草人事件。新英格兰高地麦田中出现一具稻草人，制成者不详。凡看到稻草人眼睛之人，皆木立当场，形容呆滞，身体僵直。看到僵立之人者同样出现类似症状。一日之内，此情形蔓延整个州市，后出动州警、军队，结果不详。

2005年，东京涩谷区一中学之学生午休时集体梦见红眼蜘蛛，引发恐慌。后学生开始出现肢体扭曲、眉眼歪斜、手脚纠缠等症状。专家了解后称此现象为群体性癔症引发的肌体痉挛。翌日，学校发生煤气爆炸，摧毁多栋学舍，伤亡不详，幸存者不详！

2030年，红月亮事件发生！

前情提要

　　为解决一起特殊污染事件，并参加精神能力者培训会，陆辛首次前往青港主城。没想到，他到主城的第一个任务竟是做精神能力者娃娃的"保姆"。

　　在调查那起特殊污染事件的过程中，他逐渐发现这一切都是海上国的夺权阴谋。海上国释放了最强精神能力者——红衣使徒，整座城市怪物横行，场景如同"百鬼夜行"。为了应对红衣使徒恐怖的力量，陆辛不得不提前进入精神能力者的第二阶段。最终，他与家人一道击溃了红衣使徒。同时，他利用红衣使徒的能力，揭开了自己记忆的一角，并在家中一份尘封的文件里找到了揭开自己身世之谜的线索。

　　为此，他决定穿越荒野，前往中心城。在荒野上，他遇到了一名因被欺侮而化身为恶女的舞者，遇到了一棵会让人陷入鬼打墙并上吊自杀的诡异树木。与一支运输车队同行时，他遭遇了恐怖的神之大脑三号实验体。

　　然而，最令陆辛难解的是发生在车队头领高婷身上的诡异现象，她的头和身体竟然彼此厌恶。陆辛决定帮她向有关部门举报……

目录

CONTENTS

第一章

地狱小组

"我都说了帮她，怎么没点反应呢？"

望着高婷离开的方向，陆辛嘟囔了一句。他只希望，当那个欺负她的人被举报之后，她能够消除心结，对自己的身体好一些。毕竟，她冲向那只大脑状怪物的样子真的挺好看的。

摇了摇头，他低头继续在笔记本上写写画画，计算着如何减少成本。因为是私人委托，所以他没办法找特清部报销……但或许找韩冰钻钻漏洞，能报一点。机械狗装弹的钱，特清部应该能结算……不是他浪费，是这只狗天生就是浪费的脾气呀——机械狗的设计是有缺陷的，无法准确辨识目标的生命体征。所以，为了防止那种"被打倒的对手装死，冷不丁爬起来给正义的一方来一刀"的桥段出现，特清部的研发部门特意给它设计了一旦锁定目标就直接将库存子弹打完的程序。也就是说，在重新装弹之前，机械狗算是没办法再发挥作用了。

有微风从身边轻轻吹了过去，陆辛心里有所察觉，转过身去，看到了妈妈。

妈妈穿着白色的小礼服，上面有着大片的红色花纹，像玫瑰一般。这种衣服一般人穿着肯定会显得艳俗，偏偏她穿在身上就显得又优雅又有气质。宽边小礼帽遮住了她的大半张脸，陆辛只能看到她鲜艳的红唇。

"想去走走吗？"妈妈笑着向陆辛伸出了手。

"好的！"陆辛点点头，抓住妈妈的手，站了起来。

荒野的红月之下，两人并肩而行，慢慢向白塔镇走去。因为急于休整，车队在白塔镇的十里外扎了营。

走到一座高坡上，陆辛放眼看去，看到了那座废弃城市。此时是晚上，薄雾却比白天少，可以隐约看到参差的建筑。

"你看一下这个。"妈妈从自己的小挎包里拿出一份厚厚的文件。

陆辛注意到，文件的封面上染了一些血渍。他不动声色地接过文件，借着月光看去，只见封面上印着"绝密"两个字，还有整整齐齐的铅字"神之躯体培育计划——第三阶段启动项"。他暗暗记下，然后打开文件，看了一眼里面的内容——都是密密麻麻的公式，还有一些关于脑部构造的图片。他看不懂，于是合上文件，拿在手里，好奇地问道："这是什么？"

"我在城里逛街的时候捡到的，"妈妈笑着道，"或许与你们今天遇到的东西有关。"

"原来妈妈只是去逛街了吗？"陆辛眯着眼睛笑了笑，并没有多说什么，转而问道，"今天那究竟是什么东西？"

"是一些很诱人，但不该出现的东西。就连我也没有想到，已经有人可以做到这一步了。这说明他们真的挺大胆，而且水平不差。既然他们已经开始设计这种有关第三阶段的东西，我想，或许在某种东西的研究上，他们已经迈出很大的一步了……"

"第三阶段吗？"陆辛心想，自己才第二阶段，按理说，第三阶段的怪物应该挺厉害的，但今天遇到的那只似乎也没多可怕。

妈妈似乎看穿了陆辛的想法，微笑着看向他："你觉得那东西是什么？"

陆辛道："怪物。"顿了顿，他又道，"真实的怪物。"

大脑状怪物给陆辛的第一个印象便是它是实体的。他遇到的精神怪物很多，实体的却很少。另外就是，大脑状怪物可以影响到疯子，甚至给予疯子某种思维与意志。在距离比较近的情况下，它也可以影响到普通人，甚至是他。这种影响比一般的污染源要强烈，毕竟它影响了他足足五秒。只是，这么强烈的污染能力，如果只是用来影响疯子的话……

"或许那不是影响疯子，"妈妈看着他，高深莫测地笑道，"而是制造疯子……"

陆辛怔了一下，脑海里浮现出那些疯子的样子。它们的身体都很强壮，与平时在荒野上遇到的瘦得干巴巴的，风一吹就倒的"珍稀动物"不同。它们都穿着统一的衣物——一种结实的蓝色连体衣。它们对子弹的畏惧更明显。如果这些疯子都是从普通人转化过来的……想到这里，他不由得捆了一下嘴。

"你打算怎么处理？"看到陆辛的表情，妈妈脸上的笑容更优雅了。

"当然是把他们找出来了。"陆辛轻声回答，"这种不道德的事，一定要严查的。"

"那就好。"妈妈点了点头，"另外，既然发现了这件事，我就得去看看老朋友了。我需要知道他们的研究到什么程度了。所以，中心城的事情，就靠你多努力了哦。"

"你要走吗？"陆辛一愣，抬头看了一眼妈妈，眼神里有很多东西。他脚下的影子也微微动了动。

"就是出趟门，几天时间而已。"妈妈笑着瞥了影子一眼，然后看向陆辛，"你这么大的人了，还离不开妈妈吗？了解了情况，或是你遇到了危险，我就回来了。"

"……"

妈妈轻轻抬手，抚摸了一下陆辛的脸，又笑道："我不在的时候，你一定要照顾好你父亲和妹妹哦！你现在长大了，能够欺负你的人不多了，但是，遇到与第三阶段有关的怪物，或是和青港城的人提到过的十三种特殊精神体有关的事时，还是要小心一些……"

"小心……"陆辛疑惑地问，"小心什么呢？"

妈妈的笑容变得有些玩味，眼睛微微发亮："当然是小心地控制自己的脾气，不要把事情做得太过火呀……"

"妈妈说的肯定不是我，我脾气一直都挺好的……"陆辛心想。他想了一会儿，理清了思路，抬头笑道："我会努力照顾好家人，等你回来的。你说得对，我确实长大了。那么，你也该告诉我一些事了吧？"

"嗯？"妈妈的目光轻轻地落在陆辛的脸上，"你想知道什么？"

陆辛缓缓地问道："那十三种特殊精神体……都是什么？"

妈妈看着陆辛，笑容不变。

陆辛继续发问："他们说眼镜狗是十三种特殊精神体之一，是从那幅画里抽取出来的，它可以吞噬我的负面情绪，还能用来对付那只丑陋的怪物……我想知道，它究竟算是什么？"

"不同的人看问题的角度是不一样的。"妈妈顿了一下，轻声回答，"它之前寄生的那幅画叫作《红月的凝视》，所以青港城的人给了它一个'凝视'的代号。但我想，或许我们可以理解得更直观一点，叫作'混乱'。"

陆辛微一迟疑，接着问道："父亲呢？又属于什么？"

脚下的影子晃动得更明显了。

妈妈意味深长道："这一点，你不应该比我更清楚吗？"

"那么……"陆辛点点头，又鼓足勇气问道，"你呢？"

妈妈平静地看着他，良久，才忽然笑了起来。她没有回答这个问题，而是拎着自己的小挎包，慢慢转身离去。走了几步，她忽然又回过头，轻笑道："对了，要搞清楚是谁在做那些事，可以从这支车队下手哦……"

"妈妈还是把我当小孩子。"陆辛无奈地摇了摇头。

陆辛走回营地时，嘴角还带着淡淡的笑意。他当然知道，如果要查那些事，应该从车队下手。这支车队怎么会这么巧，偏偏赶在这个时候，不得不改道进入白塔镇呢？恐怕这些疯子背后的操纵者盯上的不仅仅是车队的人，还包括他们的货吧！

陆辛慢慢地想着这些问题，走到摩托车旁，取出信号接收器和卫星电话。这次他捣鼓得熟练了一些，很快就给韩冰拨了过去。

"晚上好，单兵先生……"韩冰的声音模糊不清，但还是很好听。

"你在吃什么？"

"草莓……我妈买的，还没完全熟，有点酸，但很好吃。"电话里传来咀嚼声。

陆辛嘴巴里流出来一点口水，忙转移话题道："之前调查的事有结果了。"

"真的吗？"韩冰有些惊喜，"你怎么调查出来的？"

"调查目标直接告诉我的。"

韩冰愣了一下，笑道："我必须得承认，这好像一直是单兵先生的风格。"

陆辛仔细回想了一下，有些不好意思地笑了。"不过，她这种情况不像是一般的污染，应该说是她的精神受到了创伤，所以引发了一定程度的异变。我观察过她，她现在甚至还不能算是精神能力者。"

"呼……那太好了。"韩冰似乎微微松了一口气，然后电话里又传来了咀嚼的声音。

"我晚饭都还没吃呢，你就一直吃草莓，吃得还这么香……"陆辛在心里嘀咕着。

其实他并不是真的介意，他能感受到，韩冰在他面前越来越放松了。这让他感觉很好，也是他越来越喜欢给韩冰而不是陈菁打电话的原因之一。

"另外呢，我在调查高婷的过程中遇到了一件事。"陆辛笑着道，"我们遇到了一些疯子，还有一只古怪的大脑状怪物，它可以控制疯子。"

"哦……"韩冰顺口答应着，津津有味地嚼着草莓，声音忽然一扬，"什么？！"

陆辛被她吓了一跳，结结巴巴道："一只……一只可以控制疯子的大脑状怪物啊……"

韩冰清了清嗓子，急忙问道："具体……具体是怎么回事？"

"哦，是这样的，因为泥石流冲垮了一座桥，所以车队只好从一个叫白塔镇的废弃城市穿过。没想到城里藏了很多疯子，不仅会咆哮，扑击活人，甚至还会发出冷笑声……我听到有小提琴声在控制它们，就一路找过去，遇到了一只大脑状怪物……对，已经解决了……疯子和那只可怕的怪物都解决了，挺吓人的……我还捡到了一份文件，关于第三阶段神之躯体打造计划什么的……感觉挺严重的，所以跟你说一声。"

"这……"韩冰的声音微微发颤，"这这这这……这何止是严重啊！"

"呜——"

挂着"核弹随时会爆！我们在拯救世界！""不要怕加班，报销打车费"等标语的应急信息处理办公室里忽然响起了紧张的警报声，所有正喝着咖啡、玩着游戏的工作人员都慌忙抬起头来，脸上带着难以置信的表情。

"紧急通报！紧急通报！紧急通报！单兵在白塔镇发现了禁忌实验室！初步怀疑与第三阶段神之躯体打造有关……立即汇报陈大校，制定应急方案……"

所有人闻言，慌忙放下咖啡，关掉蜘蛛纸牌游戏界面。

有人无奈地嘟囔着："他是怎么做到出去两天就遇到这么大一件事的？"

韩冰坚持让陆辛别挂掉电话，更别收起信号接收器，不然人在荒野之中的陆辛很可能会彻底失去联系。"单兵先生，事态非常紧急。"五分钟后，她的声音再次响起，"针对这件事，我们会制订一份周密的应对计划，但是现在需要单兵先生做一件事。"

陆辛听她说得郑重，顿时紧张起来："什么？"

"立刻带领那支车队离开白塔镇，越远越好，以最快速度赶到中心城。"

陆辛微一皱眉，问道："为什么？"

"虽然我们现在还无法知道那具体是什么实验，但是，能够进行这么庞大的实验的，一定是非常强大且有实力的势力。实验体被毁，他们一定会在最短时间内得到消息。我们猜想，他们接下来会做的只有两件事：第一，销毁证据；第二，杀人灭口！这种禁忌实验是联盟明文规定禁止的，无论进行这种实验的势力多么强大，都不会希望此事被人知晓。我甚至怀疑，单兵先生和那支车队再不离开，随时可能会有一枚导弹落到你们头上。"

陆辛一下子警惕起来，抬头看了一眼夜空。一道白芒划过天际……还好，只是流星而已。他意识到，自己好像确实把这件事想简单了。他就没想到导弹这一茬……

"好，我明白了。"陆辛点头答应，约好了再度通话的时间，便立刻回到了营地之中。

"小陆哥，吃点东西吧，给你放了一大块肉……"

小周端着一个不锈钢小盆，眼巴巴地等着陆辛过去。老周也拿出了珍藏的老白干。

"没时间吃了，快收起来。"陆辛跟他们说了一句，就急匆匆地走到高婷的帐篷前，扯开帘子。

正拿着碘酒往肩膀上擦的高婷吃了一惊，下意识拉起衣服遮住肩膀，有些惊讶地抬头看着陆辛。陆辛心里想着"我什么没见过"，嘴上着急地道："立刻组织车队启程，以最快的速度赶到中心城！到了人多的地方，才最有可能保证我们的安全。"

高婷愣了一下才道："你的意思是……"

陆辛向她点了点头，又合上了帘子。

帐篷里面，高婷想了一会儿，脸色忽然一变，猛地钻出了帘子。

随即，紧急的哨声响了起来，整个车队陷入了一片忙碌之中。

"怎么可能？他才出去了两天！这样的实验室就算真的存在，难道不懂得做保密工作吗？这么容易就能被人发现？"

听着沈部长的怒吼，刚刚翻看了韩冰的紧急报告的白教授笑了笑，道："也许不是对方不小心，只是阴谋早晚会有败露的一天而已。以单兵的身份，发现这种事不是很合理吗？"

"……"

"当务之急是让单兵与那支见证了这件事的车队赶往中心城。本来让他们来到青港城，受到我们的保护，才是最好的选择，但如今他们距离中心城更近，而且中心城周围有大量聚集点，他们可以更快地进入人口密集区域，这样更容易让那股势力投鼠忌器。"

"问题在于，中心城的办事处人员恐怕并不足以应付这样的大型事件。"

"没关系，我们可以考虑组织一批支援人手过去。"

在荒野上跑运输的人一般不会选择夜里赶路，因为担心遇到未知的凶险。但在高婷的命令之下，一群刚刚经历了一场大难的老司机还是拿出自己彪悍的劲头来，立刻熄灭了篝火，分配了人手，各就各位。

很快，红月之下，一辆辆大货车驶出营地，进入了大路。高婷亲自驾着头车，走在第一的位置，负责带路与控制速度。老周的车则行驶在最后，负责压阵。小周被安排到一辆空缺司机的车里，跑到中间去了。车队披星戴月，向中心城进发。

"眼镜！地图。"陆辛调出前往中心城的路线图，扫了一眼，心里就有数了。从白塔镇到中心城还有六百多公里的路，按路况来看，这支车队差不多要走两天多。不过，从地图上看，中心城周围几百里内都分布着大量绿色的聚集点。这是因为中心城名气很大，秩序也好，吸引了很多流浪者过去，哪怕不进城，也会在周围的城镇定居。也就是说，其实走上一天，他们就能够进入"有人"的区域了。

在荒野上遇到陌生人是一件危险的事，但有时也会让人感觉安心。

当长蛇一般的车队顺着大路远去之后，整个白塔镇及其周边便再度陷入了安静之中。只有城外营地里的篝火还有些微的火星，有风吹来，火星微微一闪，便迅速熄灭了。

红月静静地高悬着，照着这座城市。不时有零星的嘶吼声响起，回荡在这片沉默的大地上。

不知过了多久，远处有螺旋桨声划破了沉默，明亮的灯光撕裂了深沉的黑暗。有两架直升机落在白塔镇外一片隐秘的停机坪上，一队武装战士冲了下来。全员警戒，簇拥着一个穿着西装的男人，大步进入了白塔镇。

这里的一切都让他们感觉困惑与可怕。他们看到了那些身体扭曲、面目僵硬诡异的疯子，也看到了地上的一摊摊血迹。当通过一条隐秘通道进入那个禁忌实验室的时候，他们都不由得倒吸了一口凉气。

整个实验室里没有任何活物。大片的鲜血喷洒在墙壁上，随处可以看到空洞干涸的眼睛。即便是身经百战、心理素质极强的他们站在这个实验室里，也生出了一种来到血腥地狱的感觉。

"是谁做的？究竟是什么人或东西，才能在这么短的时间内杀光整个实验室的人，让他们都来不及传递出消息？"

当穿着西装的男人微微咬着牙，发出这个疑问时，几名武装战士已经迅速检查了几个地方，然后快速回到他身边汇报："安保系统没有损坏，实验室没有受到入侵的痕迹，但这里面的人……"

穿着西装的男人挥了一下手："跟我来。"

在武装战士的簇拥下，他很快来到一间设置了防盗系统的办公室前，取出门禁卡，打开了门。他看了一眼办公室里仍然闪烁着蓝光的电脑屏幕，径直走向保险柜。打开保险柜后，他深吸了一口气："秘密泄露了。"

很快，一通加密电话拨到了一间装修豪华的会议室里。有几个人早就在这间没有开灯的会议室里坐着了，他们沉默地等待着，像一尊尊雕塑。电话响了三声，才有人抬手按下了外放键，一个略显焦急的男声回响在会议室内："白塔镇实验基地已被毁灭，入侵者不详，入侵方式不详，无幸存者。核心机密已流失。监控硬盘被毁，无法调取监控，技术人员正设法恢复。目前唯一能确定的便是此事与之前准备的'材料'有关。通过城外的痕迹，确认'材料'已连夜动身赶往中心城。"

听完汇报，其中一人伸手将电话挂断，然后细声细语地问道："该派谁过去处理？"

"能够在我们毫无反应时间的情况下毁掉整个实验室的人，一定不会简单。怀疑对方起码是S级精神能力者，甚至是稳定的第二阶段精神能力者。"

会议室里有人的身体不自然地动了动。

过了半晌，黑暗里终于有一个人冷静地开口道："派地狱小组过去吧。"

"整个地狱小组吗？还是地狱小组的某个成员？"

"婴、迷藏、心魔……整支小组都派过去。我们需要保证他们的任务万无一失。不要给对手做准备的时间。基地毁了没什么，一定不能引发大的变故。"

意见很快统一，其中四人默默起身，通过不同的门悄然离开了。这几人都把自己保护得很好，不仅戴了兜帽、面具，而且有人的鞋底也特意加厚了，以免被人记住自己的身高。

四人全部离开之后，会议室里就剩了一个人。他沉默地坐了很久，慢慢拿出一根烟叼在嘴上，缓缓点燃。火光照亮了他清秀的面孔、微皱的眉头，还有泛着微光的金丝边眼镜。

当车队拐过一条绕过山脚的大路，看到那坐落在平原上的高墙时，所有人都松了一口气。他们在路上行驶了整整一天，终于在夜幕即将降临的时候来到了中心城外。说起来，他们非常幸运，这样不寻常地急行，居然没人掉队，也没遇到什么危险。当然，经过整整一天，这些本就神经紧绷的老司机早已经疲惫不堪了。

"呜——"

有尖锐的哨声响了起来，孙狗子骑着摩托车从前面向后驶来，一边吹哨，一边扯着嗓子大喊："车头说了，大家都加把劲，赶在八点钢铁吊桥收起之前进入七号卫星城。都打起精神来，进城后再休息，好酒好菜还有热水都等着呢，千万不要在最后时刻掉链子……"

"醒醒，马上到了……"陆辛闻言，摇醒了老周。

老周毕竟上了年纪，有点顶不住了，于是陆辛就大胆地在中途替换了他，帮着开了这最后一段路。结果还不赖，他发现自己居然开得稳稳的，只是偶尔需要借用一下妹妹的能力来化解危机。三四个小时，也就借了七八回……他心想，看样子，自己还挺有开大货车的潜质呢！也许以后特清部用不着他了，他还能出来跑运输。

"哦哦……"打着鼾的老周一下子惊醒，急忙揉着眼睛坐了起来，"十分钟时间到了吗？"

"你都睡了三个多小时了……"陆辛鄙视地看了他一眼，放缓车速，好让老周接过方向盘。两个男人以一种稍显尴尬的姿势调换了座位，各自长长地松了一口气。

"入城后应该就安全了吧？"

陆辛拿出笔记本记了一笔，然后默默地思索着。入城之后，他就可以联系办事处人员了。青港城那边针对这件事的方案估计很快就会做好，并且实行。

虽然根据韩冰的分析，白塔镇幕后的人肯定不会善罢甘休，别说他们进入了卫星城，哪怕是进入了中心城主城，对方也一定会动手，但陆辛还是安心了许多。韩冰在电话里是这样跟他说的：只要入了城，对方就不可能动用大规模的杀伤性武器，或是武装力量来试图灭口。那么，对方如果不肯放弃的话，就只会出动精神能力者……这样一来，就有好戏看了！

和青港城一样，中心城的卫星城查得并没有主城那么严。因为每隔一段时间车队就会过来送货，所以人人都办有通行证，如今他们手上的通行证甚至比他们的人数还多。

陆辛则持有正式的青港城证件，别说入城了，在中心城办理小额贷款都行。不过，和青港城一样，进入中心城的卫星城必须经历一个特殊的环节，那就是交出武器。

无论是青港城还是中心城，无论是主城还是卫星城，持枪械进入高墙之内都是绝对不被允许的事。作为常年跑大货的人，高婷他们自然了解这些规矩，早在入城之前就有人骑摩托车过来收走了所有的枪械。这些枪械会送到城外的某个寄存点，出城时再领取。一些好的寄存点甚至会提供弹药补充以及枪械保养等服务，这算是红月之后兴起的一种新型服务行业。

陆辛心疼地将自己的枪交了出去，与高婷等人的枪械放在一起。不过，他只交了枪和普通子弹，将特殊子弹偷偷藏了起来。这玩意儿太贵了，他不放心交给别人。

当大卡车一辆一辆驶入七号卫星城时，已经晚上七点了。高婷带队，一溜卡车直奔城内一家汽车旅店。这是专门为他们这些跑荒野运输的车队准备的，里面有大面积的停车场、各类客房、餐食与热水，周围还坐落着大大小小的按摩店与洗头店。

一群老司机接近两天没睡，早就已经困倦得不行了，车一停下就有趴在方向盘上打盹的了。只有高婷和老周、孙狗子等人强睁着满是血丝的眼睛，过去办登记，要房间，要吃食。

老周鄙视地看了一眼那些累得不想动弹的老司机："这些人身子骨就是不行啊……看咱，快五十岁的人了，精神头儿多好！"

陆辛："……"

定好房间，孙狗子吹响哨子，叫醒困倦的老司机们："都起来，车头说了，先吃点东西，洗洗脚，然后再回房间睡。"

即使是汽车旅店房间也有限，再加上车队要节省开支，因此房间要得不多。大多数司机都只能在大通铺里挤着睡，比较有身份的才能睡带卫生间的标准间。陆辛就分到了一个比较高档的标准间，不过得跟老周和小周一起睡。这也没办法，他不跟这叔侄俩睡，就只能跟高婷住一个房间了。他权衡了一下，觉得还是跟他们俩住一个房间安全点。

"叔叔，我不想跟你一起睡……"

小周是年轻人，身体比较好，两天没睡，这时候还挺有精神，稀里呼噜吃了一小盆旅店提供的白菜猪肉炖粉条，再加上四个馒头，还咕咚咚地喝了两瓶啤酒。到了睡觉的时候，他才有些嫌弃地看着自己的叔叔，道："跟你挤一张床睡不着，和你一头的话，你晚上睡觉磨牙又打呼噜；不跟你睡一头的话，你还不洗脚，熏得我头晕……"说着，他一脸期待地看向从卫生间里走出来的陆辛："小陆哥，我跟你挤一张床好不好？"

刚刚洗完澡的陆辛闻言，一脸尴尬。"不好。"他无情地拒绝了小周，然后拿着自己的背包出门了。

虽然才晚上九点钟左右，但汽车旅店里已经非常安静了。吃完饭，老司机们要么跑去洗头解乏了，要么已经睡下了。

确定了周围没有人，陆辛拨出了一个电话号码。

"你好，蓝风筝宠物商店……"电话里很快响起了一个男人的声音，非常平静，很有磁性。

陆辛依着韩冰给的暗号，压低声音道："你们那里有猫吗？不掉毛那种。"

对方顿了一下，道："正经猫怎么能不掉毛？"

"正经人能养掉毛的猫？"

"越是正经的猫越掉毛。"

"那是我不够正经？"

"……"电话那头的声音停顿了一会儿，换了一种语气，"是单兵先生吗？"

陆辛笑了，忙回道："是我，是我。"

电话那头的男人道："单兵先生，你的电话号码青港城那边已经告诉我了。我是正经的驻中心城办事处人员，不是间谍，那个暗号也是突发情况下才用的。"

陆辛有些尴尬："主要是我还没试过打电话的时候对暗号……"

"现在你试过了……"对方道，"单兵先生，你到达中心城了吗？"

"对。我现在住在七号卫星城的一个旅店里。"

"好的。青港城已经通知我了，我会负责帮你打理在中心城的事宜，并且接收你在路上……捡到的那份文件，对这份文件及你遇到的事做初步的评估。城际高速列车已经停运了，我得明天才能过去找你。今天晚上你一定要小心。"

陆辛好奇道："还真会有人找过来？"

"不确定。但我需要告诉你的是，当我们青港城的特遣小队赶去白塔镇收集证据的时候，整个白塔镇已经被一场大火烧毁了……"

"嗯？"陆辛心生警惕。从车队离开白塔镇到抵达中心城，一共也才过去了一天时间，在这么短的时间里，对方就把白塔镇清理干净了？动作很迅速，实力也很雄厚啊。他想了一会儿，道："知道了，我会小心的。"他给对方报了旅店的名字，以及房间号，然后挂断电话往回走。

这时候，老周和小周都已经睡着了，两个人的呼噜都打得震天响，只有孙狗子还坐在走廊长椅上守夜。

看到陆辛，孙狗子不免有些尴尬，欠了欠身子，却不知道该说什么。之前在白塔镇时，他怀疑过陆辛，这事还没说开。

"辛苦了。"陆辛向他点了点头，抬头看向天花板，"今天晚上一定要看好呀……说不定会出事，有你看着大家才放心！"

"啊？"孙狗子听了，脸色有些错愕，旋即露出激动的表情，急忙站了起来，"陆……陆小哥，你放心，有我守着，大家都可以好好地睡个觉！"

"嗯？"陆辛看了他一眼，"哦。"

陆辛心想，男人就是这么容易被感动，明明他是在跟天花板上的妹妹说话，孙狗子却一脸激动得快哭出来的样子。

"好的，麻烦你了。"陆辛又向他点了点头，然后笑着看了吊着的妹妹一眼，转身走回了房间里。床是硬板床，被子还有些馊味，但在荒野上对付了好几天的陆辛已经很满足了。

第二天七点钟，陆辛准时醒了过来，浑身骨头咔咔作响。他出门一看，老司机们已经在精神抖擞地吃早餐了。

小周一看到陆辛，就殷勤地端着一小盆粥和用旧报纸包着的四五个肉包子跑过来，笑道："小陆哥，昨晚睡得好吗？"

"前半夜睡得一般。"陆辛老实回答。这叔侄俩一直在比赛打呼噜，一个如大江奔涌，起起落落；一个如流水绵长，不时激荡一下……太激烈了，打得难分胜负，最后两人双赢，只有陆辛输了。

"那就是后半夜睡得很好啦？"小周开心地说，"快吃饭吧，待会儿就要去交货了。"

"交货？"陆辛先是怔了一下，心想，发生了那样的事，他们还急着交货……旋即反应过来，对这支车队来说，可能无论发生什么，都不如交货重要……把货物交接利索，完成这一趟的任务，拿到货款，才是他们眼中最大的事。毕竟，他们拼死拼活跑这一趟，赚的就是这点养家钱。另外，车队里死了二十几个人，也需要这笔钱来作抚恤金。退一步讲，真要出什么事，在交了货之后，也就可以集中精力应付了。

每个人眼中的世界都是不一样的啊……陆辛想着，点了点头，接过包子和粥，道："我和你们一起去。"

吃完早餐，还不到八点，车队便在高婷的指挥下从汽车旅店出发了。

陆辛算了一下时间，青港城驻中心城办事处的人要乘坐城际高速列车从三号卫星城过来，城际高速列车最早的一班也得九点钟才发车，等他过来，起码也十二点了，自己应该有足够的时间陪高婷他们卸货，然后赶回来相见。于是他放心地出门了，不过还是留了张字条，以防万一。

这一次，他没有坐老周的车，而是坐在了高婷打头的车上。昨天他们一个在前面开路，一个在后面压阵，到了旅店之后又困顿不堪，一直没来得及好好聊聊。

高婷自然明白陆辛的担忧，驶出旅店后便直接问道："所以，你是感觉那些养疯子的人有可能会来找我们的麻烦？"

陆辛点头："这是必然的。"

高婷沉默了。

在她最初打算弃货，甚至拼命时，她嘱咐兄弟们一定要将疯子的消息散布出去。那时候，散布消息是逃出去的人唯一有可能保命的方法。但是，当大部分人都逃出来之后，她又完全不想惹任何麻烦了。如果可以，她甚至愿意装作没有经历过白塔镇的事，以免任何人找上他们。

当然，她知道这是奢求。能够在白塔镇藏起那么多疯子，制造出那么可怕的怪物的人，背后的势力一定不会小，也肯定不会轻易放过他们。对此，她心里最多的是恐慌。那样庞大的势力，无论从哪个角度看，都不是他们这个小小的运输车队招惹得起的。所以，虽然她有些不好意思，但还是期盼地向陆辛看了过去。

"你们是跟哪个公司合作的？"陆辛没有跟她保证什么，只是拿出了笔记本和钢笔。

"大地建设集团。"高婷顿了一下才道，"这是总部在中心城主城的一个大型集团，主营大型机械制造、公共设施修缮等。我听人说，中心城建起高墙的时候，这个公司就已经存在了，并参与了建设。对于这个公司，别人都说它"一头硬，一头软"，硬的是指建设高墙，并帮聚集点修缮废弃的城市；软的是指搭建网络、电话系统等业务。它与几个大的开采公司一直有着紧密的合作，我们只是给它服务的车队之一。"

"大地建设集团……"陆辛一边记一边想，"所以，有可能就是这个公司出卖了这支车队？按理说，能够造出那种疯子的，似乎应该是生物科技之类的公司，但挂羊头卖狗肉也是有可能的。话说回来，无凭无据，直接这么猜测似乎也不太好，还是先过去看看好了。"

交货的地方位于中心城七号卫星城的城西，这里地域宽广，居民稀少，有许多大型仓库。

"老高，你这次来得比计划中快啊！是不是考虑好了，要在我们中心城找个男人安家了？"

看得出来，仓库的人明显不知道这支车队遇到的事，甚至没有留意到车队老司机们脸上藏都藏不住的不满，一个员工还笑着打趣了几句。见没人搭话，他连忙岔开了话题。

陆辛坐在大卡车的副驾驶位上，静静地看着他们交接货物。他想，毕竟他挺有开大车的天赋的，没准儿以后也会做这一行呢，提前了解一下没坏处，做人就是要爱学习。

清点货物，检查人员签字，组织卸货……无论是高婷还是仓库那边，都处理得有条不紊。唯一的问题是，大概是因为高婷等人来早了一天，仓库的空间没能提前留出来，所以值班的仓库管理员只能临时打电话通知领导过来。

大约过了半个小时，一辆跑车忽然冲到了仓库前的广场上。从那条"车越不实用，开车的人越有钱"的原则来看，开这辆车的人肯定非常有钱。

从车上走下来一个身材偏胖的男人，穿着蓝色夹克、灯芯绒裤子、黄色系带皮鞋，看起来三十多岁，脸上戴着一副眼镜。他面无表情地扫视了一圈，然后便大步向车队的众人走了过来。

"赵主管好！"

"赵主管，您过来啦！"

见到这个男人，周围的仓库员工连忙点头哈腰地打招呼。但男人一言不发，直接走到高婷身边，微微歪了一下脑袋，直勾勾地打量着高婷。

高婷的表情很冷淡，她装作看不见这个男人，只低头看着货物。

"呵呵，你居然真的……居然还来得挺快！"男人脸上露出了冷笑，"你跟我到办公室去！"

高婷顿时有些慌："我在忙！"

"我也很忙，所以，别耽误我的时间。"说完，男人直接转过身，向一栋办公楼走去。跑车就停在广场中间，所有卸货的工人都要绕着走。

经过一番迟疑，高婷将货单交给老周，跟在了男人后面。

"嗯？"看到这一幕，陆辛顿了一下，推门下车。

此时，几十辆大卡车挤在一起，人流混乱，没有人留意到他。他从车堆里穿过，远远地跟在高婷后面，进入了那栋虽然有些破旧，但仍然显得高大严肃的办公楼。然后他在楼里慢慢地逛着，背着两只手，像个退休的老干部。

在一楼左侧的墙壁上，陆辛看到了一些照片，展示的是这个仓库的管理人员，上面是仓库主任，下面是入库主管、质检主管、保安主管、协调专员等。那个把高婷叫走的男人也在上面，他是质检主管，名叫赵会。

"看起来也不怎么厉害啊。在青港城，我也升为主管了……"陆辛默默地想着。

"哥哥，他们在吵架……"不大一会儿，妹妹欢快地从走廊墙壁上爬了下来，神秘兮兮地向陆辛道。

陆辛压低声音问："怎么吵的？"

妹妹绘声绘色地讲了起来："那个男的上来就摸那个女的，女的打掉了他的手，男的很生气，骂那个女的：'别以为你做的事我不知道，想用这种方法恶心我，你他妈就是找死！'然后他揪着女人的头发，问她是不是跟其他人勾搭上了，还说无论她搞什么，都逃不出他的手掌心……"妹妹一边说，一边攥起了拳头，用力挥着，加大力度。

陆辛看着一脸兴奋的妹妹，纠正道："那不是吵架，那是单方面骂人。"

"我们把他做成玩具吧？"妹妹的眼睛亮晶晶的，并不理会陆辛关注的重点。

陆辛摇头："不可以，违法。"

妹妹气呼呼地道："他是坏人。"

陆辛心想，为什么"坏人"这俩字从妹妹嘴里说出来，感觉怪怪的？他笑了笑，道："我有个更好玩的方法，要不要听？"

妹妹有些惊喜，这是陆辛第一次主动提出要陪她玩耍。

打发走了妹妹，陆辛背着两只手往楼上走，边走边留意每层楼各个房间的标牌，最后在三楼一个标着"总经理室"的房间前停了下来，轻轻敲了敲门。

"请进。"里面响起了一个男人的声音。

陆辛拧开门把手走进去，与此同时，他的脸上堆起了笑意。

坐在办公桌后面的男人穿着西装，脸庞瘦削，陆辛在心里把他和照片墙上的模样对照了一下，远远地就伸出了手："王总经理，是吗？你好……"

王总经理疑惑地看着陆辛："你是谁？过来做什么？"

"我是过来举报的。"陆辛脸上的笑意更浓了，"你手底下的人正在索贿呢！"

"索贿？什么索贿？"

陆辛收起笑容，认真道："领导，我正式向你举报你们公司的质检主管赵会，他经常向你们公司的签约车队索取贿赂，严重影响了你们公司的声誉。如今，他不思悔改，又一次光明正大地欺负车头高婷，犯下了严重错误！"

陆辛突如其来的一番话把王总经理说得愣了一下，然后他迅速上下打量了陆辛一眼，道："慢慢说……你是谁？"

"我是一个看不下去这种事的人。"陆辛皱了皱眉头，"重要的是，这件事你们管不管？"

王总经理端起茶缸喝了一口水，向陆辛笑道："这位小朋友，我希望你可以亮明身份，我们公司的赵主管是个体面人，你说这些话可是要有证据的呀……"他一边说着，一边看向桌上的电话，像在考虑要不要叫保安把陆辛给"请"出去。

"证据……"陆辛微一沉吟，点头道，"你说得有道理。"说着，他再次伸出了手。

王总经理明显有些不理解，看着陆辛伸出来的手，道："你的意思是……"

"我带你去看证据。"陆辛主动抓住了王总经理的手，转身向外走去。

王总经理顿时慌了："你干什么？抓我手干什么？"他下意识想挣扎，没想到，他的身体不由自主地站了起来，跟跟跄跄地跟在陆辛后面，看起来不像是被拉着走的，倒像是自愿的。

蜘蛛系最强大的地方就在于自如地控制自己的身体，而这种控制其实也可以在有接触的时候蔓延到其他人身上。所以，妹妹在接触到目标时，才可以将对方的身体扭曲。陆辛当然不如妹妹那么强，但当他模仿妹妹的能力时，也是勉强可以做到控制别人的身体的。

"哎，哎，你撒手，撒手……你究竟是什么人？要拉我去哪儿？保安，保安……"眼看着自己的身体不受控制，王总经理惊慌地大叫起来。

陆辛没理会他的大叫，径直将他拉出了他的办公室。

王总经理的大叫声吸引了三楼的很多人，他们着急忙慌地赶到走廊上，等到看清楚眼前这一幕，又觉得有些古怪。倘若王总经理正被人挟持，他们恐怕早就一拥而上了，但是在他们眼里，王总经理分明很配合，和对方手拉着手，还挺亲切的。这就让人有些摸不着头脑了，只能疑惑地看着他们俩。

"都愣着干什么？快过来啊……保安，保安，快把这个人撵出去啊……"王总经理喊得越来越大声，惊动了越来越多的人，一楼和二楼的人也纷纷赶了上来。

这时，陆辛已经走到了三楼一间标着"质检主管"的办公室前。看到人越来越多了，其中还有几个拿着橡胶棍的保安，他感觉很满意，轻轻点了一下头。然后，他直接推开门走了进去。

一分钟前的质检主管办公室里，赵会一脸愤怒地看着高婷，好像要从她的脸上看出什么。而高婷则好像认命了一般垂着头，似乎就像以前很多次一样，任由眼前这个人对自己做任何事。只有她自己知道，她在紧张地听着赵会说的每一个字，想搞明白他是不是和车队遇到的事有关。

但赵会死死地盯着高婷，哪怕心里有着无穷的怒火，很多话涌到嘴边，终究还是没有说出来。他只是用手指狠狠地点了点高婷，压抑着怒气道："别以为你很聪明……你这样的烂货在我眼里就跟条狗一样，是生是死都不值钱！"

说完，他转过身要走，忽然听见房门外面有嘈杂声。这时，办公室里突然刮起了一阵冷风。他还没反应过来，便感觉到有一只冰凉的小手正在摸他的脸。与此同时，他觉得似乎还听到了小女孩的笑声："嘻嘻……"他还以为是高婷在撒娇、求饶，于是猛地转过身向她看去，却发现她正倚着墙思索着什么，离他起码有两米远。

那摸他的是谁？

还不等这个念头消失，他忽然手脚一抽，莫名绊了一跤。他想稳住身体，不料一个趔趄，直接跌在了高婷身上。

就在这时，房门被推开，有两个人走了进来。门外还有很多人探头探脑的，无数只眼睛瞬间瞪大，所有人都被眼前这一幕惊呆了。

公司里出了名的花花公子、最年轻的质检主管赵会正双膝着地抱着一个女人的双腿，脸部深深地埋进了对方的小腹位置。而那个长腿女人正用力推他，像要把他推开。

"你看，我没骗你吧？"陆辛松开王总经理的手，认真说道。

"啊这……"王总经理被眼前这一幕吓到了，脱口而出，"小赵，你在干什么呢？！"

赵会猛地推开高婷，从地上爬起来，又羞又怒地吼道："姓王的，你想干什么？"

王总经理明明官大一级，甚至两级，但被他这么一吼，居然表现得有些紧张，忙道："赵……赵主管，这不怪我啊……是他！"他转身指着陆辛，"这个人举报你索贿，硬……硬拉着我过来的……"

"嗯？"赵会立马死死地盯着陆辛的脸，狠声道，"你是谁？"

陆辛上前一步，脸上还挂着淡淡的笑容，道："我叫陆辛，是青港城的。因为你违反了法纪，所以我才举报你的。"

"举报我？你他妈——"陆辛的话被赵会理解成了挑衅，他抬起手就要打陆辛，但是，眼前这个人不慌不忙的样子让他动作一顿，心里莫名发毛。他甚至能在这人的脸上察觉到一丝鼓励的意味！这让他心中瞬间拉响警报，在最后一刻忍住了冲动，举起的拳头没有落下，连咒骂也戛然而止。他望向门口，发现有无数目光聚集在他的身上，此刻，任何解释都显得苍白无力。当然，他也没打算解释什么，只是这一连串事情让他觉得诡异不安，他不愿再继续待在这个地方。他重重地哼了一声，冷冷地扫视了陆辛的脸一眼，接着又看向高婷。

"我记住你们了。"说着，他大步走向门边，两只手粗鲁地一推，分开众人，快步冲下楼。

当陆辛和高婷走下楼时，赵会早就坐进车里了，跑车嗡的一声扬长而去。

广场上的老司机们都诧异地左顾右望："出什么事啦？"

"现在没事了。"陆辛向老司机们笑了笑，"刚才那个质检主管想占你们车头的便宜，大家都看到了。"

迷茫地跟着走下楼的王总经理突然一个激灵，一下子感受到了无数凶恶的目光。车队里的老司机们可都是平时带着枪，遇到疯子都敢拼一场的狠人，此刻听到这个消息，怒气瞬间达到顶点，眼神中透露出几分阴狠。这种在荒野上跑的人特有的气质，让仓库里的员工和办公楼里看热闹的管理人员都不寒而栗。

"他大爷的！王八蛋！我弄死他……"小周怒吼一声，从旁边抄了根搬货用的铁钩子就向跑车离开的方向冲去，追出去好远，又跑回来了，愤愤道，"幸亏他跑得快。"

周围没人理他，大家只是目光复杂地看看高婷，又阴冷地看向仓库里的人。

"大家不要轻举妄动，打架闹事是不对的。"一片死寂之中，陆辛转头向王总经理道，"这事你们会处理的吧？"

这位王总经理内心的疑惑与恐惧丝毫不亚于驾车逃离的赵会，实际上，他是在场的人中内心疑问最多的一个。然而，他还没回过神来，就突然感受到了众多目光，其中有很多都来自自家公司的人。他心里一惊，下意识点头："会的，会的，一定会处理的……"

陆辛放下心来，笑道："那就好。"

面对一群愤怒的老司机，王总经理吓得满头是汗，竭力安抚他们，并迅速完成了货物交接工作。他还不停地向老司机们保证："大家放心，我们公司绝不会容忍这样的事情发生……很有可能是个误会……我们一定会给大家一个明确的交代。"直到终于送走了这群司机，他的内心仍然充满了困惑，不明白这到底是怎么一回事。

"这样可能就好了。"回去的车上，陆辛坐在副驾驶位上，心情轻松了很多。

高婷沉默地开着车，过了一会儿才道："谢谢你。"

"这是应该的。"陆辛笑道，"先看看他们公司会给他什么样的惩罚，惩罚重不重再说。"

高婷看了陆辛一眼，慢慢地"嗯"了一声。她觉得越来越看不明白眼前这个年轻人了。他真的认为大地建设集团会对赵会做出惩罚吗？真的认为事后车队不会遭到报复？他究竟是认真的，还是在装傻？不管怎样，举报的事情已经闹大了，她也只好顺势而为了。实际上，她心里始终在担心另外一件事。

"其实我刚才是想探他的话。"沉默半晌，高婷轻声道，"如果我们车队真是被人故意送到白塔镇去的，我怀疑赵会多少知道些什么。我本来想激他一下，看能不能套出什么关键的话来，结果他很警惕，一直没有多说。不过，从他的反应中，我可以感觉到他确实隐瞒了什么。比如，他那么愤怒，真的是因为我糟蹋了自己的身子吗？"说着，她冷笑了一声，"他又不是第一次知道我在糟蹋自己的身子了，为何还这么生气？"

这个女人有一套啊！陆辛不由得转过头，欣赏地看了她一眼。刚才看到她垂着头，一副任人欺负的样子，他还以为她已经被吓傻了呢！"事情有可能是这样的，因为你对自己不好，惹怒了赵会，所以他为了报复你，干脆安排你的车队进入白塔镇……对他来说，这应该是很简单的事，提前定好交货日期，你们自然会主动送上门。只是，报复你的方式有千千万万，他真的会选择这么极端的吗？"

"赵会这个人占有欲很强，也很小心眼，但似乎……也不至于这样。"高婷努力回想了一下，道，"或许还有其他的原因。"

"那会不会和你们运的货有关？"这种可能性陆辛早就想过。

"我们拉的只是红岭那边挺常见的矿石，不应该吧……"

"可惜货物已经交过去了……"陆辛笑了笑，看着高婷道。

高婷顿了一下，从驾驶座下面拿出一个粗布背包，放到陆辛身边："出了白塔镇，我心里一直不安宁，所以留了点样本，虽然直到现在我也想不到这会有什么用处……或许可以找懂行的人看看。"

"厉害……"陆辛赞许地看了看她，提了提自己的背包，"来的路上，我也偷——拿了一块。"

高婷深深地看了陆辛一眼，脸上忽然露出点笑意。

当她转过头继续开车时，眼睛的余光恰好扫到了一个红色的人影，正站在路边杂乱的摊位之间。由于只是匆匆一瞥，所以影像非常模糊。她只看到那个人影身材矮小，四肢像触手一样轻轻地蠕动着。她连忙回过头，定睛看去——那几个摊位之间空无一物，仿佛她刚才只是产生了幻觉。她顿时起了一身鸡皮疙瘩，下意识不想跟陆辛提起这件事。

赵会驾驶着跑车，一口气冲到了七号卫星城一座废弃的工厂里。车轮驶过一个水洼，车身晃了晃。

赵会推开车门走下来，看了一眼水洼以及溅到车上的污泥，低声咒骂了一句。然后他转过身，顺着满是铁锈的楼梯走上废弃工厂的二楼，来到了一个空旷无人的车间里。

"那个女人肯定有问题！"他在空空荡荡的车间里低声道，尽力压抑着怒气，"我能感觉到她和之前不一样了。我试着旁敲侧击，想问问她究竟在路上发生了什么，她也不肯说。我担心问得太多，反而暴露了我的事，只能先放她走……实验室究竟发生了什么？黑台桌的决定是什么？"

"放心吧，黑台桌没打算清理掉你。"一个声音冷冷地道，"但是，对于你强化身体的请求，可能要晚一点才能兑现了。毕竟你这次的任务失败了，还造成了严重后果。"

赵会愣了一下，咬牙道："我愿意补救！"

"你本来就需要补救。现在的首要任务是消除这件事可能引发的后续影响，那个举报你的人很有可能就是导致这次任务失败的罪魁祸首，黑台桌对这个人很感兴趣。当务之急是将他控制住。"

赵会咽了一口口水，道："要不要我拉几个枪手进来？那些跑大货的在城里是没有枪的。"

"你想赎罪的想法值得表扬，但需要你做的不是这个。封锁消息、扫清障碍之类的事将会由地狱小组接手，而你要做的是另外一件事。"

"地狱小组？"赵会缓缓重复着，脸上露出了羡慕、恐惧而又放松的复杂表情，片刻后，他用力摇摇头，惊慌道，"我知道你们想让我做什么，但那样不行，我那个老子不会饶了我的……之前你们说过，我只需要在一定范围内帮你们一些小忙！"

"封锁消息、扫清障碍之类的事将会由地狱小组接手，而你要做的是另外一件事。"对于赵会的拒绝，那个声音像没听见似的，把说过的话重复了一遍。

赵会仍然有些犹豫，低声道："我知道你们想让我做什么，但那样不行，我老子——"

"……而你要做的是另外一件事。"那个声音又把这句话重复了一遍，不紧不慢。

赵会脸上渐渐露出了狰狞的笑容，微微咬牙："是吗？我想这么做很久了！哈哈，我要让他们知道我的厉害！"

"很好。"那个声音满意地称赞了赵会一声，轻声道，"去准备吧！"

"他娘的，明天再去仓库里闹，王八蛋们不给个交代，去城外拿枪干了他们！"

"鲁莽！你去仓库里闹有什么用？得去他们总部！"

"枪不好带进来，犯法，不如直接拿刀去砍他！"

"我现在纠结的问题是，到底是他占车头的便宜，还是车头占他的便宜？"

"噫……有道理！"

回到汽车旅店后，一群老司机还在骂骂咧咧，个个义愤填膺。虽然这件事多少夹杂了一点不确定性，但他们心里的怒气是实打实的。听说自家车头居然受到了别人的欺负，哪怕早就听说那个主管的背景不一般，一群老司机仍然忍不住想先砍他两刀再说。一般不领头的，反而不怎么怕更上层的人。当然了，他们一边说，也一边偷瞄着高婷的表情。毕竟高婷晚上有那样的"习惯"，大家都拿不准是不是她又"犯病"了……

"都废什么话？有这工夫，不能想想拉点什么货回去？今天都老实歇着吧！记住，没有我的允许，谁也不能离开旅店！"高婷冷着一张脸，不愿与他们多说，"我回房间休息一会儿。"

在正常情况下，他们这支车队把货运到中心城后，不会空车返回，而是会尽量在中心城采买一些稀罕物品，或是承接一些顺路的私人货物，这样又能赚一笔。因此，他们回去时拉的货物是不确定的，通常需要根据当时的情况和利润来临时决定。

高婷给放了假，众人难得松快下来。搁在往常，他们肯定是要出去逛一圈的，但这次高婷有命令，谁都不能离开旅店，于是他们只好三三两两地散开，下棋的下棋，搭讪老板娘的搭讪老板娘。

"这都快两点了，那人怎么还没过来？"陆辛趁这段时间联系了一下那位办事处人员，电话没有接通，问了前台，也没有人给他留口信。这就有些奇怪了，这人咋还能放他鸽子呢？

回到房间里，陆辛发现自己之前留的字条还好好地放在那里，只是位置移动了。他琢磨了一下是不是风吹的，有些拿不准。他还没想出个所以然来，小周已经把午饭带回来了，是一盆烩菜加四个拳头大小的馒头，还横着一根白嫩的大葱。于是他暂时不再想别的事了，和小周在房间里头对头吃了起来。

"不好了，不好了……"

陆辛还在后悔没跟小周抢最后一个馒头，外面的院子里忽然响起了一阵嘈杂声。他赶紧放下筷子和小周一起走了出去，只见一群老司机聚集在一起，其中一个老司机神情特别慌张，高声叫道："是老李，老李刚刚奇怪地消失了……"

"消失了？"众人都没有听明白，"怎么消失的？"

"就是……就是消失了啊！"那个老司机指着厕所方向，"刚才……刚才我跟老李过去上厕所，我结束得早，就先出来了，因为里面味儿太冲。老李说要拉屎，我就在外面等着，想着跟他说借钱的事……等了一会儿，见他一直不出来，我就进去找他了，没想到……没想到那么大个人，居然……居然没了……"

"什么叫没了？还能掉里面了？"

"你捞没捞？"

那个老司机气得狠狠一跺脚："说什么呢！真没了！老李那么大个子，坑那么浅，掉里面了还能看不见？"

见他不像是在开玩笑，众人这才着急起来，急忙跑进厕所里去看。陆辛也跟在后面探了探头，捂着鼻子瞅了几眼。

这是个旱厕，空间不大，一共也就七八米长、三米多宽，一眼就可以看到头。里面空空荡荡的，确实一个人也没有。这么大个人，怎么可能说不见就不见了呢？难道是传说中的"尿遁"？

第二章

诡异失踪事件

"你确定他不会在你不注意的时候从别的地方离开吗？"陆辛微微皱了一下眉头，上前询问了一句。

"绝对不会！"那个老司机信誓旦旦地解释着，"我想跟他借钱，正想着怎么开口呢，又不好意思被别人听见，只好在这里等着他了。我真的没看到他从里面出来……要从别的地方走，那边的墙倒也能翻出去，但是老李没理由那么做呀……"

"可能是他不想借你钱，又不好意思当面拒绝你……"陆辛默默地想着。

这时候，小周在厕所里绕了一圈出来了，小声道："小陆哥，我很确定老李没有从那边的墙翻出去。那墙上有厚厚一层泥灰，不管是谁翻墙，肯定都会蹭下一堆灰来……"

陆辛点点头，他也认为翻墙离开的可能性不大。

人群又是一阵喧嚷，是高婷闻讯赶过来了。了解过老李消失的始末之后，她立刻转头向陆辛看了过来。

迎着她的目光，陆辛轻轻点了一下头。

高婷脸色一白，咬了咬嘴唇，大叫道："先别吵，也别散开找人！先……清点人数！立刻看看还有没有少的。"

在场的老司机都愣了，你看看我，我看看你，心想：大家不都在这儿吗？

但高婷的话不能不听，孙狗子等人立刻吹响哨子，就在这个大院里挨个儿清点起来。

"刘大强！"

"到！"

"孟秃子！"

"到！"

"张三狂！"

"搁这儿呢！"

…………

在孙狗子点名的过程中，高婷默默地数着现场的人数。数着数着，她的脸色就变了。陆辛虽然不像她那么了解车队，但也意识到了有问题——他记得车队离开白塔镇时共有三十七人，但如今孙狗子只点到了三十一人。没有被点名的只有高婷和孙狗子自己，加上他们俩也只有三十三人。那么，除了莫名其妙失踪的老李，剩下的三个人又去了哪里？

"车……车头……"有个司机颤抖着举起了手，"田牛子趁着你回房休息，跑出去洗头了……"

高婷闻言，凶狠地骂道："我不是让你们都待在这里吗？"

"我劝他了，他不听啊……"那个司机哭丧着脸道，"他……他还说自己快得很，半个小时就能回来。"

"他妈的！"高婷恶狠狠地往地上啐了一口，"都别慌，待会儿听我的安排去找人。现在先查一下另外那两人是谁，好好回想一下最后一次见到他们是什么时候。"说完，她有些担忧地往陆辛身边走了两步。

陆辛知道她想问什么，轻轻摇了一下头，道："这样的事我也没有见过。不过，我知道确实有人能够做一些看起来匪夷所思的事。你们现在能做的就是不要慌……"说着，他向高婷笑了笑，"我会努力帮你找到他们的！"

虽然陆辛没有打包票，但高婷心里还是踏实了不少。她向陆辛点了一下头，低声道："我不是很会说漂亮话，但是，我一定会报答你的。"

"别用那晚的方式就行！"陆辛在心里嘀咕了一句。

"车头，他们回想起来了……"不一会儿，孙狗子就领着三个人过来了。

高婷仔细一问才知道，失踪的另外两人一个叫白爪，一个叫陈老懂。有人在吃午饭的时候见过白爪，他一边吃饭，一边跟人议论了一番汽车旅店的老板娘，吃完饭就说要回房间眯一会儿，这一去就没人再见过了。陈老懂跟几个人凑在一块儿打牌，输了十块钱，说去洗洗手再回来打，同样也是一去不返。几个牌友还怀疑他是故意躲起来赖账呢！

高婷思考了一会儿，大叫道："先去旅店前台那里看监控，然后再派人去把田牛子叫回来！派两个人一起去，好有个照应！"

孙狗子立刻安排人分别去做，其他人则聚在一起去各个房间里看看有没有人在睡觉之类的。

大家各自散开，一通忙活后，很快就赶了回来，一一汇报道："前台监控看过了，只看到田牛子出去了，老李他们连个影子也没看到。这旅店又没有别的出口……"

"去洗头的地方问了，老板说田牛子待了不到十分钟就离开了。"

"各个房间都找了，没人……"

正当高婷和陆辛都认真思索着的时候，人群里忽然响起了一声惊叫。所有人转头看去，只见一个瘦瘦的司机——好像叫孟秃子——像见了鬼一样左看右看，但周围明明什么异常也没有。大家被他的表情给吓到了，一时也没人说话。

"梁大尾巴……梁大尾巴不见了……"孟秃子结结巴巴地说着，指向身旁的空地，"他……他刚才明明还在这里……"

高婷尽量冷静地问道："什么时候不见的？"

"就……就刚刚啊……"孟秃子几乎快要吓哭了，"我刚刚还跟他说话呢，一转头人就没了。"他一边说，一边下意识往人群里挤，但周围的人都畏惧地往后退。

"怎么可能……"高婷终于有些忍不住了，声音里带了点颤音。

陆辛没有急着说话，抬头看了过去。他的眼镜隐隐闪过一丝蓝光，左眼镜片上跳出了一堆数据。他飞快地检测了一遍孟秃子指的位置，发现那里既没有精神辐射，也没有什么看不见的怪物。他皱起眉头，向旁边的墙壁看了看。妹妹倒挂着贴在墙上，看她的表情，很明显，她也没有察觉到什么。这就怪了……

"起码现在可以确定，我们确实是遇到怪事了……"微一沉吟，陆辛冷静地左右看了看，向高婷道："先把人集中起来吧！我想，此刻我们需要做的不是找到那些失踪的人，而是保证其他人不会在眼皮子底下消失了。"

高婷立刻同意了陆辛的提议，并找到了解决办法。她与旅店的老板娘商议了一通，把所有人都集中到了一间通铺房里。

一众老司机在能睡三四十个人的通铺房里面面相觑，气氛说不出的压抑。

"难道是有什么厉害的杀手进来，把他们……把他们杀了？"

"若是杀手倒好了，恐怕……恐怕是被鬼拖走了吧？"

"……"

通铺房里光线不好，在昏黄的灯光下，有人一直紧张地看着周围，生怕身边的人忽然就消失了，更怕消失的那个人是自己。也有人管不住嘴，低声议论着到底是怎么回事，但无论是什么猜测，听起来都有些不靠谱。

"陆……陆小哥，这事……"高婷站在门口，有些迟疑地问陆辛。

平时她是车队的领袖，一言九鼎，拥有绝对的话语权，但此时此刻，她却感觉自己似乎什么都做不了，不得不求助陆辛。虽然她心里有些别扭，但毕竟之前见识过陆辛解决大脑状怪物的场面，而且陆辛也给了她很多帮助，于是，她还是鼓起勇气询问了陆辛。

陆辛认真道："那些人消失的原因我还没有找到，现在也只能给你一个建议而已。"

高婷心里一阵紧张，忙问道："什么建议？"

"报警！"

高婷的脸色顿时有些古怪。

陆辛好像没有察觉到高婷的异样，继续道："报警是最靠谱的。我们青港城有专门处理这种事的人，中心城肯定也有。如果你报警的话，说不定会惊动中心城特清部的人过来，也许他们可以解决这个问题。"

"这……"高婷虽然不太了解"特清部"是什么，但还是用力点了一下头，"好。"

实际上，他们这些出身荒野的人，总是下意识不太相信高墙城里的行政部门。比如她就总感觉那些人和赵会是一伙的，她去报警的话，没准儿会自投罗网。但是她很相信陆辛，于是一咬牙，采纳了他的建议。

发生了这么古怪的事，她也不放心让手底下的人跑出去，便在两个人的陪同下亲自跑去前台，找胖胖的老板娘借了座机，打通了警卫厅的电话。得到对方马上赶来的承诺后，几人又回到通铺房里，耐心地等着。

只是，不知道是中心城警卫厅动作太慢，还是有别的原因，他们等到夜色降临，都没看到人来。

"怎么回事？"

"再去打电话催一催？"

"打过了，后来干脆没人接了。要不，直接派人去警卫厅问？"

"现在这种情况，谁敢出去？"

左等右等，一直没有等到警卫厅的人过来，一群老司机不由得又焦躁起来。

"中心城的办事效率这么低吗？"陆辛摇了摇头，心想，"我们青港城就不这样。"

他想过要不要自己去找特清部的人，可是，一来，如果他走了，这支车队的安全无法保障；二来，青港城那边嘱咐过他，让他尽量不要跟中心城的特清部人员联系。他毕竟是别的高墙城的精神能力者，一旦暴露在中心城管理人员的视野之下，行动肯定会受到限制。尤其是他手里还有一份关于神之大脑的资料，更不好暴露。

陆辛心想，看来，要做好自己处理这件事的准备了。他思索了一会儿，做出了一个决定，向高婷等人道："你们先保持警惕，关好门窗。"

"关好门窗……能有用？"老司机们表示怀疑。

"应该会有用吧，除非对方真的是鬼……"陆辛琢磨了一下，又道，"另外，或许还有几个方法可以用来保护自己，比如用绳子把大家连在一起，或是在房间里撒点泥土，看会不会有足迹……"

听了他的话，众人顿时觉得有了主心骨，纷纷跳起来，分成小组去找绳子、挖泥土。

陆辛静静地看着他们做好了准备，然后才向高婷道："你们先留在这里，我出去一下。我需要点私密空间，好好想想……"

"私密空间？"高婷吃了一惊，担忧地看着陆辛。

"没事的，放心。"陆辛明白她在担心什么，笑道，"如果真有什么过来找我，倒是好办了。"

虽然内心的担忧并没有完全消除，但高婷还是点了点头。

陆辛独自回到了之前住的标准间。高婷换大通铺的时候把标准间都退了，但可能是考虑到陆辛与别人不同，所以没有退掉他这间房。

没了老周和小周，房间里显得异常安静。打开灯后，吊在半空中的灯泡像被风吹动似的，轻轻地晃来晃去。

陆辛"吱呀"一声坐到床上，又拿出电话给那位办事处人员拨了过去，结果仍然是无法接通。他将电话放进背包，两只手托住下巴，默默地等待着。

外面的夜色越来越浓了，夜风打着旋儿从院子里吹了过去。陆辛等了很久，一直没等到什么异常找上门来，他不由得感觉很无聊，只好胡思乱想打发时间。

办事处人员到现在都没有消息，难道他也突然消失了？这事应该与白塔镇事件有关吧？陆辛还记得，之前韩冰提醒过他，要小心对方杀人灭口。那么，如果对方要动手的话，先向这些司机下手也是说得通的。一方面，这些司机本来就在他们灭口的范围内；另一方面，也可以借此试探一下他。他倒是可以自保，剩下的人该怎么办呢？以前遇到这种问题，他至少可以询问韩冰，现在却只能自己思索。话说回来，妈妈挺擅长找人的，可惜她现在不在……

"嗯……"陆辛思考了一会儿，抬起头来看向天花板，有一道苍白的影子吊在那里。

"妹妹，你刚才真的什么都没发现吗？"陆辛不甘心地问了一句。

"我要是看见了，这会儿已经抱着新玩具跟你说话了。"妹妹面无表情地捏了一下惨叫鸡，"但我觉得这件事很好玩，中间有几回，我感觉似乎看到了什么，但当我认真去看的时候，又看不见了。所以，我自己也不确定到底有没有看见。"

"你说绕口令呢？"陆辛叹了一口气，嘀咕道，"要是妈妈在就好了。"

妹妹气鼓鼓地看着陆辛，又狠狠地捏了一下惨叫鸡。

陆辛无视她，低头看向自己的影子。因为头顶上吊着一个昏黄的灯泡，所以他的影子只有脚下那么一点。当他看向影子时，影子里现出一双血红色的眼睛，沉默地和他对视。

两双眼睛你看我，我看你，安静了许久，陆辛先忍不住了："你有没有发现什么？"

"呵呵呵呵……"空洞而干巴巴的笑声响在陆辛耳边，"想要将这个旅店夷为平地，非常简单……"

陆辛无奈地摇了摇头："也就是说，你也什么都没有发现喽？"

影子："……"

陆辛又嘀咕道："要是妈妈在就好了。"

房间里的气氛顿时有些尴尬，无论是吊在天花板上的妹妹，还是躲在影子里的眼睛，都有些幽怨地看着陆辛。陆辛赶紧装出一副无辜的样子，假装自己什么都没说过。

"看样子，他不会来找我了……"又坐了几分钟，陆辛终于失望地低下了头。

忽然，外面的走廊上响起了一串大步奔跑的声音，是小周，他快步跑到门口，带着哭腔道："不好了，小陆哥，刚刚……又有人消失了！"

"嗯？"陆辛快速起身，跟着他来到了通铺房前。

此时，房间里已经乱成了一团，众人手腕上绑着绳子，惊慌地踩在泥土上，四下寻找着，甚至有人不死心地趴到床底去看。

见到陆辛，高婷急忙道："刚才……刚才我们一直在这里坐着，什么事也没发生，但我觉得……觉得心里有些不踏实，就让孙狗子再点一下名，没想到……没想到……来到这里的时候明明是三十二个人，但是刚才一数，居然只剩二十九个了。"

"又少了三个？"陆辛诧异地左右看了看。大家都在这儿待着，大眼瞪小眼，怎么还会有人消失？

高婷用力点头："对，又少了三个，而我们……甚至不知道是什么时候少的！"

"众目睽睽之下，几个大活人怎么可能凭空消失……"

"是鬼吧？一定是被鬼拖走的……"

"完了……我们所有人都会被鬼吃掉的，完了……"

恐惧瞬间淹没了这个大房间里的所有人，一群大老爷们儿手脚颤抖，脸色煞白，看起来就像吊死鬼一样。

"这世界上是没有鬼的……"陆辛下意识想纠正他们不科学的想法，但是没有说出口。他看出了这些人心里的惊慌，知道他们只是为了给这匪夷所思的一幕寻找一个借口，让它合理化，从而不那么害怕、不安。未知的恐惧是最可怕的！

"你们确定刚才一直没有人离开房间吗？"别人能乱，自己不能，陆辛竭力冷静地看着高婷。

"确定！"高婷狠狠地咬了一下嘴唇，"我们刚才一直老老实实待在房间里，哪儿都没敢去，就算是撒尿，也是让他们在墙角解决的。但是……但是莫名其妙地，人……人就少了。"

陆辛看了一眼墙角湿漉漉的"图画"，点了点头。他努力让自己有些混乱的思维变得清晰。莫名其妙就会有人消失，一大群人都发现不了同伴什么时候不见的，用绳子绑着都没有用。照高婷他们所讲，之前泥土上也一点痕迹都没有……这种事说起来就让人感觉有蚂蚁在身上爬。

陆辛不喜欢这种混沌的感觉，终于还是把那句话说了出来："这世界上是没有鬼的，我很确定。"他微微皱起眉头，"但有一种叫作'精神怪物'的东西有可能造成这种情况。"

"啊这……"老司机们都愣了一下，"有区别吗？"

"一个是迷信，一个听起来科学一点……"陆辛认真解释了一下，又道，"假设真的是什么连我都看不见的精神怪物把那些人悄悄拖走了，那有没有可能，它其实一直跟在你们身边，也就是说，它一直就在这个房间里？"

他这么想着，忽然转头四下看了看，目光十分锐利。众人见状，不由得心里一慌，哪怕只是被他的余光扫过，心里也直发毛。

陆辛自言自语："包括现在？"

听着他非常认真的话，一群老司机心里更紧张了。一想到可能有一只看不见的怪物在自己身边，随时准备把自己吞噬，他们就下意识缩了缩身子，一种惊悚的感觉顺着脊椎一路爬到了后脑勺。有几个人直接跳下床，想要赶紧离开这个房间。这也情有可原，谁愿意和"鬼"待在一个房间里呢？

"没用的，"陆辛看着那几个人道，"就算你逃出去，它还是会跟着你。"他的思维忽然发散了一下，"如果只有一只怪物，现在大家立刻开着车向四面八方逃窜的话，也不知道它还能不能同时顾得上这么多人……"

这句话把所有人都说得异常心动，但陆辛笑了笑，又否决道："当然，这并不可行，因为我们不知道它有没有同伴。"

房间里的气氛瞬间又变得低沉起来。

高婷一直看着陆辛认真思索的样子，心情很复杂。

"还是得从别的地方找原因……"哪怕心里很糊涂，陆辛也只能努力地思考，谁让妹妹和父亲都指望不上呢？

"如果真是怪物把人拖走的……"陆辛沉吟道，"那么怪物拖人的时候是什么样子的？是直接现出身体来，一口吞掉？还是一只看不见的手一下子抓住人的脑袋？肯定不会先抓住脚，因为先抓住脚的话，被拖走的人应该来得及尖叫……按理说，先抓住脑袋也有时间尖叫吧？难不成是嘴巴对着嘴巴吞噬？不对呀，嘴巴对着嘴巴吞噬人也会挣扎，跟被强吻一样……除非被抓的人完全无法挣扎。如此说来，这是一种强烈的污染，而强烈的污染一般都需要直接接触……"

明明是很正经的分析，高婷却听出了一种毛骨悚然感。本来她是把陆辛当专家的，但这怎么越听越像一个神经病在呓语？她微微颤抖了一下，尽量冷静道："我们……确实什么都没有看到……"

"一个房间里这么多人，身边好几个同伴消失了，你却什么都没有看到？"陆辛猛地抬起头看向高婷。

高婷被他质问得有些羞愧，点头道："是……是的，都怪我……"

"不，不对。"陆辛看着她，眼睛渐渐发亮，"我的意思是说，你们真的什么都没有察觉？"

高婷发现自己已经跟不上他的思路了，只能又勉强地点了一下头。

"那我想，我已经找到这只怪物的一个特质了。"陆辛的声音听起来开心了一点，甚至能够从他的表情里看出一点得意。

高婷心里先是一阵迷茫，然后很快地回想了一下刚刚说过的话，前后一联系，顿时感觉自己抓到了一抹亮光。她轻轻"啊"了一声，紧张道："你的意思是说，这只鬼——怪物……只会在一个人没有被留意到的情况下把他抓走？"

陆辛笑着点了点头："对。看起来好像大家都在一个地方待着，实际上，大家注意的点都有所不同，也不会时时去看某个人。而在一个人没有被注意到的时候，那只怪物就会出手把他拖走……你们看，这么一解释，就感觉它其实也没有那么可怕了吧？"

"并没有，好吗？"高婷下意识在心里喊着，深喘了一口气，胸膛起伏不定。冷静下来后，她再一回想，似乎确实稍微安心了那么一点点。不仅是她，周围那些听懂了的老司机也露出了希冀的表情。

"快，所有人面对面坐好，盯着你对面的人！千万，千万不要眨眼……"高婷一反应过来，立刻大声命令道。

一群老司机连忙手忙脚乱地爬上床，转过身子，相对而坐，眼睛瞪得像铜铃。陆辛转过身，就见高婷也瞪着眼睛，死死地看着他。

"看我没用，看其他人吧！"陆辛摇了摇头，走到旁边的床沿上，扯过一个盛着烟丝的小簸箕，拿了一张细纸，开始往里填烟丝，学着老周那样卷烟——他那有着金色过滤嘴的香烟只剩三根了，得省着点抽。

陆辛缓缓吐出一口浓烈的烟雾，慢慢地思索着。仅仅是发现这个特质还不够，他还要考虑该如何解决。毕竟，那些失踪的人还没找回来。另外，难道要一直这样互相看着吗？待会儿饿了怎么办？想上厕所了怎么办？想睡觉了怎么办？退一步讲，这个方法真的管用吗？

"所以，该怎么解决呢？"陆辛慢慢地揉着自己的额头，开始想念韩冰。

"哐当——"也不知过了多久，外面忽然传来了一声巨响。神经一直紧绷着的众人都吓了一跳，同时转头向外看去，包括陆辛在内。这一眼看过去，却发现窗外根本什么事也没有发生。

陆辛心里顿时生出了一种不好的预感。他回过头来，就见本来人还不少的屋子里一下子显得有些空荡。一股阴风吹来，瞬间浸凉了每个人的背脊。

"这次少了几个人？"陆辛脸色铁青地问。但他等了很久都没有得到回应，这才发现刚才就坐在自己身边不远处的高婷已经消失不见了，她坐的垫子上面有个坑，正慢慢鼓起来，悄无声息。

"车头……车头也不见了……"有人带着哭腔喊了起来。

高婷在这个车队里的重要性不言而喻，刚才她还在时，哪怕遇到了这么诡异的事，老司机们心里也都还稳得住，但此时，他们发现瞬间又消失了这么多人，其中甚至包括主心骨一样的高婷，整个通铺房里顿时一片混乱。

"妈的，怪物在哪里？"

"出来，你出来，老子剁了你……"

"不行了，不行了，我不在这里待了，我要赶紧跑……"

一时间，好多人都跳了起来，要往外冲。

"大家冷静一下……"陆辛只好站出来劝他们。

"还冷静？再冷静所有人都被鬼拖走啦……"

"别拦我，我要赶紧走……"

哪怕老司机们知道陆辛的身份不简单，这时候也顾不得那么多了。哗啦一声，好几个人冲到了门口，想要夺路而逃。陆辛虽然就在门口，但没有阻拦他们。他心里也有一种不舒服的感觉，而且并不习惯处理这种场面。

眼看着整个车队剩下的人就要乱套了，忽然，一个人猛地从床上跳下来，像只灵活的狸猫一样，嗖的一声冲到门口，拦住了那些慌得想要冲出去的人。然后他随手抓住冲在最前面的一个人，抬手就是两个大嘴巴子，瞪着眼睛骂道："我他妈的看你们谁敢跑！"

此人正是孙狗子，他的凶狠劲顿时让众人稍稍恢复了一点理智。

孙狗子咬紧牙关，继续骂道："没听到陆小哥说让你们冷静吗？车头这么相信他，你们敢不听他的话？"

之前怀疑过自己的孙狗子居然会说出这样一番话，陆辛挑了挑眉，感觉有些意外。

虎背熊腰的小周也跳下床，抡起拳头嚷道："想出去的先过来跟我打一架！现在车头也……没了，要想救他们回来，就得靠小陆哥！"

他们两人一个平时就挺有威望，一个个头儿摆在那里，成功把其他老司机震慑住了。屋子里安静下来。

小周转头看向陆辛，眼眶微微发红，低声道："小陆哥，我叔叔不见了……"

陆辛闻言，向老周刚才坐的地方看了一眼。

"都怪我，我一听外面有动静，就下意识转头去看，就这么一眼，叔叔就消失了……叔叔消失了，我没有消失，说明叔叔一直在看着我……都怪我，怪我没管住自己……"

陆辛长长地吁了一口气，问道："刚才消失了多少人？"

孙狗子和小周对视一眼，立刻清点人数。"八……八个。"孙狗子回答的时候，声音微微发颤。之前还是一个两个三个地消失，这次却一下子消失了八个人！

陆辛点了一下头，拎了个马扎坐在门口。"刚才的动静是它的同伴故意搞出来，好吸引我们注意力的？"他默默地想着，"之前我单独等了它那么久，它都没有找上我，这是不是说明，它觉得我比其他人难对付，所以不敢来找我？如果它的力量是逐渐增长的，会不会最后一个就要来对付我？"他能够感觉到老司机们担忧而又不安的眼神，或许那只怪物也在看他，只不过它的眼神是得意而贪婪的。小周是多么信任他啊，觉得他简直是无所不能的，但实际上，他却在这只怪物面前束手无策，仿佛成了一个笑话。这让他对那只怪物越来越不满，越来越愤怒……渐渐地，他灯光下的影子变得有些凌乱。

"好了，我已经找到对付它的方法了。"片刻后，陆辛微微后仰，倚在门框上。

众人一惊，面露期待。

"你们不必再像之前那样瞪着眼睛看着彼此了，那不是长久之计。"陆辛平静地对众人说道。

然后，他冷漠地扫视了一圈这个大大的通铺房，继续道："接下来的话是对你说的。"他的眼神没有焦点，就像在看某个不存在的东西，"我知道你就在这个房间里，也能听到我的话……当然，听不到也没关系，反正我已经决定要这么做了。有人教过我，面对诡异的事物，理智反而是人类唯一的优势。现在我跟你拼理智！"

他拿出自己的笔记本，边写边说道："第一，你只能抓那些没被任何人注意到的人，这个规律已经反复印证了。这也证实了你一直跟在大家身边，观察着所有人。

"第二，你想抓这个车队的人，按理说应该先抓走车头高婷才是。因为抓走了高婷，这支车队就会陷入混乱，更方便你下手。而且，一开始，高婷孤身一人在房间里休息，抓她的话最方便了。可是你没有，你甚至不惜先钻进茅厕里抓人……呵呵，一只钻茅厕的怪物……

"我本来还想，是不是高婷的精神有些异变，所以你不敢轻易抓她，但是刚才，你又趁机将她抓走了，哪怕她就坐在我的旁边……看来，你不是不想抓她，而是没有机会。因为她是车头，所以车队里的人很容易就会把注意力集中在她的身上。她是这个车队里受关注最多的人，也是你最难抓的人。

"既然如此，为什么一开始你不去她的房间里抓她？"说到这里，陆辛眯了一下眼睛，"因为你做不到。她反锁了房门，窗户也关着，你进不去。"

他露出胜券在握的笑容，"所以，你是有实体的。你只是可以让人看不见你，甚至摸不着你，但你的行动还是会受到限制。

"第三，你从下午跟我耗到了晚上，就像个畏畏缩缩的胆小鬼，而且之前我独自等了你那么久，也没有等到你过来找我，这是不是说明，其实你一直都特别害怕我？

"既然这样，那就简单了。"说到这里，他长长地松了一口气，从自己的背包里拿出一个扁平的银色烟盒，将仅剩的有着金色过滤嘴的香烟丢给小周一根，又丢给孙狗子一根，然后将最后一根慢慢点燃吸了一口，"我何必找你在哪里呢？知道你在这个房间里就够了。我会一直守在门口，不让你有离开的机会。相信我，无论你是从我身边出去，还是打破窗户逃出去，我都可以抓住你。"他停顿了一下，笑容灿烂，声音却有些阴森，"在那一瞬间，我会让你后悔被生出来……"

众人闻言，莫名打了个寒战，感觉房间里的温度都下降了好几度。

陆辛一动不动地倚在门框上，闭上了眼睛，像在休息。与此同时，妹妹小小的身子不停地在房间的墙壁、天花板、柱子、铺盖上爬来爬去，看看这里，翻翻那里，一丝不苟地寻找着那只看不见的怪物。

眼镜狗不知道从哪里晃悠了出来，悄摸摸地想靠近陆辛，被陆辛看了一眼，它立刻夹着尾巴往后退。它的责任是帮陆辛缓解负面情绪，但它看出来了，此时的陆辛根本不想缓解。

良久，没人说话，没人动弹，也没有任何人再消失。在这种像绷紧的琴弦一样极度紧张的氛围里，院子里忽然飘来了浓重的血腥味。不是新鲜血液那种气息，而是一种血液搁置了很久，已经开始腐烂变质的气味。那气味越来越浓郁，很快就充斥了整个屋子，就好像有什么东西在靠近。

"咳咳……"

忽然，死寂的院子里又响起了一串咳嗽声。这声音极其突兀，听得人毛骨悚然。众人都下意识转头看去，只见宽阔而又黑沉沉的院子里不知何时多了一个女人，她脸色雪白，嘴唇鲜艳，像女鬼一样。冷不丁看到她，众人顿时吓出了一身冷汗。不过，定睛一看，他们又忍不住同时松了一口气，下意识就想骂娘。

来的是旅店的老板娘，她穿着一件粉红色的羽绒服，脸上抹着厚厚的粉，雪白雪白的，嘴唇上涂着鲜艳的口红。身材那么肥胖的她，走起路来居然是没有声音的。

"你们瞅啥呢？"老板娘慢慢地走过来，歪着脑袋向通铺房里面张望，"老远就听见你们在这里喊……"

小周和孙狗子欲言又止。他们都想骂老板娘一声：都他妈什么时候了，还过来吓人？但考虑到陆辛在旁边，他们忍住了。

这时，陆辛也睁开了眼睛，转头看着老板娘。他脸上没有表情，只是静静地看着。他看着这个旅店的老板娘慢慢地扭着腰胯，走到众人的跟前。她的动作和神态非常自然，他却隐隐觉得怪异。这只是一种感觉，找不到证据，所以他也不着急，只是仔细地打量着她，思索着那种怪异感究竟来自哪里。她身上没有精神怪物，那么，是有精神能力者在影响她吗？

这种事光靠想是想不出个所以然来的，于是，陆辛轻声问道："你和屋子里这只怪物是一伙的吗？"

老板娘一脸费解："啥一伙的啊？我有老公的，小伙子！"

陆辛听着老板娘的话，脸上露出了一点笑意。他装作好奇地问道："你有老公，为什么还要勾搭老周？"

老板娘的脸色顿时变得有些古怪："我……有吗？"

"你没有。老周腰不好，谁勾搭他都不会上钩的。但你已经暴露了！真正的老板娘会直接骂人的。"

他的话音刚落，周围的气氛就变得异常凝重。阴冷的风灌进通铺房里，吹得吊在房梁上的灯泡晃来晃去。

所有人的影子都因为灯泡的晃动而产生了忽长忽短、忽左忽右的变化，陆辛的影子也是如此。他坐在门边，脚下的影子随着灯泡的晃动一下子拉长了，与屋外的黑暗融为一体。这似乎是很自然的事，不太自然的是，当灯泡晃回去时，他的影子却没有跟着收回来。那道比夜色更为黑暗的影子悄无声息地游走了一会儿，突然直直地向老板娘扑了过去。

"呵呵……"老板娘怪异地笑了一声，肥胖的身躯猛地向旁边翻了过去，动作居然灵巧得吓人，轻轻松松就躲过了影子的扑击。

"你果然是精神能力者，还是个很强的精神能力者。"

陆辛皱了皱眉头，向她看去，发现她并没有开口，声音是从她身后传来的。

"真古怪……"陆辛慢慢说着，仍然稳稳地坐在门口。他说了要守着这扇门，不让里面的怪物逃出来，就一定会说到做到。虽然他不能动，他脚下的影子却紧贴着地面，凌乱地抖动着，像毒蛇吐芯子一样。

"咦？都不聊一下的吗？"老板娘身后不停有声音响起，而她肥胖的身躯也不停地腾挪、跳跃，速度居然出奇地快。尤其是，陆辛有种诡异的感觉，那就是她似乎总是可以比他的影子快一步，有时影子还没扑击过去，她就已经躲闪开了，灵活至极。

陆辛突然站了起来，影子瞬间变大，像黑色潮水一般向老板娘席卷而去。老板娘尖叫一声，眨眼就退到了几十米外，然后踩上一辆车的车头，直接跳到了半空中，接着一个漂亮的转身，稳稳地落在了地上。

"咔嚓……"老板娘的脚踝处发出了一声脆响。她的动作虽然灵活，身体素质却跟不上，终于把脚给扭了。

"呵呵……"陆辛笑了一声，影子又朝老板娘扑了过去。

老板娘露出了痛苦而慌张的表情，在某种力量的控制下，她似乎可以无视疼痛，继续闪避，但是，她的脚伤影响到了她的动作，使得她难以再及时躲过影子的扑击。

眼看着黑色的影子就要爬到老板娘的身上，将她整个人淹没了，陆辛忽然转身，抬手握住了那个不停摇摆着的灯泡。冲到老板娘面前的影子瞬间停下，并快速向后蔓延。

老板娘喉咙里像噎了什么东西，嗬嗬作响，然后她两眼一翻，扑倒在地，屁股撅得老高。在她的身后，一个瘦高的人影正静静地看着陆辛。

原来，老板娘看起来是独自一人，其实在她肥大的身体后面一直跟着另一个人。这个人的一举一动与老板娘完全一致，借她挡着自己。刚才陆辛就算用影子杀了老板娘，其实也伤不到他，所以陆辛收回了影子。这个人好像知道陆辛已经发现了自己，再加上老板娘的脚受了伤，他便不再控制她了。

两个人隔着二十多米的距离，静静地对视着。

"你是一个善良的人，不喜欢伤及无辜，我喜欢你这样的人。"人影细声细语地说着，"我们何不先停下来，好好聊一聊？"

虽然人影站在灯光之外的黑暗里，但借着淡淡的月光，陆辛可以勉强辨认出他的模样。他穿着笔挺的西装，身材修长，目光明亮——那确实是极为明亮的目光，没有更明亮的了。

因为他的脸上没有五官，只有一只竖着的眼睛。它长达二十厘米，宽也有十几厘米，瞳孔漆黑，眼白部分布满了血丝。除了这只眼睛，整个脑袋上都是皱巴巴的赤红色血肉，也没长头发。

陆辛看了这个"独眼男"好一会儿，身子才微不可察地抖了一下："你长得还挺可爱的……"

"呃……谢谢！"独眼男似乎没想到陆辛看到自己的反应会是这样的，道了一声谢，表情有些古怪。当然，他的表情是没有办法直观地看出来的，只能从他脸上那唯一的一只眼睛来分辨。他的瞳孔微微缩了一下，左右两侧的眼睑眨动了几次，这似乎表示，对于陆辛的评价，他拿不准是真话还是嘲讽。

过了一会儿，他举止优雅地掏出一块白色的手帕，擦了擦自己的眼角，细声细语道："希望我们可以先聊聊，我们对精神能力者一直都抱有极大的善意。"

陆辛注意到，独眼男的声音是从小腹位置发出来的。他微微皱了一下眉头，感觉这家伙和白塔镇的大脑状怪物是一个性质的，说不清到底是人还是怪物。

不过，独眼男挺有礼貌的，于是陆辛也很有礼貌地问："说吧，聊什么？"

"之前你做了一些对我们不好的事，当然，我们更愿意相信这是一场误会。你杀了我们很多人，当然，这也可以是一场误会。最重要的是，你带走了一份比较重要的资料。"独眼男微微停顿了一下，接着道，"如果你愿意还回来，并且保密，我们会对你非常感激。或者，像你这样的精神能力者也可以考虑成为我们的一员，这样我们就会对你更放心……"

"成为你们的一员？"陆辛听了这话，有些诧异，"你们给开多少工资？"

独眼男语塞，好像没有料到陆辛会问这个问题。他沉默了一会儿，道："钱只是一个数字而已，不应该成为一个问题。"

陆辛叹道："起码得是年薪百万，才有底气说这话……"

独眼男再次沉默了，脸上的唯一一只眼睛眯了一下，好像有些费解。然后他低声开口道："你的格局，小了。"

陆辛似乎有些不好意思，笑着道："没办法，有一大家子要养呢……"他又忍不住问，"你们让我加入，做什么工作？"

"我们甚至不需要你做什么，我们只会帮你实现梦想，所有的……梦想！"

"啧……"陆辛微微愕然，诚恳道，"老实讲，你这话听起来很像诈骗！"

独眼男有些接不下去了，过了一会儿才轻声道："我是诚心邀你加入，你能不能有点诚意？"

陆辛无奈地摇了摇头，道："我其实很有诚意，说的也都是真的。你这个组织不仅不怎么正规，而且明显违法了。现在我正式通知你，赶紧把车队的人都放了吧，然后去自首，可能还会得到宽大处理。不然待会儿真动起手来，我可能没办法收住……"他认真地看了独眼男一眼，"你可能会死的。"

独眼男怔了一下，然后笑道："你居然是认真的……只是，你的人都在我的同伴手里，你也已经被我们包围了，你哪来的底气说这些？"

"我的朋友确实在你的同伴手里，"陆辛看了一眼身后，"但是，我也把它堵在屋里了啊！"

"是吗？"独眼男笑了一声，忽然抬起手来，"砰"的一声，一枚子弹飞快地向陆辛飞了过来。

陆辛双脚不动，身子直挺挺地向旁边一歪，像从腰部折断了一样。这一歪恰好躲过了那枚子弹，子弹打在了他身后的墙壁上。

"蜘蛛系？"独眼男诧异道，手上连续不断地开枪。

没人能一直保持高度的注意力，而独眼男似乎很擅长捕捉陆辛注意力下降的瞬间，他开枪的时机极为刁钻，有时候，陆辛看起来甚至像是主动撞向他的子弹的。

这种处处受制的感觉太古怪了，陆辛有些不耐烦，脚下的影子直直地蔓延了出去，像一堵墙在横冲直撞。无论是影子覆盖的面积，还是冲向前方的速度，都明显让人难以应付。但在这种情况下，独眼男还是及时做出了反应。他飞快地向前蹿出，冲到趴在地上的老板娘旁边，一脚踩在她的屁股上，让她结结实实地贴住了地面。与此同时，他的身形高高跃起，借势攀爬，直接冲到了一辆大卡车的车头之上。然后，他转过身来，顺势向陆辛开了一枪。

这一枪好像提前经过精准的计算，准确地射向了陆辛的小腹。对稳稳站在门口控制着影子的陆辛来说，这是他最难躲避的点。一枪过后又是一枪，第二枪打向了陆辛的左边，看起来好像打空了。

"他提前知道我要往哪个方向躲避……"陆辛一只脚已经提了起来，打算向左迈出，却硬生生收住了。因为这一瞬间的犹豫，他连第一枚子弹也来不及躲了，只能飞快地抬起手，将影子收回身前。退回来的影子向上卷起，顷刻之间便将第一枚子弹卷住了。

"咔——"子弹被扭曲，"当啷"一声掉在了地上。

陆辛的脑海里瞬间涌出了许多念头，其中大多是父亲的抱怨。父亲在责怪他没用，居然被对方看出了目的。独眼男正是确定了他不想伤害老板娘，才踩着老板娘的屁股躲过了影子的扑击，又用子弹逼着影子回来相救。这种被动的感觉简直太憋屈了，不能忍受……

这些念头出现时，陆辛听见了两个声音，一是独眼男射出的第二枚子弹打在墙壁上的声音，二是身后的通铺房里忽然传来了一种异样的骨骼扭动声，噼噼啪啪的。

陆辛瞬间回头，看到了一片鲜艳的红色，同时闻到了一种腐臭的血腥气息。无数的触手一下子冲到了他的身前，在他反应过来之前就缠住了他的身体，冰冷而空洞的感觉涌进了他的脑海，让他好像要被吞噬了一样。

他心里涌出一种已经被这个世界遗忘的感觉，就像某个夕阳西下的傍晚，一群小伙伴蹦蹦跳跳地回家吃饭了，忘记了那个认认真真玩游戏的小朋友。他正眼巴巴地躲在树后面，等着小伙伴们来找他。有时候，玩捉迷藏不是为了躲起来，而是为了被别的小朋友找到。但别的小朋友忘了找他，所以他永远地藏了起来。

"呼……"陆辛很快清醒过来，低头看过去，看到了一只身材矮小的章鱼状怪物。它的皮肉是血红色的，散发出腥臭的气味。它的脸上没有五官，只生了两只异常大的耳朵，它似乎一直在用这对耳朵听着什么。

车队的老李、田牛子等人正跟在这只怪物身后，高婷他们也在里面。他们已经失去了意识，只知道木然地把手搭在前一个人的肩膀上，慢慢地行动着，仿佛成了一条玩具蛇的一部分。排在最后的正是老周。

陆辛心里的不满消散，表情有些惊喜。

"不得不承认，你的能力很罕见，也很难得……"这时，独眼男再次细声细语地说。因为陆辛正背对着他，所以他看不到陆辛的表情。"刚才你说要一直守在门口，确实吓到了我的同伴，也无意中拿捏了它的弱点。但很明显，你还是犯了一个错误。你将它堵在屋里，也就等于将你的后背卖给了它……"

他一边说着，一边退下了手枪的弹匣，推进去一个新的弹匣。然后他慢慢向前走来，抬枪指住陆辛，笑道："现在，我需要考虑一下，是抓住你，还是直接杀掉你。"

在他看来，陆辛已经被他的同伴迷藏给捉住了，身子已经变得僵直，身上的活人气息也在消失。从以往经验来看，他的任务已经完成了，唯一需要考量的是，究竟是以最谨慎的态度，直接将这个古怪的精神能力者清理掉，还是以周全的态度，将他带回去好好审讯一下。

他正想着，脸上的眼睛忽然剧烈一缩，好像发现了什么惊异的事。下一刻，他猛地往后退去，并且抬手就是一枪。

"你不如考虑一下，把你们知道的事告诉我。"

就在独眼男退开之时，看起来一动不动的陆辛忽然有些僵硬地转过头来。他身子不动，脖子却转了一百八十度，向着独眼男笑。紧接着，已经转到了这个程度的脑袋忽然又歪了一下，恰好躲过了射向他的子弹。

"怎么回事？"看着这诡异到极点的场面，独眼男的声音都有些变调了。自他现身后，还是第一次以这种口吻说话。

"你先不要冲动……"脖子拧转到身后的陆辛没有理会独眼男，而是低头看了一眼自己的影子，轻声说着。然后他的脑袋又咔吧作响，转了回去，轻声道："妹妹，可以放开我了。"

此时，妹妹正用两只小手扳着他的脑袋。不然的话，陆辛自己可做不到把脑袋拧转这么大的幅度。当然了，哪怕有妹妹的帮助，他的脖子还是有些发酸。他摇晃了一下脑袋，发出了清脆的咔吧声，这才感觉脖子舒服了许多。

他慢慢低头看向那只生长着许多触手的矮小怪物，回忆了一下细节，轻声道："所以，你的能力就是不会被人看见？这不是隐形，而是你身上有一种让人下意识就不去看你的气质。从某种程度上来说，这比隐形还要厉害。因为就算有人看到了你，或是捕捉到了某些关于你的痕迹，也会下意识忽略。这就导致没人能找到你，因为所有人都下意识不想找你。你把人抓走，其实就是将这个人污染。被你污染需要满足两个条件，一是接触你，二是不被人注意。我不知道你有这种能力，玩捉迷藏是不是从来没有输过……"说到这里，他抬头看向正蹲在怪物头顶上的妹妹，她双手抱臂，显得非常神气。看到她的样子，他不由得露出了赞赏的笑容。然后他看向怪物，继续道："但很明显，这次你输了。"

感受到陆辛温和的目光，那只小怪物的身体像筛糠一样抖了起来。它低着头，都不敢看陆辛的眼睛。

陆辛淡淡地看了小怪物一眼，心情渐渐变得愉悦起来。然后，他有些挑衅地瞟了一眼外面的独眼男。很明显，当陆辛守在门口，不让这只怪物逃出去，并且打算跟它耗到底的时候，外面的独眼男其实也在创造机会，不仅想让他的同伴逃出去，还想趁着陆辛分心的机会，让他的同伴偷袭陆辛。只可惜，他们并不知道，妹妹一直在屋子里寻找那只看不见的怪物，而当这怪物偷袭陆辛的时候，她终于找到它了。正是因为妹妹一直抓着它，所以陆辛才可以看到它。

"哥哥，哥哥……"得到了赞赏的妹妹表情更得意了，简直要上天。她开心地看了一眼怪物身后的长队，然后又转头看着陆辛，用眼神恳求着。

"可以玩玩，别过火！"陆辛叮嘱了她一句，仍旧有些不放心地盯着她。

妹妹顿时露出了兴奋的表情，伸出两只小手去掰小怪物的脑袋。她把小怪物的脑袋掰得歪向了一边，与此同时，整支队伍所有人的脑袋都跟着歪了过去，脊椎咔咔作响。

"停下。"陆辛喊了一声。他发现了，这些人现在和小怪物好像是一个整体，如果妹妹把小怪物的脑袋掰断了，说不定它后面所有人的脑袋都会跟着断掉。

迎着妹妹疑惑的目光，他想了想，道："你先看着它，待会儿我陪你一起玩……"

妹妹犹豫了一下，点头答应了。

"你在跟谁说话？"独眼男的语气有些慌张。他本来以为一切十分顺利，没想到，局势居然会发生逆转。当陆辛看向迷藏所在的位置时，他就感觉到了不妙，因为迷藏的能力就是不被人看见。结果陆辛不但看到了迷藏，而且迷藏居然像发疯了一样，用力扭着自己的脖子，扭得咔咔作响，好像想将脖子扭断一样。

"轮到你了……"陆辛笑着转过身来，看向独眼男，脚下的影子飞快地拉长，顷刻间蔓延了出去，直扑向独眼男的身体。此时他们都站在院子里，屋子里的灯光照不到这么远，整个院子里都是大片的黑暗。在黑暗之中，影子简直如鱼得水，它可以轻易地把每一个被阴影覆盖的地方都变得异常危险。

没想到，独眼男明明看不见影子，却在影子冲向他时一下子跳开了三四米远，同时抬枪，"砰"的一声射出了又一枚子弹。陆辛身形僵硬地向旁边一歪，子弹擦着他的身体飞了过去，打在他身后的墙壁上，爆出了一团蓝色的电弧——是特殊子弹。

有古怪。这一次，陆辛没有急着反击，而是认真地思索起来。虽然没有被伤到，但在这个人面前，他好像很被动啊……独眼男明明不是蜘蛛系精神能力者，动作也不是快到出奇，为什么可以躲过影子的攻击？

影子颤抖起来，父亲越来越不满了，依他的脾气，当然受不了这种无力的局面。

"不要乱发脾气嘛，发脾气是解决不了问题的……"陆辛耐心地劝着父亲，"我们先思考一下，肯定能找到对付他的办法……"

"这究竟是什么人？"独眼男心里也满是古怪的感觉。他来之前已经做足了准备，知道对方是一个可以短时间内将实验基地毁掉的强大精神能力者，但是他没想到，这个人喜欢自言自语，怎么看怎么像个精神病。

对，虽然独眼男没有耳朵，没有鼻子，没有嘴巴，只有一只眼睛，但他还是觉得，不正常的是陆辛。

对于陆辛的能力，无论到底有多强，独眼男都不怎么在意，让他心里发毛的是陆辛不停自言自语的举动。

"咦？找到了……"正在换弹匣，打算全力出手的独眼男忽然听到了对方有些兴奋的声音，然后他就看到，陆辛抬头向他看了过来，从容不迫道，"明明你的速度并不快，比蜘蛛系差得远，但你还是可以轻易躲过我的攻击，甚至子弹打的都是我即将躲过去的地方，就像……你能提前预料到我会怎么做……"

"所以……"陆辛顿了一下，笑着道，"你的能力是预知吗？不对，是读心？"说着，他的眼睛忽然看向一处，影子却没有跟着过去，而是一下子向四周蔓延了出去。在毫无防备的情况下，独眼男被影子卷在里面了。

没想到，就在影子卷住他的一刹那，独眼男消失了。"我遇到过这么多对手，你是最晚猜出我能力的人……"他细细的声音从四面八方传来，"而且还跟其他人一样猜错了。"

"嗯？"听到自己居然猜错了，陆辛的表情有些意外——如果独眼男的能力不是读心或预知，那么他究竟是怎么知道自己的想法的？自己的影子卷过去，捕捉到的却是虚影，那么，真正的他究竟在哪里？

"朋友，我们真该好好聊一聊的……"那个细细的声音又从陆辛的正前方传来。刚才独眼男被陆辛的影子撵得跟只兔子似的到处乱窜，没想到这会儿居然胆子大了，非但不再逃跑，反而用一种掌控全局的步伐，缓缓向陆辛走了过来。

陆辛心里生出了一点疑惑，操控影子向前扫了出去。独眼男被他的影子扫中，顿时消失不见了。

陆辛皱着眉头向前走去。妹妹抓住了那个捉迷藏的家伙，他不用再一直守在门口了。如果刚才是因为他没有走动，影子受到了限制，才抓不到独眼男的话，那现在没理由抓不到。在他走动的过程中，影子散乱地融入了黑暗里。

"你这样的精神能力者死在这里，会很可惜……"独眼男的身影出现在左侧不远处，他正慢慢地举起枪。"唰！"影子立刻卷了过去，独眼男瞬间消失不见。

"本来我是打算杀了你的，但因为你太过古怪，倒让我感觉好奇了……"右边响起了独眼男的声音，他已经瞄准了陆辛。

影子晃荡起来，张牙舞爪。看来，父亲已经极为不耐烦了，以他的脾气，怎么可能受得了这种戏耍一样的把戏？陆辛需要高度集中注意力，才能保证父亲不会发起疯来连自己人都打，这导致他更加烦躁……

"砰！"独眼男直接扣动了扳机，但子弹却是从陆辛的身后飞过来的。哪怕陆辛极力闪躲，肩膀还是被闪着蓝光的电弧擦了一下，留下一片焦黑。

陆辛脚下的影子开始剧烈地颤抖，就像一汪动荡的湖水。正看守着那只怪物的妹妹也猛地转头看了过来，锋利的牙齿咬得咯咯作响，眼睛里有怒火在燃烧。

陆辛眼神淡漠地看了自己左肩上的伤口一眼，面无表情。

"不要生气。"在独眼男的视角里，陆辛又开始自言自语，"越是看起来诡异的能力，或许就越弱小，因为它只能靠把事情搞复杂来取胜。"

陆辛说着，慢慢走到独眼男之前站过的一个位置，其间完全没有理会再次出现的独眼男，也完全没有去理会打向自己的子弹——他的影子变得异常狂暴，将飞过来的子弹尽数绞碎了。

父亲不像妈妈那样擅长保护，但他强大的力量决定了很多到达陆辛身前的威胁都会被他粉碎。但是，此时此刻，陆辛的压力其实也有一部分来自父亲。拖的时间越长，父亲便会越愤怒，早晚会控制不住，彻底爆发。所以，陆辛必须充分利用这有限的时间。

陆辛只看了一眼，便确定了什么，眼睛眯了起来。这里有一层泥土，是车队的人为了捉那只看不见的怪物而撒的，独眼男刚才明明站在这里，泥土上却没有任何脚印。

"原来，你并没有真的出现在这里。"

陆辛说着，又走向独眼男射出那枚打中他的子弹时站的地方。他扫了几眼，发现这里倒是有几个脚印，说明独眼男确实曾站在这里，并且向他开枪。遗憾的是泥土不够，无法追踪到连续的脚印。

"寻找这些有用吗？"独眼男冷淡地说着，不停地出现在不同的地方，向陆辛开枪。

陆辛不理他，耐着性子继续寻找着。终于，他在一个位置站定，集中注意力看向一个地方。然后他的视野里就出现了一个硕大的眼球，就在离他三米远的地方，静静地长在一辆车的车头上。它与独眼男脸上的眼睛一模一样，眼白部分布满血丝，直直地盯着他。

这种目光看得陆辛心里有些别扭。他脚步微微一动，想要去看看这个眼珠子是真的还是假的。但他顺势转过身，就看到自己的周围不知何时已经长满了眼睛。一只只眼睛瞳孔紧缩，有的长在墙壁上，有的长在旁边的车上，有的长在屋顶上，从各个角度死死地盯着他。

陆辛心里的别扭感更重了。在这么多眼睛的注视下，他产生了一种被看穿了的感觉，就好像自己的一举一动都是透明的。

"原来，你的能力不是读心，而是观察？"陆辛惊讶地看向不远处的独眼男。

"不仅仅是观察。"独眼男向陆辛走了过来，脸上的眼睛弯成了月牙状。

陆辛下意识想向他出手，却忽然发现自己好像遗忘了什么。过了一会儿他才意识到，原来自己是遗忘了出手这件事。那些眼睛有着某种神秘的力量，在三百六十度无死角地观察着他的同时，也在影响着他。

在这些眼睛的注视下，空气出现了微微的扭曲。陆辛感觉好像有无数只蚂蚁在身上爬，它们在不知不觉之中钻进他的身体，吞噬掉了他想要对独眼男出手的念头。它们的力量就像枷锁一样，紧紧锁住了他的思想。

"观察可以看透你的行动与意图！"独眼男的声音从他西装下的小腹位置传了出来，"而观察到极致的时候，就可以产生控制的力量。所以，当你被我看到的时候，就已经落入了我的掌控，无论你的力量有多强，无论你的能力是什么性质的，观察都能俘获你的思想……"他一边说着话，一边仍在慢慢向陆辛靠近，只是，他的动作似乎放缓了，每一步都被拉长了很多。与此同时，他说话的腔调带上了某种神秘的味道。

"你现在是不是打算放弃抵抗，并且将我们的东西还回来了？"

陆辛低着头，过了一会儿才缓缓摇了摇头。

独眼男看着他，继续轻声说着："你现在是不是打算放弃抵抗，并且将我们的东西还回来了？"

陆辛还是摇头，只是这一次动作又迟钝了许多。

独眼男的眼睛显得明亮了很多，并且引亮了周围所有的眼睛。他再次开口："你……打算放弃抵抗……将我们的东西……还回来了。"

陆辛心里忽然生起了一种奇怪的感觉。原本他听了独眼男的话，只觉得很可笑，心想，到了这时候，对方居然还在说废话，明明应该趁这个机会，朝他头上开一枪才对嘛！但当他连听了三遍后，他的感觉却不一样了。听第二遍时，这句话就已经和他的思想产生了共鸣，他很难分得清这句话与他自己的想法之间的区别。听第三遍时，他感觉这句话不是对方在问他，而是他内心生出来的——放弃抵抗，并且将东西还给他们，这就是他的想法。

有了这个想法之后，他的一切思维都开始自动地为这句话补全逻辑，就好像当一个人特别想去做一件事时，他就会找一切理由说服自己。于是，他慢慢地、迟疑地开口道："那……"

独眼男观察着他的反应，脸上的眼睛微微眯起，像在微笑。然后他就听到陆辛认真道："我先跟家人商量一下。"

"……"独眼男愣在了当场。下一刻，他看到陆辛睁开眼睛，友好地向他笑了笑，表情还有一丝幸灾乐祸。

与此同时，陆辛脚下的影子忽然变得异常庞大。

独眼男的动作不可谓不快，瞬间就已经跳到了数米开外。红月之下，他的动作干脆利落，快得像幽灵。但当他双脚落地的时候，影子早已经在他的脚下等着了。因为有很多眼睛在盯着陆辛，所以独眼男完全可以判断出陆辛的想法，他并没有在陆辛身上看到任何攻击的意图，但陆辛的影子还是出现在了他的脚下，并且速度快过之前任何一次。

砰砰砰砰！那是一个个眼珠子爆裂的声音。黑色的影子瞬间蔓延开来，覆盖住了整个小院所有的东西。这一次，陆辛没有再去控制父亲的力量，于是，只在极短的时间里，影子就像魔鬼一样统治了这个小院。

"咔咔——"有骨头碎裂的声音响起，就在陆辛左侧二十米远的地方。独眼男的身影出现在黑色的影子里，伴随着血肉被撕裂的声音。他的双腿被黑色的影子紧紧缠住，并且影子在一点一点向上蔓延。他的血肉忽然一块块剥落，仿佛遭受了凌迟。

"怎么可能？！怎么会这样？！"在独眼男痛苦惊惧的嘶吼声中，他的下半边身子瞬间就没了。

听着独眼男的叫喊声，陆辛回想起自己刚才的处境，心里一阵发怵。原来，独眼男的能力核心是观察，可以通过观察掌握对手的意图；进一步的能力是影响，使对手的视觉出现错乱，看不见他真正的位置；而最终的能力则是将对手完全控制住。

这还是陆辛第一次遇到这么诡异的能力，不仅可以提前规避掉他的攻击，甚至可以让他忘了攻击，成为待宰羔羊……陆辛刚才明显被独眼男影响了，不过，独眼男没想到的是，他对陆辛的影响其实是在帮助父亲。陆辛受到的影响越深，对父亲的束缚就越小。父亲现在一定很感激独眼男，看他和独眼男"玩"得多开心……

陆辛已经完全从那种被影响的状态里恢复过来了，他向周围看去，发现那些眼睛已经消失了，直到现在，他都不知道它们是真实的还是虚幻的。

在影子的包裹之下，独眼男身上的西装被撕裂，露出了他的身体。他的整个身体都是血红色的，与那只大脑状怪物一样，像剥去了皮肤的血肉。在他的小腹位置生长着一个嘴巴，起码有二十厘米长。它正咧开来，发出凄厉的惨叫声。在被影子彻底吞噬之前，它只来得及吼出最后一句话："婴，救我……"

"哇——"一声刺耳的啼哭声在空空荡荡的院子里响了起来。

"嗯？"正乐呵呵地看着父亲和人"友好交流"的陆辛警惕地抬起头来，扫视四周。

就连陆辛也没有发觉，这个院子里原来还有一只怪物。那啼哭声响起来的一瞬间，他感觉到自己的耳膜在振动，内心涌出了一种让视线出现虚幻重影的恶心感。巨大的压力从身体内部袭来，冲撞着血管与大脑。他感觉到了严重的晕眩，几乎要摔倒在地。

与此同时，一丝丝新鲜的肉芽从独眼男的残躯中生长出来，将他的身体恢复如初。但这种生长趋势并没有就此结束，他的身体不停地膨胀着，瞬间变成了一种可怕的血肉怪物。

膨胀的血肉与影子冲撞在一起，强大的冲击波以独眼男为中心，猛然向周围扩散。地面上的碎石子狠狠地向周围弹去，如同子弹。停在十几米外的一排大卡车的车窗玻璃瞬间出现了密密麻麻的蛛网状裂痕，巨大的车身被冲击得摇晃不已，咣啷作响。通铺房的窗玻璃全都碎了，房门被冲击得来回开合，撞出了巨大的裂痕。

陆辛险些摔倒，他稳住身形，眯起眼睛，目光森然。

在血肉膨胀起来的瞬间，影子被撑开，然后又紧紧收缩。但是，影子吞噬那些膨胀开来的血肉是需要时间的，在这短短的时间内，独眼男无比痛苦地向外分离着，终于在影子将多出来的血肉吞噬的瞬间脱离了出去。

身体破破烂烂的他飞快地钻进了黑暗里，连同那个突兀的啼哭声一起，瞬间消失得无影无踪。整个小院里变得安安静静的，持续散发着浓重而带有腐气的血腥味。

陆辛皱着眉头，缓缓站直了身体。他没想到，那只藏在暗处的怪物居然这么强，能够短暂地抵抗父亲的力量，将半死不活的独眼男给救走。既然如此，为什么一开始它没有出手？如果它跟捉迷藏的怪物和独眼男联手，恐怕他会有不小的麻烦……

"呵呵呵……"陆辛的影子缓缓地缩了回来，留下一摊堆在地上的腐烂血肉。

陆辛心里有些欣慰，因为刚才父亲其实是有机会离开的，但他居然没有离开，而且自己也没有感觉到他的犹豫。不过，陆辛一开口，话还是说得有点难听："笑什么呢？你居然放跑了一个猎物……不，是两个。"

"都怪你，你这个废物。"影子忽然挣扎起来，愤怒道，"如果你早点放开我，他们一个都跑不掉，你也不至于受伤！现在搞成这样，都是因为你！"

"推卸责任可不好啊……"听着父亲熟悉的发火声，陆辛的心情顿时好了许多，他看了影子一眼，语气非常无辜，"刚才可是你自己在行动。我一直以为你很厉害，结果你根本没有一口气干掉那个大眼睛的可爱小子，而且那个啼哭声响起来的时候，我明显看到你直接被人家给弹出来了，这——"

说到这里，他忽然闭上了嘴。因为他发现，影子这下是真的发火了，一下子膨胀了起来。强烈的负面情绪瞬间充斥了他的脑海，他隐隐听到了吭吭的砸门声。

"谢谢你啊……"陆辛叹了一口气，表情有些不自然地对影子说道。

影子顿时平息了许多，在深沉的黑暗里疑惑而警惕地看着陆辛。

"妈妈不在身边，全靠你保护我和妹妹了。"陆辛继续说道，态度诚恳，"虽然你很粗鲁，但我感觉你做得还是挺好的。"

影子缓慢地变化着，好像有些迷茫。旁边的妹妹好奇地转过头，不明白陆辛为什么忽然提到了自己。然后她看了他的影子一眼，小幅度地撇了撇嘴，似乎对他的话很不以为然。

"你脾气不好，家人都挺怕你的，所以以前躲着你，也怕你出来伤害到别人。但是妈妈说得挺对的，一家人就该互相帮助才对嘛。多点理解，多点包容，我们就会更团结，没有什么事能难倒我们，就像刚才……你放心，以后我也会努力试着理解你、体谅你的……"陆辛认真地向影子说道，"之前就答应你了，现在也确实是时候了。"

影子彻底平息了下去，像深沉而黑暗的海面。过了好一会儿才有声音在陆辛耳边响起："你知道你现在显得特别虚伪吗？"

"啊？"陆辛怔了一下，不太好意思地挠了挠头，"有吗？我不太擅长……哈哈哈……"

"呵呵呵呵……"影子也阴沉地笑了。

妹妹在旁边看着他们，低低地"噫"了一声，又撇了撇嘴。

"其实我说的都是真心话，也不算太虚伪……"陆辛用笑容完美地掩饰了自己的尴尬，然后转移话题，"话说回来，刚才为什么会被他们逃走？是因为隐藏的那只怪物的力量比你强大，还是……某种程度上克制你呢？"

父亲沉默了好久才冷笑了一声："你知道嘴里进了一块腐烂的肉是什么感觉吗？"

"这……"陆辛认真想了一下，道，"和腐乳的味道像吗？"

父亲一副拒绝回答的样子，不过陆辛已经明白了他的意思，笑道："其实还不错，虽然跑了两个，但是……"他转头看向一个地方，"还剩了一个，不是吗？"

影子睁开血红色的眼睛，也转头看了过去。妹妹也反应过来，低头看去。旁边的眼镜狗欢快地摇了摇尾巴，也向那个地方看去，目露凶光。

逃走的独眼男和婴来到了一座隐秘的别墅之中。

"所以，你们三个一起，不仅没有解决掉那个精神能力者……反而被他扣下了一个？"没有一点光亮的黑暗里，一个男人静静地听完独眼男的叙述后，诧异地问道。

"我们不敢带迷藏回来，怀疑它已经受到了污染。"独眼男回道，"而婴根本就没有出手，它只是在最后我向它呼救的时候，帮我摆脱了那个人的精神力……"他的声音忽然颤了一下，"那种精神力量太可怕了。"

"婴为什么没有出手？"黑暗里的男人冷冷地问道。

别墅里安静了好一会儿，才响起一道轻轻的抽泣声，听起来好像很委屈。

"因为婴很害怕。"独眼男听懂了同伴的心声，替它说道，"它担心出手之后，连我们俩都无法回来。"

陆辛一家人看向的是吞噬了大半支车队的那只怪物。它还站在一群老司机的前面，穿着一件怪异的白色衣服，鲜红色的触手抱紧自己，垂着小脑袋，身体似乎在微微颤抖。妹妹蹲在它的脑袋上，两只小手好奇地摸着它的耳朵。大概是因为妹妹把它看住了，所以婴儿的啼哭声响起时，它没能逃走。它成了人质。

陆辛向这只怪物走去，他仔细数了数，发现除了它身后那个领头人，后面的都是车队的老司机，一个不少。领头人穿着干净整洁的西装，两只手搭在怪物的肩膀上，低垂着脑袋，看不清面孔。

"这不会就是那位青港城驻中心城办事处人员吧……"陆辛忽然想到了什么，有些惊讶。他一直在等那位办事处人员过来接洽，却始终没有等到。难不成不是他放了自己鸽子，而是他因为来得比较早，所以提前中了招？韩冰说办事处人员挺专业的，结果就这水平？

陆辛内心对这位青港城同事有点鄙夷，但无论如何，还是先把人救下来要紧。于是他绕着怪物转了一圈，最终停在它面前，认真地问道："是你主动把人放开，还是我来想办法？"

怪物的身体明显地颤抖起来，触手越缠越紧，仿佛害怕极了。忽然，有细细的声音从它的后脑位置传了出来："我现在……跟他们……是一体的，你伤害我……他们也会死。我可以……放开他们，但你要……答应我，让我离开……可以……吗？"

"你是在跟我谈条件吗？"陆辛低头看向这只怪物，脸色似乎有些不悦。

怪物不说话了，身体抖得厉害。

"哥哥，我想要这个玩具，你给我吧，好不好？"妹妹骑在怪物头上，怪物发抖，她也发抖，不过她是兴奋得发抖。

"刚给你买了玩具，你才玩了几天……"陆辛先否决了妹妹的话，然后盯着怪物，眯起眼睛，自言自语道，"所以，这只怪物最麻烦的地方就在于，它会把污染对象变成自己的一部分。要想解决它，首先要做的就是将它和老司机们分开，也就是斩断它污染的逻辑链……唉，如果妈妈在就好了，一剪刀下去就解决了……"

怪物明显听不懂"妈妈"是谁，却感觉到了一种异样的恐惧。它哆嗦得更厉害了，但它又觉得自己应该庆幸，因为眼前这个人似乎很在意自己身后这些人的性命，他不会不管这些人，直接把自己杀掉。这似乎是自己的优势……这么想着，它的触手松开了一点点。

"妹妹可以将这些人拉开吗？"陆辛想了一会儿，问了一句。

妹妹伸出两只小手扯了扯，道："很结实，不知道把它撕开有没有用。"

陆辛若有所思道："理论上讲，它现在和这些人成了一个整体，你把它的身体撕开，就等于把大家也撕开了……"

妹妹眼睛发亮："可以再缝上……"

陆辛责备地看了妹妹一眼："会留疤的……"

妹妹嘟着小嘴，抱臂哼了一声。

陆辛又看向影子，问道："你有办法吗？"

"呵呵呵呵……"影子阴森地笑道，"我很擅长将他们的两条胳膊砍下来……"

陆辛叹了一口气，最后转头看向眼镜狗，它正歪着脑袋，好奇地看着他。

陆辛没问它，直接叹道："要是妈妈在就好了……"

妹妹和父亲看向陆辛的眼神又变得冷飕飕的。眼镜狗也想瞪陆辛一眼，但想到自己的身份，它还是决定老实一点，摇尾巴讨好他。

"我试着劝劝它……"陆辛对他们的目光装作视而不见，他认真地看向这只一错过眼神就再难看到的怪物，从它的皮肉、代替手臂的触手、大大的耳朵，看到它身后那些仿佛被无形的细线绑住了的人。谈判是一种很重要也很有效的手段，以前是由妈妈负责的，现在他得自己上场了……

"你们究竟是人还是怪物？"陆辛忽然道，"我的意思是，你们究竟本来是人，但被别人变成了这个样子，还是说你们一开始就是被造出来的怪物？"

小怪物不吭声。

"如果一开始是人，那你现在长成这模样……病得不轻啊！"陆辛自顾自说着，"而如果你一开始就是怪物，那我从你身上感受到的情绪是怎么回事？怪物也会有那种被遗弃的感觉吗？……说真的，我很能理解你，我记得当初在孤儿院的时候，我也有过一段被孤立的日子。但后来，我们就玩得很好了！不管我走到哪里，他们都会主动躲起来，等着我去抓。"

看到小怪物哆嗦得更厉害，陆辛觉得它已经被自己打动了，于是他亲切地摸了摸它的小脑袋，感觉湿漉漉的，便顺手在它的衣服上擦了擦，继续道："你们的能力和别的怪物似乎有些不一样，感觉你们都被加强了。比如说你，你的能力本来挺弱的，现在看来……还是挺弱的……但是影响力比较大。刚才那么长时间我都没有发现你……当然了，也可能是因为你确实不怎么起眼……"

小怪物原本只是单纯害怕，这下子情绪更复杂了。

陆辛感受到了它的情绪变化，便趁热打铁，继续说服："我特别理解你，真的，理解你那种想被人找到的感受。但是，你确实有一种不那么容易被人发现的气质。而且你现在长成这样，恐怕更难融入社会了。你怎么去找工作、恋爱甚至结婚呢？你长成这样，恐怕没有姑娘会喜欢你吧？"

"……"

听着陆辛友好的劝说，妹妹和眼镜狗都愣了愣，然后不忍心地转过了头。影子也沉默了。

陆辛慢慢伸出手，抓住小怪物的一根触手，友好地握着，又道："本来你还有两个同伴呢，勉强也算是有人关心着你，但是呢，你看……刚才他俩逃了，逃得那么快……"他的声音里带了点同情，"他们完全没有想着救你……咦？呵呵……不好意思，我没笑，我只是想到……不会他们也把你遗忘了吧？啧啧，你……又一次被抛弃了……"

小怪物的身体更加剧烈地颤抖起来，血肉抽搐，好像在哭一样。

"别哭别哭，做人要学会接受现实。你看，起码我们是没有把你忘掉的，所以……"陆辛同情地将手按在它的小脑袋上，轻声叹道，"早点做决定吧！乖，别逼我发火。"

"连婴都感觉害怕？"黑暗里的男人沉默了一会儿，轻声自语道，"要这么说，对方的实力可能不止第二阶段啊。这样的人背后多半有强大的势力与研究者……心魔，可以将他的样子告诉我吗？"

心魔点点头，猛地睁开脸上那只血红色的眼睛，射出光束，勾勒成画面，最后呈现出一个脖子呈九十度弯曲、眼神冷静、面带笑容的年轻人。

看着心魔投映出来的画面，男人过了很长时间才轻声问道："他多大年龄？"

心魔认真思索了一下，道："二十至二十五岁，气质很像普通人……"

"他是不是拥有类似蜘蛛系的能力？"

"是，我一开始就误以为他是蜘蛛系的，后来才发现，我错得很离谱。"

"你能活着回来，已经很幸运了。"黑暗中的男人轻笑了一声，"他长大了……"

无论是心魔还是缩成一团的婴都没有接话，他们都从男人的语气里听出了一些异样的情绪，仿佛有些感慨，又有些……兴奋。

"通知赵会，立刻实施第二个计划。"片刻后，男人轻轻打了一个响指，干脆道。

心魔有些吃惊："这……会不会太着急了？"

"计划本来就走到这一步了，只是什么时候收网的问题罢了。赵会已经做了我们让他做的事，现在再让他去发挥一下余热，也是很不错的。最重要的是，既然'他'来了，我们不完成计划，又怎么欢迎他呢？"男人淡淡道，像在解释，又像在安慰自己。

然后他按下一个通话按键，轻声吩咐："让她过来。"

"吱呀——"走廊上没有脚步声响起，但房门被推开了，一个小小的身影出现在门口。

走廊里的灯光照在来人的身上，可以看到那是一个八九岁的小女孩。她只穿了一条白色的小裙子，赤着脚，垂着小脑袋，悄无声息地站在那里。她裸露出来的皮肤上到处都是恐怖的伤疤，以及细密的针脚。

男人看向她，眼神变得温柔："你可以做准备了，十九……"

陆辛友好地看着缩在墙角的弱小、可怜又乖巧的小怪物，露出了温暖的微笑。

它说它叫迷藏，这是黑台桌给它的名字。它隶属于一支代号为"地狱"的小组，另外两名组员叫心魔和婴，这次过来的目的是消灭白塔镇实验基地的目击者，并且夺回基地外泄的资料。但是如今，在陆辛的友好劝说下，它已经打消了这个念头，还把抓到的所有人都放开了，等候公平的审判。

高婷和其他老司机都没有事，连后遗症也不会留下，只是被影响了这么久，他们都有种大梦初醒的感觉，你看看我，我看看你，觉得不怎么真实。最后，他们一起看向蹲在墙角的迷藏，七嘴八舌地发表着意见。

"这究竟是什么东西？"

"太吓人了，砸死它吧？"

"这样的怪物可能砸不死，应该烧一锅开水，把它炖了。"

…………

在一道道可怕的目光里，迷藏默默地抱紧了自己，把脑袋埋进了触手里。

"大家没事就好，检查一下自己的身体齐不齐整……"

陆辛安抚完车队的老司机们，转头看向那个打扮与老司机们格格不入的男人，他正处于刚刚清醒的状态。

"所以，你就是……"

面对陆辛的询问，那个男人晃了晃脑袋，向陆辛伸出手："你好。"因为周围有很多人，所以他没有叫出陆辛的代号，"我姓厉，是青港城驻中心城办事处人员，你可以叫我厉先生，或是直接唤我的名字，厉刚。这次真是太危险了，幸亏我很警觉，给你留了暗号，不然，连我带这支车队，恐怕都会被那只怪物给害死……"说着，他瞪了墙角的迷藏一眼，好像想上去踹两脚。

陆辛怔了一下，忙道："厉先生，你好，你说的暗号是怎么回事？"

"你没有看到我留的暗号？"厉刚有些奇怪，"就是你房间里那张字条啊！我过来的时候你已经和车队出去了，我在你的房间里看到了字条，还没来得及安排什么，这怪物就过来了。时间紧急，我很确定自己逃不掉了，只能把字条折起来，给你留了一个关键信息……"

"关键信息？"陆辛吃了一惊，"是什么？"

"你没有发现？"厉刚也很吃惊，"我把字条折了个对角，指向墙上的一张菜单。"

陆辛蒙了："这有什么用？"

厉刚严肃道："怎么没用？折起字条，是告诉你我来过了。字条折出尖角，在我们这个行业里代表着有危险存在。另外，当时形势紧急，我只能将对角指向墙上贴着的菜单。准确地说，我是指向了菜单上的'小葱拌八带'这道菜。这是为了告诉你，对手是一只章鱼一样有触手的怪物……"

陆辛："……"

厉刚吁了一口气，继续道："时间紧急，我能留下的信息只有这么多，有没有问题？"

"你留的信息倒是没有问题……"陆辛过了一会儿才回答，"问题是我没往这个方向想……"

"嗯？"厉刚微微歪头，眯着眼打量起陆辛。

气氛有些尴尬……

"厉先生好厉害啊……"陆辛想了一下，脸上露出了笑容，"在这么短的时间里留了这么多线索。"

厉刚本来已经摆出了一副跟陆辛理论的架势，没想到他居然会称赞自己，不由得愣了一下。"你都没留意到我的线索，就把怪物解决了……"他慢慢地开口，试探着道，"也很不错？"

陆辛脸上的笑容更灿烂了："差得远，我都受伤了……"

"咦，伤口在哪里？"

"在……"陆辛找了找，失落道，"已经复原了……"

"嘶，真厉害……"

"还好还好，我只是身体素质比较好。厉先生居然想到了留暗号这么聪明的办法，才是真的厉害……"

"呵呵，一般一般，当初的培训课程，我也就是全班第二而已……"

"第一是谁？"

"陈菁，你听说过没有？"

"哦哦，那厉先生你是真的厉害……"

气氛顿时又变得非常融洽。

不远处的小周佩服地看着他们两个人，他只偷听到了一点谈话内容，而且听得一知半解，但不妨碍他觉得这两人都好神秘、好专业。

"既然已经化解了对方的袭击，"陆辛笑着道，"那我们现在应该怎么做？"

厉刚的神色变得有些严肃："对方出动了这么厉害的怪物——或者说是精神能力者吧，但我没见过长成这样的精神能力者——说明他们一定很在意这件事，这也从侧面证明了我们手里的资料对他们的威胁之大。不知道他们接下来会有其他什么安排，现在最重要的就是保存好证据。"

"证据？证据就在我手里，直接交给你就可以了吧？"

厉刚愣了一下："交给我……这就交给我啊？"

"对！其实这次来中心城，我是过来探亲的，发现这件事只能算是意外。基于一位特殊污染清理者的职业操守，我顺便搜集了一点证据，其实没什么精力来管这件事。你是青港城在中心城这边最大的领导，我把证据交给你，也就放心了……"

"其实我不太放心……"厉刚望着陆辛一脸信任的样子，心里有些发虚。他犹豫了一下，问道："都有什么证据？"

陆辛立刻从自己的背包里取出那份文件，仔细解释道："这份文件是在白塔镇实验基地捡到的，从里面大概可以知道他们在做什么实验。另外，我和这支车队的车头高婷怀疑，他们车队被对方盯上了。说不定他们押送的材料对那些实验有大用，所以我们留了一点样本。再就是这些司机了，他们经历了白塔镇的事，应该能当证人吧？最后……"陆辛转头看向被一群老司机围在墙角瑟瑟发抖的迷藏，"它应该算是个……污点证人吧？"

"这……"厉刚有些蒙，低声道，"这太重要了，有了这些证据，顺藤摸瓜，就不难把那些搞禁忌实验的人给揪出来了。只不过……"他又犹豫了一下，心虚地问，"你确定要把这些证据都交给我吗？"

"当然啦，你不是青港城驻中心城最大的领导吗？"

厉刚闻言更加心虚了："可我现在是光杆司令啊……"

"这样的话……"陆辛终于明白了，这位办事处人员是怕这些证据到了他手里之后更容易被对方抢走，当然了，同时被抢走的可能还有他的小命。于是他笑了笑，转身向迷藏走去，温和地看着它，用商量的语气问道："你想做污点证人吗？"

迷藏用触手紧紧地抱着自己小小的身子，垂着脑袋，默不作声。

"汪——"忽然，眼镜狗蹿了过来，朝它叫了一声。

迷藏吓得一哆嗦，默默地点了一下头。

"知错能改，还是很好的。"陆辛赞赏地看了它一眼，温柔道，"你放心，只要你在这件事上帮了忙，青港城一定会酌情减轻对你的处罚。我们青港城很大度的，不一定会对你执行死刑，有可能只是把你编到D级成员里，偶尔执行一些容易丢命的任务，没事的时候再配合科学家做点研究什么的……"

迷藏身上的触手勒得更紧了，脑袋埋得更深了。

"我帮你争取到了一个帮手。"陆辛转身看向厉刚，笑道，"它很擅长捉迷藏，可以看好那份文件，直到青港城的支援人员过来。你看，后面的工作还有需要我操心的吗？"

"这就给我争取到帮手了？"厉刚看了看迷藏，又看了看陆辛，感觉皮肤上的汗毛都竖起来了，"这是一只理论上能够将整个城市的人都变没的怪物啊，怎么感觉你有些……"他顿了顿，才找到了准确的用词，"看不起它？"

"有吗？"陆辛怔了一下，仔细想了想才道，"会不会是因为它自身有种比较弱的气质？"

厉刚回头看了一眼，下意识点头："好像确实有点……"

陆辛松了一口气，笑道："你看吧，确实不是我的问题！"

就在这时，汽车旅店外面响起了一阵警铃声。"把手放在我们能看见的地方……"几辆警车停在旅店外，大批警员端着枪，拿着手电筒、防爆盾，冲进了院子里，然后哗啦啦举起枪对准了在场所有人。

看到警员这架势，一帮老司机又惊又怕，连忙老老实实地举起了双手。

"警员？怎么会有警员过来？"厉刚第一时间就举起了双手，惊呼道，"谁叫的警员？"

"是我。"陆辛也跟着举起了双手，眯着眼睛躲过手电筒直射过来的光束，"刚一出事就报警了，没想到他们现在才来……"

厉刚愣了一下："你拿着这么重要的文件，人生地不熟的，还会报警？"

陆辛诧异道："遇到麻烦就报警，有什么问题吗？"

厉刚："……"

"所有人都不许动，随便掏口袋的，直接射杀！"一位微秃的老警官拿着喇叭大喊，"谁是高婷？"

听到自己的名字，人群里的高婷一边举着手走出去，一边向那群警员喊道："我是！刚才报警的就是我们，问题已经解决了……"

"解决什么问题？"老警官冷笑了一声，"我们接到大地建设集团的报警，说你涉嫌盗取集团的机密资料，现在要带你回去调查……其他人作为共犯，也全都给我带回去！"

"啊？"所有老司机都傻眼了。

陆辛微微皱起眉头，向这群警员后面看去，看到一个人手里转着跑车钥匙，身边跟着那位王总经理——是赵会。

第三章

黑台桌的邀请

被一群荷枪实弹的警员拿枪指着，众人大气都不敢喘一口。这种压力简直比面对怪物的时候还大。面对怪物的时候，他们还敢吼两嗓子，甚至做出一副要拿刀砍对方的样子，但在红月世界，面对警员可不敢这么干，没准儿稍微瞪一下眼睛，人家就把你当疯子给打了。

高婷愣了一下，急忙叫道："怎么可能？！这是个误会！"

"什么误会，告你的人就在这里，跟他说去！"拿着大喇叭的老警官一副不容商量的样子，冷声喝道，"全抓起来！"

一群警员立刻端着枪慢慢逼近，同时拿出了一副副手铐。老司机们顿时慌成了一团。他们就是一群拉货的，哪里想过有一天会被警员给铐起来呢？另外，大地建设集团污蔑他们偷东西，这是什么意思？欺负人吗？一时间，他们都又气又急又恐慌。

陆辛皱了一下眉头，看了厉刚一眼，道："官面上的事来了，是不是该你出马了？"

"我……"厉刚心里一阵骂娘。陆辛发现的事太重要了，在敌我不明的情况下，本来厉刚是不想这么快与中心城的官面打交道的，但这些警员要是把车队的人带走了，就容易引起一些不必要的麻烦。他没有办法，只好硬着头皮向前走了一步，大声道："等一下！"

所有人都向他看了过来。虽然他被手电筒的光芒照得眼花，但还是冷静地说道："我是青港城驻中心城办事处人员，现在我要把手伸进口袋，拿出我的证件，请不要开枪。"他一边喊着，一边慢慢摸出证件，举在空中。

"青港城的？"老警官明显有些诧异。

身为联盟十二高墙城之一，青港城的分量毋庸置疑，其办事处人员在中心城享有上级市民待遇。对中心城七号卫星城的普通警员来说，这种人能不招惹，就绝对不要去招惹。

"各位警官，这支车队与我们青港城的一件案子有些联系，我过来就是为了调查这件事，所以我请求行使《青港城办事处特别保护条例》赋予的权利，暂缓对他们的逮捕，讨论过后再做决定。我可以面见卫星城行政厅厅长，向他做更详细的汇报！"厉刚大声将自己的话喊了出来，力求在场的人都能听到。

老警官有些迟疑，向身后的赵会看了一眼。赵会眼神阴冷，只是不屑地冷笑了一声。

老警官顿时反应过来，拿着大喇叭道："这位先生，就算你是青港城办事处人员，也不能影响我们的正常工作。有什么问题你之后可以找我们的领导，但是现在，我们需要先将这些人带走，好调查大地建设集团机密资料被盗的事。为免引发不必要的冲突，请你后退！"说完，他向一众警员下令，"全部逮捕，如有反抗，允许击毙！"

听到这话，厉刚的脸色顿时变得极为难看，那群老司机更是慌得手脚都有些软了。

陆辛摇头看了厉刚一眼，心想，这个家伙也没有多厉害啊。不过，对于眼前的形势，他也觉得有些头疼。虽然他感觉老警官的做法不对，但他可是个守法公民，老实巴交地活到了这么大，还从来没想过跟警员对着干……

就在这种紧张的氛围里，高婷忽然向前走了两步，叫道："赵会，你想怎么样？"

哗啦！一群警员连忙掉转枪口，指着她。

迎着这么多黑洞洞的枪口，高婷脸上却一点惧意也没有，反而瞪着眼睛看向手电筒光芒，好像想要直接看到警员们身后的赵会一样："你好歹是个爷们儿，虽然硬不起来，但也是带把儿的！你用这种卑鄙的手段对付我们，脸还要不要了？"

一番话说得在场众人的脸色都变得复杂起来，有人诧异于这个女人的胆量之大，这种时候还敢说这么狠的话；有人则留意到了这段话里的几个特殊字眼，脸上顿时露出了"有瓜吃"的兴奋表情。

站在一群警员后面的赵会听到这话，一张脸黑得跟锅底一样。他忽然道："让她过来，我跟她说！"

对于这种下命令一样的语气，老警官心里有些不舒服，但他还是慢慢让开身子，用大喇叭喊道："你可以先过来，把事情说一下……其他人留在原地，不要乱动。"

高婷闻言，立刻大步向前走去，举着的双手也放了下来。她身后所有人的目光都追随着她的身影，但是，当她穿过第一排警员后，众人的视线便被手电筒的光芒挡住了。

陆辛老实巴交地举着双手，向身侧点了一下头，一脸兴奋的妹妹立刻欢快地跟了过去。

高婷走到赵会身边，直直地看着他，问道："你究竟想怎样？"

赵会不答，只是略略侧眼。一边的王总经理顿时反应过来，急忙小跑到了十几米外。然后赵会的眼珠子缓慢转动，看向那群警员，老警官便带着警员们转过身去，给他们两个人留出了单独说话的空间。

赵会的目光落在高婷的脸上，脸色有些阴森："我想怎样，你不知道？"

高婷咬了咬嘴唇，道："我已经答应了你所有的要求，你为什么……不能放过我？"

"答应了我所有的要求？"赵会的眼底闪动着疯狂，"你这是答应了我的要求吗？我已经跟你说过了，你的身子是我的……我他妈甚至提前给你做了那么大的改造，但你却想把它变成肮脏的垃圾！你在恶心我……"

说着说着，他忽然控制不住情绪了，一把抓住高婷的衣领，咬着牙关，死死地盯着她的眼睛："这一次你本来该死的，没想到你命大，居然逃了出来……但你真的以为，勾搭上一个不知从哪里跑出来的精神能力者，就可以摆脱我了？呵呵，你根本不知道，在中心城面前，在我面前，这个所谓的精神能力者算个屁！"

"你……"高婷被他揪着，听到他说的话，一时间恨意冲进了脑海。她本来就想知道白塔镇的事是不是真的和赵会有关，没想到他直接承认了。想到二十多个兄弟的死，她心里好像压了一座火山。不过，仅存的理智还是让她强忍着问出了自己最后的疑问："就因为我糟蹋了自己的身子，你就这么恨我？就因为我不想成为你的玩物，你就要把我们整个车队都害死？"

"玩物？"赵会阴冷地笑了一声，"你太高看自己了。我如果想找玩物，在这座高墙城里，什么样的玩物找不到？"

他的眼睛已经变得一片血红，某种异样的疯狂在他心里涌动着。他深深地嗅了一口高婷身上的气味，咬着牙道："老子根本就不是看上了你，想要玩弄你！我看上的是你的身体，我要把它变成我的！你正在糟蹋的是老子的身体，是我打算接到我身上的身体！"

瞬间，一道雷电似的光芒在高婷的脑海里闪过。她的瞳孔猛然紧缩，死死地看着赵会，惊疑、恐惧、厌恶，依次在脸上闪过。

居然是这样？她忽然明白了很多事，包括赵会每次侵犯她，都会用到很多古怪的仪器；包括他痴迷地看着她的身体，嘴里念叨着"我的""我的"；包括每次她都会昏迷很长一段时间；也包括自从他盯上她，她的身体便老有一种异样的感觉，力量和速度都在提升。她早该发现这些不对劲的地方的，只是羞耻感淹没了她，促使她忽略了很多细节。尤其是，她无论如何都想不到，赵会作为一个男人，居然会想用女人的身体来替代自己的……

"乖乖跟着我走！"这时，赵会已经冷静下来了，他放开揪着高婷的手，脸色冷漠而厌恶，"反正你也不想活了，乖乖把身体给我，不然的话，枪声一响，这些人都要死！包括那个精神能力者，如果他敢反抗，中心城一定不会放过他，潜伏者与行动组都会出动！到时候他会死得更惨！明白了吗？"

他低下头，目光扫过高婷纤细的腰肢和修长的双腿，眼神贪婪："你在我面前根本就没有选择的机会！从我看上你的那一刻开始，你的身子就已经是我的了！"

高婷颤抖起来，心里产生了两种截然不同的情绪，一方面是怒不可遏，想要和眼前这个恶心的怪物同归于尽；另一方面又是深深的恐惧，让她几乎手脚无力。她做不出选择。

"原来是这样……"与此同时，被一排枪口指着的陆辛微微摇了一下头。

妹妹的表情有些懵懂，虽然她努力向陆辛传着话，但她根本就无法理解这些话是什么意思，对她来说，这个话题太怪了。不过，陆辛已经从妹妹的转述里明白了事情的真相，心里的某些疑点也终于得到了解答。

此时的气氛非常压抑，老司机们面对着一排枪口，一边担心着自己的安危，一边记挂着他们的车头高婷。他们的心都在那里悬着，既觉得恐惧，又对赵会感到愤怒。好多老司机早就想砍赵会了，但此时此刻，当着中心城警员的面，他们还是不敢轻举妄动的。

"我跟他走。"不知过了多久，高婷失魂落魄地走了回来，脸上带着一种萎靡感，木讷地向老司机们交代道，"你们等在这里，明天一早就都回去吧！"

"什么？！"一群老司机大吃一惊，高举的双手都放了下来，还有人想向前冲。

"车头，到底怎么回事？"

"是不是那个王八蛋威胁你？"

"大家伙儿和他拼了……"

一看乱象将起，老警官沉着脸一抬手，砰砰几枪打在了老司机们前面的碎石子地面上。老司机们被吓住了，及时收住了脚，但还是一脸愤愤然。

"你们不要闹……"高婷的声音显得无比疲惫，听着竟有些哀求的意思，"是我自愿跟他回去……配合调查的，不关你们的事。你们一定要活着回去……家里都有老婆孩子在等着呢……还有那些死去的兄弟，你们不回去，谁照顾他们的家人？"

老司机们都愣住了，全然不明白事情为什么会变成这样。

"车头……"小周带着哭腔问道，"你不回去，以后谁来照顾我们？"

高婷深吸了一口气，似乎想骂人，却连骂人的力气都没有了，话说出口时竟带了点罕见的温柔："白长这么大个子了，说这没骨气的话……以后你们再选个车头就是了！"说着，她抿了一下嘴，"就这么定了。"

在她将要转过身时，她的目光不经意地扫过陆辛，那眼神似乎是在求他帮忙照顾自己的这些兄弟。在她身后，赵会抱着双臂倚在一辆卡车上，眼神里带着一种近乎疯狂的贪婪，似乎胜券在握。

此时的高婷看似已经被抽去了反抗的骨头，但陆辛看出来了，她已经做好了玉石俱焚的准备。这个女人毫不犹豫地拿着手雷冲向大脑状怪物的决绝又一次体现出来了。陆辛微微叹了一口气，放下双手向前走了几步。

"你干什么？"陆辛的动作一下子引起了很多人的注意，有个警员一边拿枪口指着他，一边大喊道。

陆辛身后的厉刚也吓了一跳，压低声音道："你干什么？别冒险……"厉刚自然知道陆辛是精神能力者，但就算是精神能力者，也不能直接对抗中心城的警卫厅啊！

"警官，我有件事要补充一下！"迎着强烈的手电筒光芒，陆辛的目光落在了那位躲到一边默默抽着烟的大地建设集团的王总经理身上。

"之前这支车队的老周和小周发现他们的车头身体出了一点问题，就花了极大的代价请我过来帮她瞧瞧。我已经分析出了病根，现在正是开始治疗的时候。为了缓解她的心病，我把那个一直借职务之便欺负她的质检主管给举报了，这件事你们都知道吧？"陆辛说这话时，一直静静地看着王总经理。

王总经理是被赵会强行拉过来的，他甚至都不知道赵会到底想做什么，忽然发现自己成了焦点，他怔了一下，将手里的烟蒂扔到地上，抬起头来，又不知道该说什么，下意识向赵会看了过去。

警员们面面相觑，怎么又搞出举报来了？这都什么跟什么？但他们知道陆辛是青港城来的人，和办事处人员又这么熟，身份肯定很特殊，就没强行阻止。

"你又想玩什么幺蛾子？"赵会目光阴冷地看向陆辛。

陆辛看了他一眼，又看向王总经理，认真道："我想知道，既然我已经举报了赵会，这位领导也看到了证据，为什么此人没事？"

"啊？"这话说得赵会都有些愣了。王总经理也异常诧异，尴尬地转开了头。

"你可是当着所有人的面答应了我们，一定会处理他的。"陆辛看着王总经理，步步紧逼。

"你他妈够了吧？"赵会终于忍不住了，破口大骂道，"你是个傻子吗？真觉得让我丢个脸就能吓到我？我他妈活这么大，还是第一次碰见举报我的……你真觉得能举报得了我？什么他妈的玩意儿，莫名其妙的，搞笑！"

这时候，王总经理也反应过来了，他可以不回答陆辛的话，但面对发火的赵会，他必须表明态度，便坚定地道："什么举报不举报的，只是一件子虚乌有的事。这事我回头会在公司发一份通告，说明没有什么贿赂，是车队的人不怀好意，诬告我司主管！"

"王八蛋，颠倒黑白！"

"真当我们好欺负吗？"

一群老司机顿时愤怒无比，有人想往上冲，但是立刻有枪口指住了他们。一时间，气氛变得异常压抑，压得人喘不过气来。

突然，陆辛大声笑了起来。"原来举报是没用的，"他笑着看向赵会，"既然没用，那就只能用另外一种方法来解决了。"说着，他向前走了过去。

厉刚意识到了他想做什么，大叫道："别杀他！"

陆辛不答，继续向前走。

一群警员顿时紧张无比，枪口同时指向陆辛。

老警官扯着嗓子大吼："你要干什么？快停下，我们要开枪了！"

陆辛还是像听不见似的，越走越快。

"砰！"有人开枪打在了陆辛身前的地面上。陆辛没有因为这种威慑而停步，反而猛地向前蹿出，在手电筒刺眼的灯光下，快得如同鬼魅，瞬间就拉近了与警员们的距离。这种突兀的接近顿时刺激了所有警员紧绷的神经，不知是谁先开枪的，枪声立刻响成了一片，无数子弹飞向陆辛。

"咔咔咔！"陆辛的身体瞬间出现了可怕的扭曲与折叠，躲过了所有射向他的子弹，然后直接从拿着防爆盾的警员封锁线中间穿了过去。直到他过去了，这群警员都不知道他是怎么做到的。

与此同时，陆辛的手里凭空多了一把枪。他的动作诡异且迅速，但他的神情却显得非常从容平静，给人一种割裂感。他把一个弹匣塞进枪里，拉上枪栓，然后一动不动地站在赵会面前。

"你……"赵会又惊又怒，"你敢——"话还没说完，陆辛猛地抬枪，一枪将他打倒在地。

所有人都难以置信地看着陆辛，根本反应不过来。

"啊——"地上的赵会更是满脸的恐惧以及不解，剧烈的疼痛充斥着他的脑海。

陆辛面无表情地抬枪指向赵会，继续不停地扣动扳机，"砰砰砰"的声音不绝于耳。等到把一整个弹匣都打空了，他面无表情地退下弹匣，换上了一个新的，接着对准赵会，继续开枪。

无论是那群警员，还是老司机们，此时都一脸呆滞地看着陆辛。他们瞪大眼睛看着陆辛打空了两个弹匣，每一枚子弹都好像打在了他们的心坎上。

枪响一声，他们的身子就和赵会那快要烂掉的身体一起颤抖一下。

刺耳的枪声之后是死一般的安静，有清冷的风在院子里打着旋儿刮了过去，让人后背生凉。此时此刻，在场所有人的表情就好像见了鬼一样。

"就算……就算你是精神能力者，也不能在中心城为所欲为啊……"不知酝酿了多久，老警官才终于喊了出来，"当着警卫厅的面……你就敢抢枪杀人？"身为经验丰富、职位也不低的老警官，他知道的事明显比其他警员多一些，最起码他知道精神能力者的存在，更是认出了陆辛似乎是传说中的蜘蛛系精神能力者。

因着这一声质问，周围仿佛被施了定身法的人们终于反应过来了。惊恐与骚动开始蔓延。

厉刚更是惊得脸色发白。他是得到过青港城的通知的，虽然他没有直接了解到所有关于陆辛的资料，但是青港城方面特别提醒过他与单兵合作的时候需要注意的事项，其中最重要的一条便是不能让单兵违反规则。但如今，单兵不但违反了规则，他甚至还直接开枪打了人！这代表着什么？厉刚心里涌现出了许多可怕的念头，一时有种想要赶紧抱着头逃走的冲动！

在无数人的目光里，陆辛手里的空枪仍然指着赵会。他面无表情地看着地上如同烂肉一般的赵会，足足过了数秒钟，他才忽然反应过来，转过身，向众人露出了一个笑容。这个笑容吓得一群警员齐刷刷地向后退了一步，举高了手里的防爆盾。

"我没有杀人啊！"陆辛笑得很温和，"他没有死。"

"什么？"老警官倒吸了一口凉气，叫道，"二十多枪打身上，你告诉我他没有死？"

"二十多枪打身上和死是两码事。"陆辛微笑着解释道，"我下手很有数的，避过了他的要害。"

"这……"一种冰凉的感觉袭上了每个人的心头。他们看了一眼烂肉一般躺在地上的赵会，他的手脚偶尔会痉挛一下，表示他似乎真的还有生命体征……但是，这反而更让人恐惧了！相比起来，还不如干脆给他一个痛快呢！

"既然举报没有用，他就需要受到其他的惩罚。"对于众人的不理解，陆辛认真地解释道，"但杀人是犯法的，我不会随便杀人。另外……"他转头看向旁边已经吓得跌坐在地上的王总经理，"现在，我要举报你包庇下属、颠倒黑白、诬陷好人……我希望你可以秉着公平公正的态度处理这件事，否则……"他友好地笑了笑，没有再说下去。

王总经理终于反应过来了，手脚并用地向后爬。难以言喻的恐惧感慑住了他的心脏，他感觉这个年轻人的笑容就像恶魔一样，无数心里话脱口而出："是……是……是我包庇了赵会……是他威胁我的，他威胁我必须和他一起举报这支车队……他家里很有背景，如果我不听他的，我就会被踢出去……我承认，我都承认啊！"

"嗯？"陆辛有些意外，没想到王总经理认错态度还挺好的。

"这么说，偷机密资料什么的，是假的？"他认真询问道，同时侧目看了老警官一眼。

"是……是假的，我们仓库能有什么机密资料，即使有，这支车队的人也接触不到……"王总经理大喊着，声音发颤，"是赵会非要拉着我来，让我以总经理的身份报警，抓走这支车队的人，然后他就可以……可以将那个女人带走。他还说，警队那边他已经打好招呼了。"

陆辛皱眉，向老警官看了过去。不仅是他，其他警员也同时转过头看向老警官。

"胡说八道，我根本什么都不知道！"老警官先是愤怒地大吼了一声，然后强压着怒意，以及从心底腾腾升起的恐惧，向陆辛道，"我只是收到了报警电话，过来处理事情而已。如果是诬告，我们自然会调查清楚。但是……但是你在我们面前公然杀——伤人，这是我们中心城绝对不会容忍的事……"

明明说着态度坚决的话，但慌乱的声音出卖了他心虚的事实。大喊着的同时，他的手放在口袋里，早已按了一个按钮，只希望那些人快些赶到。

"我懂！"陆辛低头思索了一下，道，"虽然我没有杀人，但确实伤了人，做了违法的事。"好像经历了一番思想斗争，他抬起头来，坦然道，"所以……"他将空枪丢在地上，举起双手，"我自首。"

周围的人再次蒙了，包括老警官，也包括厉刚。

"我确实违法了。"陆辛主动抱住了头——以前没白看老电影，他知道应该这么做。然后，他又歪着脑袋看向老警官道："但有一说一，现在大地建设集团已经承认是诬陷了，那你们没有理由把车队的人都抓走了吧？就算你们是中心城的执法部门，该遵守的规则也是要遵守的……他们现在是不是不能带这支车队走了？"最后一句话问的是厉刚。

厉刚整个人已经快宕机了，迎着陆辛暗示的眼神，才忽然反应过来。看着陆辛的举动，他明明觉得荒唐感满满，却又有点激动。他立刻拿出专业素养，大声道："没错，如果你们强行抓人，我一定会向行政厅投诉！另外……"他着急地看了陆辛一眼，"有必要告诉你们，这个人是我们青港城的精神能力者，隶属于青港城的特殊污染清理部。身为卫星城的警官，我想你们起码知道一点，各高墙城的特清部是一体的，所以，他也算是中心城特清部的一员。刚才他之所以情急之下伤人，是因为怀疑对方受到了精神污染，有可能酿成大祸。身为特清部的行动人员，他有权利在这种情况下采取一些应急行为，并不能算犯了错。我申请将他送至青港城驻中心城办事处暂时关押，同时对此事进行调查！"

老警官听他说得头头是道，心里恨得要骂娘——"你们的人过来，抢了我们的枪，打伤了我们的报案人，结果我们非但不能抓这支车队，还要保护你们，把你们送到办事处那边去？"到了这会儿，他稍稍恢复了一点理智，冷冷扔下一句"等一下"，然后便快步走到旁边的空地上打电话。

片刻后，老警官回来了，冷着脸向厉刚道："我已经取得了上级的同意，需要暂时将这个人收押。如果真的有什么隐情，上面需要你立刻递交一份材料，说明情况……"说着，他忍不住看了陆辛一眼，放缓了语速，"不过，只是暂时关押，上级批准后，你们就可以接走他了。"最后一句似乎能隐隐听出一些安抚陆辛的意思。

"那我需要知道你们打算将他关押在哪里！"厉刚高举着的双手早就放下来了，此时一派大人物风范，义正词严道，"另外，我还要提前对他进行验伤，如果他在被关押期间多了任何异常的伤痕，我都会提出严正交涉！"

老警官不耐烦道："你有完没完？"

"请注意！"厉刚严肃地看向他，"我可以认为你这句话是在威胁我，并怀有不良企图！"

陆辛愕然，心想："这位办事处人员还是挺专业的……"

老警官觉得头疼得厉害，深深感觉不该蹚这趟浑水。他看了一眼地上那摊连动也不动了的烂肉，咬牙道："我准备将他押送到中心城七号卫星城水清路看守所暂时关押，你随时可以来探望。我保证他不会受到私刑与非人的对待……谁他妈敢给一个精神能力者动私刑？你去向上面说明情况，说完了过来领人！"

话说到这个分儿上，他都觉得自己太软弱了，厉刚还在那里喊："关押期间必须保证我方人员的安全，出了任何事，我都会直接向你们的领导投诉……等等，把你的警官证给我看看，我需要记住你的编号，拍照留存……"

前后不知交涉了多少回合，陆辛蹲得腿都麻了，这才终于被两个吓到发颤的警员扶起来。他活动了几下胳膊腿儿，然后向警车走去。背后，一群老司机呆呆地看着他。忽然，小周大步跑了上来，大叫道："小陆哥，小陆哥，你不会有事的吧？……要不要我陪着你一起进去啊？"

"我没事。"陆辛转头看向小周，又瞄了一眼高婷，笑道，"你们的委托我算是完成了吧？那半车货得给我算清楚啊……"

小周嗷的一声就哭了出来，高婷和其他老司机也眼含热泪。陆辛向他们笑了笑，然后带着两个押送自己的警员钻进了警车。

警车上，两个警员依着惯例，一左一右夹着陆辛。陆辛手上戴着手铐，身上的背包也被搜了去，老实巴交地坐在中间。两个警员的块头都比他大，他被挤得动弹不得，看起来有些可怜，本来就不是很壮的身体显得更为单薄、瘦弱了。他时不时向车窗外看去，似乎感觉有些新鲜。

两个警员对他视而不见，只是沉默地坐着，腰背挺直，肌肉绷紧。车里的气氛有些紧张。

"咦？别动……"陆辛忽然抬头看向车顶，突兀地说了句话。两个警员瞬间有些头皮发麻，猛地转过身，紧张地看着他。

陆辛带点歉意向他们两个笑了笑，然后转过头去，继续看着车顶道："不要发火，这是正常的。虽然赵会确实不对，但我开枪打了人，也是违法了，怎么可以不接受惩罚呢？不喜欢别人违法，但自己又不守规则，那就不对了吧？人家也是奉命行事，你非要把人家的眼珠子挖出来干什么呢？"

两个警员脸都绿了。

陆辛叹了一口气，又道："我不喜欢别人违法，自己当然也要守法的呀！不然那叫'双标'！没事的，就当是多点人生经历好了！"

左边的警员眼神变得惊恐，身子悄悄向左挪了挪。

"哎呀……"陆辛忽然又低下头，脸色十分凝重，"不许你动手，这件事我做主。"

两个警员看了看，发现他是在对着自己的影子说话。影子当然只是静静地待在他的脚下，随着窗外游移的灯光不停变幻，但他却目不转睛地盯着某个地方，一动不动，似乎在认真听着什么。过了一会儿，他摇了摇头。

"没事，不关他们的事，他们没有欺负我。"片刻后，陆辛苦口婆心地劝着，"接到报案后过来看看情况，这是人家的工作啊！没事……不是所有人都像你想得这么坏，他们都不一定知情，更不用说和那个姓赵的是一伙的了。当然，如果最后发现他们真是一伙的，到那时候再动手也不晚，不是吗？我看你现在就是故意在搞事！要是妈妈在就好了，她一定会讲道理的……你们看看，因为我被逼和你们说话，人家已经把我当神经病了……"

他自己也知道自己是神经病啊！两个警员对视了一眼，右侧的警员也努力向右边挪了挪身子。本来不怎么宽敞的后座，硬是给中间的陆辛留出来好大一块地方。

两个警员都快疯了。本来对于精神能力者，他们是半信半疑的。刚才他们开枪的时候，子弹完全被陆辛用某种诡异的方法躲了过去，这已经严重影响到了他们对这个世界的认知。陆辛对赵会用光两弹匣子弹时那平静的表情与和善的眼神，更让他们像经历了一场噩梦。如今，他们居然要跟这么一个人坐在一辆车里，亲自把他押回警局……为了工资，为了信仰，他们也只好拼了。但是这个人上车后一直在自言自语，他絮絮叨叨的样子真的好可怕……

"没事的。"陆辛劝说完父亲和妹妹，友好地向两个警员笑了笑，"我已经说服他们了，别怕。"

左侧的警员被陆辛看着，恨不得跳窗逃跑。右侧的警员胆子大一些，保持着严肃，问道："你……你是在跟谁说话？"

陆辛又叹了一口气，道："父亲和妹妹，他们对我自首的事有些不理解。"

"父亲和妹妹？"两个警员异常警惕，"在哪儿？"

"就在你们身边啊……"陆辛不好意思地笑道，"妹妹在车顶上挂着，盯着你们的脖子。父亲呢……"他怕吓到他们，终究没敢说。

"你——"左侧的警员本来想质问他，但脱口而出的却是，"他们想干什么？"

陆辛有些犹豫，似乎不知道该不该撒谎。想到自己刚才已经当着他们的面和家人说了话，藏也藏不住了，他索性坦然地回答："父亲想要直接掀翻这辆警车，然后去找那个赵会，在他头上补一枪，再打死王总经理，还想杀了你们的老队长……妹妹的脾气比父亲好一些，她只是想抓住你们两个人的胳膊，扭成麻花，然后把你们的脑袋扯下来，重新缝上。不过，是把你的脑袋缝到他的身上，把他的脑袋缝到你的身上，再斜着割开……"

两个警员听得浑身的汗毛都竖起来了，猛地按住了腰间的枪。

"别紧张，别紧张……"陆辛连忙安抚他们，"我好不容易才说服他们，你们再把他们惹毛了，那就不好了……"

"那你能不能不要说得这么吓人……"左侧的警员几乎是带着哭腔喊出来的。

陆辛沉默了一会儿，点头道："好吧。"过了一会儿，他才又补了一句，"但我说的是实话啊，虽然可以瞒着你们……但在执法者面前，我是真的不想说谎。"

两个警员心里只有一句话想说："我谢谢你的诚实啊……"

按理说，面对这种严重伤人事件，陆辛到警局之后需要交出身上的物品，检查身上有没有特别的伤痕，有没有藏什么东西，然后强行洗澡消毒，再关进看守所里。不过，老警官在回来的路上似乎已经通过电话确定了什么，并没有直接押着陆辛去走这个流程，只是没收了陆辛的随身物品，以及腰带，然后就把他关押了起来。

这个看守所由黑色的铁栅栏分出了三个监房，每个监房有七八米长、三四米宽，关了不少人，有的留着光头，有的浑身上下都有刺青，有的镶了一颗耀眼的金牙……一个个的眼神桀骜，提着裤子在栅栏后面来回溜达着，看起来好像野兽在巡视自己的领地。这里关押的都是些在街上犯了小事的，一般关几天就出去了，所以陆辛猜测，老警官把他关在这里，可能是想把他枪击赵会的事定性为寻衅滋事或打架斗殴。

"不能把他跟别人关押到一起，专门腾个地方出来。"

听到老警官的吩咐，一个小看守将中间那个监房的栅栏打开，把里面的人都撵到了另外两个监房里。老警官给陆辛解开了手铐，陆辛孤单地进了监房。

"等一下会有专门的人过来处理你这件事，所以你最好不要惹事。"老警官压低声音对陆辛道，"之前我不知道你是精神能力者，但算起来，我也没有得罪你。现在我们公事公办，请你谅解。如果真有人过来接你，你走你的。在这里期间，你有什么要求也可以说……"

陆辛顿了一下，道："真的？"

老警官点了一下头："当然，只要是不过分的要求——"

"晚上管饭吗？我还没有吃晚饭。"陆辛连忙道，"这个要求不过分吧？"

老警官沉默了一会儿，向身边的小看守道："出去给他买份盒饭。"

陆辛立马露出感激的表情："可以抽烟吗？"

"当然不——"老警官脸上露出了恼怒的表情，然后向小看守道，"算了，再给他买包烟！"

见陆辛又要张口，老警官怒道："你够了吧？"

陆辛有些无奈："我只是想跟你说声谢谢。"

老警官深深地看了陆辛一眼，道："不用客气。"说完，他瞪了一眼另外两个监房里的囚犯，转身离开了。陆辛感觉他走得有些快，像在逃一样。

"呼……"陆辛提着裤子坐在监房里的硬木板床上，新鲜地打量了一下四周。三面铁栅栏的空隙只有拳头大小，后面的水泥墙上只有一个篮球大小的窗口。周围阴暗潮湿，散发着一种霉味。两侧的监房里，一道道阴冷、凶狠的目光一点也不掩饰地盯着他看。

打量了一会儿，陆辛暗想：这地方还不错……就是不知道被关进来会不会留案底，中心城的案底会不会影响他在青港城的工作……他打了赵会，这件事也不知道好不好了结……讲真的，他可一直都是一个努力工作、不惹事、不违法的好人啊！这次一时没管住脾气，开枪打了人，现在被关进这地方，心里多少也是有些忐忑的。

只是在这种忐忑之余，倚在冰凉的水泥墙上的陆辛想到两个弹匣的子弹打在赵会身上的感觉，不知何时，嘴角浮现了一丝笑意……

"头儿，现在怎么办？"当老警官走出关押区时，立刻有几个警员围了上来，第一个开口的是他的副手，他看起来明显有些紧张，"医院那边来电话了，赵公子居然真的没有死！但是……但是你想想，那么多子弹打在他身上，他居然还没死，这……这成了什么样子？"

一圈人都感觉有些阴冷，连连点头。有人心虚道："对啊，这可怎么办？"

"还能怎么办？"老警官咬紧牙关骂道，"谁他妈能想到，不但遇到了青港城办事处的人，还遇到了疯子……我他娘的如果早知道这么麻烦，打死我都不会被姓赵的蛊惑……"说着，他忽然有些紧张，"收的东西退回去了没有？"

副手急忙点头："退了退了，全退回去了，赵公——姓赵的昏迷了，别人也不知道。"

"记住，我们只是照规矩出了一次警，明白吗？"老警官狠狠地瞪了在场的人一眼，压低声音道，"姓赵的疯了，这次的事，他上上下下都打过招呼，想要一手遮天，我还以为他只是要对付一个普通的车队，没想到还牵扯到了精神能力者……牵扯到了那些疯子！他们赵家的权力再大，这件事也不可能轻易了结，尤其是他还让人打成了一摊烂肉！真是奇怪，这姓赵的平时没这么不靠谱啊，怎么这次这么莽？"他用力摇了一下头，不再想乱七八糟的，只是嘱咐道，"若想好好活着，就不能跟这些人有任何牵扯，立刻抽身而退，明白吗？"

手下有人连连点头，但也有人不解，小声问道："既然这样，那刚才干脆同意他去青港城办事处不就完了？"

"你吃的饭全长肚子上了吗？"老警官低吼道，"姓赵的被打成了一摊烂肉，他的家人能善罢甘休吗？我们不把人带回来，赵家人难道不会找我们的麻烦？妈的，碰到这种事，我们唯一能够做的……"他顿了一下，咬牙道，"就是依法行事！"

一众警员眼睛都有点直，这还是他们第一次听到头儿在非正式场合讲这种官话。

与此同时，中心城七号卫星城第四人民医院，一架直升机搅动着狂风降落在楼顶上，一个穿着黑色的西装、叼着烟斗、留着精心修剪过的短须的中年男人弓着背走下了直升机，然后乘坐电梯来到了一间手术室外。

手术室里正在进行紧急手术，透过玻璃可以看到，医用托盘里已经放了十几颗带血的弹头。躺在手术床上的人一张脸看起来颇有几分帅气，但整个身体却几乎成了一摊烂肉。

中年男人盯着看了很久，才有些嘶哑地开口问道："怎么会这样？"

"是精神能力者做的。"在他身边，穿着笔挺西装的秘书低声说道，"二十四枚子弹全都打进了他的身体里，但是完美地避开了所有的要害，所以他还活着。除了精神能力者，别人也做不到在打空两个弹匣的情况下，仍然能确保他活着被送进医院。"

中年男人慢慢地点了一下头："那个精神能力者在哪里？"

"水清路看守所。"秘书低声说道，"不是中心城的精神能力者，好像与青港城有关。"

"青港城……"中年男人缓缓重复了一遍，脸上露出了一点笑意，在手术室外幽暗的灯光下，这笑容显得有些狰狞，但他的声音还是非常平和，"我这个儿子，愚蠢、傲慢、贪婪、不学无术，而且有那种难以启齿的心理问题……但他毕竟是我的儿子。我了解他，他小错不断，但是本性懦弱，犯不了大错。"说到这里，他微一停顿，转头看向秘书，"所以，他为什么会被人打成这样？"

秘书犹豫了一下，道："似乎是因为他潜规则了……某个司机。"

中年男人皱了一下眉头："男的还是女的？"

"女的。"

中年男人脸上露出了冷笑："他这种人，怎么会去潜规则女司机？"

对于这个问题，秘书沉默了，不知道该怎么回答。

"给我准备一把枪、四个弹匣！"中年男人转身就走，边走边道，"为了我们中心城，我整天待在研究室里，很少着家，对他疏于管教……但再不争气的儿子，也是我的儿子，而且是我唯一的儿子。现在，我唯一的儿子被打成了这样，我如果继续对他不管不顾，怎么对得起他妈妈？

"那个精神能力者一定有他的理由，但没关系，当我将这四个弹匣的子弹打到他身上之后，你再着手调查究竟是怎么回事。既然他是精神能力者，想必也不会死得那么快。"

"嘿，小子……"

空空荡荡的监房里，陆辛老实巴交地坐在光秃秃的木板床上，等自己的晚饭。突然，左边那个因为人员转移而明显有些挤的监房里响起了一声叫唤。陆辛转头看去，看到一个镶了一颗银色的不锈钢牙、身强力壮的黄毛混混儿。

黄毛混混儿用力捶了一下栅栏，接着叫道："面子挺大啊，又买饭又买烟！说说，你这样的公子哥，是怎么跑到这里来的？"

陆辛看了他一眼，又低下了头。他虽然被关押了，但和这些坏人是不一样的。

"他妈的，说你呢！"又传来了用力捶栅栏的声音，砰砰作响，"到了这地方还摆谱儿呢？知不知道要讲规矩？"

陆辛吁了一口气，握住自己因为兴奋而一直颤抖的右手，沉默不语，思考人生。

"啪！"忽然，一只鞋子被丢了过来，陆辛及时抬头，鞋子从他的面前飞过去落了地。

"哈哈哈哈……"左右两边的监房里都响起了大笑声。

陆辛站起身来，自言自语："反正已经进看守所了……"

黄毛混混儿喊得更大声了："怎么着？急了？来来来，你过来，爷教教你规矩……"

在众人的哄堂大笑声中，陆辛转身向黄毛混混儿走去。他扭了扭脖子，一矮身，身子诡异地收紧，直接穿过栅栏，来到了左侧的监房里。

看着那一张张笑容被惊恐取代了的脸，他温和地问道："你们好。谁扔的鞋？"

当小看守带着一盒加了鸡腿的盒饭和一包十块钱的烟回来时，他一打开走廊的铁门，就看到陆辛正在左边的监房里摁着一个黄毛混混儿打。其他人都紧紧地贴着唯一的那面墙，有的鼻子青了，有的脸肿了，有的裤子都掉了，用双手捂着裆。平时遇着点事恨不能掀翻天的他们，这时候居然一个比一个乖巧，连个起哄的都没有。

他吃了一惊，急忙吹起哨子，用力拍着栅栏，叫道："怎么了？怎么了？你怎么打人？你怎么跑过来的？"

陆辛从黄毛混混儿身上站起来，提着裤子，身子一扭，就钻回了中间的监房。

"这不能怪我。"陆辛一脸无辜地申辩，"我好好地在中间坐着，这个人一直骂我，我一开始想着不理他就完了，没想到，他不光骂起来没完，甚至还脱了鞋子砸我，我当然得过去揍他了。"说着，他挥了挥拳头，表示自己还是很凶的。

小看守看了看栅栏上拳头大小的空隙，想起老警官临走前嘱咐的话，哆嗦了一下，好一会儿才勉强道："行吧！"说着，他担心地看向左边的监房："他死了没？"

一群靠墙站着的狱友同时摇了摇头。

"好吧！"小看守放下了心，把盒饭和烟递给陆辛，"再有事喊看守。"

"知道了。"陆辛老老实实地点头，抱着盒饭和烟坐回了木板床上，开始慢慢享受晚餐。

鸡腿的香味立刻充斥在这个"温馨、友好"的看守所里。

陆辛在一片吞咽口水的声音里吃完了盒饭里的最后一粒米，然后坐在木板床上，点燃了一根烟，徐徐地吐出烟圈。他有些诧异地低头看了一眼，发现这烟的质量居然不差，虽然比不上肖远送他的，但也比三块钱一包的强多了。

吃饱了，抽着烟，他开始想一些正事，比如他和父亲的感情问题。

之前妈妈离开时，他其实还有一点担心，担心父亲没人管着，会趁机欺负他和妹妹，或是趁机逃走。结果父亲居然出奇地好，还主动向他释放了善意。在汽车旅店时，父亲的表现还挺让人感动的。

那么，作为回报，他是不是也要多给予父亲一些信任呢？

从进入第二阶段开始，他便试图寻找与父亲和平共处的机会，小心翼翼地加深理解。效果是很明显的，起码现在他敢随时借用父亲的力量了。但是，他内心的警惕是无法彻底消除的，最多只能给父亲百分之十的信任度……应对海上国的袭击时，他因为心情不好，差不多给了父亲百分之五十的信任度。而在汽车旅店的院子里，某一瞬间，他给了他超过百分之七十的信任度。也就是说，那时候，父亲理论上是可以瞬间造成比解决红衣使徒时更强大的破坏的，甚至可以趁机直接离开他……当然，只是有这个可能性，不能确保成功。信任度接近或达到百分之百的话，会发生什么呢？

陆辛有些期待他和父亲真正和解的时刻，但那样的局面应该不容易达成吧……毕竟他们的爱好和脾气都不太一样，父亲喜欢做饭，他喜欢吃饭；父亲动不动就发脾气，有点小心眼，而他……

"沙沙……"小窗外传来了迷离的雨声，不知何时下起了小雨。陆辛的头脑变得清醒了一些，嗅着飘进来的带着湿气的青草香，微微抬起了头。

这世界是如此美好，他很喜欢。

一支由四辆吉普车组成的车队从中心城七号卫星城第四人民医院驶了出来，冒着不知何时飘起来的迷蒙细雨，驶上了卫星城的大路。车灯发出森寒的强烈白光，穿透了雨帘。

车上，中年男人正用一条黑色的丝巾擦着一把枪，擦得非常仔细。他的腿上放着一个银色的盒子，盒子里整齐地摆放了四个弹匣。

"丁零零——"车载电话不停地响起来，秘书接了几个，最后拔了电话线。

"因为牵扯到青港城，所以很多方面都希望我们现在不要急着过去。"秘书总结了几个电话的内容，向中年男人说道。

"等越来越多的人介入之后，我还有机会将这些子弹打进他的身体吗？"中年男人淡淡地问道。

对于他的话，秘书只能报以沉默。

水清路看守所位于七号卫星城城北，周围本来就比较空旷，此时飘起了小雨，路上的人与车就更少了。四辆吉普车组成的车队很快就从居民聚集区驶了出来，开始进入一片空旷的地域。迷迷蒙蒙的雨帘给这片大地铺上了一层潮湿而压抑的暗色调。

"吱——"走在最前面的车辆忽然传来了紧急的刹车声。

"出了什么事？"秘书的身体微微一晃，立刻警觉地询问。

"前面有个小女孩……"司机有些紧张地拿着对讲机,传达着对讲机里首车司机的话。

此时此刻,一个穿着白裙、赤着脚的小女孩站在第一辆车前,小小的身体上到处都是缝合的痕迹。她垂着头,凌乱的头发遮住了眼睛。她的手里抓着一把不锈钢餐刀,看起来像一个顽皮的孩子偷了家里的厨具出来玩耍。

潮湿的雨夜,拿刀挡在路中间的小女孩,丑陋、细密的针脚……周围的声音好像一下子消失了。

第三辆车上的秘书忽然沉声喝道:"撞过去!"

"呜——"第一辆车加足马力,瞬间提速,猛然向前冲了过去。加厚的钢铁车身像一只咆哮的怪物,狠狠撞向那个弱不禁风的小女孩。

小女孩仍然站在道路中间,没有一点闪避的意思。直到咆哮的钢铁怪物冲到了她的身前,她才猛然抬起头来。只见她凌乱的黑色头发下是一张同样有着细密针脚的脸,一个不同寻常的地方是她有一双全黑的眼睛,没有一点眼白。

吉普车瞬间从小女孩身上碾过,然后猛然停止。车身忽然摇晃不已,好像车里面发生了地震,将整辆车晃动得剧烈颤抖起来。忽然,"砰砰"几声,四个轮胎全部爆裂。车子不动了,只剩下死一样的寂静。

不知过了多久,车顶忽然发出了令人牙酸的"吱咯"声,下一秒,厚重的铁皮被一把雪亮的不锈钢餐刀穿透,慢慢地割出了一道裂隙。一只惨白的小手从裂隙里伸了进来,接着是顶着黑发的小脑袋,然后是惨白的脸,以及瘦削而干瘪的小小身躯。凌乱的黑发下,空洞的眼睛直直地盯着瑟瑟发抖的司机。

"全员警戒!"第三辆车上的秘书深吸一口气,大喊道。他通过监控摄像头看到了那个小女孩,心里的某种猜测得到了证实。

"砰砰砰!"这时候,前后两辆车上的武装人员都已经下车了,各自端着突击步枪,向第一辆车车顶那个小女孩倾泻了所有子弹,其中既有普通子弹,也有特殊子弹。让人头皮发麻的激烈枪响之中,子弹穿透雨帘,笼罩住了小女孩。

子弹飞过去的瞬间,小女孩站了起来。随着她站起来的动作,她小小的身体忽然扩散开来,变成了一块一块的,中间有细细的蠕动的肉丝相连,就好像本来是一个人，此时却一下子变成了一张网。

血肉之网直接向众人扑了过来。大部分子弹都从血肉丝线之间的缝隙穿了过去，哪怕有子弹打中了某根血肉丝线，也没有造成太大影响。

"嗞嗞嗞……"细微的声音接连响起，蠕动的肉丝飞在半空之中，数秒钟后同时向中间聚集。

小女孩的身子忽然合并，恢复了原状，出现在第三辆车的车头之上。她的右手还抓着那把不锈钢餐刀，上面有血滴落。

周围的枪声不知何时已经停止了，抱着枪的武装人员静立半响，同时往地上倒去。摔倒在地上时，他们的身体便碎成了一块块的。

"快走！"秘书狠狠地咬了咬牙，拍了一下手边的一个红色按钮。整辆车瞬间发出激烈的电流噪声，肉眼可见的蓝色电弧一下子顺着车身上的奇怪纹路蔓延开来，站在车头上的小女孩也被蓝色电弧包围在里面。

紧接着，发动机释放了强大的动力，吉普车猛地向后退去，将后面的第四辆车撞得飞出去三四米远，然后车身横着一个漂移，冲破了旁边的护栏。

就在吉普车将要夺取一条生路，驶进茫茫的旷野之际，周围忽然响起了清脆的婴儿啼哭声。

"哇——"那声音刺耳、古怪，让人心里烦躁。最奇怪的是，随着这哭声响起，已经启动了紧急动力系统的吉普车仿佛冲进了水里，那种势不可当的势头被强行冲散，行驶速度越来越慢。到了最后，车已经动不了了，只有发动机无力地轰鸣着，还有轮胎与什么东西摩擦的声音。

秘书扑到车窗边，向外看去，心顿时凉了半截。那些被小女孩大卸八块的武装人员居然又站了起来，只是他们已经不再是中年男人的保安了，而是变成了一种诡异的血肉怪物。正是这些怪物扑到车前，用它们膨胀、蠕动着的血肉裹住了四个轮胎，几乎将吉普车抬到了半空中，彻底断绝了他们逃走的路。

与此同时，婴儿的啼哭声更加响亮了。

"启动应急防御系统……"秘书向司机大吼着，却发现司机毫无动静。他猛地伸手推了一把司机，才发现他的脸色已经变得异常古怪，他的眼眶、鼻孔、耳朵里都长出了无数的肉芽，像蚯蚓一样爬了出来，将方向盘、挡位杆、油门，以及一些重要的防御系统统统笼罩在了里面。

婴儿的啼哭声仍在继续，听起来凄惨又尖厉。

那些武装人员的血肉好像成了活物，一点一点从他们的身体里钻了出来，将他们戴在头上的玻璃面罩都冲破了，一捧捧鲜血在他们的身体表面炸开来，挥洒在雨水之中。

"赵先生，你先走……"秘书大叫着去推车门，却发现自己的手臂上不知何时已经长满了蛇一样的鳞片，手掌则变成了蛇头，蛇头上的眼睛正用阴森的目光看着他。秘书惊恐之际，蛇头猛地扑了上来，一口咬在了他的喉咙上。

秘书难以理解地看着眼前发生的这一切，身体慢慢倒下，摔出了车门。

在这一连串诡异的变化里，中年男人一直沉默地坐着。他知道他的安保工作做得怎么样，也知道胆敢在中心城里对他动手代表着什么。所以，他只是静静地评估着他遇到的是什么级别的袭击，以及对方的目的是什么。思考了半晌之后，他拿起一个弹匣推进了枪膛之中。

这时，车外的啼哭声已经消失了，那个诡异的小女孩也不知道去了哪里，只有雨帘落在地上，发出轻微的沙沙声。雨水的湿气和混在湿气里的浓重的血腥味充斥了整个车厢。

他安静地等了很久，才有脚步声来到车门前，随后是车门被拉开的声音。

一个穿着西装的男人探了半个身子进来，他从驾驶台上的纸巾盒里抽出一张纸巾，擦了擦他金丝边眼镜上的雨水，然后才友好地向中年男人笑了笑，道："赵博士，是吗？不好意思，我只能用这种方法来见你。对你在研究院负责的失智人数据强化方面的研究，我一直非常佩服。所以，现在我正式邀请你加入黑台桌。"

虽然中年男人手里握着枪，但是他权衡了一下形势，没有选择开枪。他看着眼前这个不速之客，不紧不慢地问道："这一切都是为我准备的？"

"不算。"戴着眼镜的男人笑着解释道，"本来我没打算用这种激进的手段邀请你的，但计划不如变化快，我只能提前动手了。我有一个很好的项目，需要你的帮助，希望你能马上跟我走。"

中年男人冷静道："研究院的保密工作做得很好，你抓走我是没用的。"

"我知道。"戴着眼镜的男人自信一笑，"我在过来接你之前，已经安排人将你需要的仪器与关键寄生物品运送出来了——是令公子帮助我的人进去的，他心里一直有种反抗你、报复你的冲动——另外，中心城即将爆发强烈的污染事件，七号卫星城的特清部特别行动组这时候应该顾不上我们，我们有充足的时间接你离开。"

说完，他伸出一只手："合作愉快！"

中年男人没有和他握手，但是跟着他从车上下去了。他打量四周，看到之前保护他的武装人员都已经变成了血肉怪物，他们身上的血肉像膨胀的发泡物一样涌动着，生长出肉芽。这些肉芽彼此一接触，就连在一起，成了更大的肉块。

"哇——"这些肉块的生长并非安静无声，它们隐隐发出了婴儿的啼哭声。

"你们在生命领域的研究已经达到这种程度了吗？确实超出了我的想象。"中年男人皱了皱眉头，转头问戴着眼镜的男人，"所以，你就是潜伏者一直在寻找的与'逃走的实验室'有关的那个人——陈勋？"

"是的，赵士明博士。"陈勋笑着开口，"我们应该会有共同话题的，毕竟，我们的研究方向是一样的。也正因为如此，我才希望赵博士可以跟着我去看一下我正在做的项目！当然，"他笑了一下，继续道，"我也是在救赵博士的命。如果你现在去看守所，会死的，中心城也会因此受到很大的损失……我了解你的愤怒，如果你真想报仇，只有我可以帮你。"

赵士明沉默了两秒钟，道："我跟你走。"

陈勋脸上露出了笑容，诚恳道："我们可以接上令公子。虽然他受的伤比较重，但我想依我的技术，应该可以将他治好。"

赵士明嘲讽一笑，摇头道："不用了，谁知道经过你的治疗，他还是不是我儿子。"说完，他把枪揣了起来。

陈勋表现得非常大度，甚至没有试图收走赵士明的枪。

"我们就这么走了吗？"当赵士明准备钻进陈勋的车时，他犹豫了一下，又看了一眼遍地的肉块，"这种精神体的伤害性不是最大的，却是最危险的，它对现实的干涉，尤其是对人的干涉太强大了。你直接将这些东西留在这里，对中心城造成的威胁会不会太过可怕？"

"没关系。"陈勋笑道，"只有这样才能保证我们顺利离开。而且，我也需要以这种方式让研究院了解一下我现在的研究成果。"

赵士明没有再说什么，头也不回地登上了车。一道雪白的光束划破雨幕，迅速向北远去。

雨幕之下，黏滑蠕动的血肉在轻轻地颤抖，若有似无的婴儿哭声在雨幕之中传出了很远，影响着一个又一个的人。

"怎么了？"

正默默打着盹儿的陆辛忽然惊醒过来。他抬头看去，就看到妹妹的小脑袋正紧紧地贴着那个篮球大小的窗口，一动不动地盯着外面。

"不知道，"妹妹摇头道，"感觉外面好像有熟悉的东西……"

"熟悉？"陆辛有些诧异，"那你出去看看不好吗？"

"我去不了那么远。"妹妹气鼓鼓地转头看了一眼陆辛，"你又不肯出去。"

"我犯法了啊！"陆辛有些为难地向妹妹解释着，心想：妹妹熟悉的东西怎么偏在这时候出现了？

正当他考虑着要不要向看守请个假出去一趟时，妹妹跳了下来。

"好了，已经看不见啦！"

"这么快？"陆辛皱起了眉头，与此同时，他嗅到了淡淡的血腥味。

这种血腥味他已经不是第一次闻见了，之前在汽车旅店，藏在暗中的婴把心魔救走的时候，在院子里留下了一堆腐烂的血肉，那些血肉彻底消失之前，散发出来的就是这种味道。只是，与当时相比，他现在闻到的味道淡了一些。不过，这种血腥味正在加重。

忽然有细细的、柔柔的哭声传了过来，混在两边监房的人打呼的声音里，听起来异常怪异。

"那是什么？"陆辛猛地站起身，走到栅栏边向外瞧着。

两边监房里也有人惊醒，嘟囔着："怎么把小孩也送到这里来了？"

"砰砰砰！"

"这是什么玩意儿？"

"我去……"

忽然，惊恐的叫喊与激烈的枪声在外面响了起来。所有人都惊醒过来，纷纷趴在栅栏上观望。

"咋还开枪了？"

"有人吓哭了？"

一片有些恐慌的议论声里，陆辛沉默了一会儿之后，骨骼发出咔嚓的声响，从栅栏里钻了出去，然后顺着走廊向外寻找。他来到第一扇门前时，看见值守的警员已经不在了，外面的枪击声和惊叫声越来越频繁，可以闻到浓重的血腥味。铁门锁着，陆辛犹豫了一下，便伸手向前掏去，门锁位置直接被他掏了一个洞。

他拉开门走了出去，才刚转过一个路口，就看到几个看守惊叫着逃了过来。在他们身后，几只身体臃肿、血肉蠕动的怪物迟缓地移动着，每一只身上都生了好几张嘴，有的嘴巴里正发出婴儿的哭声。

这是什么？陆辛紧紧地皱了一下眉头，感觉它们和白塔镇的第二阶段疯子有些相似。不过，这些怪物似乎并不稳定。

"不要慌！"他一边低声喊着，一边提着裤子迎了上去，顺势从一个看守手里拿过了枪。

"砰砰！"子弹准确地射进了一只怪物应该是脑袋的地方，炸出了一团血花。不过，面对那只有些像黏液的怪物，这种程度的枪伤似乎并不致命。血肉向下覆盖，淹没了伤口，很快就恢复如初了。枪火对它的伤害极其有限。

陆辛低头看向脚下，影子似乎没有一点变化。他想起来了，父亲不喜欢这种腥臭的怪物，甚至可以说是非常讨厌。于是他深深地呼了一口气，转头向周围看去。前厅中间摆了张小桌子，上面放着一些菜肴，还有两瓶酒。而他旁边的窗子上挂着一条破旧的窗帘。

怪物就算移动得再慢，也已经到了陆辛身前，慢慢抬手向他抓了过来。陆辛叹了一口气，身子一扭，躲过了怪物的这一抓。然后他抬起脚，蹬着怪物的膝盖，身子高高地跳了起来，用力一踢，直接将怪物踢得向下倒去。

与此同时，他一只脚踩在怪物身上，借力冲向左侧，伸手拉下窗帘，顺势一卷，窗帘就将桌上的两瓶酒卷了过来。然后他用一只手臂夹住酒瓶，另一只手直接将窗帘缠在怪物身上，连续缠了好几圈。接着，他一只手抓住一个酒瓶，用嘴咬掉了瓶塞，把两瓶酒全部浇在了怪物的身上。最后，他扔掉酒瓶，拿出小看守给他的绿色塑料打火机。

"啪"的一声，火苗蹿得老高。

陆辛点了一下，没点着，这种酒燃烧得很慢。他只好将火苗凑到怪物身边，用手护着，慢慢地点燃了窗帘。火势借着酒精，"呼"的一声就旺了起来，像腾腾燃烧的火把一样。

陆辛后退了几步，向那几个吓得魂儿都没了的看守道："你们躲到我身后，我会保护你们的。"

那几个看守看着这个从监房里出来的年轻人，愣在了当场。看着他温和的笑容，他们都有一种难以言喻的割裂感，一时居然没有人说话。当然，更没有人去质问他是怎么逃出来的。被陆辛抢走了枪的看守倒是有些犹豫，但陆辛转手就把枪还给他了。

"究竟出了什么事？"陆辛慢慢向外走去，顺手解决了两只已经成形的怪物，和一只没有成形的怪物。这些怪物形容可怖，有种异样的惊悚感，但并不难对付。

他来到前厅，感觉血腥味更浓了，借着微弱的灯光向外看去，只见朦胧的雨帘里，到处可以看到忽然炸出来的火光，也能听到那细细的源源不断的婴儿啼哭声。

"这是那只之前在旅店里没有现身的怪物婴吗？它这是在干什么？"陆辛眉头一皱，觉得很不舒服。

"呜——"就在这时，忽然有拉长的警报声响了起来，席卷全城。这种声音陆辛在青港城听到过，两次。虽然它往往代表着危险与灾难，但他的心情却一下子平复下来。他知道，这代表着中心城的专业清理人员要出手了。怪物与精神能力者，混乱与秩序，即将再次发生激烈的碰撞。他放心地走了回去，打开了通向监房的门。

既然已经有人在做他们的工作了，他当然也该继续做他应该做的事——被关押。

寂静的雨夜里，时不时传来未知生物的嘶吼声、枪击声、汽车相撞声、爆炸声，以及一直夹杂在这些不同的声响里，听起来怪异又让人心里发毛的婴儿啼哭声。

各种不同的声音将看守所内的气氛衬得异常安静，挤了这么多人，却没有人敢随便发出响声。看守的，被关押的，就这么一起老老实实地蹲在监房里，静静等着外面的混乱过去。

"啪！"在这安静得让人感觉不舒服的氛围里，陆辛点着了一根烟。见周围一下子有好多目光看了过来，他有些不自然地摇了一下肩膀，给众人示意了一下，道："你们也来一根？"

众人对视一眼，那个买烟的小看守接过烟盒，开始一根一根地派。他好像下意识不想让陆辛麻烦，所以主动替他把烟分了出去。陆辛看着那一根一根飞快减少的烟，眼神有些古怪，但犹豫了一下，还是没好意思阻止他。

然后大家窝在监房里，默默地抽着烟，谁也不敢睡。

"兄弟，外面这……这究竟是什么玩意儿？"不知过了多久，总算有个看守反应过来了，壮着胆子问陆辛。

"疯子。"陆辛在众人的目光下轻声回答。

"疯子？"

人群一阵骚动，脸上都充满了疑惑。

"这是疯子？"

"不对啊，之前我在马戏团里见过疯子，不是这样的啊！"

"何止马戏团？我以前在荒野上见过，跟这个也不一样，枪能打死的……"

面对众人的疑惑，陆辛弹了弹烟灰，道："很简单嘛，这是变异了。"

"变异了？"

周围响起了一片倒吸凉气的声音，众人的心脏顿时被恐慌所充斥。

"疯子还能变异？"

"完蛋！变异的疯子突然出现在高墙里面，不会再来一次大乱吧？"

"老哥们，要是再乱了，你们放不放我们走？"

"没事的。"迎着周围恐慌的众人，陆辛觉得自己有必要跟他们科普一下，消除恐慌，"不会再出现之前那样的大乱的，现在各大高墙城都有经验了，还有一些……特殊的人守护着。再者说，现在也研发了很多有针对性的高科技武器呀。就算再遇到疯子，也不会像之前那么乱了。疯子再厉害，一个高频电离子炮打过去，可以打死一大片！"

陆辛的解释，或者说他话里的轻松，对周围的人起到了很好的安抚作用。大家肉眼可见地松了一口气，刚才闹着想出去的家伙也不吭声了。陆辛能够感觉到这些人眼神里对自己的钦佩，这感觉还挺舒服的。

"兄弟，你是做什么的呀？"一个年龄大点的看守从兜里摸出一包自己不舍得抽的烟——紫色过滤嘴的——小心地抖了一根出来，让给陆辛。

陆辛看了他一眼，把自己已经抽到烟蒂位置的烟扔在地上，踩灭了，接过他的烟盒，把抖出来的那根让给他，然后自己摸了一根，凑在别人递过来的火上点燃了，轻叹着道："我在青港城一家商务公司里上班，前不久刚升了职，已经是主管了。"

"厉害厉害，年轻有为啊……"

"果然，一看这大哥就是有身份的人，赚的钱肯定很多吧？"

周围响起了一片拍马的声音，然后有人问："这位大哥是怎么进来的？"

陆辛抽了一口烟，叹道："我拿枪打了个人。"

众人顿时紧张了："墙里面还是墙外面打的？"

"墙里啊。"

一群人顿时更紧张了："人死了没？"

陆辛摇了摇头："应该没有。"

"那还好……"周围的人都松了一口气，"应该不至于太严重吧？"

"也不见得……"一个老看守担忧道，"你带枪进城了？"

"没有啊，我是从旁边的警员身上抢的枪。"

"我去……"

"然后我当着他们的面，把两个弹匣的子弹都打他身上了。"

"我去……"

"那个人应该挺有背景的，家里关系不一般……"

周围的人已经吓得连话都说不出来了。

陆辛见他们这么慌，自己也有些担忧，忙道："正常情况下，这得判多少年？"

老看守倒吸了一口凉气，压低声音道："小兄弟，你这个问题大了，又是抢枪，又是严重伤人，而且打了人家那么多枪，活下来的可能性不大……再加上人家家里如果真有背景，地位很高的话，向行政厅施加点压力，我看哪……你命好的话，可以开一辈子的荒了……"

陆辛听完也有些蒙了："我去……"

聊天之际，外面的乱子不知何时已经消失了，小窗里透进来天明的微光。众人都紧张了整整一晚，有心大的已经靠着墙睡着了。

忽然，外面的走廊上传来了硬底鞋跟踩在水泥地面上的声音，这声音不断靠近，然后又响起了铁门开合的声音。监房里顿时有很多人警惕起来，慌乱起身，向外面看去。陆辛这时候也没睡好，担心自己要开一辈子的荒。听这动静，不像是疯子，他抬头向外看去。

"谁是陆辛？"那脚步声很快就来到了门前，只见是几个穿着军装的人，他们都沉着脸，看起来很精干。哪怕是看到看守和囚犯们挤在了一起，他们的脸色也没有什么变化。

"啊？"陆辛有些诧异，举起了手，"我是。"他心里顿时有些担心：这么早过来找他，难道是因为昨天打人的事？

"就是你？"那几个人打量了一眼一手提着裤子、表情有些紧张的陆辛，让开了身子。

"嗒、嗒、嗒！"走廊上再次响起脚步声，一个穿着修身的休闲黑色西装、留着短发的女人出现在栅栏外面。她看了陆辛一眼，忍着笑道："昨天晚上过得好吗？"

"啊这……"陆辛看到这个女人，顿时有些惊讶，用力擦了一下眼睛，才终于确定，"陈……组长！"

出现在栅栏外面的短发女人正是陈菁。

陆辛无论如何也没想到，陈菁居然会在这种情况下以这种方式出现在自己的面前。

"打开吧！"陈菁终于还是笑了起来，但又立刻收住，保持着严肃的表情，向旁边让了让身子。

其实铁栅栏根本就没锁，昨天晚上那些看守是主动进来的。陆辛提着裤子走了出去，迎着陈菁看起来很严肃，实际上一直藏着笑意的脸，他觉得有些尴尬。在中心城遇到青港城的熟人，还是他的领导，还是在看守所，而且……他现在连根腰带都没有。

"把他的东西拿过来，"陈菁看出了陆辛的窘迫，向旁边的人道，"尤其是他的腰带。"说着，她便带着陆辛向外走。

走出这条长长的走廊之后，陆辛看到，昨天晚上杀掉的怪物的尸体已经消失不见了，地上只剩了一片片黑色的焦痕，用醒目的黄线围了起来。

陆辛的东西没有人碰，他的背包、口袋里的东西以及腰带都完好无损。

"走吧，还有很重要的事等着去做。"等陆辛收拾好了自己，陈菁笑着向他说道。

"这就要走了？"陆辛忍不住回头看了一眼监房，又瞧了瞧陪着陈菁过来的那几个人，心里觉得有些说不过去，小声问道，"我是因为开枪打了人，才被关到这里来的啊！就这么走了，会不会不太好？"

"啥？"那几个陪同陈菁过来的人都愣了，眼神古怪地看了他一眼。咋的，还住上瘾了？

陈菁低低地呼了一口气，转过头来，正色道："陆先生，昨天晚上的事我们已经调查清楚了。大地建设集团仓管部质检主管赵会涉嫌与中心城研究院一处下属实验基地的机密资料泄露事件有关，其找上红岭城来的某支车队的负责人高婷，也有着某种不良企图！你作为见义勇为的青港城市民，做了该做的事，对此应该提出嘉奖！当然，你抢了中心城七号卫星城警员的配枪，并对赵会造成了严重的人身伤害，这本身也是严重违纪，需要对你进行处罚。只是如今，考虑到事态紧急，需要你配合当前工作。另外，你在枪击事件之后主动将空枪归还，并且自首，认罪态度良好，也可以酌情轻判！"说着，她拿出一张盖了红印的纸，"现在我青港城驻中心城办事处已正式向中心城行政总厅提交申请，决定将你暂时接出来相助处理一起紧急污染事件。你还没有履行的惩罚，将以将功抵过或是罚款的形式进行弥补。当然了，"她将那张纸收起来，终于憋不住笑了，"罚款已经替你交了。"

"啊这……"陆辛呆呆地看着陈菁，心里非常感动。

"那……我先走了啊，再见……"陆辛和那几个一脸迷茫的看守打过招呼后，就跟着陈菁离开了看守所。

直到走出了看守所，陆辛还是觉得有些不可思议。不是说了差不多要开一辈子的荒吗？怎么被陈菁这一说，他就出来了？而且，他越想越觉得陈菁处理得一点问题也没有，非常合情合理合法……

陆辛跟着陈菁坐上车，很快来到了一片广阔的草坪上。不远处停着一架直升机，陈菁跟那几个身穿军装的人握手道谢之后，便带着陆辛钻进了直升机里。

"哈哈哈哈，我亲爱的小队长，好久不见了！"

陆辛刚钻进直升机，就得到了一个大大的拥抱，他把对方推开，才见是壁虎。壁虎穿着一套作战服，头发不知用了什么，梳得整整齐齐的，油光可鉴，这时候正一脸热情地看着他。机舱里还有一个脸生的女孩，她看起来年龄不大，长得很漂亮，皮肤白皙，带点婴儿肥，但脸色很冷淡。她穿了一条很短的裙子，光着双腿，脚上是一双厚重的黑色军靴。

"先坐下，我们现在赶时间，有话路上说。"陈菁向陆辛点了点头，然后随意地介绍起那个陌生女孩，"这位是夏虫女士，她是中心城特清部第七特别行动小队的队长，现受命调查这次的特殊污染事件。你能够这么快出来，她帮了很大的忙。"

"嗯？"陆辛有些诧异地看了一眼这个看起来软软的女孩。就是她帮他躲过了开一辈子荒的命运吗？他急忙向她伸出手，道："你好，你好，我是单兵！"

夏虫面无表情地看了陆辛一眼，迟疑了一下，将手递到了陆辛的手里。两人握了一下就松开了。陆辛感觉她的手很柔软，像没有骨头一样，冰凉冰凉的。

壁虎在一边瞪大了眼睛，似乎非常羡慕。"那个……"他忍不住想找存在感，热情地向陆辛道，"小队长，昨天晚上你就一直在看守所里待着？"

陆辛坦然道："对啊。"

壁虎的表情越发精彩："这里发生了那么多事，整个卫星城都乱成了一团，你却一直老老实实地在看守所里蹲号子……整个晚上完全没有出来？"

陆辛有些不明白地看向他："我被关押了啊，怎么出来？"

"没有没有……"壁虎急忙摆手，忍了一会儿，终于忍不住哈哈哈地笑了起来。

陆辛与陈菁、夏虫同时向他看了过去，他急忙板起脸，收住了笑声，只是肩膀还在不停地抖。

这时候，直升机已经升空了，陆辛从直升机上向下看，只见七号卫星城里还有很多地方冒着黑烟，警车和消防车不停地穿梭在这座城市里。有些地方还可以看到聚集的民众，穿着白色防护服的支援人员在他们中间穿梭着。

"看样子，昨晚的事确实闹得不小啊……"陆辛感慨了一声。

"其实还好，动静大，威胁不大。"夏虫忽然开口了，声音清脆，只是语气硬邦邦的，没有一般女孩的柔软。

陆辛顿时有些好奇地看向她。

陈菁道："正好要对你做任务通报，先让夏虫告诉你昨天晚上发生的事吧。"

夏虫点了点头，道："昨天夜里，七号卫星城共有三个地点发生了突发性特殊污染事件，代号为1021——血肉怪物。经过初期调查，已确定是人为释放的。此次污染事件造成了数百人的死亡，不过污染现象在一个小时后自动消失了。此外，污染事件发生时，七号卫星城某家化工厂里发生了一起袭击事件，化工厂多名保安与工作人员受伤，七人死亡，有多份A级关键资料及B级寄生物品被盗。同一时间，化工厂负责人赵士明遭人绑架，迄今下落不明。"

"化工厂受袭？"陆辛怔了一下，感觉有很多疑点。比如，那种"血肉怪物"一个小时后就自动消失了？再比如，为何在夏虫的叙述中，化工厂受袭事件比特殊污染事件还要严重？

"是的。"夏虫面无表情道，"袭击事件发生之后，特别行动小组介入调查，才发现此化工厂其实是一个隐秘的实验基地，正在进行某种A级实验。我已经向上面提交了调查申请，现在正在确认此实验是否有在研究院及行政总厅进行备案。不过，调查这家化工厂并非我们这次任务的目标，现在我们需要调查并且处理的是白塔镇隐秘实验基地对第二阶段疯子进行的研究。"

陆辛皱了皱眉头，没有说话。

夏虫不管他有没有疑问，只是满脸例行公事地继续道："昨天，当我们小队正式接到上级命令，开始对这件事进行调查时，你们青港城递交的资料对我们的调查起到了极大的帮助。根据目前掌握的资料，我们怀疑这件事与活跃在联盟之间的一个神秘组织有关。此组织的名字为'黑台桌'，最初源自医学领域。据资料显示，它是红月亮事件后，一群试图通过手术与药物治疗失智人的医生所创立的。因为他们总是在发起人客厅里的一张黑色高台桌旁边开会，得到他们认可的人也会获得在高台桌旁落座的资格，所以有了这样一个名称。因为涉嫌开展违背人伦的禁忌实验，此组织已经在十年前被联盟正式取缔了。现在看来，它没有解散，只是转入了地下，还在继续进行禁忌实验。"

陆辛认真地听着，直到夏虫顿了一下，他才抓紧问道："那么，现在他们是在做什么？造神？"

"造神这个词太唯心且空泛了，缺乏理论支持。"夏虫抬头看了陆辛一眼，"黑台桌这十年来在暗中的行动，我们尚且未知。但通过你们递交的资料，还有证人的证词，以及昨天晚上的突发性特殊污染事件，我们怀疑黑台桌现在的研究项目与对失智人的控制以及各个方面的加强有密切关联。"

陆辛想起在白塔镇见到的会冷笑的疯子，还有那只疯狂的大脑状怪物，以及大脑状怪物召唤出来的有着更强大力量与压迫力的第二阶段疯子。他微微皱了皱眉头："研究疯子能够得到什么？"

"是失智人。"夏虫纠正他，"其实无论是官方还是一些民间机构，都一直在进行对失智人的研究与治疗。红月亮事件发生之后，对于怎么对待失智人，主流意见分成了两种，一种是对失智人进行治疗，让它们变成正常人，另一种是消灭它们。现在看来，因为局势所迫，后者成了既定结果。但对失智人的研究与治疗工作却是任何一方都不愿忽略的，联盟与研究院也一直支持这方面的研究，更多的是支持他们研究出治好失智人的方法。让人失望的是，有很多机构或组织致力于研究如何控制失智人，甚至将其当成武器。毕竟，很早之前，我们就意识到，失智人的耐力、体力、忍痛力，甚至是伤口复原能力，都极大幅度地超过了普通人，若是可以教会它们服从、使用武器，那么……"她顿了一下，继续道，"它们就会成为最好的战士！"

哪怕是在讲这么恐怖的事，夏虫脸上也一直没有什么表情，声音更是没有起伏，只是说的内容却让人有些不寒而栗。

陈菁轻声补充道："简单来概括的话就是，红月亮事件之后，因为精神异变，这世界上出现了一批精神能力者，我们几人……基本上都是如此……但疯子才是最早的精神异变者！"

第四章

怪物之城

"失智人还算不算是人类？有没有必要进行治疗？这些问题太过复杂，也太过艰深，不在我们讨论的范围之内。但是，对于触碰底线的实验，我想，无论是联盟还是研究院，态度都是一致的，那就是必须打击甚至消灭。黑台桌便是这一类！"陈菁严肃地做出了总结，"我就是因为得知了白塔镇的事，才带领青港城支援小队赶来中心城进行支援的。我们青港城的原则是，调查清楚白塔镇禁忌实验与黑台桌的目的，并彻底将其消灭！"说完，她严肃地看了陆辛一眼。

陆辛急忙摆正姿态："是的。"

陈菁点了一下头，然后看向夏虫："现在可以分享你们的初步调查结果了吧？"

夏虫看了陈菁一眼，不知想到了什么。然后她面无表情地低下头，取出一份封面有着"机密"字样的文件，打开文件开始讲述："根据你们递交的资料，我们怀疑黑台桌正在利用一种特殊精神力对失智人进行改造，试图造出强大的生物兵器。从白塔镇实验基地的规模来看，此类实验进行的时日已经不短了，可以确定他们已经取得了某种成效。我们有理由怀疑，他们还设有其他实验基地，并且取得了很多势力的幕后支持！……下面我会跟你们分享中心城的潜伏者的调查结果，请你们保密。"

夏虫抬头看了一眼陆辛、陈菁，又看向壁虎。壁虎下意识想露出一个灿烂的笑容，但看到她冷得像块冰的脸，他的笑容僵在了脸上。

"首先说那家化工厂。我们通过一些渠道确定，这家化工厂也在进行一些秘密实验，实验内容与特殊精神力对人体的改造计划有关。黑台桌为什么要袭击这家化工厂？为什么要绑架研究院二级研究者赵士明博士？我们推测，他们或许需要赵士明的部分研究成果，这个成果可能很关键。

"另外，我们有理由怀疑，他们对这家化工厂的袭击是早有预谋的，做了充足的准备。赵士明的独生子赵会表面上是大地建设集团仓管部的质检主管，实际上，他只是借助这个身份，为化工厂研究室提供一些必要的资源支持。黑台桌很早就盯上了赵会，昨天的袭击那么顺利，也与赵会的某些反常行动有着密切的关系。这方面的深入调查还在进行中，我们很快就可以看到结果。

"此前，黑台桌的行动一直很隐蔽，就连潜伏者也没有发觉明显的异常。但是，昨天晚上，他们忽然做了很多冒险的事，一下子暴露在了潜伏者眼中。我们猜测，是出现了某种外因，使得他们加快了计划的实施。"

"外因？"陆辛皱了皱眉头，"会是什么呢？"

几人都看了他一眼，不知道该怎么回答。

"对于他们正在进行一项重要实验的猜测，不仅是因为这种异常。"陈菁带着歉意看了一眼夏虫，然后对陆辛道，"昨天晚上的特殊污染事件很怪，发生得很突然，结束得也很突然。可以说，如果污染没有在一个小时后自动消失，那么，七号卫星城的伤亡人数会是现在的几倍。或许，黑台桌是在用这种方式释放信号：对于这种程度的污染，他们已经做到了掌控自如。"

"这有什么用？"陆辛脱口而出，表情疑惑。

"作用就是，让某些人对他们的研究产生信心。"夏虫面无表情地解释道，"能够准确地控制这种程度的污染，说明他们对那种危险的精神力的研究已经很深入了，这也代表着，他们正在研究的生物兵器已经有很大的把握会成功！某些人得知这个消息后，可能会对他们产生极大的兴趣。"

陆辛抿了抿嘴，他听明白夏虫的话了，但他很不喜欢这个推测。

陈菁看了陆辛一眼，缓缓舒了一口气，道："该把对黑台桌的调查结果告诉他了。"

夏虫点了一下头，同时深深地看了陆辛一眼，道："禁忌实验的事是最近才发现的，但对黑台桌的调查很久之前就展开了。中心城隶属于研究院的潜伏者早在一年前便发现了黑台桌暗中活动的迹象。经过一系列的调查，他们捕捉到了一些蛛丝马迹，其中最重要的便是找到了黑台桌的一个关键人物，并对他实施抓捕。只可惜，那次抓捕行动失败了，唯一的成果就是通过一些来不及完全销毁的资料确定了他的身份。"她一边说，一边将一份资料递给了陆辛。

陆辛只低头扫了一眼，脑袋便"嗡"地响了一声。螺旋桨转动的噪声忽然远去，他的视线模糊了一下，又重新变得清晰。

他看到了陈勋的照片，和003号文件里那张监控拍到的照片一模一样！

陈勋是老院长的助手，是那个戴着金丝边眼镜主持解剖实验的男人，也是他这次过来探亲的对象。没想到，他无意中遇到的事最终居然跟陈勋搭上了关系。这下好了，他不用担心找不到这个亲人的踪迹了！

夏虫皱着眉头，慢慢直起腰，黑白分明的眼睛定定地看着陆辛的脸。陈菁也微微皱眉，看着夏虫，缓缓摇头。

壁虎有些吃惊，大着胆子伸手戳了陆辛一下："队长，你咋啦？"

陆辛清醒过来，有些诧异地看着壁虎："怎么了？"

壁虎警惕地看着他，身子微微后仰，试探着道："你现在很开心？"

陆辛不解："还好……为什么这么问？"

壁虎的眼神跟见了鬼似的："你……你如果不开心，为什么笑成了这样？"

陆辛吃了一惊，这才意识到自己脸上居然一直挂着笑容。他用力揉了一下自己的脸，带着歉意道："不好意思，忽然想到了一些开心的事。"

一时间，机舱里没有人说话。

"这就是你说的稳定性极高、从无违规记录的B级蜘蛛系精神能力者？"过了一会儿，在螺旋桨空洞的转动声里，夏虫转头看向陈菁，面无表情地问道。

"有什么问题吗？"陈菁似乎有些不明白地反问。

夏虫顿了一下才道："没问题。"然后她在平板电脑上操作了几下，面无表情地念道，"陆辛，二十三岁，八个月前被招进青港城特殊污染清理部，精神能力为……'疑似'蜘蛛系？曾参与处理两次大型精神污染袭击事件，具体清理过程不详，但可确认其起到了极为关键的作用……违规记录：零……"

陈菁先是绷着脸，然后放松下来，笑道："你看，确实跟我说的一样吧？再说了，咱们从事特殊污染清理工作的人，虽然经常与行政厅和城防部打交道，但毕竟还是以清理污染为主，你不要搞得跟间谍似的，把人资料都找出来了……"

夏虫不听她的忽悠，仍是面无表情地说着："昨天晚上他枪击了赵会之后我们才盯上他，一直目送他进入看守所。我们本以为他会越狱或是有别的什么图谋，甚至怀疑昨晚的特殊污染事件与他有关，于是我手下的人盯了他半个晚上，结果直到凌晨时分你找到我，他都没有半点动作。我手下的人过来跟我汇报，说他是他见过最老实的精神能力者……"

壁虎不自然地动了动，嘀咕道："确实挺老实的……"

陈菁的脸色没有半点变化，仍是一脸坦然。

夏虫的目光扫过他们两人的脸，好像在确定什么，然后慢慢道："中心城有两个主城、十个卫星城，周围还有大大小小几十个聚集点，每天的人流量少说也有数十万。在这里，每个人都有自己的目的、自己的生活与秘密。在这里，我们每天都要与各种各样的人或事情打交道，有因为生活压力而崩溃的污染源，也有心怀鬼胎的神秘组织，有各方势力派过来的间谍，也有贩卖战争的野心家。初步估计，在中心城及其周边，野生的精神能力者是被我们招募的精神能力者的十倍以上。"说到这里，她看了陆辛一眼，"所以，我们没有多余的精力去关心一个偶然进入了七号卫星城的精神能力者，哪怕这个精神能力者是S级的！"

她的脸上第一次露出了类似笑容的表情，微微欠身，娇小的体形给人一种可怕的压迫感："但我们的原则是……中心城包容一切，但绝不能容忍对中心城或研究院不利的人或事，并且有能力让任何一个在中心城作乱的家伙付出代价，无论这个家伙是怪物还是所谓的神！"

直升机鼓噪着飞过城市上空，直奔七号卫星城城南一家偏僻的工厂。

中心城的人口明显比青港城多很多，即使是卫星城里也人满为患。到了夜里，一栋栋高楼里的灯光让这座城市显得非常热闹。但是，这座城市里仍然有几处人烟稀少的地方，坐落着各种各样的工厂或仓库。对中心城而言，七号卫星城不像是卫星城，更像是连接中心城主城的码头。

直升机飞到一家规模看起来很大的工厂上空，降落在了工厂一栋办公大楼前的空地上。这家工厂有着各种各样的厂房、高高的烟囱，以及像堡垒一样、不时有浓重的白色水汽蒸腾出来的冷却塔，让人"不明觉厉"。

陈菁直接带着陆辛进入了一片隐秘的区域，在这里，陆辛看到了一排排把守住了各个通道的武装战士。

"昨天晚上，你被警车带走之后，厉刚就带着那支车队的人和你交给他的资料转移了。好在黑台桌没有再对他们发动袭击，他们平安地度过了一夜。"陈菁为陆辛讲述着事情的经过，"我带人赶到后，就与他们会合，并且与中心城进行了沟通。"

陆辛闻言，微微放心了，又有些不明白："为什么一定要等你来了才与中心城沟通？"

陈菁只是笑了笑，没有回答。

陆辛也没再问，边走边留心观察。他发现这家工厂从外面看似乎有些破破烂烂的，但里面的布置却极为先进，冷色调的地板与隐藏在墙壁里的光源将偌大一片区域衬得冰冷而极富科技感，厚重的钢化玻璃隔出了许多大小不同的房间。不过，此时有很多钢化玻璃都是碎的，地上还有不少用粉笔画出来的人形。这些痕迹无声地宣告着，此前不久，这里发生过一场激烈的战斗。

有许多身穿黑色防护服的人正到处走来走去，收集各种证据。有个房间的门上贴着高婷的照片，一个穿着白大褂、头发浓密的男人正在那里看资料，正是"青港六怪"之一——天才研究员莫易。

"连他都来了？"陆辛有些惊讶。"青港六怪"不是青港城最宝贵的人才吗？他们平时连出趟主城都会有一支专门的队伍保护着，如今居然跑到中心城来了？

"收到你的消息后，青港城非常重视，由我带队，一共过来了两位精神能力者、一位研究员、两个调查小组、四位律师。凌晨时分赶到中心城后，他们就各自忙碌起来了。"陈菁轻声解释道。

然后她看向夏虫，问道："你们准备什么时候处理这件事？"

夏虫沉默了一会儿，道："我在等上面的通知，并要向他们做最后的报告。"

"好的。"陈菁笑道，"那你向上面做报告的时候，别忘了告诉他们，青港城现在对这件事非常关注。而且不仅是青港城，很多知道了白塔镇禁忌实验事件的集团与组织也都非常关注。"

夏虫听了陈菁的话，表情没什么变化，只是深深地看了她一眼，道："青港城很不信任中心城吗？不仅过来了这么多人，而且那些证物也是你到了之后才交给我们的。"

陈菁淡然一笑，道："中心城人多，人多的话，麻烦也多。我们青港城的诉求则比较简单，只是想确保这件事得到应有的结果而已！"

夏虫的目光在陈菁的脸上停留了一会儿，又扫过陆辛，还有一旁的壁虎。陆辛正认真地听着她们的对话，好像非常关心这个问题。壁虎则在察觉到她的目光的一瞬间，把视线从她光洁的小腿上收了回来，装作正在打量四周的样子，表情非常自然。

"这件事会得到应有的结果。"夏虫不再多说，只是脸色冷淡地指了一下里面的一个房间，"现在，你们可以去那里休息一下，并且仔细想想，是不是还有什么遗漏的信息未曾分享给我们。"

她看向陆辛，接着道："尤其是你。你曾经与黑台桌的精神能力者交手，他们有什么样的能力，以及其他各方面的信息，你都可以整理出来，这对我们来说非常重要。"她顿了一下，又道，"既然大家都有着同一个目的，那我希望不要再出现隐瞒信息的行为了。"

壁虎闻言有点担心，悄悄看了陈菁一眼。

陆辛倒没有察觉什么，温和地笑道："好的。"

这么顺从的回答让夏虫怔了一下，她又看了陆辛一眼，转身走了。

在一间似乎是专门给青港城的人准备的办公室门口，陆辛看到了那两个调查小组，他们正端着枪在那里站岗。其中一个小组的组长他认识，正是以前有过多次合作的程辉。也不知道陈菁带程辉过来，其中是不是有他和陆辛很熟的原因。

办公室里坐着几个西装笔挺的男人，厉刚正和他们说着话。这几个人就是青港城来的律师吗？陆辛心想，自己如今还是戴罪之身，等忙完了这些事，不知道还要不要回看守所里继续待着呢，没准儿需要这些律师的帮助。于是，和程辉打过招呼后，他便走进办公室，伸出手感激地道："谢谢你们！我毕竟在中心城拿枪打了人，以后的事说不定还要麻烦你们……"

虽然陆辛一直作为一个公司的小职员在青港城二号卫星城生活着，但是他也了解，红月亮事件之后，人类世界的秩序崩溃了一阵子，就像如今的荒野一样，混乱而黑暗，律师自然没有用武之地。但今时不同往日，在如今的高墙城里，律师的地位非常高，联盟的许多大事上都有他们的身影。

这是由联盟的特殊现状决定的。因为研究院的存在，所以中心城这样的超大型城市没有出现集权的枭雄，反而一开始就定下了一套完整的法律法规。而且不仅是中心城，所有加入了联盟的高墙城都签署文件，沿用了中心城的法律法规——小处或有不同，大政方针上则是完全一致的。这样一来，律师的地位自然得到了极大的提高。

见到陆辛伸出了手，几位律师连忙站了起来。一位头发花白的老律师探过身子和陆辛握手，上下打量了陆辛一眼，然后笑出了鱼尾纹："说话要注意，你只是在处理一起紧急特殊污染事件而已，跟拿枪打人有什么关系？"

陆辛怔了一下："可是我……我打了二十几枪呢！"

老律师皱了皱眉头，道："你们的工作保密等级很高，我了解得不多，但我知道，应对一些特别的紧急事件时，动用大规模杀伤性武器都是可以理解的，更何况拿枪打人呢？我们这次过来，其实也是因为此类事件越来越多了，联盟考虑制定一系列相关的法规。当然，如今此类法规还没有出炉，有些事就未免显得乱些。不过，中心城是制定规则的地方，各大高墙城依循的都是中心城的法规，他们自己办事，自然也要按法规来。所以，"他笑了一下，接着道，"你只管放心做你的工作，法律的事由我们负责，我会尽量帮你争取见义勇为的奖章！"

陆辛瞠目结舌，对这几人肃然起敬。

"早！"这时，青港城的天才研究员莫易拿着一系列的检测报告走了进来，头也不抬地打了个招呼，然后道，"对那位女士的初步检测结果已经出来了，我正在进行分析。"

听了他的话，办公室里的所有人都转过了头来，包括那几位对特殊污染事件并不怎么了解的律师。

陈菁问道："结果如何？"

"可以确定她的身体经过一系列的改造，包括强化液的注射以及某种寄生物品的影响。现在的她，无论是身体机能，还是协调能力，都已经达到了近乎完美的程度。"莫易严肃道，"不过，这完美并不一定适合她。正常的强化一定会经过缜密的计算，让身体素质达到稳定的平衡，但她只是强化了身体，忽略了与自身大脑的协调。这就导致她的认知出现了紊乱，对自己的身体产生了一种陌生感。"

听完他的解释，在场几个人都微微皱了一下眉头。陆辛想问点什么，又不知道该从哪里问起。

一旁的壁虎则好奇地问道："改造她的目的是什么？"

"我现在掌握的资料还很少……"莫易摇了摇头，然后脸上露出了点笑意，"但这不妨碍我做出合理的推测。我想，这家化工厂内的秘密实验基地进行的是对'完美肉体'的研究，而高婷之所以被盯上，是因为她原本的身体条件很接近完美肉体的概念。"

"完美肉体？"

"是的。这个概念我可以换一种说法解释给你们听。你们有没有发现，无论是男人还是女人，总有身材好的……"说着，他瞄了陈菁一眼，然后拍了拍自己肥嘟嘟的肚子，"也有身材差的？"

众人都听得有点蒙，这还用说吗？

"从生物学上来说，这种差异其实不存在高低之分，也不属于基因上的差距。"莫易抚摸了一下自己浓密的头发，笑道，"毕竟同一种基因也会因年龄段与生活习惯的不同而表现出不一样的变化，就比如我，年轻的时候也是有六块腹肌的。"

在场的人，年龄大点的都深深地点了点头，年轻的则表现出了矜持的自豪感。

"但身材好的总是会有一种致命的吸引力，让人想要去追逐。这既可以理解为生物的本能，也可以理解为精神层面的某种影响。"莫易笑道，"因为这些区别，所以精神异变这个概念出现之后，就有人做出过推测——这个人就是我——如果这个世界上真的会有神出现，那么神会是什么样子的？我想说，神一定会是完美的，无论是身材还是样貌！这并不是说我是一个'颜控'，而是作为神，必定需要各方各面都趋近完美。这个秘密实验基地，我们可以说它在研究身体强化药剂，也可以说它在试图破解人会变成疯子的秘密，甚至可以说它是个整容医院……归根结底，它就是在研究神的躯体！"

办公室里一片安静。几位律师听完后只觉得长见识了，陈菁等人却都脸色微变。他们不约而同地想起了一个人——青港城的娃娃。如果神就是在各个方面都趋于完美的人，那么，娃娃是不是已经在某种程度上接近神了？

不同于其他人，陆辛还联想到了白塔镇的那只大脑状怪物，他知道它的名字叫作"神之大脑三号实验体"。那么，可不可以推测，那些人除了研究大脑，也在研究其他的，包括擅长"观察"的眼睛、快速生长的血肉，以及……能承载这些的身体？

"所以，"陈菁的语气有些凝重，"我们现在要阻止的是一位神的诞生？"

"虽然我是猜的，但我感觉差别不大。"莫易点了一下头，"当然，这只是一个方向，毕竟我能够接触到的资料……"他看了一眼办公室外面，有些无奈，"太少了。"

陈菁理解莫易话里的为难。高婷是青港城交给中心城的人证，对她的检测，青港城自然可以参与。至于中心城掌握的其他很多资料，莫易明显是被排除在外的。

"从目前的资料来看，我们已经可以肯定，这件事是黑台桌所为，也可以大胆推测，黑台桌除了白塔镇实验基地，一定还有其他的规模可能更大的实验室。"陈菁冷静地做着最后的总结，"而他们正在进行的实验与'神之诞生'有关，且实验正处于关键时期。所以，留给我们的时间不多了。"

她顿了一下，接着道："但是，在正式行动之前，我们还需要做一些必要的准备工作。第一，我们需要知道这家化工厂的秘密实验室的详细资料。既然黑台桌冒了那么大的风险绑架了赵士明，便说明赵士明的研究一定对他们有大用。如果可以拿到这个实验室的详细资料，就可以提前推测出黑台桌正在进行的实验的具体内容，并提前做好一应准备工作。第二，我们需要在最短时间内找到黑台桌的秘密实验基地。昨天晚上，他们匆匆忙忙地离开，一定留下了不少线索。另外，建设那么大的基地，各种原材料的供应也会成为他们无法抹除的痕迹，如果中心城的潜伏者出手，应该可以查到一些线索。第三，我们需要足够的人手。"

陆辛觉得她分析得很对，只是有一点还不明白："那我们还在等什么？"

"等中心城的同意。"陈菁看了陆辛一眼，轻声道，"无论是查找化工厂实验室的详细资料，还是调查黑台桌最大的秘密实验基地，都需要得到中心城的允许。从某种程度上来说，青港城只是配合调查的一方。"

"哦！"陆辛想了想，觉得是这个道理，便老老实实地应了一声。

既然这次的调查行动是以中心城为主的，他当然要好好配合。在陈菁的指点下，他将自己和高婷的车队一路上经历的事详细地写了出来。写报告嘛，他很擅长，知道的就写上，不知道的当然就不写，比如是怎么捡到那份文件的……捡到就是捡到啊！那个叫夏虫的姑娘看起来脾气挺不好的，他怕写多了，人家嫌他烦。

陈菁第一时间审阅了陆辛的这份报告，并且画掉了几句无关紧要的话。陆辛有些紧张，这不同于韩冰帮他"润色"，陈菁是领导，领导给他改报告，他有一种被老师批改作业的感觉。

一个小时后，那份陆辛尽最大努力整理好的报告终于被交到了夏虫手上。

夏虫接过报告后只是扫了一眼，微微皱了皱眉头，便交给了身边的下属。

陈菁看着夏虫道："我认为，这次的行动应该越快越好。你觉得，是我以青港城的名义来提出这个要求比较好，还是你们行动小队直接申请比较好？"

"我已经提交了申请，在等上面的批复。"夏虫面无表情地说，"现在，你可以先回酒店休息。对于这次的任务，我们这边有了决定之后，会第一时间通知你们的。"

陈菁闻言，表情产生了微妙的变化："就这样？"

夏虫点了一下头，道："你们是中心城的客人，也算是报案人，保护好你们才是最重要的。另外，中心城有足够的能力处理这件事，你们可以放心。"

"啊这……"壁虎听到这里，看夏虫的视线从她的腿上转移到了她扑克牌一样的脸上。

夏虫面不改色地看了陈菁与陆辛一眼。陆辛察觉到她的目光，就向她笑了笑，陈菁则顿了一下才笑道："那好，等你们的好消息。"

夏虫点点头，直接转身离开了。

过了没多久，外面就来了好多辆军车，将本来就守卫森严的化工厂围得水泄不通。然后，一队队穿着白大褂或厚重防护服的人鱼贯而入，陆辛还看到了几个穿着军装、气质和沈部长有些像的人。

"好了，资料移交了，线索也交代了，我们可以回酒店休息了。"陈菁向陆辛道。

"真去休息啊？"壁虎看起来更意外了，下意识问了一句。

陈菁只是笑了笑，没有回答。

陆辛似乎并没有察觉到陈菁和壁虎的表情都不太好看，他的脸色很平静——或者说是漠然——静静地跟在他们身边，看起来十分顺从。

陈菁走过去，跟夏虫又说了几句话，然后便带着陆辛等人乘车离开了化工厂，在中心城一支武装小队的护送下，前往指定的酒店休息。

中心城为他们准备的酒店档次不低，距离化工厂也不远，而且他们不用办手续或交钱，直接就入住了酒店最高级的客房。壁虎和陆辛住一个房间，壁虎心里不太愿意，但没敢开口拒绝。

之后就是漫长的等待。

等着等着，壁虎终于憋不住了，向陆辛道："这不对劲啊……明明事态这么紧急，他们居然把我们安排到酒店来休息了……你说中心城是不是在捣鬼？"

"这能捣什么鬼？"陆辛泡了一杯酒店免费提供的茶，坐在高档的圈椅上，两只手捧着杯子，一副十分享受的样子。陈菁与夏虫的对话，中心城工作人员的态度，好像都没有影响到他。此时，听了壁虎的话，他仿佛才反应过来，好奇地问了他一声。

"我的小队长……"壁虎眼神古怪地看着陆辛，"你是真不明白呢，还是装不明白？"

陆辛喝了一小口茶："不明白什么？"

"这这这……"壁虎痛心疾首道，"中心城这是要将咱们踢到一边啊！组长带我们过来，就是为了保证这件事能够顺利解决，不会遇到一些龃龉的行为，而她的到来确实保证了中心城起码会认真解决而不是隐瞒这件事。没想到啊，人家也挺狠，事是打算做了，却把我们扔到一边了！"

"为什么要隐瞒这件事？"陆辛一脸波澜不惊，"按规定不就是该他们处理吗？"

"这……"壁虎看了陆辛一眼，叹道，"现在看来，他们确实是准备处理了。只是，你看啊，白塔镇实验基地是咱们发现的，那份文件……也是你捡的，那支车队是你护下来的，就算是黑台桌的人，也是因为我们才浮出水面的。可现在，中心城哪有带着咱们一起解决这件事的意思？"

陆辛若有所思："那你觉得这是为什么呢？"

壁虎拍了一下大腿，道："要么是中心城与黑台桌有什么说不清道不明的勾当，不想被咱们发现，比如说，谁知道那家化工厂里到底在搞啥呢？要么是中心城盯上了黑台桌的一些机密资料，希望能够独吞信息，不分享给我们青港城！要么……"他顿了一下，忽然瞪大了眼睛，"难道他们是在等实验成功？"

他越想越觉得这个猜测很合理，压低声音道："黑台桌对七号卫星城的袭击点到即止，与其说是为了制造混乱，好方便他们逃出高墙城，倒不如说是在用这种手段向别人展示他们的技术。这根本不是袭击，而是一场产品展销会啊！你说，会不会是中心城有人动了心，他们现在不急着去阻止黑台桌，反而希望在黑台桌的研究成功之后，成为黑台桌的第一个客户……甚至是唯一的客户？"

陆辛静静地听了半晌，又慢慢地喝了一口茶，脸上露出了一点笑意："应该……不太可能吧？"

壁虎又眼神古怪地看了一眼陆辛："你好像真的不担心。"

"为什么要担心？"陆辛很自然地道，"组长不是说了，这次的任务是以中心城的行动组为主吗？那么，人家当然有权力选择带我们还是不带我们了。他们不带我们，我们也不能强行跟过去。再说了，"他吹了吹茶叶，慢慢道，"他们安排的酒店不是挺好的吗？"

"啊这……"壁虎深深地看了陆辛一眼，似乎是在分辨他说的是真话还是假话。

陆辛顿了一下，又慢慢说道："不过，中心城有他们要做的事，我也有我要做的事。"

"嗯？"壁虎错愕。陆辛的反应太平淡了，他感觉不对劲。忽然，他好像猜到了什么，瞠目结舌道："你不会想……私自行动吧？"

"怎么会呢？"陆辛两只手捧住茶杯，整个人往椅子里倒去，平静地道，"我只是要去探亲而已。"

"探亲？"壁虎露出困惑的表情。

"黑台桌的负责人陈勋是我的亲人，我这次来中心城就是为了找他。我去看自己的亲人，中心城应该管不着吧？"

陆辛那张平静的脸正慢慢被茶杯里的热气所掩盖，所以壁虎看不清楚他究竟是露出了阴森的笑容，还是单纯只是水汽扭曲了他的表情。他只感觉房间里的气温似乎降低了，冷得他突然抖了一下。

"这个……"过了好一会儿，壁虎才问道，"这个亲人能看到吗？"

陆辛抬起头来，隔着一层雾气道："会看不见的……"

壁虎僵住了。这还是他第一次从陆辛平静的话语里听出来强烈的负面情绪。难怪这一整天，陆辛都没对中心城的态度提出什么异议。合着这个看起来最平静的人，情绪变化才是最大的？

"如果你准备去探亲的话……"就在可怜的壁虎几乎要吓得跳窗而逃时，陈菁冷静的声音忽然在房间门口响起，"考不考虑带上两位同事？"

"哎哟……"壁虎被吓了一跳，慌忙转过头，顿时眼前一亮。

身为蜘蛛系精神能力者，无论是目力还是耳力，都远超常人，但壁虎居然没有察觉到陈菁的靠近，一是因为被陆辛吓到了，二是因为房门本来就没有关，地上铺着厚厚的地毯，陈菁又换了一身黑色的紧身作战服，以及一双方便行动的几乎消音的靴子。

冷不丁看到领导，壁虎的第一反应自然是惊慌，但他的眼神马上就直了。这还是他第一次看到陈菁穿军装与女式西装以外的衣服，而且居然是这种紧身作战服。

"组长好。"陆辛也愣了一下，反应过来后急忙放下茶杯，站起身向陈菁问好。

陈菁点了点头，示意陆辛坐下，自己也扯过另一张椅子坐着，然后面无表情地道："如果不想自己亲手戳瞎双眼的话，就把眼睛闭上。"

一边的壁虎愣了一会儿，慌忙转过身，直勾勾地盯着对面的镜子。

陈菁决定暂时不理他，她认真地看向陆辛，语气温柔了一点："考虑好了？"

"对啊。"陆辛坦然道，"我只是去探亲，这是早就定下来的事，不算违规吧？"

陈菁静静地看着陆辛，好像在认真思索。对于陆辛探亲的事，青港城了解得并不多，因为他们没有看过003号文件。但是，白教授已经确定了青港城的红月亮孤儿院和当初的"逃走的实验室"有关。所以，当陈菁来到中心城，确定了黑台桌与"逃走的实验室"的关系时，她心里十分庆幸，也隐隐明白了陆辛的"探亲"是怎么回事。但是，她最终确定，还是通过直升机上陆辛看到陈勋照片时的表情。

"不算。"陈菁笑道，"我们只是处理特殊污染的特别行动人员，与负责修缮大型机械的修理工和治理水土污染的专家没有什么区别，工作的时候就说工作，休假的时候就说休假。既然你正在休假，又做好了去探亲的准备，这当然是你个人的自由。"

陆辛顿时大起感动之心，觉得领导太体贴了。

"但是……"陈菁停顿了一下，又道，"如果你准备去找的和中心城要找的是同一个人的话，那你极有可能会与他们的行动小组产生一些不必要的冲突，到了那时候，你打算怎么办？"

"这个……"陆辛露出有些苦恼的表情，"我还真没想过……到时候再说吧！中心城的精神能力者应该也挺讲道理的吧？我看那个叫夏虫的小队长人就挺好的！"

陈菁不置可否，转而道："一看你就不擅长处理这种事，我陪你一起去吧。"

"这……"陆辛心理准备不足，有些局促。

陈菁看出了他的想法，语气更加温柔了："我们都是同事，而且我们被派过来，就是为了帮助你解决你在路上遇到的禁忌实验事件。现在直面实验室的任务已经被中心城接过去了，那么，保护你这个证人就是我们最主要的工作了。我们陪你一起去探亲，有什么问题吗？"

陆辛认真地想了一下，领导关心员工，保护员工，有什么不对的地方吗？领导想见见员工的亲人，有什么问题吗？无懈可击。他只好点了一下头，道："没问题……"

"有问题啊！"陆辛的话音刚落下，旁边的壁虎忽然颤声道，"似乎……好像……刚刚组长你问的是单兵介不介意带着两位同事一起去探亲？"

陈菁转头，温和地向壁虎笑了笑："是的。"

壁虎定了定神，又道："那我能不能问，组长你说的另一个同事是谁？"

陈菁看着他，保持微笑。就连陆辛都觉得有些不可思议，壁虎这么笨的吗？

"我不去啊！"壁虎激动得差一点就爬到天花板上去了，"组长，你不用把我带上……一开始你带我过来的时候也没说这个吧？这里可是中心城，你们要去的地方可是有一个正在造神的禁忌实验室！况且，咱们就这么偷偷地跑过去，那不是跟中心城作对吗？"

陈菁收回目光，向陆辛道："虽然探亲按理说是件小事，但我们还是要抓紧时间……"

壁虎无力地大喊："我在争取自己的权益呢，你们就这么把我忽略了？"

陈菁皱眉，转头看了他一眼，脸色不悦。陆辛也跟着看了过去。

壁虎顿时有些畏惧，但还是勇敢地抬起了头，一副宁死不屈的样子。

陆辛心软，正犹豫着要不要开口劝组长放壁虎一马，陈菁忽然眯了一下眼睛，和颜悦色地向壁虎道："有什么问题吗？"

壁虎打了个寒战，小声道："中心城摆明了不想让我们参与这件事啊……"

陈菁微笑道："我们没打算参与，只是陪单兵探亲，顺便保护他。"

"可是人家中心城说了让我们在酒店里等着啊……"

"这就是你的不对了。中心城没有命令我们做什么的权力，他们让我们留在酒店，但没有说让我们一直留在酒店。我们可是自由身。那么，在这种情况下，我们陪同事去探探亲有什么不合规的吗？就算有，我们的四位律师也会帮我们解决问题的……"

"这……"壁虎发现自己居然反驳不了，只能抱着最后的希望道，"万一小队长的家人不欢迎我们……"

"这个没有。"陆辛急忙解释道，"经过上次的合作，我的家人都挺喜欢你的！他们还说，要请你来我家做客……"

壁虎听得汗毛直竖，下意识看了一眼窗外，观察楼层的高度。

这时，陈菁又笑着道："其实，你也可以选择不去的。"

"啊？"无论是陆辛还是壁虎，都有些意外。

陈菁接着道："不过，在你做决定之前，有些事我必须跟你讲清楚。这样的突发性任务，报酬可是特别高的，回到青港城，我会根据你的表现给出评价。你现在可以选择在酒店里等我们，但我担心你错失了这个机会的话，晋升五级特殊人才的希望就比较渺茫了！"说着，她笑了一声，"当然，我不会给你穿小鞋，我只是替你惋惜！"

"啊……"壁虎的表情一下子变得呆呆的。

陈菁见状，脸上露出了满意的笑容，又转头问陆辛："你打算什么时候出发？"

陆辛先是奇怪地看了壁虎一眼，然后道："我是希望越快越好的。"

"那好！"陈菁站起身，将提过来的两个黑色背包扔到床上，"十分钟后出发。"

"嗯？"陆辛猛地抬起了头。

陈菁看了他与壁虎一眼："没听见吗？还愣着？"

陆辛反应过来，急忙起身打开了一个背包，只见里面有一套黑色的作战服，看不出具体的材质，说是布料吧，又显得很光滑，触感非常柔软；说是皮衣吧，又明显有编织的痕迹。除了衣服，还有配套的靴子，另外还有面罩以及防护镜等。

陆辛心想，这一整套装备看起来很适合去做贼……当然，他肯定不是去做贼的，明明就是探亲。

陆辛打量着衣服的同时，陈菁已经去门外等着了。壁虎一言不发地走了过来，默默地打开另一个背包，将里面的衣服取出来换上。

陆辛心里有些不忍，低声劝道："其实你可以不去的……"

"不。"壁虎坚定地道，"我相信陈组长。"

陆辛有些意外："相信她一定会帮你晋升五级特殊人才？"

"不！"壁虎仍然一脸坚定，"相信她一定会给我穿小鞋，让我没有晋升的机会！"

"晋不晋升的，对你来说有那么重要吗？"

"当然有啦！"壁虎板着脸看向陆辛，忽然"嘿"的一声笑了起来，兴奋道，"你知道吗？上次去主城开会，我跟琳达聊得可好了！她说了，如果我能够晋升五级特殊人才，就跟我交往。你以为我真不知道来了就得冒险啊？我是要抓住一切机会争取自己的利益。你以为我不闹一场，老陈舍得许诺？"

陆辛有些不知道该说什么了，愣了一下才道："铁翠答应跟你交往了？"

"嗯！"壁虎纠正道，"是琳达！"

陆辛没在意这点细节，只是好奇地问："你现在几级？"

"三级。"

陆辛若有所思地点了点头："倒是差距不大……"根据韩冰告诉他的规则，他私下里算过账，如果没有处理海上国S级精神能力者那样的任务，他想从三级升到四级，差不多得执行百八十个普通任务。壁虎和他差不了太多，照壁虎这执行任务的效率，二十年内是有希望娶铁翠的……

三分钟后，他们换好作战服，又将普通衣服套在外面，然后拎着背包出门了。

陈菁在走廊里倚墙站着，纤细的手指里夹着一根细长的香烟。昏暗的灯光照在她的身上，显得她神秘又性感。

"走吧！"见陆辛两人出来了，她将烟蒂丢在垃圾桶上面的烟灰缸里，低声说了一句。

这时，旁边一个房间的门打开了，厉刚与两位律师走了出来。他们都没有说话，只是微微点了点头，然后便一个走进了陈菁的房间，两个走进了壁虎与陆辛的房间。

走廊尽头有个服务生等在那里，看见他们三人，他向楼梯口做了一个"请"的姿势。

明明只是去探亲，怎么大家都表现得这么郑重又严肃呢？陆辛心里想着，下意识弓起了腰。

对于如何去"探亲"这件事，陆辛其实还没想明白。他只是决定要去而已。但是，陈菁这位"热心肠"的领导明显考虑得比他周全。陆辛不知道她花了多少时间才安排好这一切，只知道跟着她一起下楼的过程非常顺利。在那个服务生的带领下，他们通过楼梯来到了三楼的厨房。又有一个服务生带着他们穿过厨房，来到了酒店的一楼。他们绕开酒店的大厅，通过一扇早已废弃的后门，直接来到了一条小巷子里。

"虽然我们现在做的并不是什么违法的事，但中心城太警惕了，他们可能也是为我们考虑，所以安排了人在酒店周围盯着。我们当然可以大摇大摆地走出来，但那样未免显得有些麻烦，所以，我在某些步骤上多做了一点准备，更方便些。中心城派来盯着我们的只是普通的特工，他们也没有奢侈到盯个梢都动用精神能力者的程度，这对我们来说就很方便了！"直到顺利地离开了酒店，陈菁才一脸轻松地向陆辛解释道。

陆辛觉得这还挺有趣的，有时候，他感觉领导在把他当小孩看。他没有拆穿她，毕竟她是领导，只要她高兴就好……

"光离开酒店还不够吧？"壁虎虽然跟着出来了，但嘴里还是免不了絮叨，"组长，你知道那个实验室具体的位置吗？还有，你想过咱们怎么在最短的时间内赶过去吗？咱们的交通工具都在中心城的眼皮子底下吧，那咱们待会儿跑着去吗？出城的时候，咱们也没法儿出示通行证呀……"

陆辛细细一想，觉得壁虎说得挺有道理的，有些庆幸有领导跟着他了。不然他一个人出城，如果中心城不让，他还不知道该怎么办呢，难不成要直接打出去？

"已经安排好了。"对于壁虎的问题，陈菁只是随口回了一句，便带着他们走出了酒店后面的小巷子。

小巷子通往一条大道，大道的路口停着几辆大卡车。陈菁拉开一辆大卡车的车门，登了上去。

陆辛还没反应过来，就听见小周在另一辆大卡车上欣喜地喊道："小陆哥，坐我这辆啊！"

"嗯？"陆辛不由得怔了一下，旋即向陈菁投过去一个钦佩的眼神。然后他上了小周那辆卡车，看到驾驶员是老周。

老周一脸感动地看着他，眼泪夺眶而出："陆兄弟，委屈你了，居然为了我们要亡命天涯！"

陆辛蒙了："没有啊，我直到现在都还没有犯法……"

"是是是。"老周连连点头，"你没有错，错的是这该死的世道！"

陆辛："……"

车队有进出卫星城的通行证，出城自然非常方便。另外，出城时的搜查可比进城的时候宽松多了。而且拉货的大卡车里一般都装着各种各样的破烂玩意儿，值守根本懒得翻看，摆摆手就让他们出城了。

车队驶上城外的大路，卷起漫天沙尘，直奔西南方向，把进城前寄存的武器都取了出来。车队重新上路的时候，壁虎和陈菁钻进了老周驾驶的大卡车的车厢里。车厢里多了一个黝黑的大铁箱子，里面是各种各样的武器，有喷子、土制手枪、冲锋枪、左轮手枪……还有几把西瓜刀。

"就算是我也没想到，这次的跨城合作居然变成了单独行动。我们是作为支援人员来到中心城的，不方便带太多武器，又因为事情紧急，来不及找军火商人采购，所以只能委屈一下了。好在这支车队给了我们很大的帮助，他们的武器……居然不少。"陈菁在箱子里挑挑拣拣了一番，拿出一把手枪，插进了大腿位置的枪套里。

"是不少，都可以开一个乡村武器博物馆了！"壁虎嘴里嘟囔着，在箱子里翻来翻去，把冲锋枪、喷子、自动步枪以及各种型号的子弹统统塞进了自己的背包里。明明是个容量不小的背包，让他这么一捣鼓，顿时变得满满当当。有几把长枪从背包里伸了出来，看起来跟插花似的，还挺好看。

被壁虎这么一挑，箱子里的东西明显变少了，陆辛瞅了一眼，只看到了西瓜刀。但他不是很介意，只是找壁虎要回了自己的两把枪。三个人里，壁虎对枪械的需求最大，要求也最严格。

"现在，该分享情报了。"陈菁从她的背包里拿出平板电脑，向陆辛看了过来，"既然你早就决定去探亲了，那么你知道陈勋——也就是你的亲人——现在在什么地方吗？"

壁虎瞪大了眼睛："你们不会都不知道吧？"

陆辛与陈菁都没有理他。

"在化工厂里的时候，我听他们提到了一个叫水牛城的地方。"

陆辛一开口，壁虎就愣住了，心想：他怎么没听到？

陈菁露出了赞许的目光："早知道就不费那么大的劲，直接问你好了。"听她的意思，她也知道了。

陆辛没有跟他们解释，不是他听到的，而是妹妹听到的。妹妹喜欢乱跑，他写报告的时候，她这里逛逛，那里逛逛，不一会儿就把该听的不该听的全听到了。

陈菁介绍道："水牛城距离中心城并不远，只有三百多公里，乘坐直升机的话，一个小时就可以到达。中心城的名气吸引了大量的荒野流浪者，他们在周围建立了一个又一个聚集点，水牛城便是其中之一，如今起码居住了十万人。正是因为那里有这么多人，所以中心城才需要出动精神能力者去解决这件事，而不是直接使用远程大规模杀伤性武器！

"知道地点还不够，还有一件更重要的事，那就是黑台桌到底在做什么。

这次行动，我们没有支援小组的帮助，也没有信息分析小组提供情报，所以，我们需要提前对这次任务进行研判。中心城掌握的情报比我们多，但他们并没有选择与我们分享……好在莫易通过研究掌握了一些比较关键的信息。"

她点亮平板电脑的屏幕，轻轻滑动："莫易推测，黑台桌的实验的本质是对一种特殊精神体的开发与利用，它的代号为'生命'，是十三种特殊精神体之一。"

听到这里，陆辛怔了一下。他还记得妈妈离开时的嘱咐，她让他遇到与第三阶段或十三种特殊精神体有关的事情时小心一些……

陈菁还在尽职尽责地讲述："是的，虽然中心城明显不希望我们了解化工厂里那个秘密实验室的具体资料，也不告诉我们他们丢失了什么寄生物品，但莫易还是从秘密实验室一些残存的设备中看出了端倪——赵士明负责的就是对这种特殊精神体的某种研究。黑台桌也有这种特殊精神体，而且我们可以推测出他们是什么时候拿到它的。红月亮刚刚降临，月食研究院便搜集到了十三种特殊精神体的样本，但是，当时的世界一片混乱，研究院先后经历了迁移、背叛、失控等诸多事件，其中，'逃走的实验室'事件对研究院的打击最重，甚至影响到了它后来的发展！"

"'生命'这种特殊精神体有着非常可怕的特性，"陈菁在平板电脑上滑了几下，"它可以赋予任何东西生命力。比如一块从人的身体上割下来的血肉，它可以使这块血肉'活'过来。话说回来，它最初就是寄生在一块血肉上的——未知生物的血肉。"

听着陈菁的讲述，陆辛想到了很多，从白塔镇的大脑状怪物，到地狱小组，再到看守所里那种蠕动的血肉怪物，这些家伙都拥有实体，和以往只有他能看见的那种精神怪物不一样……难道它们都是被"生命"创造出来的？噫，细想起来有点恶心。

"天哪，若是这么说，那岂不是基本可以确定了？"壁虎越听越骇然，"如果说制造神之躯体听起来像是一个疯狂的笑话，那么，对代号为'生命'的这种精神体的研究便确实有可能让这个笑话变成事实。当然，多半是扭曲的事实。"

"到目前为止，我们掌握的资料也就只有这些。至于黑台桌对'生命'的研究已经到了什么程度，他们的目的究竟是什么，我们一无所知。这次的任务也需要调查清楚这些事情。"说完，陈菁轻吁了一口气，"你们可以先看一下资料。"

陆辛和壁虎点了点头，低头看向陈菁递过来的平板电脑。屏幕上显示的正是对代号为"生命"的精神体进行的各种研究与实验的记录，末尾附有总结：

经过"生命"特殊精神体改造的血肉拥有异常的活性，表现包括：吞噬生物来生长，具有强烈的攻击性与繁殖性；可以承受三百摄氏度以下的高温，三百摄氏度以上的高温虽可将其杀死，但留下的残骸在接触到新鲜血肉时仍然有一定的污染性——将新鲜血肉变成有生命力的怪物；被污染的血肉未发现有明显的智力特征。

D级人员接触到被污染血肉后，皮肤先是出现了大面积的溃烂，很快就从溃烂的血肉之中长出了具备攻击性与吞噬特性的肉芽。肉芽寄生在D级人员体内，不停蔓延，最后，D级人员彻底变成了没有智力特征的血肉怪物。整个污染过程持续了三十四分钟。

弱点：高温、可以摧毁寄生精神体的各类武器、强污染性皆可对其造成伤害，但因其具备高强度生长能力，所以很难彻底将其清理掉。

"感觉……有点吓人啊……"壁虎看了一会儿，下意识缩了缩脑袋，咽了一口口水。

"应该说有点恶心。"陆辛将平板电脑递给陈菁，若有所思道，"吃起来跟腐肉一样……"

陈菁与壁虎同时转头看向陆辛，表情都很震惊。

陆辛有些尴尬，忙解释道："我猜的……"

壁虎与陈菁对视了一眼，都调整好表情，表现出一副"我相信你"的样子。

陈菁长长地呼了一口气，看了一眼时间，道："以车队全力行驶的速度，我们应该可以在三个小时内赶到水牛城。到达以后，我们要在尽量不与中心城的人起冲突的情况下潜入城中，并且在这个有十万流民的废弃城市里找到实验室的位置。"她转头看向陆辛，"找到你的亲人后，你会怎么做？"

陆辛脸色平静，轻声道："我的这个亲人喜欢把活人切开，而且是在不打麻药的情况下，又喜欢研究那种恶心的血肉，甚至是把人变成疯子！那么……"他顿了一下，脸上露出了温和的微笑，"我当然是要劝他改邪归正，并确保他不会再走上犯罪的道路了！"

"中心城的魄力就是大啊……"陆辛等人在距离水牛城十公里左右的地方下了车。

他们正位于一条盘山公路上，地势较高，正好可以俯视水牛城。此时是下午时分，刚下过雨，天空很是清澈，苍翠如黛的平原上遍布着黑压压的建筑群，像匍匐在大地上的怪兽，冷漠地看着这个世界。

在红月亮事件发生之前，水牛城应该是一座中等规模的城市，虽然如今已经变成了一座废城，但仍然可以感受到它强大的压迫力。

同样给人一种压迫感的还有水牛城东边的临时军事营地。七八架直升机呼啦啦地盘旋在营地上空，下方是一顶顶白色的帐篷，还有刚刚搭建起来的各种高端设备。除此之外，一辆辆站满了武装战士的黑色军车正绕着水牛城拉起长长的封锁线。

"他们最快也是今天清晨才得到的消息吧？"壁虎瞠目结舌，下意识压低了声音，"就算他们一得到消息便立刻出发了，到现在也才过了几个小时，就已经在几百里外搞出了这么大一个营地？"

"这就是中心城的风格啊，"陈菁笑了笑，道，"嘴上说得轻松，心里却不会轻视对手。尤其是这次黑台桌把主意打到了研究院头上，触碰了他们的底线。不过，也是因为中心城每次解决问题都要摆出这么大的阵仗，所以他们的速度难免会慢一些，我们还有时间。走吧，赶在他们彻底拉起封锁线之前进去。"

做完决定，他们便与车队的一众老司机道别，并留下了对讲机。

车队的人将陆辛留在大卡车里的摩托车抬了下来，又大手一挥，给陈菁与壁虎一人搬了一辆摩托车，然后由老周和小周带领着站成一排，与陆辛洒泪作别……

陆辛被他们哭得心里毛毛的，心想："咋跟我回不来了似的？"忽然，他心里一凛，"老周和小周不会就这么跑了吧？还欠我半车货的钱呢！"

三辆摩托车驶进小路，在到处疯长的荒草之间穿行，这样不至于远远地就被看见。与陈菁和壁虎的相比，陆辛的摩托车质量自然是最好的，他听着自己的摩托车发出的悦耳声响，以及陈菁和壁虎的车发出的杂音，自豪感油然而生。

中心城的营地驻扎在东边，于是他们直接向水牛城的西方冲去，荒草地被他们的车胎分割出了几条整齐的线。

虽然他们的行驶速度已经尽可能加快了，但到达城西后，还是看到了一溜儿军车。每条大路的路口都停了至少两辆军车，一排排武装战士正拉起黄色的警戒线，不允许城里城外的人任意进出。

水牛城只是一个流民聚集地，连个行政厅都没有，自然无法与中心城的军事力量抗衡。当然，中心城其实也很头疼，如果水牛城有行政厅，没准儿办事还方便些。

陈菁三人把摩托车停在远处的荒草丛里，远远地眺望着路口那些军车。

壁虎道："直接冲进去吗？"

陆辛看了壁虎一眼，心想：真野蛮。然后他开始想，如果跟那些武装战士说他是进去探亲的，不知道他们会不会放人……

陈菁看着他们俩，冷笑了一声，道："无论是直接冲进去，还是过去找他们商量，只要是和中心城打了照面，便会横生枝节，让他们有所防备，不方便我们的行动。所以我们的原则是，不到万不得已，尽量不要和中心城的人会面。"

壁虎有些好奇地瞄了陈菁一眼："那……"

陈菁笑道："我们几乎将掌握的所有信息都告诉中心城了，但你们是不是忘了什么？"

"嗯？"壁虎和陆辛都认真地思索了一下，脸上一片茫然。

陈菁看向一个地方："出来吧！"

在她看向的位置，空气出现了些许的扭曲。陆辛与壁虎眼前一花，然后就看到地上凭空多了一只血红色的小怪物。它身子矮小，脸上没有五官，只有两个大大的耳朵。它也没有手臂，取而代之的是章鱼似的触手。

"啊这……"陆辛反应过来，一脸吃惊。怪不得他一直感觉缺了点什么呢，原来是把这个"人证"给忘了……他仔细一回想，发现迷藏其实一直都怯生生地跟着陈菁。他从看守所里被他们接出来时，它老老实实地蹲在陈菁的脚边。他在化工厂里写报告时，它就在旁边百无聊赖地走来走去，看着别人忙碌的样子。刚才他们在车厢里讨论探亲的事时，它也在一边听着。他们骑着摩托车来到这里时，它老老实实地坐在陈菁的摩托车后座上。但他硬是一直没有注意到它。陈菁在他的报告上画掉的那几句话，其实也是有关它的内容。

"只要周围的人都不去关注它，它就会进入一种被人忽略的状态。"陈菁笑着解释道，"之前你捉住它之后，因为车队的人和厉刚一直紧盯着它，所以它一直没有机会消失。直到我与他们见了面，整理了所有的物证，才发现应该关着什么东西的房间已经空了。我一开始觉得很费解，还好手头上的口供让我意识到，还有这么一个……'人证'。"

"那……你是怎么找到它的？"因为被关押了，所以陆辛并没有机会深入了解迷藏的实力。

"当然是靠我的精神能力了。"陈菁笑着推了一下自己的墨镜，"我不需要看到它，只要它看到我就够了。"

原来，陈菁在意识到空房间里其实还关押着一只小怪物的时候，就直接对着空房间施展了自己的精神能力。然后，被她的精神能力影响到的迷藏主动出现在了她的视野里，而且非常听她的话。更关键的是，陈菁的精神能力施加的影响是持续性的，在这种影响下，迷藏再想在陈菁面前隐藏自己，几乎是不可能的了。

陆辛佩服地想，领导就是领导，当初让自己那么头疼的怪物，她一下子就解决了！与此同时，他也知道领导的打算了，低头看向迷藏："那我们现在……"迷藏害怕地后退了一步，用纤细柔软的触手缠住了陈菁的小腿，瑟瑟发抖。

"它已经帮了我们一个大忙了，有关水牛城的消息就是它偷听来的。"陈菁笑道，"本来我还想让它去中心城开会的地方多帮我们了解一点信息，可惜它胆子有点小。"

她低下头，盯着迷藏道："把我们送进这座城，但是要记住哦，不许让我们失去意识。如果你做得好，那我会考虑带你回青港城，给你一份工作……"说话的时候，她的瞳孔微微泛红，这使得她的话充满了一种让人无法抗拒的魔力。

不过她好像根本没必要这么做，因为她刚一开口，迷藏就连连点头，乖巧极了。

"这大概也算是废物利用吧！"陆辛不由得感慨道，同时想起了一件事——在青港城特清部，陈菁不仅负责清理特殊污染，还负责招募新人……

听到陆辛的话，迷藏明显地表露出了悲伤的情绪，纤细的触手延伸出来，缠住了陆辛、壁虎和陈菁的手腕。一种被人遗忘的悲伤顿时笼罩住了陆辛，这种感觉他在第一次面对迷藏的时候感受过。这一次，他刻意控制着自己不去抵触这种情绪。

半响之后，他的情绪趋于稳定，低头一看，自己还是原来的模样。阳光洒下来，他有影子，摸摸自己，也有身体。他拨了一下身边的野草，发出了沙沙的声音。一切好像都没有变化。

但是，当他们三个人和一只小怪物顺着大路往城里走去时，他便发现了不同之处。他们遇到了不少人，有打算入城的普通人，也有中心城的武装战士，他明明就在他们面前，甚至故意挨得很近，他们却没有任何反应。

"小兄弟，也不知道为什么，我一见你就特别有好感。"等到离人群稍远了一些，壁虎悄悄向迷藏道，"等回了青港城，我带你到处逛逛。你可能不知道，我们青港城的澡堂子老大了！"

"准备执行清理任务的作战小队已经集合完毕。"

陆辛三人穿过封锁线的时候，水牛城东边的营地帐篷内，众人严阵以待。

与外面身穿统一制服的战士不同，这顶帐篷里的每个人的打扮都各有特色，甚至可以说是花样百出。有的穿着方便运动的作战服，有的穿着崭新的西装，有的穿着短裙和厚重的大军靴，也有的穿得五颜六色，脸上抹粉，像马戏团的小丑，甚至还有穿白大褂和病号服的……

"现在，由我为大家分享最新的情报，制订最后的行动计划。"一个坐在上首、身穿黑色作战服的魁梧男人拿起文件，冷冷地开了口，"昨夜，确定目标后，有七位潜伏者进入了水牛城，试图找出禁忌实验室的具体位置。"说着，他扫了一眼帐篷里的众人，"但是，截至目前，没有任何人传递回消息，也没有任何人出来。监测发现，他们还有生命体征，只是彻底失去了联系。也就是说，我们现在无法得到潜伏者的信息支持，而且要将这七人营救回来。本次任务分头行动，各小组从不同的位置进入水牛城。首要目标：寻找禁忌实验室的具体位置，并第一时间传回消息；第二目标：解救被绑架的赵士明博士；第三目标：阻止黑台桌实验的成功；第四目标：清理一切可见的污染。"

"啥？分小组进入？"

男人的话音刚落，帐篷里就起了一阵骚动。有个头发花里胡哨的人举起手，一脸严肃道："李队长，你不看老电影的吗？凡是在恐怖片里分头行动的，都一个一个死得可惨了！"

"对的对的！"不少人点头附和，"撞鬼的时候最忌分头行动，容易被各个击破。"

"队长这样的进了恐怖电影，最多活两分钟。"

"肃静！"魁梧男高声喊了一句，然后耐心地解释道，"我们不是在拍恐怖片，我们也不是要去抓鬼。面对特殊污染事件，实力不是靠人数堆积起来的，如果集体行动，极有可能被对方的一个精神能力困住或是团灭，任务就失败了。所以，为了增加任务完成的可能性，我们只能分小组进入水牛城，采取以点打面的方式搜寻禁忌实验室。这样，即使有小队失败了，也只是死几个人而已。这世界每分每秒都在死人，做任务死几个人有什么可怕的呢？对不对？最后，请大家放心，此任务的等级为S级，完成任务有丰富的奖励，死了也有丰厚的抚恤金！"

"哦哦……"听了这话，众人顿时"释然"了，"有抚恤金啊，那我们就放心了。"

"直接打卡上吗？"

"好了好了，不要光考虑抚恤金的问题，任务本身也是需要认真对待的！"魁梧男冷静地做着最后的演讲，"请注意，这次我们面对的是一个疯狂且没有下限的神秘组织，他们不仅掌握了最强大的精神力量之一，而且抢走了多种序列号在前一百的寄生物品，还培育出了许多诡异的怪物，每个人都要全力以赴！"

接着，他拿过一个大喇叭，开始给帐篷内的一众队员分配任务："我们一共有二十一个人，共编作七支小队，由我任总队长，负责整个清理任务的指挥。一号小队留守前哨站，保护信息分析人员，并居中策应。二号、三号小队负责游击，随时准备支援。剩下四支小队从东、南、西、北四个方向进入水牛城，发现禁忌实验基地立刻通知其他小队。切记：第一，执行任务途中，不到最后关头，不许呼叫支援，且呼叫支援前必须再三确定自己没有被当成诱饵；第二，各小队发现目标立即通报，不可逞英雄；第三，收到求援信号或任务信号后，要仔细辨别真假，入城之后一切皆不可信。等我们入城后，武装人员会对整个水牛城拉起火力封锁线，以免有污染蔓延出去。十个小时内，如果我们没有人找到禁忌实验基地，或是传出信息，那么，总部会考虑将这起事件的威胁程度升级，并启动应急处理方案！最后，请大家放心，就算找不到你们的尸骨，我也会永远记住你们。现在，各小队最后一次检查设备与武器，准备出发！"

三个小时前，水牛城内。

"条件艰苦了些，赵博士不要介意。"

陈勋带着赵士明走进一个空间很大的实验室，这里到处安置着稀奇古怪的容器，还有各种仪表。大大小小的玻璃罐子像装饰品一样陈列在周围，有的装着巨大的眼球，有的装着长了一张嘴巴的血肉，还有的装着一条条五彩缤纷的小鱼——仔细观察才发现，这些小鱼的身体居然是一根根手指！

整个实验室里特别繁忙，几十台电脑的屏幕上不停地弹跳出生命体征的监测记录，工作人员紧张地敲击着键盘。看到陈勋与赵士明进来，实验室里也没有人抬头张望，更不用说上前打招呼了。只有一个有些肥胖、脸色蜡黄的女人磨磨蹭蹭地端着两个看起来好像没有洗过的杯子，送到了陈勋与赵士明眼前。

杯子里盛的是咖啡，从颜色与气味来分辨，并不是什么好东西。

陈勋接过一杯咖啡喝了一大口，笑道："名贵的咖啡和茶是没有的，只有这种廉价的速溶咖啡，而且所剩不多了。也只有赵博士你这样的人过来，我才会大方地请你喝一杯……"

赵士明看了一眼咖啡杯，皱了一下眉头，道："不需要。"

"看着是脏了些，"陈勋笑道，"但我有最好的解毒剂，赵博士不用担心会食物中毒。"

"就算你有解毒剂，也会影响我的状态。"赵士明道，"咖啡是提神用的，我不在乎你的咖啡质量好不好、杯子干不干净，但如果单纯为了享受咖啡，就要冒着身体健康受到影响的风险，那就是工作态度的问题了。"

陈勋恍然，将咖啡杯放下，带着敬意道："赵博士说得很对。"

说罢，他带着赵士明向前走去，来到了一个直径三米左右的圆形强化玻璃池旁边。从他们所在的楼层往下看去，能够看到玻璃池深得可怕，里面满是一种黏稠刺鼻的绿色液体。有猩红色的血肉在液体里翻滚，偶尔会有蛇一般的触手探出水面，又缓缓收回，溅起一片细细的水花。许多根粗大的管子从实验室的四面八方延伸过来，接在玻璃池上。

赵士明深深地看了一眼，脸色微微绷紧："百分之多少？"

"百分之九十二！"陈勋笑了笑，道，"最后的难题我已经跟你说过了，正是你专攻的方向，如果可以克服，我和你应该就会成为世上第一个完成这个实验的人，其他的不用我多说了吧？"

赵士明看着玻璃池，沉默了好一会儿，忽然道："没想到，你走得比我还远。"

"你毕竟属于研究院，"陈勋道，"做事多少有些束缚，自然没有我们快。"

赵士明深呼了一口气，忽然转过身，认真地看着陈勋："你冒着这么大的风险找我过来，是因为我是研究院为数不多的在主城外工作的研究员之一，还是经过计算，认为我研究的项目确实可以帮你攻克最后一个难题？有没有其他人是你更好的选择？"

"中心城的大小两个主城，确实算得上是精神能力者最难进入的城市，基本上可以说是绝对安全的。"陈勋慢慢地回答，脸上忽然露出了一点笑意，"但也不见得真就没人进得去。最主要的问题是，以赵博士的学识与地位，完全可以安安稳稳地留在主城，享受世界上最好的待遇与安全保障，一心做自己的研究……但你却偏偏主动请缨，去了七号卫星城。这是不是可以理解为，你本身也在等一个机会？"

他看着赵士明的眼睛，笑了笑，继续道："赵博士的学识是一方面，态度却是另一方面。我的选择或许挺多的，但能够尽心帮我完成实验的人，只有赵博士你一个。"

他们的目光在空中相遇，彼此都可以看到对方脸上的平静与自信。

过了好一会儿，赵士明才冷笑道："我必须提醒你一件事，依我对中心城的了解，现在他们肯定已经出手了。虽然中心城的行政厅或许有不少支持你的人，但在这个问题上，他们阻止不了中心城的动作。或许，特别行动组已经到城外了。你确定我们能够在他们攻进来之前完成这个课题？"

"他们已经来了，而且已经在城东十里外设下了前哨站。"陈勋道，"但这不重要。中心城人太多了，慢慢有了官僚气息，做事开始喜欢倚仗人数。只可惜，现在的战争已经不是人数可以左右的了。如果赵博士心里还有担忧的话，我可以先请你看一看他们进来的下场，然后你再决定要不要帮我这个忙。"

说着，他拉开了一道白色的帘子。帘子后的一张桌子上放着几个精巧的物件——左边是一盘哪怕是在文明时代也已经被淘汰了的录像带，上面的标签已经模糊不清了；中间则是一个细密的十二阶魔方；右边是一块看起来有些破旧的秒表。

赵士明看了这些东西一眼，微微皱了皱眉头。

陈勋笑了笑，又向前走了几步，来到一个操作台前，手指落下，轻敲了几下按键。大屏幕上顿时出现了许多不同的画面，看起来正是这座城市的景象——一个穿着白裙子的小女孩正静静地站在屋顶上，一个穿着西装、脸上只长了一只眼睛的男人正在一条街道上慢慢地走着，一群身穿防护服的工作人员正在搬动一只只大箱子……

赵士明的目光一一扫过这些画面，冷漠的神情渐渐产生了变化。看到最后，他脸色铁青，虽然尽力掩饰了，但眼底还是有着藏不住的恐惧之色。他声音有些嘶哑地问道："你究竟在这座城里藏了多少怪物？"

陈勋笑得很和气："其实只有一只。"

"嗯？"赵士明一挑眉毛，好像明白了什么，眼底的恐惧之色蔓延开来。他深深地呼了两口气，才让自己保持镇定，抬头看向陈勋道："我可以帮你。"沉默了一会儿，他又咬了咬牙，直视着陈勋的眼睛道，"不过，我需要你答应我，如果你的计划成功了，那这个实验的主持人必须有我的名字；如果你的计划失败了，那我就是……被逼的。"

陈勋意味深长地笑道："本应如此，这是黑台桌应该有的礼貌。"

赵士明点点头，向他伸出了手。两人重重地握了一下手，看着彼此，露出了真诚的笑容。

"合作愉快！"

然后他们分开，大步走向不同的位置。

"这座城看起来有点吓人啊！"

考虑到水牛城里可能会有的危险，中心城的封锁线设在了三里之外。陆辛、陈菁、壁虎三人穿过封锁线后，来到了这座废弃城市的边缘。他们抬头看去，发现整座城市都散发着一种阴森的气息，兴许是因为天气由晴转阴了。厚重的铅云将天空压得很低，几乎碰到人的头顶了。

这座城很大，与很多被放弃的城市一样，布满了破败的高楼。这些高楼好像被遗忘的玩具，孤独地伫立在城市里；又像坚挺的守卫，死死地保守着城里那些不为人知的秘密。许多高大的树木冲天而起，显得城里更加幽深。时不时有乌鸦鸣叫着飞起来，在城市的上空盘旋。

这座城曾经被抛弃，后来又聚集了很多荒野上的流民。它还没有得到联盟正式的认可，所以没有普通高墙城的防御措施，甚至连行政机构都没有。这倒让陆辛他们的入侵方便了一些，起码不用去翻那高大的城墙。

"好了，你现在可以放开我们，然后乖乖地跟在后面了。战斗不需要你的参与，但记得保护好自己。"

陈菁温柔地向迷藏说了一句，对方便老老实实地松开了卷着他们手腕的触手。陆辛能够明显地感觉到，一种异常的精神力正在快速地离开自己的身体。想到陈菁刚才说过的话，他活动了一下手腕，故意移开了自己的目光，再转头看去，就看不见迷藏了。看不见之后，他同时也有了一种不愿再想起它的感觉，而且这种感觉正在加剧。或许再过十分钟，他就会彻底忘记身边还跟着这么一只小怪物了。到那时，便只有陈菁才能随时看到它。当然，如果妹妹一直待在迷藏身边，抓着它的话，他也可以一直看到它。

"组长，这么大一座城，你说咱们从哪里开始找啊？"

"组长，你说，中心城的精神能力者进来了没有？"

"组长，如果遇到了危险，我是先保护你呢，还是先开枪？"

"组长，你这么大个领导，居然还跟我们一起出外勤！"

他们从一片低矮的废弃房区进了城，顺着破败的小道前进。壁虎不时转头跟陈菁说话，一副很担忧的样子。

"我本来就是外勤出身，有什么好意外的？"陈菁看起来很悠闲，"再说了，咱们只是陪同事过来探亲，不必想太多无所谓的事……当然了，中心城的人还是要尽量避开。"

此时，她脱了外套，穿着新型的作战防护服，贴身的柔软材料将她的身材衬得越发高挑，而腰间的武装腰带和腿上的枪袋又给她平添了几分英气。她的短发用粉红色的发箍固定住了，一双线条流畅的腿看起来简直比陆辛和壁虎的加起来还要长。

"嘿嘿，你是在惦记那个禁忌实验室里的资料吧？"壁虎笑着打量陈菁，一副看透一切的模样，"中心城的那个扑克脸妹子也是一样。中心城一下子出动了这么多人，是不是想保证那些资料落到他们手里？"

陈菁面无表情地道："你这次任务的报酬减半。"

"啊？"壁虎慌了，"我抗议！"

陈菁看了他一眼，又道："抗议的话再减半。"

壁虎立刻闭上了嘴，只是瞪大了眼睛。

陈菁继续道："另外，你再借着跟我说话的名义看我，不仅报酬减半，还会断条腿。"

"啊？"壁虎与陆辛同时挪开了目光。

陈菁这才满意了，淡淡道："虽然我们已经明确了这只是一次探亲行动，但是在可能的情况下，我们也需要尽量将那个禁忌实验室的机要文件或特殊寄生物品拿到手，起码不应该被中心城独占了去。你们明白了吗？"

"啊，我明白，抢战利品……"壁虎急忙答应，又看了陆辛一眼，低声道，"会折算成报酬的。"

"哦哦！"陆辛反应过来了，"我也明白了。"他仔细想了想，这应该算是在探亲的同时顺便出个差吧？挺好的，给亲戚买礼物的钱都能顺便赚回来。

他们一步一步慢慢地深入水牛城，不时用目光打量着这座庞大的废墟。和其他城市废墟一样，那些破败而空洞的房屋总给人一种阴暗的压抑感。城市是人造出来的，但城市的空旷又会让人产生强烈的恐惧感。人好像总是会害怕自己造出来的东西。

穿过两条堆满破铜烂铁的街道，他们终于看到了人影。破败肮脏的街道中间有几个穿得破破烂烂的小孩子，有的赤着脚，有的踩着一双拖鞋，正开开心心地踢着球。他们踢的"球"其实是一团用黄色胶带结结实实地缠在一起的报纸，但他们还是踢得很开心，隐隐传来了嘻嘻哈哈的声音。

"天哪，好诡异！"壁虎低声叫道，"他们正在踢的不会是个人头吧？"

陆辛微微摇了一下头，道："不是，他们踢的就是一团报纸。"

壁虎不服气地问："你怎么知道？"

陆辛看了他一眼，道："用眼睛看到的。"

陈菁没有理他们，径直向前走去，壁虎与陆辛急忙小跑了两步跟上。等到了近处，他们才发现这是一个类似贫民窟的地方。

除了那几个"踢球"的小孩，道路的两侧还有不少人，有坐在一堆发臭的罐头里面挑挑拣拣的女人，也有正蹲在刚开垦出来的菜地里，往外搬砖头和水泥块的男人。一块平整的地面上铺了一层晒到半软的地瓜干。有的房子里正飘出煮玉米粥的香气。

这只是一个聚集点很常见的样子。

"你有什么特殊的感应吗？"在这些人警惕而木讷的眼神之中，陈菁轻声询问陆辛。

陆辛闻言，还真闭上眼感应了一下，啥也没感受到。然后他转头看了一眼妹妹，她正趴在旁边建筑的墙壁上，与他并列向前。她看起来一脸迷茫，似乎也没有什么感应。他只好摇了摇头。

陈菁似有深意地笑了一声，道："看样子，你和你的那个亲人也不怎么亲啊！"

陆辛有些尴尬地解释："好久没联系了。"

"那我们只能用些笨办法了。没有情报机构和信息分析人员的帮助，想要在这么大的城市废墟里找到一个隐藏起来的实验室可不容易，所以我们现在得……"

陈菁默默地思索了一会儿，看向街边。在那里，有三个半大不小的孩子正呆呆地看着她修长的身材，甚至还有流口水的。陈菁向他们勾了勾手指，他们先是一怔，旋即争着抢着跑了过来。

陈菁微微俯下身，双手撑着自己的膝盖，看着他们的眼睛，脸上露出了微笑："我来这里是为了找一个地方，这个地方应该和别的地方有些不一样。

我想，那里应该有电，周围的道路也比较干净，可能经常有车辆靠近，也可能会出现一些穿着干净的人……"

她的声音温柔而幽远，给人一种距离感逐渐加深，但又越来越清晰的感觉。就好像在她说话的时候，周围的一切噪声都在飞快地远去，整个世界只剩下了她一个人。

"你们现在是不是感觉特别想帮助我呢？方法很简单，我需要你们去帮我找熟悉的人询问一下，谁知道这样的地方，或者是有关这个地方的线索。如果有人知道，就让他快点过来告诉我哦！我会很感激你们的！询问三个人，然后忘记这件事，明白了吗？"

因为陈菁背对着陆辛，所以陆辛看不见她的眼睛。但他能够听出来，陈菁的语调前所未有地温柔，像在诉说这世上最合理的事情，或者说是一件最让人愿意遵从的事情。

然后，他看到陈菁抬起手来，分别拉起那三个小孩的手握了一下。"啪！啪！啪！"她又打了三个响指，轻声笑道："去吧！"

做完这些，陈菁站直身体，向身后的壁虎与陆辛道："无论什么时候，情报搜集的工作都是最重要的。黑台桌做事很阴损，他们选择将实验室设在这里，就将这座城市里的人当成了他们的挡箭牌，甚至是备用的实验材料。但这样做也会付出一些代价。他们躲藏得再小心，只要人在这座城里，就难免会被人看到蛛丝马迹。"

她笑了一下，继续道："而我……最擅长的就是情报搜集，每个人都很乐意把他知道的告诉我！"

那三个小孩在与陈菁握过手之后，眼神立刻变得有些空洞，愣了一下就转身跑开了。他们各自跑向了不同的方向、不同的人，冲到距离最近的人身边后，便拉住他的手，低声询问了什么，然后又飞快地跑向下一个人，好像忙碌的蚂蚁爬来爬去，用触角交换信息。

三个半大的孩子各自询问完三个人之后便怔在了当场，脸色有些迷茫，似乎已经忘了刚刚做过什么。而被他们三个询问过的九个人也各自去询问了三个人，然后遗忘了这件事。随着越来越多的人加入询问，一张庞大的信息网络逐渐展开。

整条街上忽然变得热闹了很多。

"这是……"陆辛有些惊讶地看着陈菁。他见过陈菁施展能力，却没有想过她的能力居然可以这么用，好厉害！虽然他以前也感觉组长很厉害，但那是因为她办事雷厉风行，考虑周全，还总是护着他，给他报销……

"这已经是我的极限了。"陈菁转过身来，看到陆辛与壁虎的表情，笑着解释道，"我可以给他们一个念头，并且借助他们，让这个念头传递开来，一点一点地扩展接触面，获取我想要的情报。只不过，我的精神量级有限，这个念头在传递与扩散的过程中会被稀释掉。受到影响的人精神量级越高，稀释得越快。时间越久，影响力也越淡。"说到这里，她轻声一叹，"所以，我一次最多也就只能影响几百个人而已……"

"几百个？"陆辛惊讶得瞪大了眼睛。他心想：组长应该是在谦虚吧？听口吻是的，但为什么又莫名听出了一种傲娇感？

确定了策略，他们的心情放松下来。若是可以通过这种方法，快速锁定实验室的位置，那各方面的工作无疑都会顺利很多。

陆辛和壁虎一左一右护住陈菁，顺着街道向前走去，走了五六分钟就看到在街上奔跑的人群速度慢了下来。众人有的迷茫，有的惊讶，低头看着自己的手，不知道自己刚才那么着急地跑什么。没有人过来向陈菁汇报。

"继续走吧！"陈菁轻声说道，"这片区域是安全的。"

他们没有交通工具，只能步行。除了陈菁通过她的能力扩散寻找，他们也在注意着一些细节，比如周围是否有电灯，以及道路的平整度、路上是否有障碍等。实验室要运作起来，就一定会与外界有联系。首先，实验室一定离不开电，所以有电的地方便可能与实验室有关联。其次，实验室肯定需要物资，所以其周围的道路一定会更平整一些。还有很多细节可以发现问题，比如周围居民的数量，以及某些近期经过修缮的建筑等，都算是线索。

每前进一段路，陈菁都会施展一次能力，等待片刻再继续前进。因此，他们基本上只是在大路上行走，同时观察着四周。渐渐地，一个小时后，他们已经快要穿过外城区，到达中城区了。

就在此时，前方忽然有几个人影跑了过来，他们眼神迷茫，神色异常焦急。

"有电，有电灯……"一个人来到陈菁身边，口中不停地重复着，并指向一个地方。

"车，大车，好多大车……"有人两只手紧张地比画着，也看向那个地方。

"嗡嗡嗡——"有人口中学着螺旋桨转动的声音，然后说，"高楼，里面的高楼……"

陈菁轻轻地松了一口气，道："找到了。"说着，她与这三个人分别握了一下手，然后掏出三张五十面额的联盟币，分别往他们破破烂烂的口袋里塞了一张，"谢谢你们，你们可以回去，并忘记这件事了。"

那三个衣衫褴褛的人呆呆地离开了。

"实验室应该就在这附近。"陈菁转头看向陆辛和壁虎，"有电，又有很多车辆通行，还会有直升机落下，想必我们距离目标已经非常接近了。他们所指的那栋高楼，应该就是……"

她向刚才那三个人指的方向投去了目光。水牛城在红月亮事件之前只是一座中级城市，真正意义上的高楼并不多，从他们所在的位置恰好可以看到一栋。从距离上判断，它应该位于水牛城的城中心，遥遥可见。

"领导就是领导啊，这就找到了？"陆辛在心里感慨着，脸上也露出了佩服的神色。

壁虎"啧"了一声，笑道："组长一定知道部门里的很多小道消息！"

陈菁瞪了壁虎一眼，道："走吧！"

陆辛老实地跟着向前走，余光扫了壁虎一眼，觉得这厮被领导穿小鞋也是自作自受！

此时，距离陈菁三人只有几条街的某个房间里，正有一个人坐在满满一面墙的监控画面前。这个房间里没有开灯，只有显示屏的蓝光打在他胡子拉碴的脸上。他神色严肃地低头看了看，又闻了一下，确定了一件重要的事：面已经泡好了。于是，他一边稀里呼噜地吃着泡面，一边看着密密麻麻的电脑屏幕。

屏幕上显示出了很多人，正从这座城市不同的方向进来，用各自的方法一点一点地搜寻着。当这些人差不多都进入中城区后，他抹了抹嘴，恋恋不舍地站起来，从一个黑色的箱子里拿出了一盘七八厘米长的黑色录像带。

然后他走到一台老式的录像机前，将黑色录像带推了进去。看到数字开始跳动，他放下心来，回去继续吃自己的那碗泡面。

陆辛、陈菁、壁虎三人确定了大体的方向，速度便加快了很多。但他们时刻保持着警惕，手里一直握着枪。

此时，夜色已经降临了。

陈菁指的那个位置，隐隐可以看到红光。虽然周围时不时会看到一些流民畏畏缩缩的身影，但整座城市却显得特别安静，静得让人发慌，似乎可以听到自己的心跳声。渐渐地，随着他们继续前进，深入中城区，遇到的流民也越来越多。

看样子，中心城的情报是正确的。这里已经聚集起了大批的流民，虽然整体上仍然荒凉破败，但因为聚集了这么多人，这座城不再像从外面看起来那样死气沉沉的了。这是一座活人的城市。

再往前走，他们甚至看到了灯光，然后依次看到了商店、酒吧、饭店、咖啡店。有急匆匆去上班的男人，还有拎着小包站在路边的女人，以及背着大大的书包排着队集体过马路的小学生。一片片灯光亮起，各种颜色的霓虹灯交织成了一种让人头晕目眩的色彩。

他们发现自己不知何时来到了一座繁华的都市里，到处都是熙熙攘攘的人群。

"不对劲……"忽然，三人都站住了脚步。他们面面相觑，都看到了彼此脸上刚刚惊醒的表情。

壁虎的瞳孔微微缩了起来："这里不该有这么多人。"

"不只是人……"陈菁轻轻吁了一口气，"这里就算有电，也不该如此浪费。"

陆辛能够感觉到，他们两个人都有些紧张。细细回忆了一下，他也明白过来了。看到这繁华的街景之后，他们三人居然过了数秒才反应过来，第一印象都是感觉很正常，非常自然地接受了这幅画面，并且试着融入其中，甚至有种回到了青港城的感觉。如果不是因为他们有三个人，能够相互提醒，他们或许根本就反应不过来。

现实与虚假衔接得异常自然。

停下脚步，闭上眼睛，然后睁开，他们看到，周围繁华依旧，车马来来往往，行人说说笑笑，流水般从他们身边经过。有人轻轻擦过陆辛的肩膀，触感真实。

三人对视了一眼，都从彼此的眼神里看出了异样的情绪。这里本是一座破败废旧的城市，却忽然变得车水马龙，一片繁荣。行人像流水一样从身边经过，有人在商店里挑选物品，有人在嬉笑打闹，有人在挑选冰激凌的口味，有人在一边吵架一边对着吐口水。远处的高楼上，硕大的LED屏里，一个金发女郎正拿着口红，嘟起性感的嘴唇。

"精神辐射检测仪显示我们正处于强烈的精神辐射之中，"陈菁低头看了一下腕表，微微皱眉，又抬头看向这条热闹的街道，"但并没有明显的破绽。"

壁虎深吸了一口气，握紧了手里的枪："我能够看到很多细节，都显得非常真实，比如那些走在街道上的小姑娘，我甚至能看到她们衬衫下面小背心的印儿……有好几个小姑娘的长头发都是接的，提的看起来是名牌包包，实际上品牌名多了一个字母。我甚至能够闻到她们身上甜得腻人的香水味！这么真实的幻象，除了我这种对前文明时代研究得很透彻的人，还有谁能制造得出来？"

陆辛与陈菁都忍不住看了他一眼。虽然这话听起来很不正经，但也证明了，这个幻境真实到了极点！

陆辛觉得自己也该说点什么，于是认真考虑了一下，道："这里没有精神怪物。"

壁虎与陈菁同时转头看了他一眼。他们自然相信陆辛，正因为如此，他们的脸色更难看了。其实他们都很清楚，这条街道肯定是假的。但是，无论怎么看，周围那些形形色色的人都鲜活无比，有着自己的生命与生活。这就出现了问题。该怎么证明这是假的？

"确定我们现在已经受到了污染。"陈菁注视着周围的环境，慢慢地开口道，"污染特征：周围的一切景物都陷入了异常的扭曲之中，仅凭肉眼无法辨别真假。污染源头未知，污染逻辑未知。是否有其他危险……未知。"

陆辛与壁虎都轻轻地呼了一口气，神经微微绷紧。表面的虚假代表着未知的真实，他们被虚假的街景充斥了视野，就像被彻底蒙住了眼睛。这让他们产生了一种举步维艰的感觉。

"有两种方法，一种是继续向前走，另一种是彻底消灭他们……"壁虎转头问道，"组长，我们该怎么做？"

陆辛也转头看向陈菁。陈菁毕竟是青港城特清部特别行动小组的组长，他们都非常信任她。

"继续向前走是行不通的。"陈菁微微摇了一下头,"或许这条街上的每个人都是受到了重度污染的人,说不定他们的衣服下面、包里都藏着武器,也说不定我们看到的活生生的人其实是怪物,又或许,他们已经拿起枪对准了我们,但我们看到的却是他们在对我们笑……"

壁虎沉默了一会儿,脸色变得正经:"可以通过攻击的方式解决吗?"

陈菁用眼角的余光扫过陆辛,微微摇头:"正如你说的,我们看到的一切都是假的,那么,怎么保证杀的不是普通人?"

壁虎怔了一下,旋即抿紧嘴,不再开口。

陆辛听明白了陈菁的意思。他们都还记得,这座废城里生活着很多流民,如果他们现在被幻象所迷惑,开始不顾一切地杀人,那么,当他们醒来后,看到的很可能会是一地无辜者的尸体。所以……现在该怎么办?

"天哪,这到底是什么情况?"

与此同时,被困在繁华的城市街道上的不止陆辛三人。中心城的精神能力者分成小队进入了水牛城,他们的速度有快有慢,但也都通过不同的方法,一步步地排除了实验室在水牛城边沿区域的可能,来到了中城区,并且在不同的时间点看到了车水马龙的街道,也看到了栩栩如生的行人。

从城东方向进来了一个穿着白大褂的中年人,他身边跟着两个人,他们穿着蓝白条纹的病号服。三人看起来就像一个医生带着两个病人从精神病院里逃了出来,正开心地逛街。

"有事问李队长。"医生脸色凝重地扫了一眼四周,然后把右手放在了耳朵前,"第七小队呼叫总部,可以听到吗?"

医生连续喊了两遍都没有得到回音,频道里只有一片沙沙声。

医生深深地吁了一口气,道:"精神辐射严重,周围的行人不符合时代特征,街道的景色违和感严重……通过这些细节,可以得出一个结论——我们正处于一个虚假的世界。"

两个病人都以一种看精神病的眼神看了医生一眼。

"你这还用推理?"

"有脑子的都看出来了好吗?"

城北方向则是魁梧男带着两个衣着花花绿绿的队员。魁梧男站在道路中间，看到了路的两边用古怪的眼神打量他的行人，听到了汽车的喇叭声——因为他挡住了去路，司机正烦躁地按着喇叭。他丝毫不理会这些动静，只是静静地观察着。

而他的两个队员，一个是脸上涂着厚厚白粉与鲜艳口红的小丑，手里牵着一只红色气球；一个是穿着燕尾服、白衬衫，戴着黑色礼帽的魔术师。他们都老老实实地待在路边，笑嘻嘻地看着队长，一点也不担心。

城西方向同样有一队人进入了水牛城，他们走的街道与陆辛三人的不一样。刚入城的时候，因为发现了精神能力者对普通人施加影响的痕迹，所以他们多花了一点时间展开调查，此时才刚刚来到中城区。

"真烦人……"从城南方向进来的是夏虫和她的两个队员。她面无表情地扯下自己的耳机，微微皱眉，看向眼前这条似乎与中心城的主城差不了多少的热闹街道。然后她忽然用力一蹬，直接跳到了一辆车的引擎盖上，蹲了下来。她的这个举动引来了许多诧异的目光，他们仿佛在看一个发神经的小女孩。

"对异常的举动会产生和真实人群一样的反应……"夏虫心里想着，定睛向一家酒吧门口的一个人看了过去。那人是个流里流气的小年轻，看起来颇有几分桀骜不驯。察觉到夏虫的目光，他下意识回看了一眼，然后便收回目光，继续和几个同样打扮得流里流气的小年轻喝酒了。

"但是反应很微弱，不然的话，他现在就该问'你瞅啥？'了……"夏虫自言自语，得出了结论，"这应该是研究院失窃的寄生物品之一——2-48回忆录像带。"

她一边说，手指一边在平板电脑上滑动了几下，找出了一份资料。

2-48回忆录像带

来源：红月亮事件发生后，搜荒队得的一卷录像带，记录了城市繁华的街景。

作用：该录像带在播放时会影响周围的环境，使其与录像带的内容同步。

注：经实验得知，其最大辐射面积为50平方公里。

　　污染特征：进入回忆录像带影响范围，会逐渐忘记真实世界，随着精神力量的逐渐消耗，最终被录像带吞噬，永远留在虚假的回忆之中。

　　起源：推测曾有人反复观看此卷记录了文明时代街景的录像带，并产生了浓烈的怀念情绪，这种情绪发生异变，形成特殊的精神力量，寄居于录像带中。

　　记录：于红月亮事件十七年后被人从研究院窃走，自此下落不明。

　　解决方案：一、于虚假的城市街景中找到录像带的所在，切断电源；二、录像带无法对人进行针对性投影，离开辐射范围便可躲避影响。

　　"通知他们吧！"

　　夏虫最后看了一眼这条虚假的街道，便将2-48回忆录像带的资料发送给了同伴们。但是，邮件发送出去之后，迟迟没有"已送达"的消息提醒。

　　"信号被屏蔽了，那就看他们自己能不能想起来吧！遇到二阶特殊寄生物品，只要知道是怎么一回事，就很容易解决。不知道是怎么回事，那麻烦可就大了！祝他们好运！"夏虫将平板电脑收了起来，向两个队员道，"你们来我身边，我带你们离开。"

　　"好真实啊……"城东位置，穿着白大褂的医生微微睁大眼睛，看向眼前繁华的城市街景，表情陶醉地轻声道，"完全符合光影设计的场景，真实到纤毫毕现的细节，以及……满满的回忆的味道……我还是第一次见到这么真实的幻象，真实到我都不想离开这里了。"

　　两个病人都用一种担忧的眼神看着医生。

　　"但是……这毕竟是假的。"医生话锋一转，脸上露出了微笑，"我们应该是受到了某种影响，但我感应不到精神辐射的来源。也就是说，要么这位精神能力者离我们比较远，要么根本就没有精神能力者。"

　　他脸上的笑容渐渐敛去，表情变得认真："难道是寄生物品在起作用？中心城的培训课程里好像确实提到过一种能造成这种效果的特殊寄生物品，不过……"他顿了一下，坦然道，"我忘记了。"

　　两个病人顿时幽怨地看着这个不靠谱的医生。

　　"毕竟那么厚一摞资料呢，哪个变态能记下来啊？"医生理直气壮地申辩了一句，然后笑道，"当然了，记不记得本来也不重要，只要有逻辑就够了！"他眯起眼睛，那种认真的表情让他看起来不像是正盯着路上衣着清凉的姑娘，而是在对着一屋子的专家和教授阐述自己最得意的医学发现，"这个世界是构建在逻辑之上的，世间的一切事物都有逻辑。如果你觉得没有，那肯定是因为你还不了解，还没有发现。凡事都要讲逻辑，任何行业都要讲逻辑，无论是科学还是政治。包括我们医生，无论是身体上的病症，还是精神上的病症，都需要发现其中的逻辑，才能够找到病源，给予治疗。普通的人或事物有逻辑，诡异的事件同样也有逻辑。只不过，有很多精神能力或污染可以扭曲或隐藏这些逻辑，给人一种混乱且神秘的感觉。但是，再混乱的场景也有它的逻辑，就好像，虽然我们现在看到的场景是虚假的，但这虚假里面一定隐藏着真实。"

他忽然深深地吸了一口气，自言自语道："空气是真的，风也是真的。"他蹲下身去，张开五指抚摸地面，"路是真的，城市是真的。"

他转身走向旁边的一个店铺，从袖子里滑出一柄锋利的手术刀，割开了挂在店铺外墙壁上的电线，一股电流顿时电得他头发直竖，身体也像跳霹雳舞似的抖了一下。他若无其事地收回手术刀，低声道："电也是真的。"

然后他抬头看向星空，摇头道："假的。"又拿出一个指南针，"乱的。"

最后，他闭上眼睛去感受，仿佛浑身的毛孔都微微张开了。他轻声道："最重要的是……我的感觉是真的。"

两个病人都蒙了，呆呆地看着医生。

"队长是不是又犯病了？"眼神总是显得飘忽的病人低声说道。

脸上戴着笑脸娃娃面具的病人道："这不是很正常的事吗？可惜咱们打不过他！否则就是咱们做医生，他做病人了……"

在他们低声的议论中，医生猛地睁开眼睛，眼神狂热，语气仿佛是在跟这个城市说话："我不管你这个地方有多少东西是假的，只需要确定哪些是真的就可以了。我已经通过感知，确定了你有哪些东西是真的。我会通过这几样数据，推理出真正的城市究竟该是什么样子……"

说着，他向两个病人招了招手，大步向前走去。他感受着迎面而来的风，感受着每踏出一步地面传来的微不可察的震动，感受着每一个向他走过来的行人的气场。他将那些细微到旁人根本观察不到的微弱变化尽数记在了心里，无视眼前的虚假城市，只依着自己的理解，一步一步地向前走着。

走了几步，他看着面前平整的地面，脸上露出了微笑："这里看起来什么都没有，但周围的风却产生了变化，角度出现了偏移。所以，我面前应该有一个不小的坑。这个坑的宽度是……"他忽然一步跳了出去，跳出了两米多远，稳稳地落在了地上。然后他继续大步向前走，仍旧无视眼前的幻象。

"可惜了……"他惋惜地一叹，"如果不是时间紧迫，我还真想计算出你所有的漏洞。"

城南位置，夏虫带点婴儿肥的脸上，冷漠的表情像乳白色的冰雕出来的一样。两个队员走到她身边后，她轻轻地从汽车的引擎盖上跳了下来，裙子向上扬了一下。然后她抓住两个队员的手臂，径直向一家商店走去。

"丁零——"她推开商店的玻璃门，风铃晃动，声音听起来很真实、很悦耳。三人保持着肢体接触的状态，直接走了进去，玻璃门在身后关上。

门关上的一瞬间，三人的身影就消失不见了。

"李队长，这应该是那个实验室在故弄玄虚，拖慢我们的速度。"城北位置，魔术师眉头紧锁，看向魁梧男。

小丑放下摆弄了很久的仪器，放弃道："各种仪器都受到了很严重的影响。"

"见怪不怪，其怪必败。"魁梧男冷冷地道，"既然打不破幻境，那就不要打破。"他其实是三人里最早察觉到不对劲的。他用了两秒钟时间，确定他们陷入了一个虚假的城市，又用了三秒钟时间，确定了这个虚假的城市不是那么容易打破的。于是，他径直向前走去："我们继续做任务就好。如果真有什么诡异的东西袭击我们，它会死得比我们更早。"

当他说出这番话的时候，他的身影出现了一定程度的扭曲与折射。若仔细去听就会发现，他每走一步，都会传出来两个脚步声。

"单兵，有没有发现什么？"陈菁转身询问陆辛。看得出来，她很重视陆辛的意见，毕竟陆辛的精神量级较高。

陆辛愣了一下才意识到她在说什么。他想了想，不好意思地笑了笑，转头看向妹妹。在壁虎有些惊恐的眼神里，他温柔地问妹妹："发现什么了吗？"

此时，妹妹没有趴在墙上，而是来到了陆辛的身边。她有些烦躁地捏了一把惨叫鸡，然后仰起小脸向陆辛道："这些场景都是假的，我一眼就能看出来。但是我不知道这些人假在哪里，我只知道他们都是活的、真的存在的，如果可以做成玩具，那肯定会非常好玩。"说到最后，她的眼睛已经微微发亮了。

"打住！"陆辛赶紧制止了妹妹邪恶的念头，然后低头看了一眼自己的影子。他干脆不问了，直接略带歉意地看向陈菁。

"只能确定这些人都是活的……或者说是真实存在的，可以做成——反正就是活的。"他将妹妹发现的唯一信息转告给了陈菁。

这个信息确实不怎么样，不过这也基本在他的意料之内。妹妹毕竟不是妈妈，没有那么神奇的能力。很多时候，妹妹看到的事物其实和他看见的一样，只是妹妹比他敏感一点，能够发现一些他发现不了的细节。但在这个城市里，似乎很难发现细节上的问题。它将假的与真的东西交织在一起，形成了一种完美的统一，不好分辨。

听了陆辛的话，陈菁轻轻点了点头。微一沉吟，她低头问道："你有没有发现什么？"

直到这时，陆辛与壁虎才忽然想起，她身边还跟着被策反的迷藏，同时也看到了它。它正在瑟瑟发抖，触手用力地缠住了陈菁的小腿。他们能从它身上得到的唯一线索就是它现在特别害怕。

陈菁吁了一口气，道："它也没有来过这座城市，它是在别的实验室被改造出来的。"然后她微微皱了一下眉头，"我们现在不能在这里停留太长时间。如果这个地方是黑台桌搞的鬼，那么他们的目的很有可能就是拖延时间。"

壁虎小心地看了陈菁一眼，小声嘟囔道："道理我们都懂，关键是，我们怎么出去呀？"

陈菁冷淡地看了他一眼，道："走出去。"

陆辛和壁虎顿时不说话了。陆辛是感觉陈菁可能已经有了离开幻境的思路，壁虎是看出来了，若是再说，他的鞋子估计又得小一号……

"白教授说过，对抗污染，理智是我们唯一的优势。"陈菁伸手捋了一下自己的短发，"能够创造出这种完美幻境的，要么是酒鬼那样的幻想系精神能力者，要么便是造梦系精神能力者。我们遇到的不可能是造梦系，因为我们的意识和认知没有变模糊，我们清醒后也没有看到破绽。"

陆辛点点头，他能够理解陈菁的话。如果正处于造梦系的影响之下，当他的意识开始清醒，并意识到自己正处于梦境中时，周围的一切就会出现模糊的边界，人越是清醒，边界看得越清楚。

"而如果我们遇到的是像酒鬼那样的幻想系的话……"陈菁抬头看了一下周围，轻轻摇了摇头，"即便是酒鬼，也很难创造出这么大且真实的幻境。毕竟幻想系只是能扭曲人的五感，若是酒鬼想创造出这样的幻境，那么她需要编织这个世界的每一个细节，只要有一个不符合常理的地方，就会被人看出破绽。所以，幻想系一般只能把一两个特别熟悉的小场景做得很真实。这也是酒鬼大部分时候都会将自己的幻想空间做成漫画风格的原因之一！"

她微微停顿了一下，又慢慢道："酒鬼配合我们做过很详细的检测，所以我们很了解她的精神能力。这个场景还有一些与她的精神能力不同的地方。酒鬼能扭曲别人的五感，所以她制造出来的幻境可以非常真实，无论是嗅觉、听觉，还是触觉，都非常真实！她甚至可以让人凭空尝到一种从未吃过的美食……"

陆辛看着陈菁仔细分析的样子，不敢打断。其实如果他是一个人进来的，这时候很可能会选择继续往前走，遇到了怪事再说。不过现在，他倒也不着急。和陈菁等人担心那个什么实验会成功，所以非常赶时间不一样，他是来探亲的，亲人现在正在做什么并不要紧，只要确保他一直在这里就好了。

陈菁正在思考如何解决问题，壁虎也不敢打断，只能干站在原地眨眼睛。而陆辛刚才跟身边的空气说话的样子勾起了他不好的回忆，他也不敢拉着陆辛扯闲篇。他实在是憋得难受，忽然转过头，看起了路上的小姑娘，心情渐渐好了起来——明知道这是假象又怎样？宅男还不是天天盯着二次元少女流口水？

"呼……"不知思索了多久，陈菁忽然长吁了一口气，转过身来。"与酒鬼的精神能力进行对比，会发现这个世界的一个诡异之处。"她向陆辛与壁虎道，"你们先闭上眼睛，细细感受一下，看看能不能发现什么。"

壁虎与陆辛对视了一眼，都老老实实地闭上了眼睛。

壁虎深深吸了一口气，脸上露出了笑容："年轻小姑娘们鲜活的气息……"

陆辛则慢慢道："霉味、青草味、铁锈味，以及……腐臭味！"

他们忽然睁开了眼睛，有些不解地看着彼此。明明身处同一个地方，怎么他们嗅到的气味完全不一样？

陈菁严肃道："这就是这个世界的弱点，也是关键的地方。其实它并没有精准地扭曲你的五感，只是因为它让你看到的东西太真实了，所以你的五感自动配合它做出了调整。就像你看到了一块蛋糕，哪怕只是看到，没有闻到，也会感觉自己好像闻到了奶油的香气。因为壁虎是个没有脑子的家伙，所以他直接被这里鲜活的小姑娘吸引了。当他看到街上的小姑娘时，就自己给自己补足了气味、颜色等细节。至于单兵……"她看了陆辛一眼，"单兵的表现明显更好一些。"

陆辛微微一怔，心下有些欣喜，领导的夸奖怎么来得这么突然？

"也就是说，这些妹子其实是我想象出来的？"壁虎一点也不觉得尴尬，微一闭眼，又睁眼看向街上，嘀咕道，"那为什么她们穿着衣服？"

陈菁不理他，接着道："我有一个推测——我们遇到的不是一种扭曲的力量，而是一种影响的力量。你们可以理解为，并不是有人为我们制造了幻象，而是某种力量将我们……"她思索了一下怎么形容更准确，"拉进了回忆之中。只有在回忆之中，才会觉得一切都是如此合理。因为回忆有再多不合理之处，你都会下意识将它补充得合理……"

陆辛与壁虎都觉得这个说法有些新鲜，但最重要的那个问题依然存在。"那我们怎么离开这里？"

"我已经说过了，走着离开！"陈菁心里已经有了决定，轻声道，"回忆最可怕的不是给你造成什么伤害，而是让你永远地陷在里面。正常情况下，清理污染的关键是找到逻辑链，然后摧毁其本源。但如今，我们一来赶时间，二来，在不了解这种污染的情况下，长时间待在这种环境里，恐怕不安全。"

她轻轻叹了一口气，继续道："你们知不知道？想要解决污染，还有另外一个方法，一个更简单的方法——反向污染。"

"反向污染？"听到这四个字，陆辛怔了一下，向妹妹看了过去。虽然这还是他第一次听到这个名词，但他好像已经不止一次见过这种能力了，妹妹就可以污染精神怪物……

"组长,这么高级的词,具体怎么操作?"这时,壁虎一脸严肃地问。

"污染源可以污染周围的人或动物,我们精神能力者其实也可以。精神能力者本身就是一种污染源,只是自己可以控制。"陈菁一边说,一边转过身,重新看向街道上形形色色的路人,"无论我们现在遇到的是什么,只要停留在这里,试图找出它的逻辑,并破坏它,就会浪费大量的时间。这可能就是敌人——'亲人'的目的,他想将我们困在这个回忆里。我们不能被对手牵着鼻子走,现在离开这条街道才是最重要的。"

她微微皱了皱眉头,又道:"从某种程度上来说,对手的安排倒是给我们指明了方向。实验室不可能建立在回忆覆盖的区域,因为精神力量的辐射会影响到实验数据。所以,只要我们可以离开这个场景,距离实验室也就很近了。但要想离开,我们现在唯一的线索就是单兵刚刚提供的信息。"

陆辛有些诧异,他提供啥了?他明明只是说了一句"这些人是活的"啊……

"你不是说确定他们是活的、真实存在的吗?"陈菁回头看了陆辛一眼,轻声道,"你没有用'活人'两个字,是因为不确定吗?"

"啊?"陆辛下意识看向妹妹,而妹妹正装作没有看见他。他恨铁不成钢地瞪了妹妹一眼,迎着陈菁的目光,勉强点了一下头。

"这就够了。"看着陆辛跟空气交流的样子,陈菁的表情见怪不怪,仿佛早就已经适应了。这一点比壁虎强,壁虎一看陆辛又在和妹妹说话,已经趁人不注意后退了两步,一脸警惕。

陈菁又转头看向街上的人流,平静道:"我们现在受到了影响,看到的东西是真假参半的。其实,无论他们是真的还是假的,都不可怕,可怕的是对手会在这种假象之下对我们发动袭击。我们要想离开,最重要的就是保护好自己。对手打算派这些'活的东西'过来暗算我们,我们为何不能反过来,利用他们来保护自己呢?"说着,她轻轻取下了自己的黑色墨镜,挂在胸口,揉了揉眼睛,"只要这些人是活的、有意识的,我应该就可以用精神能力影响他们。"

"啊?"陆辛与壁虎都有些惊讶地看着她。陆辛看的是陈菁的脸,壁虎看的是陈菁的眼镜。

"在对方的污染区域，对其整体或局部进行影响，创造有利条件，这就是反向污染。"陈菁轻声道，"这是四级特殊人才培训课程的内容，你们两个都还没接触过。在这个过程中，如果对方只是弱小的个体就罢了，但如果对方也有强大的精神量级，那么，他一定会和我进行精神力量上的对抗与消耗，我的精神力量会消耗得比较快！所以，你们需要在两边保护我。"

陆辛与壁虎对视了一眼，同时点头："是！"说着，他们像两个保镖一样，殷勤地跑到了陈菁的两边，忠诚地护卫着。

一边的妹妹歪着脑袋打量了他们俩一眼，小嘴一撇，露出了鄙视的表情。

"唰唰唰——"壁虎和陆辛都有些吃惊地看着周围的变化。

陈菁施展能力后，这条热闹的街道忽然出现了极大的变化，原本一脸悠闲的行人瞬间变得警惕起来，着急地向陈菁等人跑了过来，用他们的身体在周围组成了一堵前后各三层的肉墙。三人一下子多出来接近一百个护卫，像军队似的，开始向前行进。

在这个过程中，陈菁的眼睛一直是血红色的。她似乎承受着极大的压力，走起路来脚步有些虚浮。陆辛和壁虎见了，急忙上前，准备一左一右地搀扶住她。陈菁看了壁虎一眼，把他推到一边，然后将一条手臂搭在陆辛的肩膀上，借着他撑住自己的身体，快速向前移动。他们就这样迈开大步，浩浩荡荡地穿过街道，向城中心进发。

随着越发深入中城区，他们又渐渐发现了别的变化。这座看起来繁华而美丽的城市就像一块真实而庞大的幕布，当他们处在幕布中间时，周围的一切都合理而有序，但是，随着他们越来越深入，这块幕布就开始拉长、变形，并且隐隐发出了钢铁弯折的嘎吱声。

"做对了！"陆辛三人停下脚步相互对视一眼，都看到了彼此眼中的喜悦。

他们面前的道路正在拉长、变形，周围的建筑也都开始呈现出不规则的状态。连灯光也被拉长了，仿佛变成了一条条明亮的线。这说明，这座虚假的城市——或者说他们感受到的虚假画面——张力已经达到了极限，如果说它是有边界的，那么他们正一步步脱离这个边界。

壁虎低声说道："幸亏快出去了，也幸亏没留在这个鬼地方找它的源头。在这个城市待得越久，我越觉得不舍得离开……刚才有那么一瞬间，我真的被这里的年轻小姑娘吸引了！"

"这是回忆的影响。"站在人群中间、手臂撑在陆辛肩膀上的陈菁低声开口道，"如果我猜得没错，在这里停留得越久，受到的污染便会越深，到了最后就会深陷在回忆之中，永远也不想离开……"

听着他们的话，陆辛怔了一下。他能看到这座城市，说明这个污染源也影响着他，但他好像没有想留下的感觉。

"不要大意。"看着周围已经被拉扯得变了形的场景，陈菁低声提醒，"我能够感觉到，这个虚假的街景深处似乎有某种厉害的东西，它现在应该还在盯着我们，会想尽办法袭击我们。当我们快要走出去了，心神正放松的时候，它十有八九就会对我们发动袭击。"

壁虎笑道："组长放心，这道理我们都明白，谁会真的在这时候放松呀？"

陆辛闻言一愣，他好像就真的放松了……

"戴上防护罩与护目镜。"陈菁将作战服后面连在一起的头罩拉起来包住了大半张脸，然后拿出一副护目镜戴上，"水牛城里最可怕的就是血肉污染，所以我准备了这种衣服。但是你们要注意，这衣服的防御作用是有限的……"

陆辛听话地照做了，但是壁虎却没有戴上头罩，也没有戴上护目镜。陈菁也没有强迫壁虎，她知道壁虎这样不是为了耍帅。身为蜘蛛系精神能力者，灵敏性与对紧急状况的反应能力是非常重要的，壁虎不会为了皮肉的安全而降低自身的灵敏度，因为那等于是在削弱他自己的能力。至于陆辛……他不能算是纯粹的蜘蛛系。

"好了，准备——冲出去！"见两个队员都准备好了，陈菁深呼一口气，低喝一声。

霎时，一群人忽然加速，同时向外冲去。周围的场景因此变得更加夸张，好像一幅被水晕染的油画，一切光影都变得光怪陆离的。同一时间，浓烈的腐臭味和血腥气涌进了他们的鼻端，就好像他们正在靠近一家夏日里停电许久的屠宰场。

紧接着，头顶上好像有什么重物要落下来了。

"上面的交给我……"壁虎低声说着，瞬间拔出了枪。他抬头看去，发现上面什么也没有，但那种劲风压面的感觉却无比真实。这就是壁虎不戴防护罩的原因，身为蜘蛛系精神能力者，他可以通过身体感受到的很多微小的细节来分辨出隐藏的凶险。电光石火之间，他已经凭着感觉向头顶上的劲风开了一枪。

"噼里啪啦……"头顶上闪出一团蓝色电弧，隐约勾勒出了一根触手的形状，特殊子弹的灼烧让它的动作迟钝了许多。同一时间，陈菁眼中的红光极盛，周围的人都大步向前冲去。

陆辛揽着陈菁的肩膀，一边带着她向前闯出，一边向身边的妹妹看了一眼。妹妹早就明白了陆辛的意思，笑嘻嘻地向前冲了出去，瞬间就没影儿了。

"咔嚓——"随着他们冲出去的动作，周围有清晰的破碎声响起，面前的一切景物瞬间崩塌。

陆辛只感觉眼前一暗，然后便发现他们三人正站在一条破败的街道中间，两侧并没有什么繁华的街景，只有黑洞洞的建筑。四周空无一人，只是每隔一两百米远有一盏苍白而孤寂的大灯，照亮了这条老旧的街道，一辆辆废弃的车子横七竖八地停放着。除此之外，他们身边正簇拥着一群由膨胀与腐烂的血肉组成的人形怪物，一个个的就像木桩一样站着，仿佛忠诚且勇敢的保镖。在他们的身后，一根焦煳的触手正飞快地缩回阴影里。而前方则有两根触手，同样在收回，地上还剩了几截，正像泥鳅一样扑腾着。

那根焦煳的触手不用说，是壁虎用特殊子弹打伤的，而前面那两根断了几截的触手则是妹妹的杰作。

"哦哟，刚才一直在保护我们的就是这玩意儿？"壁虎侧头看了看身边那些还在陈菁的影响之中、一动也不动的血肉怪物，皱了皱眉头，忽然打了个寒战，"刚刚街上那些穿短裙的妹子也是这玩意儿？"

陆辛与陈菁都没有工夫理他。

"总算走出来了……"陈菁低声说道，在陆辛的搀扶下向前走了几步，离那些血肉怪物远了些。旋即，她眼中的红色光芒消失不见了。同时，陆辛明显感觉到她的身子重了一些，急忙伸手揽住了她的腰。因为长时间高强度使用精神能力，她的脸庞一片煞白，看起来马上就要晕厥了，全靠陆辛扶着才能撑住。

一边的壁虎看到陆辛抱着陈菁的样子，忌妒得想转身去挠墙。

"可以放开了。"陈菁喘了几口气，低声向陆辛说了一句。

"哦！"陆辛反应过来，连忙把放在陈菁腰间的手收了回来——他的手一直保持着拳头状。

陈菁赞许地看了陆辛一眼，然后转头看向前方。

刚才他们都看到那可怖的血肉触手缩回了两侧黑洞洞的建筑里，此时再看向那连绵的建筑，谁知道里面究竟藏着什么古怪可怕的东西呢？会不会这座城市的每一栋建筑里都藏着这样的怪物？

"黑台桌或许就是想让我们去追逐这些怪物。"陈菁道，"但我们是为了阻止实验成功，所以不要理它们，尽快找到实验室！"

听了她的话，陆辛和壁虎都抬头向前看去。如今他们已经到了水牛城靠近城中心的位置，发现这里和外围有一些不同之处。四周散布着稀稀落落的灯光，破败的建筑里看不到任何人影。此时此刻，那栋在水牛城外围就可以看到的大楼与他们就隔了两三条街。大楼上方不时有红光闪烁，那是给趁夜飞行的直升机提供的指示灯。

陆辛确定，他的亲人就在那栋大楼里。

第五章

遭遇战

当陆辛等人想方设法穿过中城区的虚假街道时，中心城的各支小队也在努力向城中心进发。

从城北方向进入的魁梧男和他的两个队员是第一支到达城中心的小队，三人灰头土脸的，身上的衣服都出现了破损。他们是靠硬闯离开那条虚假的街道的，这种方法虽然确实让他们以最快的速度赶到了城中心，但风险也不小。各种危险随时随地都在发生——明明完好无损的地面上忽然出现了一个大洞；好好走在路上的老人忽然从菜篮子里拿出武器攻击他们；空旷无人的地方忽然飞来一枚子弹，还是看不见的子弹……但是魁梧男一路走来没有受半点伤，只是拳头上沾了不少不属于自己的血迹。

"呵呵！再怎么装神弄鬼也不过是个笑话。"他回头看了一眼遍布古怪尸体的街道，冷笑了一声，甚至没打算休息，直接转过头看向了前方的大楼。然后他低下头，刚挪动脚步准备前进，忽然怔了一下，再次抬头看向前方。

在一轮鲜艳如血的弯月之下，一栋十层高的大楼上正站着一个小女孩。她手里握着一把尖尖的餐刀，身上穿着一条小小的白裙子。因为她正低着头，所以他看不清她淹没在黑暗里的脸，只能感觉到两束冰冷的目光。

魁梧男和他的两个队员同时停了下来。

有着超越常人的感知能力的医生和他的两个病人队员已经走到了那座虚假城市的边缘。这一路上有不少危险，但都被他们巧妙地躲了过去。如陆辛等人一样，他们也看到周围的景象正在拉长，变得抽象而古怪。他们知道这是要闯出去了。但就在这时，医生忽然停住了脚步。

"怎么啦？"两个病人差点撞到他的身上，好奇地询问。

"数据错了。"医生抬头看着眼前这个抽象画一样的世界，轻声说道。

"都走到这里了，咋还能错？"眼神飘忽的病人问道。

"在我能够感知到的真实数据里忽然多了几种数据……"医生慢慢说着，又缓缓摇头，"不对，不是多了几种数据，而是多了一种数据，只是这一种数据存在很多个，所以暂时性地扰乱了我的推算。这种感觉……就像有一个很厉害的人在看着我……不对，不是一个人在看着我，感觉就像有很多人在看着我……"

戴着面具的病人闷闷地开口："你的脸皮那么厚，还怕看？"

医生低声吁了一口气，道："我是不怕看，但……如果是贴到你脸上看呢？"

说完，他向前走了一步。周围的抽象世界开始破碎，等这座虚假的城市褪去对他们的最后一点影响后，他们发现自己正处于一条逼仄的小巷之中，周围黑漆漆的。小巷不长，前方十几米远就可以看到一点微光，但他们所处的位置却属于绝对的黑暗，伸手不见五指的那种。

"我们是落入包围了吗？"医生低声叹息着，忽然抬起手里锋利的手术刀，迅疾地划向一个地方。但是，快要接近目标的时候，手术刀忽然停下了——那个地方闪出了一团暗色的光芒。

那是一颗硕大的眼球，足有篮球那么大，眼白部分布满了血丝，瞳孔黑得看不见底。它的背面延伸出了几根血管，连接在小巷的墙壁上。此时，它正骨碌碌地转动着，盯着他们，目光仿佛有着某种妖异的能力，逼停了医生的手术刀。

两个病人急切地想要后退，一点也没有救医生的意思。但他们只退了一步便停了下来，因为他们都体会到了医生形容的被眼睛贴着看的感觉。他们身体僵硬地转过身，就看到小巷里有越来越多的眼睛在睁开。它们有的生长在墙壁上，有的生长在地上，有的生长在生锈的垃圾桶里，有的生长在巷头那盏路灯破碎的灯罩下，无一例外地死死盯着他们。整条小巷变成了眼睛的世界，密密麻麻，猩红瘆人。

这些眼睛从各个角度盯着他们，不留出一点空隙与隐私。三个人想要说些什么，张了张口，却发现自己忘了想说什么。他们都有一种全身上下、里

里外外的秘密都被看穿的感觉，这种窒息感好像要直接将他们淹没。

"既然你们彼此憎恨，为什么不趁这个机会杀了他们？"满是眼睛的小巷子里，一个声音轻轻响了起来，尖细却优雅、理性。

"彼此憎恨，有吗？"三个人听了这话，下意识就想反驳。

"既然你们彼此憎恨，为什么不趁这个机会杀了他们？"那个声音又响了起来，话的内容，甚至是语速、语调，都没有半点变化。

三个人都不说话了。这个声音细细微微，平静理智，像一股力量一样渗入了他们的脑海之中。

"吱呀——"与此同时，夏虫带着两个队员从门里走了出来，发现眼前一片漆黑，伸手不见五指。

夏虫直接用自己的能力离开了虚假城市覆盖的范围，没有遇到任何危险，只不过，因为她是向未知的城中心移动的，所以她并不知道推开门后会来到什么地方。

"啪！"一个队员打开手电筒，照向四周，看到了空气中扑面而来的灰尘，以及粗大的柱子、废弃的车辆。她们在一个地下停车场里。

"我们现在距离目标应该很近了。"夏虫轻声说道，"找路出去，确定我们的位置，再想办法找出实验室的具体下落。"

两个队员都点头答应，寻找离开停车场的道路。黑漆漆的停车场里一片死寂，空间似乎十分广阔，而且空旷、荒凉。

一个队员忽然停住，警惕地抬起头："你们有没有听到什么？"

另外两人忙向周围看去："什么？"

那个队员有些不舒服地扭了一下脖子，道："哭声……婴儿的哭声……"

另外两人一边提高警惕，一边下意识倾耳去听。很快，她们也听到了细细的婴儿哭声。与此同时，浓烈的血腥味充斥鼻腔，且正变得越来越浓郁。

"不好……"其中一个队员是蜘蛛系的，她动作矫健地向后一翻，就退到了两三米外。下一秒，一道黑影重重地抽打在她刚才站立的位置。两束手电筒的强光同时射了过去，照见了一根正缓缓缩回黑暗里的血肉蠕动的触手。

"砰！"夏虫立马开了一枪，子弹精准地打中了触手。蓝色的电弧伴着刺刺的电流声，黑暗之中有什么东西剧烈地蠕动了一下。血腥味更浓了。

"头顶！"另一个女队员忽然喊了一嗓子，她们同时散开，然后用手电筒照向天花板。

天花板上居然盘踞着一只巨大的血肉怪物。它的身体周围都是粗长可怕、满是倒刺的触手，身躯臃肿肥胖，四肢吸附在天花板上。它的长相好似一个婴儿，但它的身躯长达两米，比成年男人还强壮。它的两只眼睛白茫茫的，婴儿般的脸上露出了一种诡异的笑容。

"哗啦——"被手电筒照到之后，它仿佛受到了惊吓，攀着天花板，迅捷如蜘蛛一般向远处爬去。

"哇——"婴儿的啼哭声清晰地响了起来，仿佛下达了某种命令。下一秒，腥臭的血肉从四边垂下，重重地砸在地上，像一层层厚厚的肉帘，堆积膨胀。一根根巨大的触手在停车场幽深的黑暗里缓缓移动、伸展着，好像要把这个黑暗空间变成一片神秘的、充斥着无穷危险的海域。

三人这才发现，她们早就被困在了血肉之海中。

"走吧！"

陈菁呼吸平稳后，才松开了架在陆辛肩膀上的胳膊，抬步向前走去。她的身体明显很疲惫，但她的声音还是非常冷静："既然那个实验室这么不想被人找到，它一定不会只在中城区布置这样古怪的污染。我们在靠近实验室之前，说不定还会受到其他的袭击。到了你们蜘蛛系发挥特长的时候了，一个人探路，一个人保护我。"

陆辛轻轻点了一下头，伸出了手，妹妹很乖巧地把小手递了过来。

壁虎警惕地看了一眼四周，立刻拔出两把枪，大步向陈菁赶了过去。他已经决定了，无论这次遇到什么危险，都必须由他来保护组长，谁也别想抢走这个表现的机会！

但是，壁虎转头一看，就见陆辛也走到了陈菁的另一边……他顿了一下，默默地继续往前走。他还是负责探路吧！这不是怂，而是他确实比较专业！

因为已经很接近实验室了，所以他们的脚步都放得很轻，非常警惕。到了这里，已经看不见流民的影子了，只剩下深邃的黑暗和寂静。这种气氛让人心里直发毛，谁也不知道下一秒会不会有血肉怪物从周围黑洞洞的建筑里涌出来。

壁虎走在前面，下意识把腰弓了起来，神情警惕地左顾右望。一排枪支从他的背包里探出了头，搞得他活像戏台上背着旗的大将军。他每走一步，脚尖都会轻轻在地面上点一下。陆辛知道他这样做是为了保证自己能够在第一时间对危险做出反应，并向身后的人示警，但他这样子……实在很像在做贼。

就这样，陆辛与陈菁跟在壁虎身后，尽量沿着他走过的路走，在安静到让人心慌的气氛里穿过了两条街道、一条巷弄，一步一步地接近那栋大楼。

两分钟后，他们来到了一堵爬满藤蔓植物的院墙前。墙头上有一盏孤零零的探照灯，微微照亮了周围的环境。这堵墙已损坏了大半，黑乎乎的，清冷的风不停在缺口处摩擦着。

壁虎微微驻足，脚尖一挑，一颗小石子飞进了院子里。然后他静静等待了一会儿，靠近院墙，将耳朵贴在上面。超越常人的灵敏度与感知能力让蜘蛛系就像一个人形雷达，另外，对身体的超常控制能力也使得他们能以最快的速度处理一些突发状况。确定了墙里没人，也没有别的活物，他快走几步，翻了过去。他没有选择走缺口处，担心容易走的地方会有什么东西藏着。

在妹妹的帮助下，陆辛轻易地爬上了墙，然后转过头。陈菁后退几步，一个助跑，蹬着墙面向上冲，然后抓住陆辛伸下来的手，借势一蹿，便也轻松地登上了这堵有两米多高的墙。壁虎正好回头看到了这一幕，神情一滞，深感悔恨——他就不该探路的，应该坚持留在领导身边……单兵真阴险！

三人悄悄在一排高大的绿植后面落了地，仍是壁虎在前，他们穿过这排绿植，准备横穿院子。忽然，他们都怔住了。刚才在墙外，他们已经仔细听过了，确定墙里没有任何活物，这时抬头看去，却赫然发现院子里站满了人——一排一排，一列一列，站得整整齐齐的，没有发出一点声音，全都背对着院墙，垂着头。他们没有呼吸声，也没有心跳声，在这种情况下，自然是谁也听不到动静。

"是死尸吗？"陆辛低声问了一句。

满院子直直挺立的人，看起来没有任何生命体征，突兀地出现在眼前，自然让人心里有些发毛，但如果这些都是死尸的话，那就不足为惧了。对精神能力者来说，满院子的死尸总比满院子的怪物要好那么一点点。

"嘘——"壁虎转过身把食指竖到嘴边，然后摆了摆手。

陆辛明白他的意思，慢慢向后退了两步。不过他身后就是墙，退也退不到哪里去。

壁虎右手握紧一把枪，把左手的枪塞进腿上的枪袋里，但没有扣上盖子。他缓步上前，轻轻敲了一下距离他最近的那个人。见对方没有反应，他松了一口气，正打算离开，忽然听到"咔嚓"一声类似机械旋转的声音。他顿时心里一惊，用左手把枪袋里的枪拔了出来，两只手紧紧地攥着两把枪。下一秒，他看到那个死尸一样的人僵硬地转过了身来。

院墙上的探照灯的光芒让他们看清了这个人的脸，心里顿时生出了一种恶心又发毛的感觉。他的两只眼睛、两条眉毛、一个鼻子、两只耳朵和一张嘴巴全都是打乱了位置长的，鼻子长在左眼的位置，左眼长在嘴巴的位置，右耳长在鼻子的位置，右眼长在左耳的位置……这么一张脸，好像小孩随便搞出来的画作。最关键的是，这张脸居然是"活"的！嘴巴位置的眼珠子正骨碌碌地转动着，有种眼花缭乱的感觉，仿佛这只眼睛正从各个角度飞快地扫描着壁虎。

"咔咔——"不仅如此，随着那只眼睛看到了壁虎的脸，那些错位的五官开始移动起来，好像转动的魔方一样不停地交换位置。让人眼花的一番交换之后，这张脸的五官都回到了正确的位置，但变化还在进行中。仔细看去就会发现，整个头颅的表面是由一个个小方块组成的，像一张细密的网格一样。在这张网格里，每一个小方块都在调整，凸起或凹下，细密至极。随着持续不断的调整，这张脸渐渐变换了模样。壁虎，它变成了壁虎的样子，一模一样。

"我去！"壁虎大吃一惊。在他看来，那个该死的家伙转过身来，错位的眼睛盯了他一眼，五官飞快交换，就变成了他的模样。虽然他的脸挺帅的，但也不能这样"借用"啊！

壁虎立马抬起枪，指着对方的额心开了一枪。"砰"的一声，对方额心中弹，顿时直挺挺地躺倒在地。直到这时，最后一个小方块才卡在正确的位置。

壁虎还没来得及松一口气，就发现院子里原本垂着头一动不动的人全部转了过来。他们的五官同样是错乱的，在转头的一瞬间开始交替变化，一个个小方块飞快地移动着位置，越来越贴近壁虎的模样。与此同时，他们的衣服掀了起来，露出了各种各样的武器。

"啪啪啪！"密集而刺耳的枪声瞬间淹没了整个小院，无数个"壁虎"朝他们冲了过来。

子弹铺天盖地而来的瞬间，陆辛回身抓住陈菁的手臂，将她扯到了一块生满青苔的景观石后面，借景观石挡住了呼啸而来的子弹。

"但是壁虎……"陆辛飞快地伸头看了一眼，只见院子里的无数个"壁虎"已经打成了一团。他第一眼看过去，还能凭借壁虎的作战服和明显快过其他人的身手将他分辨出来，但壁虎只是稍微缩了一下身子，躲避飞过来的子弹，他便找不到他了。那些人的身手正变得越来越好，最关键的是，他们身上的衣服居然也在不断地调整，变得与壁虎的越来越相似。

"不对劲，你觉得——"陆辛皱眉，转头看向陈菁。但一转过头，他就看到陈菁的脸也在飞快地调整，一个又一个小方块起起伏伏，迅速改变了她的五官和身材——胸部瘪了下去，腰肢微粗……就连发型也在不停地变化……最终，她变成了壁虎的样子，向陆辛露出一个笑脸。

陆辛瞬间弹了起来。

变成壁虎的陈菁忽然举起手枪向陆辛射击，陆辛猛地把脑袋歪向一边，才堪堪躲过子弹。与此同时，他伸出一只手，试图去控制住陈菁，没想到，他的手刚接触到她的肩膀，它就像没有骨头一样塌陷了下去。同时她单手撑地，身体向空中一翻，以头下脚上的姿势一脚向他踢来。

这种瞬间调动全身做出反应的能力是蜘蛛系的特点，陈菁不是蜘蛛系的，身手居然也这么好？还是说，眼前这个"壁虎"根本就不是陈菁变的？陆辛脑子里闪过这些念头，身体迅速后退，躲过了对方的这一击。与此同时，他听到了刀锋划破空气的声音，于是左肩及左肋向内一缩，躲过了另一个"壁虎"从背后划过来的一刀。

陆辛伸出双手，想要反击，却又猛地把手缩了回来。此时此刻，他的身边起码有三个"壁虎"，有的拿着枪，有的拿着刀，混乱之中，他已经分不清哪个才是真正的壁虎了，也不确定壁虎眼中的他还是不是他。在这种情况下，他不能随便下杀手。

陆辛又诡异地扭曲了几下身体，躲过了三枚子弹和一记匕首的挥刺。他百忙之中转头看去，只见此时景观石下有两个壁虎模样的人，他们都拿着枪飞速地开火，子弹像小石子一样乱飞。一个不小心，他们就有可能被子弹夺去性命，但他们却还是拼尽全力抢攻。

这种独属于蜘蛛系的战斗方式，有种惊心动魄的美感。只是这样一来，陆辛根本分不清真正的壁虎和陈菁在哪里了。整个场面已经乱成了一团，厮杀，冲撞，流弹横飞，刀光剑影，无数个壁虎的疯狂战斗使得院子里充满了危险。陆辛急切间做下了一个决定，他飞快地后退，身形不停地扭曲变形，躲开攻击，与战场拉开距离。他需要时间梳理自己心里混乱的念头……

为什么所有人都变成了壁虎？为什么连一直跟在他身边的陈菁也忽然变成了壁虎？受到污染的是壁虎、陈菁，还是他？究竟是陈菁和壁虎被院子里那些奇怪的人同化了，拼命与他为敌，还是他变了样子，正与其他人一起疯狂地向他的两个队友发起进攻？简单来说，他们三个人现在很有可能都在孤军奋战。

陆辛的心脏紧紧地悬了起来。他躲过一个人的攻击，并且将他一把推开后，又猛地伸手拉住了一条纤细的手臂。是妹妹，此时她非常兴奋，想要冲进混乱的人群里，把所有人变成玩具。但陆辛不能允许她这样做，因为他的队友也可能被她变成玩具。

"既然你们彼此憎恨，为什么不趁这个机会杀了他们？"

生满眼睛的小巷里，纤细的声音第三次响了起来。正站在小巷之中，被无数只眼睛注视着的医生小队终于被这声音击垮了最后的理智，他们忽然转过身，眼睛里闪过阴森的光芒。医生手里的手术刀发出一点微弱的寒光，架在眼神飘忽的病人的脖子上。眼神飘忽的病人拔出一把枪，指着戴面具的病人的额头。戴面具的病人则伸出一只青筋暴起的大手，掐住了医生的脖子。手术刀逼近了大动脉……手指扣在了扳机上……大手将脖子捏得咯咯作响……

"砰砰砰！"与此同时，地下停车场中，夏虫小队对准天花板上的怪物，毫不犹豫地开了枪。她们用的都是特殊子弹，每一枚子弹都会爆出一团蓝色的电弧。烧焦的气味散发开来，迸溅的血肉噼里啪啦地落到了地上。

"哇——"婴儿的哭声更加尖锐了，刺人耳膜。

那只硕大的婴儿怪物四肢倒钩着天花板，不停地爬来爬去，躲避着子弹，身边时不时绽放一朵蓝色花朵。布满了整个天花板的血肉时不时就被特殊子弹打出一个大坑，但是，随着婴儿的哭声，那些血肉滋长着、蠕动着，不停地将一个又一个的大坑淹没、填满，恢复如初。她们对这些血肉造成伤害的速度，根本比不上它们生长的速度。

"撤退！"夏虫第一时间做出了反应，忽然又开了一枪，却是打向墙壁的。那里正是她刚才打开门出来的地方，现在门已经被血肉覆盖了，她需要将这些血肉清理掉，才能够借那扇门离开。

子弹射出，血肉崩散，露出了门把手。夏虫大步冲向门边，低声叫道："千万注意，不可以受伤，身上不能出现伤口……"

她伸出手握住门把手，手指立刻感觉到一股刺痛，猛地收回手，才发现门把手的背面生长着颗颗尖牙。她的手指渗出了鲜血，与此同时，两个队员都惊呼了一声——一个在奔跑之中被地上的"嘴巴"咬住了小腿，一个被一根触手上的倒刺剐破了手。她们互相看了一眼，心里一沉——所有人都受了伤。

"下来吧！"

身穿黑色作战服的魁梧男向前走了一步，看着楼顶上的女孩。他的脸像岩石一样冷硬，握紧了拳头。

楼顶上的女孩背后是弯弯的红月，衬得她的身形特别娇小，五官陷在黑暗之中。面对下方的挑衅，她没有说话，只是忽然跳了起来，身体在半空中急速下坠，手里的餐刀高高举起，反射出一丝诡异的寒光。

"呼——"魁梧男深呼一口气，没等她落地，便向空中挥了一拳。这一拳打出去，他的两只眼睛变得一片惨白，周围的空气随之扭曲。附近建筑上残余的窗玻璃被这种扭曲的力量彻底摧毁，数不清的玻璃碴儿往上飞去，如潮水一般袭向半空中的女孩。

不知情的人看见魁梧男，会以为他极擅长武力，实际上，他更擅长的是精神冲击。

迎着魁梧男的精神冲击，女孩的身体忽然四散开来——双手双脚和头颅分裂开，由一种极细的血丝连接着小小的躯干，整个人仿佛变成了一张网。

魁梧男的精神冲击只是让她的一部分血丝出现了异样的扭曲，然后便无力地穿过她的身体，击向了天空中的红月。而女孩却已经落了下来，将这支三个人的小队罩在里面。

"唰！"锋利的餐刀反射出一抹妖艳的红，瞬间袭向小丑的脖子，速度诡异到可怕。

千钧一发之际，餐刀忽然停住了，女孩飞快地向后退去。是魁梧男，他猛地抬起手臂，攥住了那些不停蠕动的血丝，与此同时，他的身边出现了一个类似旋涡的空洞。这种精神空洞形成了一股强大的拉扯力，再配合上他向后拉扯的动作，居然硬生生地把女孩扯了过来。然后他攥紧拳头，向女孩的后脑勺砸去。

就在这时，女孩的脑袋猛然转了过来，眼睛里闪过空洞的光芒。

"这究竟是什么形式的污染？"

陆辛在混乱的小院里一筹莫展。他现在不能还手，也不能撤退，形势又千变万化，他根本没有足够的时间去分析污染的逻辑链，找到污染的源头。这让他有些焦躁，脚下的影子在淡淡的月光下隐隐闪动。

"这次不能请你帮忙。"陆辛按捺住心里的躁动，出声阻止想要延伸出去的影子。他很清楚，不但影子不能出手，就连妹妹也不能像以前一样尽兴地玩耍。陈菁和壁虎，一个是对他非常照顾的领导，一个是他第一个聊得来的朋友，他不想看到他们死在自己手里。那么……该如何化解眼前的局面，并救下他们俩呢？

强行让自己冷静下来的陆辛一边躲避着各种各样的袭击，一边飞快地转动心思。这种污染能力很可怕，但……他转头看了妹妹一眼。她正牵着他的手，乖巧地等着他的决定，小脸上带着一点坏笑，有一种看好戏的感觉。看样子，这种污染可以影响他的队友，却影响不了他的家人。

"就算对方改变了我队友的模样，一定也还有其他东西没有被改变。否则的话，现在就应该是所有人冲向我，而不是他们彼此厮杀了。这似乎是有意安排的，应该有一部分人是故意杀向自己的同伴的，想以此来扰乱我的判断。或者说，对方确实影响了壁虎和陈菁，让他们陷入了混乱。毕竟，壁虎只是B级，而领导……不对，我现在该关注的点应该是如何区分他们……"

　　陆辛一边思考，一边灵活地在这个混乱的战场中穿梭着，躲避了一枚又一枚飞向自己的子弹和凌厉的刀锋。眼前是一张又一张壁虎的脸，有的阴森，有的诡异，身手好到不符合常理，连续的袭击之下，给他带来了极大的压力……

　　"这就是壁虎尽全力时的实力吗？"陆辛脑袋一低，躲过一枚子弹，然后伸手抓住了一条踢向自己太阳穴的腿，同时心里想着，"他与妹妹有些不一样，蜘蛛系的能力被他开发到了极致……"

　　"嗯？"陆辛忽然意识到，现在不是走神的时候。他手里还握着那条踢向自己的腿，触感一片冰凉，像是死物。他的脑海之中闪过一道亮光，忽然明白该如何从人群里区分出壁虎和陈菁来了。

　　因为有可能会遇到血肉怪物，所以陈菁让他们都换上了新型的作战服，这种作战服可以尽量避免他们的皮肤直接接触到血肉怪物。在酒店里换衣服的时候，陆辛特意摸过，还记得那种材料带给他的触感——柔软，具备编织物的特征，和刚才他按住陈菁肩膀时感受到的是一样的。可此时此刻，他握着的这条腿却分明是一种冰凉的触感。

　　陆辛忽然停下了左右闪避的动作，轻声道："妹妹，你出手可能要狠一些了。"

　　妹妹猛地转头看向陆辛，小脸上的表情非常兴奋："开心地玩耍吗？"

　　陆辛看了一眼妹妹，点头道："是的。"在他点头的同时，迎面有人冲过来，双手握枪，向他连连点射。

　　陆辛用力在地上一蹬，腿骨发出了清脆的响声，速度猛地提了起来，身形像昏暗灯光下的残影，左右摇晃，躲过了迎面射来的子弹。与此同时，他一步踏向前方，抓住来人的手臂，掌心传来的触感是冷硬、冰凉的。于是他向这个"壁虎"露出了诡异狰狞的笑容，然后顺势按住他的脑袋，直接往后面的柱子上重重撞去。

　　"咔嚓"一声，这个"壁虎"的脑袋直接爆炸了，散落一地冰冷的血浆。下一刻，陆辛向左冲去，脚踩着柱子，绕过半圈，躲过了一个拿着枪、一个拿着匕首的"壁虎"的攻击，同时用两只手分别抓住了他们的手臂。掌心的触感让他知道了，这两个人是假货。于是，在身体开始向下坠去时，他改为抓住他们的脖子。

下一秒，有两颗头颅掉落在地上，鲜血泥浆般涌出脖腔，两具无头尸体摇晃了一下，跌倒在地。

"砰砰砰！"院子里不停地闪烁着火光，将昏暗的小院照得一顿一顿的明亮。陆辛在人群中穿梭着，所过之处，一个又一个"壁虎"像稻草人一般倒了下去，有的扭曲成了古怪的形状，有的身体直接裂开了。因为不确定这些到底是什么东西、会不会复活，所以他下手很重，尽量彻底摧毁。

红月静静地照着大地，敌人在飞快地减少。直到院子里还站着的人只剩四五个了，陆辛才停下来。他慢慢抬起手，用衣服擦去手上的血迹，心情逐渐放松下来。然后他微笑着，意犹未尽地看向院子里剩下的几个"壁虎"。

生长着无数颗血红色眼睛的小巷子里，医生小队的三人正剑拔弩张地对峙着。他们没有半点受到了影响的感觉，只感受到了对彼此发自内心的憎恶。

拿手术刀对准了队员动脉的医生露出了一个阴森的笑容，"唰"的一声，他的手术刀猛地抬起，割向那个队员因为瞳孔的位置不太正，所以眼神总是显得有些飘忽的眼睛："我忍你很久了，早就想帮你矫正瞳孔的位置了……"

"嗤——"眼神飘忽的病人一仰头，手术刀在他的脸颊上留下了一道血痕。与此同时，他扣动了扳机，但他打的居然不是戴着面具的病人的脑袋，而是准确地打向了他戴在脸上的面具。"天天戴个面具，恶心死了，我要让人看见你的真面目……"

面具的边缘被子弹穿过，破损了半边，更是歪向一侧，露出了一张胡子拉碴的脸。可是戴着面具的病人却无暇考虑别的，青筋暴起的大手猛地将医生拉过来，开始狂亲他的脸，边亲边喊："我要恶心死你……"

一场别开生面的折磨大会就此展开。他们都带着对彼此真实的憎恶，心里浮现出了最毒辣的念头，但他们都不想杀人，所以选择了用更恶毒的方式去对待彼此……

满是眼球的小巷子里，一个穿着西装、脸上只长了一只眼睛的男人偷偷现出了身影。他优雅而瘦削的身体正在微微发颤。因为正处于持续观察的状态，所以他能够看到这几个人心里的所有恶念，甚至因为观察得很深入，所以，手术刀割在脸上的痛感，滑腻的手不停抓头发的混乱感，以及一张大嘴胡乱亲脸的恶心感……他都感受到了，这几乎让他崩溃。

就在他的心神变得有些混乱的时候，小巷子里的动静忽然消失了。

"不好！"独眼男——也就是心魔——警醒过来，想要后退，但只退了一步，喉咙就被一把银色的手术刀抵住了。

锋利的触感让他喉咙处的血肉开始下意识收缩，涌到嗓子眼儿的苦水在往下落。他的思维还是乱的，根本不理解医生是怎么找到他的。

"很难受是吗？"医生脸上还有口水的痕迹，表情却平静而温和，同情地看着心魔脸上唯一的眼睛，"钻进几个精神病人的思想里，这种体验不多吧？"

心魔身子微颤，似乎想要回答，但"嗤"的一声，手术刀直接划过了他的喉咙，紧接着是他的眼珠子，然后是他的心脏……

医生用一种异常精准的手法，短时间内将心魔身体的所有要害都攻击了一遍，同时带着善解人意的表情道："我真的很同情你，进来了这么多小队，为什么你偏偏挑中了我们呢？你不知道经过计算，我很容易就能看出你在什么位置吗？"他一边说，一边下手更狠了，"唉，当然了，虽然我很同情你，但是我不能饶了你。毕竟，你已经看到了我们的内心啊！我可不能暴露我不是医生的事实……"

两个病人远远地看着医生满脸享受地肢解了那只独眼怪物。

"你有没有发现，老大与之前不一样了！"眼神飘忽的病人一边往脸上贴创可贴，一边向戴着面具的病人说。

"对！"戴着面具的病人把破了一半的面具仔细戴好，感慨道，"他的病情越来越重了。"

"不好！"夏虫飞快地扯下手套，就看到指尖上的几个小孔里有几根肉芽在蠕动。与此同时，她的一个队员腿上的血肉开始膨胀，一条腿瞬间就粗了一倍，皮肤被撑破了，露出猩红的血肉；另一个队员的手就像忽然有了自己的意识一样，一下子掐住她的脖子，掌心里钻出无数条细细的虫子，这些虫子张开长满细牙的嘴，开始啃噬她脖子上的血肉。

"血肉怪物……"夏虫冷漠地低着头，仿佛看不到从伤口里生长出来的肉芽，也听不到同伴们的惨叫声，她只是用低沉的声音飞速念着脑海里的资料，"受污染表现与1021号特殊污染事件一致，确定来自同一源头。特征：拥有异常的活性。弱点：畏高温、可摧毁精神体的各类武器，以及……强污染性的反向污染。解决方案：大规模火焰、强大的扭曲类精神能力……"

想到这里，她猛地抬起头来，用左手飞快地拔出绑在左腿上的匕首。寒光一闪，右手手指上那些探出头来的肉芽便被她削掉了一截，几乎连同着削掉了一层皮肉，但她的脸上却连肌肉都没有颤动一下。

"你们都是精神能力者，应该可以凭借自己的精神力量延缓这种污染。"她转头向两个正在挣扎哭号的队友说道，"前提是不能慌，要冷静。惊慌会使精神力量出现紊乱，给人可趁之机！"

两个队友听懂了她的话，痛呼与挣扎的声音一下子减弱了。

夏虫又看了她们一眼，然后就用自己血淋淋的右手握住门把手，大步走了出去。这突兀的举动大出天花板上婴儿怪物的预料，有血肉变成一根触手，远远地抽打了过去，重重地砸烂了那扇门，想将门后的夏虫卷回来。但它惊讶地发现，门关上的一瞬间，夏虫的身影就完全看不见了。

"哇——"它的哭声变得更为尖厉，周围的血肉蠕动着向两个队员延伸过去。蜘蛛系女队员一声闷哼，身形扭曲着跳起，躲避着血肉的攻击。但这样一来，她反而成了最倒霉的那个，身体的运动使得她手掌心里像红色虫子一样的物质快速地生长，转瞬间就已经爬满了她的手臂，又一路延伸向她的脖子。很快，她全身都布满了那种怪异的虫子，整个人倒在地上，慢慢地抽搐了几下就不动了。她的身体开始与周围的血肉融合到一起。

吊在天花板上的婴儿怪物看到这一幕，脸上露出了兴奋的神色，然后咿咿呀呀地哭着向另一个队员爬去。

那个队员受污染的迹象本来最重，但她记住了夏虫的话，竭力保持着冷静，这种冷静暂时遏制了污染的势头，但周围的血肉还是蠕动着涌了过去，即将把她淹没。

"吱呀！"就在这时，停车场的另一扇门被推开了，夏虫走了出来。她两条白皙的小腿上满是纵横的血口，仿佛在布满刀锋的空间里走了一遍。她的眼睛也已变成了血红色，右手更是散发出了焦糊的臭味。她好像不知在哪里用高温烧过自己的手，以遏制污染的蔓延。但她的脸上还是没有表情，只是在看到那个已经被血肉覆盖的队友时，瞳孔微微缩了一下。

然后她看向天花板上的婴儿怪物，道："去死。"说着，她举起了抱在怀里的火焰喷射器。大片的火焰从喷嘴中飙射出来，一道长长的火柱涌向天花板，瞬间将无数的血肉组织烧成了焦煳的颜色，腥臭的气味一下子充斥了整个地下停车场。

婴儿怪物的哭声顿时变得凄厉而痛苦。它不明白这个女人为什么会消失在门后，也不知道当她从另一扇门出来后，手里为什么多了这么一件武器。它痛苦地哭着，甚至有几分嚎叫的意味。整个地下停车场里的血肉都在拼命地收缩，散发出恐惧的气息。

忽然，所有的血肉凝聚在一起，瞬间向上涌去，消失不见了，只是天花板与周围的墙壁上还留了一些污渍，以及焦煳发臭的结痂物。天花板上有个洞，婴儿怪物通过这个洞逃到楼上去了。

夏虫看了一眼那个幸存的队友，冷着脸转身打开了门。

"吱呀"一声，夏虫的身影出现在了楼上的房间里。这一次，她身上的伤更多了，血液几乎浸透了她的裙子，顺着大腿流下。身躯庞大的婴儿怪物就在这个房间里，它正飞快地攀爬着，似乎想要通过窗户逃走。夏虫的出现让它惊慌不已，它还来不及发出凄厉的啼哭声，火焰再度喷来，周围顿时有大片血肉被烧得焦煳发臭，化作恶臭的黏液滴落在地上。它的一条腿被火焰燎到了，剧痛与恐惧使得它的叫声更加凄惨。它一边发出刺耳的哭嚎声，一边飞快地爬出了窗户。它向更高的楼层爬去，想要找路离开，但是，它刚爬进另一个房间里，就听到了"嘭"的一声——夏虫从这个房间的门外走了进来，拿着火焰喷射器，继续向它喷出了可怕的火龙。

"吱吱吱！"婴儿怪物像没头苍蝇一样乱冲乱撞着，在黑暗里逃窜。

"咯咯咯！"追逐着婴儿怪物的夏虫忽然大笑起来，谁也想不到平时不苟言笑的她笑起来居然会如此疯狂。她一边大笑，一边穿过一扇扇门，追杀着婴儿怪物，同时欣赏着它的痛苦与绝望。

魁梧男将那个女孩从自己的队友面前拉过来，一拳向她的脑袋打去。但女孩忽然收紧血丝，脑袋借势一扬，借着惯性围着魁梧男绕了半圈，手里的餐刀顺势从魔术师的身前划了过去。

魔术师抬起双手，正准备施展精神能力，没想到突然遭受了攻击。他的眼睛睁得大大的，有些难以置信地低下头，只见鲜红的血液滚滚流下，染红了他雪白的衬衫。

"找死！"魁梧男的眼睛瞬间变得一片血红。他没想到，他拼尽全力救下了一个队员，却害得另一个队员丧了命。腾腾怒气冲击着脑海，他身边的扭曲力场更强了，双手竭力向女孩抓去。但飘洒的血丝突然暴涨，像蚕丝一样将他困在中间，让他根本无处施力。下一秒，女孩冲向牵着红气球的小丑。

"咯咯咯——"小丑从喉咙里发出一声仿佛不受自己控制的笑声，同时身形扭动，跳起了怪诞的舞蹈。随着他拍手的动作，女孩分散在不同位置的两只手忽然也拍在了一起，袭向小丑脖子的餐刀当啷一声掉在了地上。然后小丑姿势古怪地向旁边走了两步，女孩的两只脚顿时也不受控制地落地，学着他的步伐走了两步。小丑的笑声更加响亮了，粗壮的腰身灵活地扭动起来，女孩的身体瞬间复原，跟着他的动作扭动。

小丑只是做了几个动作，女孩的身体就大半恢复了原状，并且好像受到了某种强烈的影响，被定在原地，动弹不得。

魁梧男自然不会放过这个机会，他低吼着转过身来，大手狠狠地向女孩抓去，周围的空气随之扭曲，直接将女孩的身体卷在里面，仿佛裹住一根矮小的木桩。

小丑仍然大笑着，跳着古怪的舞蹈。忽然，他的动作停止了，身体还保持着一种滑稽的姿势，脸上的笑容却变成了呆滞——女孩的头颅出现在他的脑袋旁边，露出尖尖的牙齿，咬住了他的脖子。

呆滞的表情凝固在小丑的脸上，手里的红气球慢慢飘走。

注意到小丑倒下的身影，魁梧男怒喝一声，强烈的愤怒焚烧着他的理智，几乎彻底失控的精神冲击像旋风一样将周围的所有物体都卷了出去。

此时此刻，他的身边只有那个女孩了。他不会再允许这个女孩逃脱，强大的意志伴随着疯狂的精神冲击，狠狠地攫住了女孩的小小身躯。与此同时，他的精神力量似乎对女孩飘摇的血丝产生了一种异常的影响，那些血丝猛地收紧，将正飞在空中的女孩的头颅连带着地上组装好的身躯狠狠地扯到了他的身前。他单手掐住她的脖子，将她举了起来。他终于结结实实地抓住了她。

魁梧男用血红的双眼瞪着女孩凌乱的黑发下那张有着缝合痕迹的脸。女孩不动，也没有什么表情。他也不动，只是愤怒地看着她。红月的光芒安静地落在这条荒凉的街道上，他们看着彼此，看了很久。

然后魁梧男的脑袋忽然滚落在地上，转了三圈，表情依然是愤怒的。

女孩落地，摔了一个趔趄。她顺势捡起餐刀，慢慢站直身体，拍拍身上的灰尘，默默走进了旁边的小巷。

院子里还剩三个壁虎，起码有一个是假的。

陆辛真希望可以去掉"起码"两字。他不愿去想别的可能性。第一种可能性是陈菁或壁虎早在刚才的混乱里就被这些人杀死了，而第二种可能性就是，他的手感出了问题，两个队友被他失手干掉了——这种可能性极小，他刚才很仔细的！

三个壁虎和一个陆辛在遍地尸体的小院里彼此对视着，气氛安静得有些诡异。

忽然，其中一个壁虎猛地抬起了手里的土制喷子，指向旁边那个壁虎的脑袋。

陆辛赶紧冲到他身前，抓住了他的手。触感冰凉，他确定这个壁虎是假的，于是收紧五指，对方的手立马扭曲成了麻花，土制喷子应声落地。

与此同时，另一个壁虎跪着冲过来捡起喷子，抬手就是一枪，被陆辛抓着手的"壁虎"顿时脑袋开了花。

陆辛向开枪的壁虎看去，点了点头。他稍稍放下心来，心想，剩下的这两个人，一个是真正的壁虎，另外一个应该就是陈菁了！但还没等他的这个念头消失，刚才被喷子指着也一直没有动的那个壁虎忽然飞快地冲过来，手握一把锋利的匕首向持枪的壁虎刺去。陆辛眼疾手快，身体向前一扑，抓住了他的胳膊。这一抓，他的心都凉了半截——触感冰凉！这个壁虎也是假的！

陆辛扯着假壁虎的手臂，把他扯到自己面前，然后两只手飞快地在他身上抓来抓去，很快就像拆分玩具一样将他大卸八块了……

啪啦一声，一个魔方从假壁虎的胸腔里掉了出来，滚落在地上。但此时的陆辛顾不上去研究它，他脸色有些苍白地转头看向持枪的壁虎，只见他灵活地一翻，就从地上跳了起来。

壁虎端着喷子，定睛看了一眼陆辛，顿时大为放心。然后他四下看了看，忽然脸色惨白地问："陈组长呢？"

"对啊，陈组长呢？"陆辛的呼吸有些急促，根本不敢像壁虎一样转头到处看。他担心会在那一地的尸体里看到陈菁的身影……

"你们愣着干什么？"忽然，在有些压抑的气氛里，陈菁的声音响了起来。

陆辛和壁虎都像见了鬼似的一个激灵，连忙转头看去，就看到陈菁从一根廊柱后面走了出来，指间还夹着半支烟，身上没有一点战斗过的痕迹，表情有些古怪地看着他们俩。

"你……"陆辛急忙开口，然后又让自己冷静，"你刚才在哪里？"

"就在这里，看着一群蜘蛛系打架。"陈菁缓缓吐了个烟圈，把烟蒂丢在地上，笑道，"蜘蛛系近战很有观赏性。"

陆辛和壁虎都一脸蒙。

"哦哦……"陈菁先是奇怪地看了他们一眼，然后笑着低下头，"你们忘了它吗？"

一只个头儿矮矮、长着触手的小怪物慢慢现出了身形，它好像有些害羞，半边身子躲在陈菁的身后，软绵绵的触手卷着陈菁的小腿，仿佛随时要逃走一样。

陆辛与壁虎恍然大悟。

"所以，我们两个拼命的时候，领导你让迷藏把你藏起来，躲在一边看我们打架？"壁虎哭丧着脸道，"为什么不把我们两个也藏起来？"

"事出突然，来不及反应，你们就全变成同一个讨人烦的样子了……"陈菁很自然地道，"再加上我的身手确实不如蜘蛛系，就不来添乱了。"

领导就是领导啊！陆辛在心中大赞。陈菁现身的时候，他激动得都想上去抱抱她了，但看到她不怒自威的脸，他还是有些怂，只好算了。

壁虎胆子倒大，装模作样地哭了两声就往陈菁面前凑："组长，你没事就好！刚才担心死我了……"他一边说，一边张开双臂要抱她。

陈菁掏出一把匕首，上下掂了掂，扫了壁虎一眼。

壁虎立刻转向，抱住了迷藏，感动道："谢谢，谢谢你救了我们陈组长！"

迷藏吓得瑟瑟发抖，但又不敢推开他。

看到这一幕，陆辛有些无语，实在看不下去了，于是转过了身。他低头一扫，就看到了那个从假壁虎胸腔里掉出来的魔方。

这个魔方看起来很怪异，每一面都有十二行、十二列，不同颜色的小方块密密麻麻地挤在一起，让人有种眼花缭乱的感觉。

"就是这个东西搞的鬼？"陆辛想了想，戴上手套，拿起了魔方。

"这应该是个级别不低的特殊寄生物品……"陈菁走过来，表情有些好奇，"带回去吧，这东西应该很有研究价值。"说着，她取出一个特制的粗布袋子递给了陆辛。

陆辛点了一下头，将魔方塞进了袋子里。既然它很有研究价值，那青港城一定很需要它，既然青港城很需要它，那他把它带回去，就一定可以换来……说起来有点不好意思，这一趟他本来是来探亲的，亲人还没见着，先把人家的东西给拿了。

"你们两个的状态有没有受到很大的影响？"陈菁轻轻吁了一口气，问陆辛与壁虎。经过这一会儿的休息，她的状态看起来比刚才好了很多。

"我还行……"壁虎好奇地看向陈菁脚边，迷藏已经再次消失不见了，不过，这点时间还不至于让壁虎和陆辛忘了它，"这个小家伙还挺好使的。既然它这么厉害，为什么不让它把我们隐藏起来，直接带我们进入那栋大楼呢？"他一边说，一边挑眉看向陈菁，一副"领导你是不是忽略了什么重要计划"的样子。

"受到它的影响后，短时间内会被人忽略，达到隐身的效果。"陈菁淡淡地看了壁虎一眼，道，"但与此同时，它也会给人带来强烈的沮丧感，让人不想说话，不想做事。如果它有意识地控制自己，的确可以让被它捕捉到的人暂时不受到这种情绪的影响，但时间长了，这种情绪便躲不掉。也就是说，如果我们借用它的能力一路潜伏进去，要么会产生意识反抗，伤到它，要么就是完全接受它的影响，变得异常沮丧！结果就是……我们顺利潜入，然后成为三条什么也不想做的咸鱼……"

壁虎愣了一下，冷不丁打了个寒战。陆辛心想，他是不是又想到什么奇怪的地方去了……

"不管怎么样，总算是到地方了！"陈菁轻叹了一声，转头向那栋高楼看了过去。此时，他们距离那栋高楼只有不足百米远了。

"走吧！"陆辛低声开口道，率先向前走去。亲人就在附近，要说他心里没有点激动，那肯定是假的。

他走了几步，忽然发现有点不对劲——妹妹居然没有跟在他身边。他转头一看，妹妹正站在不远处的屋檐上，小小的身子微微颤抖着。虽然他们之间隔着点距离，但陆辛能够看出来，妹妹似乎正被一些复杂的情绪笼罩着——激动、忐忑，还有些……兴奋。

"你怎么了？"陆辛关切地询问妹妹。

"哥哥，我又感觉到了……"妹妹低下头，凌乱黑发下的眼睛隐隐发红，"之前在看守所里感觉到的那个人！"

第六章

零精神能力者

"什么样的人会让妹妹表现得这么古怪？"陆辛看着妹妹的变化，心里有些疑惑。

"怎么了？"看见陆辛停下脚步若有所思的样子，陈菁心里微微一沉，带着点自己都没有察觉到的小心翼翼询问道。

"没事，走吧！"陆辛回过神来，又看了妹妹一眼，决定先过去再说。

他们绕过两栋破旧的建筑，终于来到了那栋大楼跟前。虽然这栋大楼位于城中心，是水牛城最高大的建筑物，但从外观上看，它与周围的其他建筑没什么不同——楼体灰败破旧，所有窗户都没有窗玻璃，像一张张空洞的嘴巴。

周围一片漆黑，只在左右一二百米处各有一盏散发着昏暗光芒的路灯。他们听不到任何声音，不停呼啸着穿过城市废墟的风似乎也止息了。

陆辛微微摇了摇头，在心里感慨道：他的亲人过得也不怎么样嘛！这居住条件还不如他呢！

"实验室多半就在这栋楼里，我们现在要做的就是找一条安全的路进去！"陈菁低声道，握紧了手里的枪。

此时此刻，他们的心里都感觉到了一点压力，谁也不知道此行会遇到什么，不过谁也没有退缩的想法。

"嗒嗒嗒——"忽然，从大楼的另一边传来了奇怪的脚步声，三人顿时神色一凛。尤其是陆辛，他本来就得到了妹妹的提醒，正时刻提防着某个随时可能会出现的熟人，一听到声响，立刻转头看了过去。

不远处的另一条道路上，一道身影正歪歪斜斜地走过来，看起来像一只笨拙的怪物。壁虎一惊，正想开枪，却忽然"咦"了一声。旋即，陆辛与陈菁也看清了"怪物"的真面目，心里微微一松，紧接着又犹豫起来，不知道要不要避开。

那不是什么怪物，而是两个女人。身材比较娇小的那个女人穿着短裙，踩着一双黑色军靴，背后插着一根铜管，像是什么东西的喷头。她身上到处都是伤口，双腿更是血红一片，也不知是怎么受的伤，看起来有一种凌迟般的凄惨感。不过，与她的同伴相比，她还算好的。她的同伴是一个身材略壮的女人，居然只剩一条腿了，断腿处草草地包扎着，一只手架在娇小女人的肩膀上，一点一点地蹦着走。正是夏虫和她的一个队员。

"出了什么事？"陈菁迎了上去，低声问道。她之所以没有避开，是因为夏虫的情况似乎很不妙，同伴又受了重伤。

"你……果然还是偷跑进来了。"夏虫抬头看了一眼陈菁，似乎并不诧异。她费力地扶着队友在一辆废旧汽车的车头上坐下来，这才转过头，认真地看向陈菁。

"你知不知道，这已经违反了——"

"话不要乱说。"陈菁直接打断了她的话，"我只是陪同事过来探亲的，正好路过。"说着，她打开了自己的背包，"有解毒的、止血的、消炎止痛的，你要哪个？"

"已经用过了。"夏虫摆了摆手，顺势活动了一下肩膀。她似乎是个很不愿意示弱的人，连活动自己发酸的肩膀都不想让人看出来，要借着摆手的动作来做。"我刚才施展能力太多，无法送她回去，只能在这里等其他队友过来了。你们是把我当傻子吗？又是捡到资料又是探亲？待会儿是不是还要好心地帮我们把那个实验室给捣毁了？"

"有些事可能说起来很难理解，但事实就是这样的……"迎着夏虫的质问，陈菁无奈地叹了一口气，回望了陆辛一眼。

陆辛正有些心不在焉地看着周围，反应了一下才向夏虫点了点头："你好。"

夏虫冷着一张脸道："我并不好。"

陆辛有些尴尬，心想，这个女人怎么就不懂得客气客气呢？他干脆不理她了，继续看向周围。妹妹此时正在乱转，焦躁地寻找着什么。

"我们确实是过来探亲的，遇到点什么不也是巧了吗？"见陆辛不准备再说话了，陈菁就笑了一声，解释道，"再说了，该配合中心城做的工作，我们都认真做过了，私人时间，我们不管是来做什么，都不在你们的管辖范围内吧？"

夏虫的脸色更冷了："我们封了城。"

"但你们没有发布公告，就摆了几辆车在那里，谁知道你们要干什么？"

"你——"夏虫终于有点忍不住了，"各大路口都封了，你们是怎么进来的？"

"就这么走进来的。"陈菁道，"我们进来的时候，也没人跟我们说不能进啊……"

夏虫过了一会儿才道："我讨厌你！"

陈菁微笑："我倒挺喜欢你的，倔强的小姑娘。"

场面一时很安静。

壁虎非常感兴趣地看着她们两个吵架，脸上露出了痴痴的笑容。鬼知道他正在想什么……

陆辛虽然把心思放在了妹妹身上，但也听到了她们的对话，不由得暗自感慨："领导就是领导……"刚看清楚过来的是夏虫时，他有些心虚，但是，听了陈菁的这番话后，他不由自主就挺起胸膛来了。陈组长说得多好啊，他一点也没违规！

"好了！"似乎是看出了夏虫正在酝酿怒气，陈菁岔开话题道，"你遇到了什么，伤成这样？血肉怪物？"

夏虫道："两个队员一死一伤，但我身上的伤是自己造成的。"

"嗯？"这话听得壁虎与陆辛同时一个激灵。壁虎看着夏虫的两条腿，一只手托着下巴，露出了若有所思的表情。陆辛脑海里闪过夏虫一脸凶狠地拿着刀割自己大腿的样子，心里一阵发寒。

"哈哈，晚上好！"还不等夏虫细说，他们就听到了一个嘻嘻的笑声。

众人立刻警惕起来，转头看去，只见一个穿着红色大褂的男人从旁边阴暗的小巷子里走了出来。待他走出阴影，他们才发现他穿的其实是医生的白大褂，只是被血染红了。他后面跟着两个身穿蓝白条纹病号服与塑料拖鞋的人，他们一个身材瘦高，满脸都是血痕，贴着密密麻麻的创可贴，眼神显得炯炯有神；另一个脸上戴着一副碎了一半的笑脸娃娃面具，露出了粗犷的半张脸。

"噫——"面具男过来后，上下打量了陈菁两眼。陈菁正想着是不是要自我介绍一下，他撇了撇嘴道："好瘦，一点也不阳刚。"

陆辛心里顿时有些不服气，陈组长虽然长得很有女人味，但也很有几分英气的。不过他没有争辩，因为他发现那个创可贴男走过来后，夹在两片草莓创可贴之间的那只眼睛一直在好奇地来回打量他。

陆辛友好地向他笑了笑，道："你好。"

创可贴男立刻转头看向壁虎，热情地做出回应："你好，你好。"

陆辛这才意识到，创可贴男的眼神好像不太好。他不由得想，中心城的同行们看起来也不怎么正常啊……

"手术刀……"夏虫低呼了一口气，"你们倒是全都活下来了。"

"我们差一点全军覆没而已。"医生笑嘻嘻地回答了一句，让人看不出来他是在开玩笑，还是在说真话。他立刻察觉到了什么，问道："你们有人出了事？"

夏虫只是点了一下头。

陈菁看了一眼众人，低声道："你们进来了多少人？"

夏虫看了她一眼，没有隐瞒，道："一共有七支小队来到了前哨站，一支留守，两支机动，剩下四支小队从四个方向进入水牛城……再加上你们三个人，那就是八支小队。"

"也就是说，起码还有两支小队快过来了？"陈菁顿了一下，道，"你们是打算等会合，还是要提前探查？"

夏虫冷冷地看了一眼旁边的那栋大楼，似乎难以做出决定。此时，她冰山一样的表情下似乎蕴含着极大的怒火，说她想要立刻把这栋大楼烧成灰烬也不过分。但有个队员已经完全丧失了战斗力，在将她安顿好之前，夏虫显然无法做出太过激进的决定……

"起码也得先等李队长过来吧！"这时，医生笑道，"我现在可以确定黑台桌是玩真的了，他们居然也有精神能力者小队，而且实力不输我们……"

听着他的话，陆辛有些不好意思，做坏事的可是他的亲人啊……这般想着，他忽然察觉到了什么，抬头向天空看去，只见月光黯淡的半空之中有什么东西远远地飘了过来。

与此同时，众人也都注意到了，纷纷拔出枪等着。直到它离得近了，他们才发现那居然是一个红色气球。此时是无风的深夜，这个气球却仿佛有自己的生命一般飘了过来，浮浮沉沉，飘到他们身边后，就停在半空之中，像一只血红色的眼睛一样静静地注视着他们。

与陆辛三人单纯的诧异不同，夏虫与医生等人见了这个红色气球，顿时脸色大变。

"李队长……"

"李队长那一队……全军覆没了？"

此时此刻，无论是平时没有表情的夏虫，还是表情总感觉不是特别正经的医生，脸上都写满了惊愕、难以置信、悲伤以及恐惧。

"居然打败了李队长，那得是什么样的怪物？！"

他们面面相觑，没人能够回答这个问题。但很明显，那个"李队长"是个实力很强的人物。

"哥哥，是那个人！"就在这时，妹妹忽然用力拉了一下陆辛的衣角，激动地说道。

陆辛还没来得及低头看向妹妹，就听到不远处响起了刺耳的噪声。

所有人同时转头看去，只见街道的尽头出现了一个穿着白裙子的小女孩。她手里握着一把闪着寒光的餐刀，正慢慢地划过街道上的废弃汽车。黑色的头发垂落下来，随着她的走动缓缓摇摆，轻抚着她苍白的小脸。她的眼神很空洞，表情很淡漠。

不知从哪里吹来一股阴风，吹起了小女孩脏兮兮的白裙子，露出一双同样苍白的小腿，上面布满了密密麻麻的针脚。

这一幕实在是有点诡异，所有人心里警铃大作，严阵以待。

与其他人明显的警惕和紧张不同，陆辛只是一直紧紧地盯着小女孩，表情好像陷入了回忆之中。这个女孩与妹妹很像，只是看起来比妹妹小几岁，妹妹身上也没有密密麻麻的针脚。她穿的白色小裙子、赤着的双脚，以及那凌乱的黑色头发，都让他生出了一种异样的熟悉感。他的脑袋里有些刺痛，太阳穴隐隐发胀，好像想到了什么，但又并不确定。

他忽然忍不住向妹妹看去："这个女孩……我们是不是认识？"

他的声音使得周围正全神贯注、浑身紧绷的人都微微一惊，他们用余光一扫，就看到陆辛正皱着眉头跟空气说话。

"她……是不是她？"惨叫鸡不知何时掉在了地上，妹妹的小手指着前

面的女孩。她的表情莫名烦躁，弓着的身子有些不自然地痉挛着。她盯着女孩看了一会儿，微微向前爬了两步，但又像怕惊动什么似的，退了回来。然后她抬头看向陆辛。

陆辛从她的眼神里看到了迷茫。他深深地吁了一口气，压下心底的烦躁，慢慢向前走去。

看到陆辛的动作，小女孩忽然收回了餐刀，刀锋划过车身，发出了最后一道刺耳的噪声。她将餐刀放在胸前，黑色的头发下，空洞的眼睛冷冷地盯着陆辛。

陆辛对她警惕的动作视而不见，只是有些失魂落魄地向她走了过去，声音里满是迷茫："我们……是不是认识？"

话音未落，女孩忽然向他冲了过来，动作快得让人难以捕捉，带起了一股凉风。陆辛只感觉眼前一花，就看到女孩已经站在了他的面前，离他不足二十厘米远。风吹起她的头发，露出了她的小脸，再多的缝合痕迹都抹不去她脸上属于小孩子的稚嫩。

陆辛下意识伸手向前推去，女孩的身体瞬间四分五裂，那些密密的针脚顺势拉长，形成了一根根细长的红色血丝。下一刻，一把餐刀忽然出现在陆辛的身后，狠狠插向他的脖子。

这一切都发生在眨眼之间，快到人来不及反应，就连陆辛也没有察觉到那把餐刀的存在。

就在餐刀即将碰到陆辛的脖子时，妹妹忽然从陆辛的肩膀处探出头来。她用力握住餐刀，以阴冷的眼神看着陆辛身前的那张小脸。一双黑多白少的眼睛和一双白多黑少的眼睛隔着陆辛的肩膀对视，五官都渐渐扭曲起来。

下一秒，女孩的头忽然消失，空中的血丝划出了"咻咻"的声音。她的身体合拢，趴在那栋高楼的墙壁上，居高临下地看着众人。

陆辛回过神来，抬头看向墙壁上的小女孩，她也正在看他。两人的目光在空中相遇，同时微微歪头，脖子发出了隐隐的咔咔声。

陆辛心里的熟悉感更重了。

"全员戒备！"与此同时，夏虫反应过来，急急地发出了一声提醒，然后快速后退，将那个断了腿的队友护在身后。

医生小队也警惕地站在一起，各自拿着自己的武器。

陈菁与壁虎则是心里一惊，一起冲到了陆辛的两侧。

"砰砰砰——"无数枚子弹同时向墙壁上的小女孩射了过去，炸开了一团团蓝色电弧。

趁着这个机会，创可贴男身形扭曲而怪异地向前冲去，借着一辆废旧的汽车跃向空中，去抓那个孤零零飘在空中的红色气球。既然是李队长的小队临死前送过来的东西，气球里必然会有他们留下的信息。

数不清的子弹瞬间转移了小女孩的注意力，她身体左右一晃，躲过了三四枚特殊子弹，然后双腿微屈，猛地从墙壁上掠下，快得如同鬼魅。她小小的身躯居然蕴含着极大的力量，身后的水泥墙壁被她踩出了两个蛛网状的凹坑，水泥碎屑扑簌簌地掉落。

红月下的身影时隐时现，锋利的餐刀闪烁着寒光，直直地划向夏虫的脖子。

这次突袭就发生在一瞬间，夏虫甚至无法看清女孩冲过来的轨迹。她脸上的肌肉绷紧，在这生死存亡的关键时刻，她下意识向旁边伸出手，将什么东西拉到了自己面前。

餐刀在夏虫的脖子上划过，发出轻微的声响，但夏虫却没有受到实质性的伤害，仿佛有某个看不见的东西挡在了刀锋与夏虫的脖子中间。

啪嗒一声，这个东西被割成两半，掉在了地上，但往地面看去，却什么也看不到。与此同时，夏虫双手握在一起，身边的空气隐隐受到了影响，两个其他人看不见的东西飞快地冲向女孩。

当它们冲过去的时候，女孩已经消失在原地。血丝在空中飘荡，连接着小女孩的身体。这些红色的血丝似乎可以通过彼此拉扯，让她出现在任何地方。

女孩落在离众人十米远的地面上，小小的身躯微微弓着，餐刀上有血滴落。

夏虫猛然察觉到了什么，身子微微一震，转身看去，就看到自己队友的喉咙间出现了一条血线。而另一边，正把红色气球递给医生的创可贴男也僵住了。他脸上的肌肉蠕动着，似乎想露出一个笑容，但肌肉的牵动却使他的脸上出现了一道明显的裂痕。

"啪！"半边脑袋轻轻掉落，溅起一片红白之物。

"这……"壁虎咽了一口唾沫，声音微颤。他见鬼一样看向那个女孩，怎么也想不明白她是怎么在他没看清的情况下利索地连杀两个人的。

壁虎旁边的陆辛也一脸愕然。不知是不是因为他心乱如麻，他看到眼前的画面正在不停扩大又缩小。他看到夏虫身边有三条白白胖胖、头上长着一只尖角的怪异虫子，其中一条落在她的脚边，已经被切成了两半。他看到夏虫身后那个断了一条腿的队友正在缓缓跌倒。他还看到，医生和面具男正向创可贴男冲去，脸色同时变得扭曲。这血淋淋的一幕幕让他感觉异常熟悉。

"扑通！扑通！"陆辛的心脏跳动得越来越快，冲撞着他的身体，仿佛要跳出胸腔。他第一次感觉身体很沉重。他下意识开了口，声音听起来有些陌生："不能再杀人了！"

当陆辛的声音响起时，女孩正握着餐刀，用一种异常专注的眼神打量着在场的每个人。她的目光从愤怒的夏虫、痛苦的医生和面具男身上转移到汗毛直竖的壁虎身上，最后看向紧紧地握着枪、脸色冷漠的陈菁。这个女人让她感觉到了一丝威胁。

女孩身后的血丝一下子扬向空中，仿佛盛开的鲜花。下一秒，她朝陈菁冲了过去。刀锋割开空气，划向陈菁的脖子，但是同一时间，她看到了陈菁微微发红的瞳孔。

意识到陈菁似乎正在施展能力，女孩脑袋一转，躲过了陈菁的眼睛，手里的餐刀划出圆弧，插向壁虎的胸腔。

壁虎是蜘蛛系，他的反应快过在场绝大部分人，但此时此刻，他只能眼睁睁地看着那把餐刀袭向自己的胸口，因为他感觉到了，就算他竭尽全力去闪避也躲不过去。这一瞬间，他真正尝到了绝望的滋味，眼眶变得微微湿润。

千钧一发之际，一只手从一个刁钻的角度伸了过来，重重地握住了女孩的脖子。这只手的力量是如此之大，竟直接将她掼在了地上。

陆辛低头看着女孩的眼睛，微微咬牙道："我说了，你不能再杀人了，没听到吗？"

看着这个女孩，陆辛感觉很愤怒，所以少见地吼了起来。但他甚至说不清自己愤怒的原因。是因为看到女孩眼睛都不眨地杀了两个人？还是因为她居然敢向他的朋友下杀手？或者是因为她给他带来的那种熟悉感引起了他的负面情绪？他现在没有足够的精力去分析这些，他的脑袋里一片混乱。他只能盯着她的眼睛，告诉她，不要再杀人。但是，他吼得越用力，越是感觉无力！尤其是，当他掐着女孩的脖子时，掌心传来的冰凉触感好像有某种异样的魔力。这种触感比任何污染都可怕，污染会沿着他的掌心慢慢进入身体，但这种触感却一下子在他的脑海爆了开来。依稀间，许多画面交替闪过，重叠又破碎，像一个个走马观花的电影片段。这一切好像发生过。

"嘶——"地上的小女孩直勾勾地瞪着陆辛，发出了愤怒的嘶吼声。她的声音凄厉而稚嫩，听不出任何理智。

随着"咔嚓"一声脆响，小女孩的脑袋忽然自身体上脱落，从陆辛的手里飞了出去。紧接着，她小小的身体沿着缝合的痕迹一块块分裂开来，滚落在地上，随后飞向四面八方。

陆辛的手里只剩了一束诡异的血丝，这些血丝随着她飘走的身体骤然向上拉扯，他感觉掌心一阵剧痛，抬起手来一看，看到了一道道深深的血痕。剧烈的疼痛竟然使他感觉到了某种快意，就好像这个女孩伤害了他，反而让他心里变得好受了一些。

与此同时，飞向各处的身体碎块在无数血丝的牵扯下，又重新拼凑出了小女孩的模样。"嘎吱"一声，小女孩用力一掰，将装反的脑袋扭了过来。她直勾勾地看着陆辛，漆黑的瞳孔里反射出阴冷的光芒。

陆辛举着流血的手掌，抬头看着她，脸色茫然。下一刻，空中的女孩四肢微微弯曲，忽然向下方冲了过来。她仿佛变成了一只狩猎的蜘蛛，借着悬挂在周围的血丝网飞快地穿梭着，左冲右突，餐刀划出一道道光芒。

陆辛只是沉默地待在原地，没有任何动作，就像待宰的猎物。

"你走开……"妹妹突然愤怒地大叫着跑上来，小小的身体绕着陆辛旋转，将那一道道白色的刀光打成了碎片，同时阻挡着周围的血丝。出人意料的是，陆辛脚下的影子居然没有一丁点动静。

"那究竟是什么？"众人瞠目结舌。他们看不见妹妹，只能看到陆辛似乎激怒了那个小女孩。她的身体在空中飞舞，餐刀划出无数道摄人心魄的寒光。大家能够感觉到她对陆辛强烈的杀意，但她那铺天盖地、几乎毫无死角的快速攻击却被陆辛身边一种看不见的精神力量挡了下来。有两种力量在绕着陆辛交锋，偏偏陆辛给人的感觉又好像什么也没做，他低垂着头，表情看起来甚至有点迷茫。

"快看看到底传递了什么信息！"当那个小女孩的杀意完全集中在陆辛身上时，陈菁看向中心城的精神能力者们，快速道。

看到陆辛身边那幅诡异的场景，陈菁与壁虎知道自己插不上手，立刻选择做有用的事。在他们的判断中，陆辛明显处于下风，所以他们急着制订下一步计划。

夏虫强忍着情绪，从医生手中接过了红色气球。她刚摸到气球，眉头便紧紧地皱了起来，脸上露出了痛苦的表情。似乎是感觉自己暂时无法处理这么复杂的信息，她立刻将它交给了陈菁。

陈菁没有半点犹豫，立马把手覆了上去。接触气球的一瞬间，她便看到了无数个画面，是中心城外号为"马戏团"的小队对抗那个小女孩的场景。她看到小女孩在最短的时间内诡异地杀掉了魔术师，然后与李队长对抗。这些画面是以小丑的视角记录的，在小丑失去生命的那一刻戛然而止。

陈菁低声分析道："针对肉体的攻击对她造不成致命的伤害，她的速度太快了，很难躲避……"

"小丑的支配组精神能力可以影响到她。"

"精神冲击也可以影响到她……"

"扭曲力场可以影响到她……"

陈菁与夏虫一人一句，很快便总结出了关键信息。

"但是，最能克制她的'马戏团'小队已经全军覆没了啊！"夏虫心里有种说不出的难受。

"她应该是木偶系！"这时，医生在一边飞快地说道，"只有木偶系才可以在某些情况下快到像蜘蛛系一样让人防不胜防。但很明显，她又不仅仅是木偶系。她应该通过某种强大的方式，扭曲并加强了自己的能力。"

"如果是这样……"夏虫眼睛一亮，道，"我可以通过门的力量切断那些连接着她的血丝。"

陈菁点了点头："我同样可以控制她，但我需要看到她的眼睛，并且……我需要别人帮我争取说话的时间！"

"几乎不可能……"夏虫脱口而出，但微一沉默，又道，"但……这是唯一的机会了。"

然后她转头看向陆辛，眼里满是震惊："他……究竟是什么类型的精神能力者？"

碎片似的画面一遍又一遍地冲击着陆辛的脑海，让他感受到了刀割似的痛苦。不过，在这种最混乱、最痛苦的感觉过去之后，开始有一些画面沉淀下来，清晰地浮现在他的脑海之中。

一个阳光明媚的花园里，有很多小朋友在玩耍。有个头发长长的、胆子特别小的女孩一个人躲在角落里，偷偷地看着众人。下一幅画面里，小女孩渐渐与人熟络起来，大着胆子分享了自己的糖果。然后，陆辛看到她经常两只小手扒着栏杆，默默地看着外面的世界。他还看到了妹妹，她和这个小女孩，以及一个看不清模样的女孩总是待在一起。因为她们三个年龄最小，穿的衣服又是一样的，所以很多人叫她们"三个小东西"。

画面忽然被染红，一幕幕触目惊心的画面闪过，陆辛猛地惊醒过来。

此时，妹妹正在和那个小女孩打斗，因为速度太快了，两条白色的小裙子牵扯出一串串虚幻的影子。她们的能力从某种角度来说是一样的，但又有着很大的不同。她们的速度都很快，也都拥有分解身体的能力，不过，妹妹没有那种血丝，动作也不像对方那样诡异。而且妹妹只是个贪玩的孩子，她没有对方那种狠辣与强烈的杀人欲望。妹妹很明显不想与她动手，只是为了保护他才出手的。

"你为什么不帮忙？"陆辛忽然低头看向自己的影子。

影子好像只是普通的影子，直到陆辛的目光落到它身上，它才隐隐颤动起来。父亲空洞的声音在陆辛耳边响起："呵呵，我可不想蹚这趟浑水，这是你们的事！"

陆辛莫名有些愤怒和烦躁，但他却什么也不想问了。他只是抬起头，望向半空中的那个小女孩。

"砰！"忽然有一道火蛇飞向空中，女孩受到了影响，被妹妹一把抓住，飞快地向地面压了下来。但女孩的身体再次分裂开来，挣脱了妹妹的压制。她的头颅像摆脱了地心引力一样悬在半空之中，眼神淡漠地向火蛇飞过来的地方看去。

"喂，看这里！"夏虫紧握着火焰喷射器，冷眼看着女孩的脸。

刚才，短暂的交流过后，众人立刻行动起来。

夏虫冲到一扇门旁，一枪打破了门锁，确定这扇门可以推动后，她便猛地回过身，双手握着火焰喷射器的枪管，狠狠向空中的女孩发射了一串炙热的火焰。女孩的速度快到了极点，火焰自然伤不到她，但那些血丝却有不少被烧焦甚至烧断了。

女孩的身体分裂开来后，头颅上的眼睛立刻看向夏虫，十米之外的手里的餐刀也对准了夏虫。

医生蹲在一边，手里紧紧握着手术刀。面具男站在三米之外，两只手举了起来。陈菁则站在夏虫的对面，瞳孔微微泛红。壁虎手持一把喷子，守在她身边。

在刚才的短暂交流里，他们制订出了一个计划，而这个计划的第一步便是激怒那个女孩。第一步好像成功了，女孩被激怒了，起码她的注意力已经集中到了夏虫身上，但第二步却跟他们想的不一样。

女孩没有冲夏虫发动攻击，而是向高空升去。她的身体分散得更开了，手脚和躯干拉开了一个极远的距离。她的眼睛冷冷地看着夏虫，头颅微微后仰，一副蓄势待发的样子。

医生看着她的动作，忽然意识到了什么，抓起一把树叶向远处丢去。有几片树叶悄无声息地断成了两截。

"不好！"医生立刻向夏虫大叫道，"快逃！"

陆辛转头一看，就看到周围不知何时已经布满了细密的丝线。与那些血丝不同，这些丝线用肉眼几乎是看不见的，而且每一根都绷得极紧，锋利得像女孩手里的餐刀一样。

原来，在与妹妹战斗的过程中，女孩已经在这片区域布下了一张纵横交错的大网。在场的人，无论是陆辛，还是陈菁、壁虎、夏虫、医生、面具男……都被这一根根丝线网罗在里面了。这张密密的丝线网已然绷紧到了极点，只差最后一点点催化的力量！

女孩用嘴叼住了一根丝线，当她松开这根丝线时，这张无形的大网就会瞬间收缩，所有人会顷刻之间变成一地碎块。

这个女孩就是一个高效率、精准的杀人机器！

"怎么回事？"

听到医生的提醒，夏虫等人生出了一种不好的预感。医生的感官最灵敏，所以他发现了危险的存在，并且及时发出了提醒。而他之所以只向夏虫喊"快跑"，不是因为危险集中在夏虫身上，而是因为夏虫距离那扇门最近，可以快速打开门逃走。其他被网在中间的人已经没机会逃走了。

其他人虽然看不到那些丝线，但看到那个女孩的动作与医生的反应，顿时猜到了什么，刚刚因为实施计划而提起来的精神一下子急转直下，变成了绝望。

"别动。"就在这时，不远处传来了陆辛平静的声音，"别动。"

陈菁闻言，慢慢地转过身，向所有人做了一个手势。出于对同行的信任，夏虫等人冷静下来，转头向陆辛看去。

与此同时，女孩轻轻地张开了嘴巴。她嘴里的那根丝线一脱离束缚，顿时往回一弹，引动了整张丝线之网。

凭着超越常人的感知能力，在场的精神能力者都感觉到了一种刀锋袭来的凌厉感。

这时，陆辛忽然抬起双手，狠狠地握成拳头，周身的空气顿时嗡的一声震荡起来，在他的身前形成了一个类似旋涡的虚影。然后他伸手握住一把丝线，向后拉扯。随着他拉扯的动作，虚影向四面八方蔓延了出去，速度极快，甚至快过了那些丝线伸缩的速度。丝线的力量就这样悄无声息地被化解了，陆辛一把将它们扯到自己的面前，把它们揉成了乱糟糟的一团麻。

"零精神能力者？"看到陆辛的动作，夏虫脱口而出。之前他们分析过，最能够克制这个女孩的就是"马戏团"小队，因为那个小队里不仅有一位扭曲组精神能力者、一位支配组精神能力者，还有李队长这位"零精神能力者"。

零精神能力者，顾名思义，就是本身没有精神能力的精神能力者。李队长不是因精神异变而产生的精神能力，而是通过加强实验，获得了强大的精神力量。所以，他只会使用强大的精神力量本身，比如精神冲击、扭曲力场等。很明显，陆辛刚才正是用"扭曲力场"救下了他们。

"啪啦——"小女孩的身体再次合拢，并且重重地跌落在地。她摔得是如此之重，以至于水泥地面都出现了蛛网状的裂痕。

"嘶啊……"小女孩露出了痛苦而愤怒的表情。

"嗒嗒嗒——"周围忽然有急促的脚步声响起，六道黑色的身影快速冲向大楼这边。待到灯光落在他们身上，众人才发现他们胸前都佩戴着中心城特别行动组的标志。

这是两支小队，其中一支小队由两男一女组成，为首的男人穿着精致的西装，身上连一道褶子都看不到。另一个男人手里拿着一盘黑色的录像带。女人穿着带铆钉的黑色裙子，画着烟熏妆，一副哥特风打扮，手里握着一根长鞭。他们是在陆辛三人之后从水牛城西方入城的。他们同样进入了那条虚假的街道，但和陆辛等人无视污染，以最快的速度走出去的选择不同，他们顺藤摸瓜，一路向污染的源头找去。最终，他们找到了那个房间，杀掉了那个监控人员，拿到了那个特殊寄生物品，也就是那盘黑色的录像带。

另一支是机动小队，他们是在监测到"马戏团"小队的生命体征消失后，立刻赶过来的。

"什么东西？"看到跌坐在墙角处的白裙子小女孩，他们都吃了一惊，想也不想就拿起装了特殊子弹的枪械对准她，"不要动！"

小女孩根本不理会他们，兀自站了起来。

"砰砰砰——"几人立刻开了枪，子弹呼啸着冲向小女孩，蓝色电弧交织成网。

在这种形势下，小女孩的速度再快，仍被压制住了。

"住手！"就在这时，陆辛面容扭曲地怒吼了一声。他狠狠地抬起脚踩在地上，周身因为受到精神力量的辐射而变得扭曲的空气一下子向四周扩散开来。

是精神冲击。

地面上的灰尘也好，碎石子也好，甚至溅落的血液也好，都被震得飞了起来，然后划出一道圆弧，瞬间向外扩散出去了几十米远。那些冲向小女孩的子弹也瞬间撞到了远处的建筑上，化成一片耀眼的电弧网。

小女孩刚刚站起来，又再度跌倒在地。

"什么鬼？"赶来的众人大吃一惊，又纷纷将手里的武器对准了陆辛。

"不要开枪！"夏虫急得大叫。

与此同时，小女孩再次站了起来，身体开始出现分裂的迹象。

"别动！"陆辛转头看向她，低声道，同时向她走了一步。

"轰隆！"精神冲击再次汹涌而来，重重地压在女孩身上，再度将她压倒。她身下的水泥地面被震成了碎片，强大的精神力量仿佛一股股水流，接连不断地压在她的身上。她纤细而脆弱的骨骼发出了咔咔的声音，但她一点也不愿意屈服，努力抬起头，嘴唇向两边咧开，露出尖利的牙齿，黑色的瞳孔中浮现出丝丝猩红。她好像不知畏惧，努力摆动纤细的四肢，捡起落在身边的餐刀，又一次站了起来，恶狠狠地看向陆辛。

然后她突然跃起，扑向陆辛。陆辛刚好又踏出了一步，精神冲击再次增强，她不仅被彻底困在墙角动弹不得，手里的餐刀也倒插进墙里，紧贴着她的脸颊。

那两支刚刚赶过来的小队感受到沉重的压力，心惊之下快速退开了。

女孩浑身的骨头都快碎裂了，但她还是努力伸着手，想要去抓旁边的餐刀。

当陆辛来到她身前时，她终于抓住了餐刀的刀把，同时转头看向陆辛。陆辛低头看着她，脸部埋藏在黑暗里。女孩看不清他的表情，只能感觉到他身上散发着一种危险的让人恐惧的气息。

女孩使出全身的力气，用已经有些扭曲的手把餐刀拔了出来。她努力想要抓着餐刀对准陆辛，陆辛却忽然俯下身，伸出两条手臂将她抱在了怀里。

女孩的动作僵住了，脸上第一次露出了惊愕、疑惑的表情。

"对不起。"陆辛用力抱紧女孩，低声道，"我把你忘了，小十九。"

无论是陈菁还是壁虎，抑或是中心城的几支精神能力者小队，都被眼前的这一幕惊住了。夏虫猛地转过身，向陈菁投去一个眼神，陈菁的脸色却也不比她好多少。

对于陆辛"探亲"的说辞，陈菁本来只当是一个借口。她已经大体猜到了陆辛此行的目的，也从陆辛沉默的态度中明白了他会以什么方式对待他的那个"亲人"。她说着"探亲"之类的话，只是为了缓解陆辛的情绪，缓和事态的严重性。直到看见陆辛抱住那个小女孩的样子，她才忽然意识到，陆辛所说的"探亲"，居然不完全是假的。

和在场其他人一样，妹妹也在看着陆辛。本来她很担忧，但看到陆辛抱住小女孩时，她的眼睛一下子变红了。她的脸上第一次没有了戏谑与调皮的神色，只有哀伤。陆辛脚下那与黑暗融合在一起的影子也静静地观察着他，谁也不知道它在想什么。一边的角落里，眼镜狗钻了出来，鬼鬼祟祟地靠近陆辛。

"大……"陆辛的拥抱让小女孩怔住了。她的小脸上满是惊愕与疑惑，内心深处的敌意根本没有消散，但她却下意识没有挣扎，似乎很想待在这个怀抱里。不知过了多久，她忽然慢慢张了张口："大……怪……物！"她的小脑袋抵在陆辛的耳边，费力地说出了这三个字。因为很久没有说过话了，她的声音听起来艰涩而模糊。

陆辛的身体轻轻颤抖了一下。他心想："多年以前，我给这个最幼小的孩子留下的印象居然是这样的吗？她认为我是一只大怪物？"有那么一刻，他觉得整个世界都空荡荡的。

如果这个世界上的所有疼痛都只是肉体上的就好了……陆辛感到有某种意识在升腾，心脏好像被一只无形的大手狠狠捏着，感到疼痛的同时又空落落的，就好像心脏永远地缺失了一块。他长时间地遗忘了多年前的记忆，如今这些记忆又回到了他的脑海，可是那种缺失的感觉非但没有被治愈，反而使他感觉更加空洞。

他想要发出野兽一样的吼叫声，想要用力捶打自己的脑袋，甚至想要将自己的心脏挖出来，看看是不是真的缺了一块。但他又很清楚地知道，做这些都没有用。当某种强烈而鲜明的痛苦袭来时，他唯一能够做的就是默默地忍受，强撑过去。

周围的人开始忍不住后退，他们在陆辛身上感觉到了一种强烈而沉重的情绪，极具破坏力。

"汪！"眼镜狗壮着胆子冲过去，闭着眼睛咬住了陆辛的小腿，一副绝不会松口的样子，非常大义凛然。

"哥哥，她已经走了……"陆辛身上那种强烈的情绪消失了大半之后，妹妹才小心地走了上去。她轻轻扯了一下他的衣角，直直地看着他的脸。

陆辛低头看去，只见怀里的女孩已经不见了，取而代之的是一种透明的凝固血肉一样的东西，跟那个院子里变成壁虎模样的东西的材质一样。他心想：小十九逃跑了……她还是那么害怕他，毕竟他在她的眼中是一只"大怪物"。

"不怪她。"陆辛过了很久才缓缓地吁了一口气，然后站了起来，抬脚将眼镜狗踢飞出去好几米远。

他回头看着眼睛红红的妹妹，轻声道："她很害怕。"

妹妹用力点了点头，小声道："她一直都是胆子最小的那个。"

陆辛也点了点头。

"他……他究竟是谁？"

直到这时，众人才感觉压力减轻了一些。有那么一瞬间，他们看着抱着小女孩的陆辛，甚至把他看成了一枚威力不明的精神污染炸弹。在精神能力者的眼里，感受陆辛身上爆发出来的可怕情绪，就跟普通人看着一百公斤炸药的引信欢快燃烧没什么区别。好在那种可怕的情绪居然慢慢消失了，他们都有一种劫后余生般的庆幸感。

不过，只是微微松了一口气，刚刚赶过来的两支小队的成员就严肃地看向夏虫。此时此刻，在他们看来，搞清楚陆辛的身份甚至比这次的任务还重要。

"青港城过来的同行。"夏虫的心情也很复杂，但她犹豫了一下，只给出了这样一个普通的解释。

"青港城也派了人进来？"机动小队的队长偷偷看了陆辛一眼，"这么可怕的……你进来做什么？"

陆辛好像没有听到他们的对话，也没有回答，只是抬头看着眼前的那栋大楼。见到他这副样子，那个队长一时间竟没敢再问。

"我们是陪着他过来探亲的。"这时，陈菁主动回答了他的问题，她慢慢直起身来，目光扫过在场众人，"看样子，黑台桌没有你们想的那样好对付。这次的伤亡应该不在你们的意料之内吧？如果继续往实验室去，可能会遇到更危险的事，我想……我们是不是该提前联手了？毕竟，等到了绝境再联手，是最愚蠢的。"

众人面面相觑，那个穿着精致西装的男人低声问道："李队长真的死了？"

夏虫面无表情地点了一下头："死了，还有他的两个队员，以及我的两个队员、医生的一个队员，第一批进来的十二个人已经死了六个。"

众人的情绪瞬间变得有些低落。哥特风女士忽然咬紧牙关，用力甩了一下手里的鞭子。

"他……果然死了。"精致男沉默了好一会儿才低声叹了一口气，"这个每次清理大型的污染源总是先把抚恤金安排好，总是告诉我们每天都会死很多人，所以轮到我们死一点也不奇怪的家伙……终于还是死了。幸亏这一次，他和之前每一次一样，提前安排好了抚恤金的事。"

他的语气不像是饱含悲痛，听起来甚至像在调侃，但他的脸却阴沉得像要渗出水来，双手控制不住地抖动着。

"既然李队长死了，那么……"哥特风女士也沉默了好一会儿，才忽然转头看向夏虫，"按照我们的级别，就该由你来担任临时总指挥了。你现在的伤势还撑不撑得住？"她一边说，一边看向医生，微微皱了皱眉头。

如果夏虫必须退出任务，就该由医生担任指挥，那显然是在场任何人都不想看到的局面。

"我没有问题。"夏虫深深地呼了一口气，沉声道，"我确定实验室就在这栋大楼里，所以不必再分头探索，剩余所有人集中在一起，编为一支小队……从现在开始，青港城的同行与我们一起行动，并且……"她忽然转头看了陆辛一眼，"信息共享！"

陈菁微微皱了皱眉，她知道"信息共享"这四个字的分量有多重。

"其他的话不要说了，现在在这座城市里，我有最终决定权。"还不等陈菁开口，夏虫就道，"就算你们真是过来探亲的，现在我也要临时征调你们。我们隶属于中心城，按照规定，中心城有权力临时征调青港城的行动小队。"

陈菁一听这话就明白了，夏虫会将一切有可能出现的后果背在身上。她笑了笑，道："好的，夏虫小队长。"

其他人没有什么异议，于是都转头看向眼前的大楼。

"我需要请个假。"就在这时，陆辛忽然轻声开口道。

众人微微一怔，又转头向他看了过去。

"现在我正在休假期间，而且有一些很重要的私事要解决。"陆辛又坦然道。

中心城的精神能力者们都有些错愕，不知道这个实力深不可测的人在唱哪一出。

陆辛坚定地接着道："我就不跟你们一起行动了。"

"你……"夏虫犹豫道，"你独自行动会非常危险。"

陆辛平静地看了她一眼，道："如果你们和我一起行动，会更加危险。"

中心城的精神能力者们表情都变得有些怪异。每一个骄傲的精神能力者都不会喜欢听到这样的话，但是，想到陆辛刚才的样子，谁也没有反驳。

夏虫沉默片刻，转头看向陈菁。

陈菁轻轻向她点了点头，道："他是一个值得信任的人，数据不会撒谎。"

不知道她这句话是在向夏虫解释，还是有别的意思。

夏虫在极短的时间内领悟了陈菁的意思，看向陆辛道："你准备去哪里？"

陆辛笑了笑，道："我去见一见自己的亲人。你们小心。"说着，他向大楼的正门走去。妹妹小跑几步跟上他，牵住了他的手。他的影子安静地隐藏在黑暗里。正耷拉着舌头躺在地上的眼镜狗愣了一会儿，慌忙跳起来，摇着尾巴追了上去。

众人看着陆辛从容远去的背影，表情各异。

"我们最好选择与他不同的路线。"直到陆辛走进了大楼，陈菁才轻声向夏虫道。

"他究竟是谁？"夏虫目不转睛地盯着陈菁，"就这么让他闯进去，不怕坏了事？还有，他为什么会抱那怪物？他身上的精神波动为什么那么可怕？零精神能力者是研究院的最新项目，他……他是不是零精神能力者？我能够感觉到，他的状态很不稳定，所以我没有直接问他，但是你必须给我一个解释！"

"他是谁的问题，不应该在这么紧急的情况下问出来。"面对夏虫的一系列质问，陈菁云淡风轻地摇了摇头，"他的具体情况，我也无法给你解释清楚。我只能告诉你，他不是青港城的研究院培养出来的，而是一个普通的精神异变者。"

众人立刻向陈菁投来了"你把我当傻子吧"的眼神。

陈菁神色自若，继续道："至于他会不会坏事，这你大可不必担心。他在我们青港城已经处理过多起各种规模的特殊污染事件，违规记录为零，任务完成度则最高达到过 A+，整个青港城只有我的业绩表比他的好看那么一点点。"

夏虫皱了一下眉头，似乎在权衡什么，最终决定暂时搁置这个问题。她看向大楼后面，道："出发吧。"

第七章

"神"的诞生

当陆辛连续三次使用精神冲击将小十九压制在墙角时，大楼里的地下实验室晃动不已，各种仪器发出丁零当啷的声音，像地震了一样。

"那是什么？"正戴着白手套调配药剂的赵士明微微皱眉，停下了手里的动作。

距离他不远处，陈勋扯下脸上的口罩，将一个蠕动着的大脑轻轻捧起，放到赵士明的身边。

欣赏着这个大脑的同时，他的脸上露出了微笑："那是'暴君'的力量。"

赵士明微微一怔，僵硬地转过身："是被你们盗走的'暴君'吗？"

"是，不过是残缺体。"陈勋一边说，一边摘下手套，"当然，同样可怕。"

赵士明看了一眼玻璃池，上面的红色电子表显示着"97%"。他沉默了一会儿，问道："时间够吗？"

"我会争取到足够的时间。"陈勋走到一边，将白大褂脱下来，整齐地挂在衣架上。然后他从旁边的一个杂物箱里拿出一块精致的手表、一副金丝边眼镜，慢慢地戴在自己的手上、脸上，甚至对着镜子整理了一下自己的衣服和头发。

此时的他看起来不再像是一个研究员，而是一个衣着考究、气质儒雅的知识分子。

赵士明看着陈勋的一举一动，脸色有些许凝重。过了一会儿，他忽然放下试管，看着他道："值得吗？"

陈勋转头笑道："赵博士，到了这时候你还问我这种问题，不觉得有些小瞧我了吗？"

赵士明的脸上没有笑意，接着道："那我想问，你做这些是为了什么？"

陈勋沉默了一会儿，又笑道："当然是为了给我的老师交上一份满意的成绩单！"

赵士明深深地呼了一口气，忽然把右手的手套摘下来，郑重地向陈勋伸出了手。

陈勋怔了一下，缓缓问道："到了这时候还耽误时间，值得吗？"

赵士明点头："值得。"

陈勋不再说话，默默伸出手握住了赵士明的手。

"合作愉快！"赵士明松开手，重新戴上手套，继续自己的实验。

陈勋则将桌子上的一块秒表拿起来，转身走向实验室的门口。整个实验室里，每个人都在低头做着自己的事，似乎没有人留意到他的举动。只有年迈的保洁员抬头看向陈勋，嘴唇微颤，眼角滑落了几滴浑浊的泪水。

陈勋向她笑了笑，点了点头。然后他站在实验室门口，向里面的所有人轻轻鞠了一躬，转身离开了。

"谢谢你们的努力。"

陆辛牵着妹妹的手，走进了大楼内部。周围黑洞洞的，只有外面的街灯射进来一点微弱的光芒。

眼睛适应黑暗后，陆辛发现一楼很宽阔，以前应该是个大厅。地上到处都是厚重的灰尘，还有凌乱的木架子、纸张、玻璃碎片等，看起来似乎没有什么特别的，只是黑暗里好像有什么东西在蠕动。他只是略略驻足，便继续向前走去，甚至没有把手电筒取出来照一照。那东西似乎对他产生了某种畏惧感，随着他的前进缩进了更深的黑暗里。

"嗒——嗒——嗒——"在这栋死寂的大楼里，只有陆辛轻微的脚步声。他微微侧头，倾听着什么，然后继续信步向前走去，一点一点地靠近自己的目的地。他走到一条走廊尽头，正准备往左拐，又忽然停住脚步，转头看向黑漆漆的右边。他的瞳孔微微一缩，感觉好像看到了什么人。

忽然响起"啪"的一声，是打火机的声音，这个打火机点燃了一根蜡烛。借着烛光，陆辛看到了一间不知荒废了多久的酒吧，一个戴着金丝边眼镜的男人站在落满灰尘的曲形吧台后面，正用打火机点燃摆在吧台上的一根根蜡烛，明亮的烛光渐渐充斥了整个酒吧。

"嘎嘣——"陆辛身边传来细碎的声音，原来是妹妹在咬牙。她死死地盯着吧台后的男人，眼神既像是痛恨，又像是有些迷茫。她抬手捶了一下自己的小脑袋，然后更加凶狠地看向那个男人。但她没有试图告诉陆辛，她现在正在想什么，陆辛也没有问，只是牵着她的手，慢慢向吧台走了过去。与妹妹相反，他现在的心情挺放松的，因为他总算找到了孤儿院的亲人——陈勋。

吧台里面，陈勋已经点燃了十几根蜡烛，把周围照得像开了灯一样明亮。然后他顺手拿出一块手帕，轻轻擦着吧台上厚厚的灰尘，手帕很快就变得脏兮兮的。

陆辛走到吧台前，在一张高脚凳旁边站定，拍了拍凳子上的灰，坐了下来。

"来了？"陈勋笑着看了他一眼，像招呼老朋友一样。他从吧台下面的柜子里拿出一套密封的杯盏，又拿出一瓶金黄色的威士忌，倒了四杯酒，一杯放到自己面前，另外三杯则推到陆辛面前。这个动作就好像他正在招待的不是一个客人，而是三个。

陆辛看了看三个酒杯，没有开口，只是微微皱了一下眉头。他没有兴趣玩这种先礼后兵的游戏，只是在考虑究竟该怎么做才不至于闹得太难看。

"还记得我吗？"陈勋笑着拿起了自己面前的酒杯。他没有喝下威士忌，只是深深地闻了一下，脸上露出了愉悦的神情。

"有一点印象。"陆辛老老实实地回答，眼睛看着他，"我知道你是我们孤儿院的人。"

"你对我没什么印象也很正常，"陈勋笑着道，"毕竟那时候我负责的是其他的事，与你们的接触不多。整个孤儿院里，只有少数几个孩子见过我……更何况，事情已经过去那么多年了，你还变成了这样。"

陆辛沉默了一会儿，微微抬起头，眼睛里深得像一口井。他硬邦邦地问："那个女孩……是怎么回事？"

"你忘了吗？"陈勋端着酒杯，笑道，"她的代号是十九。"

陆辛的瞳孔微微收缩了一下。

陈勋把酒杯凑到嘴边闻了又闻，却始终没有喝下去，好一会儿才轻轻摇了一下头，自嘲似的笑道："以前我最喜欢享受这东西，但是后来，为了让头脑保持理智，也为了做手术的时候手不会颤，我已经戒酒好多年了。现在再闻到这气味，还是那样芳香，尝试的勇气却少了一些……"

微一沉吟，他似乎下定了决心，想要一口灌下去。但陆辛忽然拉住他的手臂，轻声道："你们对她做了什么？"

陈勋的动作停住，看着陆辛抓住自己的手。他微微一怔，用另一只手将酒杯放下，然后把那只手揣进了兜里。

陆辛没有半点阻止的意思，任由他这么做，似乎一点也不关心他掏出来的会是手枪还是别的什么东西。

陈勋掏出来的只是一块略显破旧的秒表，上面的指针在缓慢地走动着，定的时间是十分钟。

"这是一件特殊寄生物品，序列号是 2-31，愿望倒计时。"陈勋将秒表放在吧台上，看着陆辛的眼睛，轻声道，"启动这块秒表的时候许下一个愿望，当倒计时结束时，这个愿望就会实现。听起来很有意思，是吗？其实那只是假象，序列号以 2 开头的寄生物品没有改变现实的能力，它能改变的只有自己。"

"不过，在一些特殊的情况下，它还是很有用的。"他笑了笑，继续道，"比如，我许下的愿望是让自己失去一切记忆，或是心脏骤然停止，或是精神力爆发，摧毁我的大脑……不管你中途对我或这块秒表做什么，都会导致这个局面。所以这样一来，我就可以用这十分钟时间跟你好好聊一聊了……"

陆辛看了一眼那块秒表，脸色平静。

陈勋又笑了起来："说吧，你想问的究竟是什么？"

陆辛面无表情地看着他，好像在仔细思索，然后他慢慢地开了口："你对那个小女孩……小十九，究竟做了什么？"

陈勋看着陆辛，神色显得很坦然："我只是让她活着而已。和你相比，不是好了很多吗？"他眼角微皱，似乎有些笑意，"刚才你面对她的时候，是不是感觉特别熟悉？毕竟你已经不是第一次杀掉她了！我很好奇，当初你把整个实验室的人都残忍地杀掉时，心情也这么……难过吗？"

陆辛静静地坐在高脚凳上，一只手抓着陈勋的胳膊。吧台上的蜡烛忽然开始摇晃起来，不仅是蜡烛，四个酒杯里的金黄色液体也在轻轻摇晃。吧台后面的酒架上，那些或破碎或空置的酒瓶碰撞出了清脆的声音。因为陈勋的话，更多的记忆开始涌入陆辛的脑海，越来越多的事情开始变得清楚。

他忽然想起了小时候待过的孤儿院的样子。那是一栋三层小楼，空间很大，周围有着高高的墙壁，墙壁上还有铁丝网。他记得有几十个小孩子生活在孤儿院里，读书、玩耍，听大人讲文明时代的事，也记得墙外经常传来乱糟糟的声音，吵闹声、枪击声、哭喊声，以及爆炸轰鸣声……但孤儿院里始终非常安全，那样的混乱从来没有出现过。

他记得那位总是和颜悦色的老院长，也记得孤儿院里经常出现的一些"授课老师"，他们有的年轻，有的年长，有的总给人一种冷冰冰的感觉。

他还记得和孤儿院里的孩子们玩闹、打架，翻老院长的电脑里的隐藏文件夹，也记得他们一起去帮受了欺负的小十九"找回场子"，抢秋千……

这样的画面开始稳定地出现在他的脑海里，仿佛拨去了层层的迷雾。但忽然之间，所有阳光明媚的画面都染上了血红的颜色。触目惊心的血红色一路蔓延，将他所有的回忆都染红了。他看到了血淋淋的走廊，看到了一地扭曲的尸体，看到了小十九临死之前那恐惧的眼神。

"嗡——"空气里响起一道刺耳的声音，刺激得陆辛大脑生疼，鼻血顺着他的嘴巴慢慢流了下来。

陈勋平静地看着陆辛，小心地试着挣脱自己的手臂。还好陆辛没有死死地抓着他，他挣脱出来，轻轻活动了一下手腕，然后从口袋里掏出一块崭新的手帕，递给陆辛。

陆辛接过手帕，擦了一下鼻血，然后看着洁白手帕上的一片殷红，微微发怔。

"哥哥，不要理他，他在骗你……"妹妹用力挥舞着拳头向陆辛喊道，表情既狰狞又……害怕。

陆辛被烛光照出来的影子投射在酒吧里，影子里面有一道目光在看着他。"呵呵，杀了他啊，这样的人还不赶紧杀掉？你等了这么久，不就是为了杀掉他？"

"我……我究竟是谁？"陆辛感觉耳膜微微发麻，心情很烦躁，但他竭力保持着脸色的平静。

"你是一个严重被污染者。"陈勋一边观察着陆辛的反应，一边轻声道，

"当我们发现你时，你已经受到了很严重的污染，在别人看来，你已经没有希望被治好了。但运气很好或说不好，我们还是治好了你——只是自以为治好了。在后续的实验里，你显露出了极大的潜力，我们一度认为，你就是最好的选择……"说到这里，他沉默了一会儿，脸上露出了苦笑，"直到……你毁了一切！"

"你们……"陆辛刚开口，又停下了，耳朵里不停轰鸣着。

妹妹抱住他的胳膊，央求他道："哥哥，杀了这个人吧！你不恨他吗？你不应该把他做成玩具吗？你不想在他活着的时候把他做成玩具吗？"

影子里，父亲那双血红色的眼睛浮现出来，森森然盯着陆辛："你还等什么？你只会拖延时间！你为什么还不杀了他？"

陆辛低头看向自己的手，发现手腕上青筋毕露，仿佛有蛇在皮肤里面爬。他用了很大力气才控制住这种抽搐与失控的感觉。

然后他抬头看向陈勋，竭力让声音平稳："你们当初做这些……是为了什么？"

陈勋轻轻吁了一口气，用一种疑惑的眼神看着状似平静的陆辛，手指无意识地转动着酒杯，金黄色的液体小幅度地摇晃着。

过了半晌，他才轻声道："你终于问这个问题了。我们一度试图让你明白，可是当时你太小了。"他顿了一下，坦诚一笑，"我们试图搞明白并掌握某种力量。红月亮刚刚出现在天上时，我们就知道，有一些人类无法拒绝的变故出现了。我们发现了一种一直伴随着我们的力量，这种力量可以轻易地摧毁文明、秩序，摧毁我们引以为傲的一切。当时，有太多的人在这种力量面前投降，心甘情愿地接受一切，就像遇到了猫的老鼠，甚至忘记了反抗。但总有人是不甘心的，比如我们。"

说着说着，他的语气不自觉地带了点骄傲："你可以理解为，我们是想要盗火种的人！无论我们面对的是什么，我们都相信，总有一天，我们可以了解它，并彻底控制它。人生来就是为了控制力量，不是吗？从我们学会使用工具开始，就诞生了文明。我们的文明史就是一个学会控制的过程。远古时的雷电、洪水、狂风对人类来说就是灭顶之灾，但我们渐渐了解并学会了利用它们，于是现代文明诞生了。红月亮的出现同样是灭顶之灾，我们也一定可以控制。"

"就像这黑暗……"他忽然抬头，指向这间酒吧，酒吧大部分都淹没在黑暗里，静悄悄的，没有一点动静，"面对黑暗，我们不会干等着太阳升起。"他看着陆辛的眼睛，轻声开口，"我们会试图点燃蜡烛，照亮黑暗。"

"嗡——嗡——"一道道冲击像潮水一般挤压着陆辛的脑海。陈勋的话他有的听到了，有的没有听到，在他眼里，就连陈勋的那张脸也是时而很近，时而遥远。妹妹紧紧抱着他的手臂，满脸都是泪水。父亲更是从影子里走了出来，高大的身影在周围焦躁地走来走去。

"杀光，所有人全都杀光！他就是疯子，他们所有人都是疯子！他把所有人都当成玩具，那我们也把他当成玩具！要让他后悔，让他永远记得这种痛苦！要让他明白做出那种事的代价！"

"你们先不要说话，好吗？"陆辛忍不住了，慢慢转过头向父亲与妹妹说道。

父亲与妹妹都停了下来，脸色阴森地看着他。陆辛苦恼地握起拳头，在自己的太阳穴上顶了顶，又重重地捶了一下。他似乎试图借此让自己混乱的脑海安静下来。然后他抬起头，眼睛里是满满的血丝，死死地盯着陈勋。

"那你们就可以……"他用力保持着声音的平稳，"就可以……把人随随便便地切……切开吗？"

吧台上的蜡烛忽然熄灭了几支。陈勋看到陆辛向身边的空气说话的时候，就已经闭上了嘴。他平静地看着陆辛，盯着他黑白分明的眼睛里缓缓浮现的血丝。他通过陆辛用拳头顶太阳穴的动作，感觉到了此时他心里有多么烦躁。沉默了好一会儿，他轻轻托了一下眼镜，然后慢慢将那几支蜡烛重新点燃。

"你是想跟我讲，即使是追求真理，追求再伟大的目标，也要讲底线什么的吗？"他轻轻地开口，直视着陆辛的眼睛，脸上并没有什么惧色，"很抱歉！我并不打算跟你探讨这么幼稚的问题。"

陆辛猛地瞪大了眼睛。

"杀了他，杀了这样的人！把他剁成肉酱！绝对……绝对不允许他再对任何人做那样的事！"

妹妹与父亲都向陈勋扑了过去，好像恨不得当场把他撕成碎片，只是他们的手始终离陈勋有一段距离。

这时，陆辛隐隐听到大楼的另一侧传来了枪击声、摔砸声，这让他明白，陈菁他们已经展开行动了，并且遇到了一些强大的敌人。同时，他也意识到，他的亲人正在拖延时间。

陆辛十指痉挛，仿佛不受控制般在抖。

陈勋静静地打量着陆辛，观察着他每一个细微的反应。陈勋的表情还是很平静且自信。他能感觉到，好像有什么东西似乎一直想要抓住他。这种感觉就像眼前有什么东西在晃动，他却看不见是什么，身体周围则有一种冰冷的、刀锋刮过毛孔的感觉，说不出的难受。他知道自己不是精神能力者，便索性不去理会这些，只是静静地看着陆辛。在陆辛面前，他想要尽量表现得冷静一些。

坐在他对面的陆辛正垂着头，显得异常沉默。

"我还有一些事想问你。"过了好一会儿，陆辛才抬起头来，目光落在陈勋的脸上。

陈勋慢慢地举起酒杯向陆辛示意了一下，并瞟了一眼秒表。时间在一分一秒地过去。

"他们……"陆辛停顿了一下，道，"他们都去哪里了？"

"我不知道。"陈勋知道陆辛指的是谁，坦然回答，"只有小十九跟在我身边，还有很多……没救回来。"说着，他苦笑一声，"你当初下手太狠了，给我们造成了无法估量的损失。说真的，我从一开始就不看好你这个项目，是老师坚持认为你很有潜力。即使是在你造成了那样的灾难之后，他也坚持自己的看法，不肯承认你只是一个失败造物的事实！"

项目、潜力、失败、造物……这些词语像钢针一样刺入了陆辛的大脑。他的脑海里闪过了一幕一幕记忆碎片。

苍白的灯光，冰冷的手术台，戴着口罩的眼神冷漠的人……还有浑身剧痛、被情绪淹没、蹲在角落里哭泣的小男孩。

他忽然想起来，当初科技教会的精神污染炸弹袭击青港城时，他听到了一个哭声，脑海里出现了一个哭泣的小男孩的影子。他当时以为这是那个污染源造成的幻象，现在才明白，原来那是他的回忆。

父亲与妹妹的脸已经愤怒到扭曲了，陆辛还是第一次在他们脸上看到这种单纯的愤怒与恨意。他已经听不清楚他们在说什么了，只能感觉到他们的情绪。

他脑海里浮现出来的画面越来越多，越来越真实，却又总是像一部剪辑糟糕的电影，无法准确地讲述出一个完整的故事，这让他非常痛苦，恨不得直接挖出脑子来看那些回忆。

"你们……"陆辛过了好一会儿才再次开口，每说出一个字似乎都很艰难，"究竟对我做了什么？"

陈勋沉默了，好像在考虑这个问题可不可以回答。

过了好一会儿，他轻声道："只是一些治疗以及强化类的工作。"微一沉默，他轻轻摇了摇头，"因为这是老师的项目，所以更具体的内容，我不清楚。当然，就算我知道，也不能告诉你。"说完，他又瞄了一眼秒表，微微叹了一口气。

陆辛心里瞬间涌出了强烈的愤怒感，有种想将陈勋的脑袋直接捏碎的冲动。他的余光甚至看到，父亲和妹妹在商量什么，然后他们慢慢走过来，一左一右站在他身边，抓住他的手臂，似乎想控制他去杀了陈勋。他几乎不想反抗，想顺着他们的意思，直接将眼前这个男人剁成肉酱。只是，在被这种愤怒感彻底淹没之前，他忽然意识到了一个问题。

于是他猛地一抬头，向陈勋看了过去："你的老师……"他的声音微微发颤，"我们的老院长，还活着？"

他想起当初看到的003号文件，里面就猜测老院长还活着。当时他下意识认为那些人只是不了解孤儿院的详情，所以做出了不合理的猜测。但如今，他从陈勋的话里捕捉到了什么，然后这个念头迅速在他的脑海里放大。陈勋似乎对他并不感兴趣，也说他不是他的项目，那么，为什么003号文件上会说明他一直在关注青港城的事？如果他在他眼里是早就该放弃的，那又是谁在那件事之后一直坚持继续？

迎着陆辛的目光，陈勋沉默了，举着酒杯慢慢向嘴边凑。

"回答我！"陆辛看着他，一字一顿道。

陈勋的酒杯凑到嘴边就停了下来，仿佛有无形的力量在阻拦他，他用尽全身的力气也无法将酒喝下去。

于是，他干脆放下酒杯，平静地看着陆辛道："我并不是来接受你的怒火的，也无须向任何人道歉。你随时可以取走我的性命，也可以和我交流一些我愿意回答的问题。但是，如果你想从我的脸上看到恐惧或后悔的表情，来满足你那廉价的复仇快感，不好意思，"他向陆辛笑了笑，"如果再有一次选择的机会，我还是会那样做。"

陆辛的眼睛顿时红得好像随时会有鲜血滴出来。他沉默地看着陈勋，在他与陈勋之间，空气都好像凝固了。蜡烛的火苗闪烁着，缩小到了极点，但偏偏又还没有熄灭。

陆辛确实在陈勋的脸上看不到任何恐惧或后悔的神色，他仿佛已然准备好了，可以坦然接受即将到来的一切命运。

父亲与妹妹的影子仿佛没有限制一样生长起来，像两个巨人般守在陆辛身边，低着头凝视着陈勋。

从地下室遥遥传来的枪声与摔砸声忽然消失了几秒，旋即传来了隐隐的惨叫声。哪怕是隔了几层楼，陆辛也能听出那叫声里的痛苦与恐惧。与此同时，整栋大楼隐隐颤动了几下。

陈勋微微一怔，忽然一把拿起秒表死死地盯着，脸上露出了无法掩饰的强烈的喜意。

陆辛一直看着他，看着他，表情已经扭曲到了极点。他身上的愤怒与怪诞感让他看起来好像下一秒就要撕下自己的皮肤，从里面钻出一个恶魔来。这种强烈的情绪波动让眼镜狗躲在不远处的阴影里，畏畏缩缩的，根本不敢靠近他。

但是，看到陈勋脸上那不由自主露出来的狂喜，陆辛忽然怔了一下。

旋即，他的负面情绪开始像潮水一样退去，脸色重新变得平静。他的嘴角缓缓向两边拉开，露出了一个笑容。这个笑容很平淡，也很自然。

"你们先不要吵，好不好？"他忽然转头看向父亲与妹妹，轻声解释道，"我心里有数的。"

父亲与妹妹猛地转头看向他，都没有开口说话。

陈勋微微皱了皱眉头。陆辛跟空气说话的举动在他的预料之内，但他仍然不习惯。陆辛此时表现出来的平静，也并不在他的意料范围之内。

"我很好奇，你不惜主动把自己送到我手上，是为了什么？"陆辛的声音里已经没有了任何怒气，平静得像在跟老朋友聊天。

"我已经说过了我们的追求。"陈勋似乎觉得这个问题没有必要隐瞒，同时，内心涌动着的喜悦也让他有了倾诉的欲望，"我的目的也很明显。或许中心城以及月食研究院认为我在造神，但他们小看了我，也小看了老师。我们并不打算造一位需要膜拜的神出来，我要造的……只是一个可以控制的工具而已。"

"你能想象吗？"他看向陆辛，声音里有着按捺不住的激动，"你能想象到，将十三种本源精神力量彻底利用起来，并让它们降临世间的伟大吗？不不不，我描述得不够准确。其实这十三种本源精神力量本来就会降临，以神的姿态降临！这是人类无法阻止的事。但是，我改变了这个过程！我让神提前降临了，以一种被控制的方式降临了！哈哈，我成了这世上第一个掌控神的力量的人。"

他本来是一个冷静的人，说话不紧不慢，条理清晰，但此时此刻，他感受着遥远的地下世界传过来的震动声，以及这种震动给人带来的无形的恐慌感，表情变得狂热以及骄傲。

"以后，世人都会记得我。当然，不记得也没关系。总之……"他握紧拳头，"我是第一个让神向人类低头的人！"

酒吧里顿时变得非常安静，无论是妹妹还是父亲，都好像被这句话影响到了，情绪变得异常低沉。因为他们此刻的表现与刚才完全不同，所以陆辛都不知道刚才自己是不是产生了幻觉。不然的话，他们为什么会因为那种小事而如此愤怒呢？

当然，这些都不重要。迎着表情狂热的陈勋，陆辛探出身子，贴着他的耳畔轻声道："你以为自己在做伟大的事？"他的语气变得很神秘，"那我很想问你一个问题：造出了神，你们会变得伟大，那么……造出了怪物，这个后果又该由谁来承担呢？"

陈勋愕然。他感觉身体有些不舒服，心头的喜悦居然在飞快地消散。他下意识伸手去抓酒杯，无论是为了庆祝还是为了别的什么，他都需要这杯酒。

这时，陆辛忽然笑了笑，抬起手来，陈勋身后的酒架上顿时有两个酒瓶飞到了他的手里。他两只手抓住酒瓶轻轻一捏，就把厚厚的瓶底捏碎了。

陆辛目不转睛地看着陈勋，用两个破碎的酒瓶把他的两只手深深地钉在了吧台上。

鲜血喷涌而出。烛光摇曳，玻璃碴儿映着鲜血，颜色迷人。陆辛用指尖沾了点陈勋的鲜血与酒水的混合液体，放在嘴里品了一下，微微皱眉。

然后他温柔地看着他，道："喝酒对身体不好，还是戒了吧！"

陈勋只发出了一声闷哼，便安静下来。他强忍着剧痛看向陆辛，只见陆辛已经站起来准备往外走了。

"现在，乖乖在这里等我。"陆辛的声音缓缓地飘了过来，非常温柔，"我去证明给你看，你究竟错在了哪里！"

"对不起！"陆辛背着背包走在黑漆漆的走廊中，为自己刚才没有听妹妹与父亲的话道歉，"虽然刚才我很想按你们说的那样做，但最后还是决定按我的想法来……"他顿了顿，温柔地笑道，"毕竟老院长说过，教育要找对方法。"

"哥哥最好啦……"妹妹在墙壁上飞快地爬着，非常兴奋，"我喜欢你做的。"

"呵呵呵呵……"伸手不见五指的黑暗里，一个高大的人影跟在陆辛身后，空洞的笑声听得人毛骨悚然，"我还以为你又要犯老毛病了……这次勉勉强强吧，虽然还是不尽如人意，但比起以前也算是……进步了吧？"

"咦？"陆辛不由得露出了诧异的表情。父亲居然会夸奖他？这是因为他和他的信任程度增加了吗？

他一边说着话，一边随意地走着——看似随意，实则一直在接近楼下那时不时传来的震动。楼下有一个可怕的东西，它给他带来了一种潜意识里的恐惧感……他正是顺着这种恐惧感来寻找它的。

不知走了多久，他来到了一间空旷的办公室里。他能够感觉到，那个可怕的东西就在这间办公室下面。但是，这栋大楼的电梯坏了，也没有灯，他找不到楼梯在哪里，不知道该怎么下去。

于是，他点了一下头，道："就在这里吧！"

"呵呵呵……"父亲怔了一下才明白他的意思，然后有些兴奋地笑了起来。妹妹则有些担心，一下子跳到了陆辛的背上。

陆辛静静地站在一片漆黑的办公室里，等待着。不一会儿，无尽的黑暗开始向他的脚下凝聚，形成一股强大的力量，顷刻间摧毁了他脚下的木质地板，然后是下面混杂着钢筋的水泥层。

"轰隆"一声,泥屑纷飞,烟尘大起,陆辛直接落到了下一层楼。

影子继续腐蚀楼层,陆辛一层层落了下去。

"嘭——"

实验室的大门被人一脚踹开,壁虎第一个冲了进去。他一只手端着一把土制喷子,另一只手拿着一把从夏虫队友身上拿过来的装着特殊子弹的连发手枪——枪口还冒着烟,隐隐发红。

"所有人不许动,谁敢动,我就打死谁……"

整个实验室里本来正在忙碌的人们顿时停了下来,一个个惊恐地看向门口。他们刚才就听到了外面的动静,知道有人正闯进来,一边加急工作,一边期盼着外面的布置可以多给他们争取一点时间,但是,中心城的精神能力者来得比他们想象中快。

紧随壁虎身后,七八个人冲了进来。打头的是提着一把冲锋枪的夏虫,耗光了燃料的火焰喷射器已经不知被她丢到哪里去了。

夏虫后面是一身紧身作战服的陈菁。她的样子看起来并不好,小腹位置被割开了一道长长的口子,一路延伸到了后背上。再后面,医生、哥特风女士、精致男等也一一现身。看他们的样子,很明显,他们是经过一场恶战才来到这里的。

看着这些闯进实验室的人,那些坐在电脑前的工作人员面面相觑,其中有不少人脸上露出了不甘心的神色。有人悄悄伸手去抓贴在办公桌背面的枪,也有人去抓挂在旁边墙上的防护头盔。

"已经结束了。"就在此时,哥特风女士越众而出,脸色高傲,表情轻佻。"孩子们,给姐姐跪下……"她一边说着,一边高高扬起手里的鞭子,猛地一挥。

"啪!"一声清脆的响动就像信号,所有工作人员的脸色瞬间变得痴迷,哗啦一声推开桌椅,老老实实地跪了下来。

"呵呵呵,跪到前面来,离姐姐近点!"哥特风女士眨了眨妩媚的眼睛,手里的鞭子在空中甩了个圈,又用力挥下。

"啪!"所有工作人员疯了一般挤着向前爬去,爬得比跑得还快,像一只只大老鼠。

看到这一幕，壁虎用力捶了一下自己微微发抖的腿……

这些人都跪下来后，精神能力者们的目光便集中到了一人身上，整个实验室里只有他一个人没动。他正坐在一个透明的玻璃室中，身上穿着白大褂，手里握着一个复杂的电子仪器，眉头紧紧皱起，一直在忙着调试仪器上的数据——赵士明。

哥特风女士挥动鞭子时，细细密密的力量波动出现在了玻璃室的表面，但没能渗透进去。

"赵士明博士，我是1021号特殊污染事件临时指挥夏虫，我们是过来救你的。"看到赵士明的样子，夏虫瞳孔微缩。她用余光扫了陈菁一眼，然后上前一步，继续道："你可以出来，跟我们回去了。"

玻璃室内，赵士明捧着那个仪器，手指弹动，仔细地操作着。听到夏虫的话，他忍不住轻轻摇了一下头："你们为什么来得这么急……如果能晚一会儿，只要一会儿，就好了。"

"是黑台桌对你造成了什么伤害吗？"夏虫再次上前一步，沉声道，"那快跟我们回去，城外有医疗队！"

"不是的。"赵士明依然没有停下手里的操作，语气惋惜道，"你们来得这么快，我怎么置身事外？我怎么向外人解释，其实这一切都是我被逼的呢？"

夏虫面无表情地加重了语气："不管你在做什么，立刻停下。"

赵士明像没听见似的，手上的动作更快了。

陈菁忽然抬起枪，"砰砰"两声，两枚子弹向玻璃室飞了过去。她用的是普通子弹，面对强化玻璃，普通子弹更有用。两枚子弹在玻璃上留下了浅浅的白印。

"很抱歉……"赵士明抬头看了一眼子弹打中玻璃的地方，手指跳动如飞，声音听起来很平稳，"我不能停下来！你们这些不正常的人是无法理解这种诱惑的！没有人可以在这种诱惑面前停下脚步！"

听了这话，中心城与青港城联合小队的队员们不约而同地出手了。

壁虎抬起连发手枪，飞快地退下特殊子弹，装上普通子弹，然后举枪打了过去，连续四枚子弹都打在了同一个位置。玻璃上的白色痕迹越来越深，终于出现了蛛网状的裂痕。壁虎再次抬枪，最后一枚子弹飞出枪口。

哥特风女士高高举起鞭子，站在她身后的精致男轻轻抖了一下手里的手帕，一个扭曲力场随着他的动作急速向外扩散。

赵士明见状，将仪器放到一边，用力推下了一个红色的开关。

实验室的灯光霎时变得明灭不定，所有电脑屏幕上的数据都在飙升，超过了红色警戒值。"轰隆"一声，实验室正中间的玻璃池里有什么东西猛烈地撞击着池壁，厚重的强化玻璃上顿时出现了雪白的裂隙。有带着咸湿气味的绿色液体从裂隙里渗了出来，并且瞬间扩大，成为喷溅状的水柱。

"哈哈！"玻璃房内的赵士明发出了毫无体面可言的狂笑声，"看到了吗？这就是神！"在这个笑声里，壁虎射出的第五枚子弹正飞向那个布满裂痕的白点，哥特风女士挥起来的鞭子已经在空中划出了半个圈，精致男抖动手帕制造出的扭曲力场波纹马上就要接触到玻璃房了。

就在这时，一根长达三米的触手忽然探出了玻璃池。这一瞬间，时间仿佛停止了。那枚子弹在距离玻璃房十厘米远的地方停下了，挥舞的鞭子一下子定在了空中，飞速扩散的波纹倒卷回去，撞在了精致男的胸口上。所有人惊愕地转过头，眼睛忽然开始流血。

"哈哈！这就是我们创造的世界上的第一位神！"

在赵士明的狂笑声中，联合小队的精神能力者们以及实验室里的所有工作人员都看到了那个所谓的"神"。

绿色的人形躯体、生长着无数触须的头部、竖着排列于头部两侧的六只眼睛，以及强壮的四肢、锋利的利爪、长在背后的一对破破烂烂的翅膀……还有胸口那颗醒目的高高鼓起并不停有力收缩着的心脏。

每一个看到这只怪物的人都感觉到了一种难以言喻的痛苦，仿佛有无数钢针刺入了脑海，身体里的血液拼命冲撞着血管。他们感觉双眼刺痛，眼前一片煞白。他们听到了巨大的轰鸣声，那声音刺激得耳膜生疼，仿佛下一秒就会破裂。他们的大脑更好像被什么东西入侵了，承受着一波一波的重击，完全无法思考。他们下意识低下头来，捂住耳朵，不知道死亡是不是即将降临……或许是比死亡更可怕的下场！

"啊啊啊——"本来实验室的工作人员受哥特风女士的控制，老老实实地跪成了一排，但这只怪物出现时，他们都不受控制地大叫起来，身体东倒西歪。有人眼眶充血，疯了一样跳起来，拿脑袋去撞墙；也有人拼命撕扯自己的衣服，露出布满血丝的胸口，胸口里仿佛有东西在往外挤——那是他们的心脏受到了冲击，正在加速跳动。明明是他们自己造出来的东西，他们却连看一眼的资格都没有。

"收缩……所有精神力……夏虫队长……向后……"在巨大的轰鸣声里，精神能力者们忽然听到了一个细细的声音。这声音像是直接在他们的脑海里响起来的，所以他们勉强可以领会其中的意思。

是代号为"手术刀"的医生，他同样被扭曲的精神力量笼罩着，不过他的反应比别人快些。当玻璃池里的怪物尚未现身时，他就提前察觉到了什么。因为这种直觉，他在怪物钻出来的那一刻飞快地低下了头，所以他没有直接看到怪物。当然，随之而来的精神扭曲同样笼罩了他，但他好歹争取到了一秒钟时间。他用这一秒钟将袖子里的手术刀滑到手里，狠狠握紧。手术刀几乎割进了他的骨头，强烈的疼痛又让他争取到了一点时间。他利用这点时间发动自己的能力，传递了信息。

因为怪物强大的精神扭曲力，他的能力也大受影响，声音断断续续的，但还是传出去了。所有听到他声音的人立刻拼命收缩自己的精神力量——这是精神能力者必须掌握的能力之一，也是一种对精神力量的运用，如果用简单一点的话来说，就是竭尽全力保持冷静，不要试图去看什么，也不要试图感知什么，甚至不要去思考。他们闭着眼睛，飞快地向后退去。紧接着，他们便听到"砰"的一声，耳朵里的轰鸣声更加严重了。剧烈的气浪袭来，将他们推得向后摔去。浑身剧痛的他们费力地睁开眼睛，借着模糊不清的视线，大体明白发生了什么。

是精致男，他释放的扭曲力场波纹反弹回来，将他击出了实验室门口。因为他距离较远，所以没有受到怪物的严重影响。当众人听了医生的话，闭着眼睛向后退去时，他冲进来扔出了一个黑色的鹅卵石一样的东西。那东西越过众人，在落地的时候爆炸，产生的强大蓝色电弧暂时搅乱了场间的精神扭曲力场，巨大的冲击力让众人瞬间跌到了门外。

幸亏这是针对精神怪物与污染源的新型电浆手雷，没有弹片，否则，在这么近的距离下，众人会被扩散出来的弹片打成筛子。

无论如何，他们暂时脱离了怪物的精神控制，头脑像溺水得救的人一样清醒了过来。

"用尽一切办法逃走……快向前哨站汇报，事情已经失控，调高威胁等级！"夏虫在清醒过来的第一时间就大声呼喊道。

"该走的是你……"一只纤细白皙的手握住了夏虫的胳膊，正是急急冲过来的精致男。这一握，他顿时沾了一手的血污。他紧紧皱起了眉头，一边拿手帕用力擦手，一边大声道："我们的能力都不足以逃出去，只有你有希望逃脱……"

因为还有些耳鸣，他们说话都下意识非常大声。

医生连连点头，他刚才提到夏虫，就是说这件事。

"我没有开门的力量了……"夏虫面无表情地吼着，"而且，你们都没有力量断后。"

她将手里的枪丢到一边，双手握拳放在胸前，嘴里念叨着："出来……出来……"

"哗——"有那么一瞬间，众人感觉夏虫身边出现了一道裂隙。下一刻，裂隙旁边出现了极为可怕的扭曲力场，仿佛有某种看不见的东西从裂隙里爬出来了。这种扭曲力场瞬间将她身边的队友们向走廊里推去，使他们滑出去了老远。紧接着，她重重地踩着军靴，大步向实验室里冲去。

"原来她是深渊组精神能力者……"陈菁也滑出去了，她猛地回过头，脸色有些错愕。她没有再多说什么，和其他人一起大步冲向外面的走廊。

实验室里，赵士明坐在玻璃房内，眼神狂热地看着外面的那只怪物。精神能力者们狼狈逃走的样子让他产生了一种胜利的快感，这还是他从事研究以来，第一次不再敬畏精神能力者的力量，而是觉得可笑。

他隔着厚厚的玻璃欣赏着那只从玻璃池里爬出来的怪物，慢慢戴上了一个插满电缆和铜管的头盔，然后扯着嗓子大笑起来："你们为什么要这么急着逃走？是想告诉研究院吗？我自己就会告诉他们，我马上就告诉他们……但是你们不能走，你们走了，就暴露我不是被逼做实验的事实了……"喊着喊着，他的瞳孔猛然收缩，变成了两个针眼般大小的点。

与此同时，那只怪物头部的六只眼睛同时轻轻眨动，然后微微对焦，对准了正大步冲过来的夏虫。

"嗡——"强大的精神冲击像无形的潮水一样，瞬间涌到了夏虫的面前。而夏虫的身前突然出现了一个扭曲力场，两种力量相较之下，夏虫鼻腔里鲜血喷涌，整个人飞了出去，身前那个无形的扭曲力场也瞬间溃散。

"你们只是一群疯子，根本不了解自己的力量，拼命又有什么用？"赵士明并不知道自己变成了什么样子——瞳孔缩成了极小的两个点，大片的眼白上爬满了蚯蚓似的血丝。他似乎想用平时那种理智而骄傲的语气来说话，但实际上，他的口吻已经变得阴森，而且藏着疯狂，以及对人类的漠视。

他微微抬起双手，与此同时，那只怪物也微微抬起了双手。下一秒，整栋大楼响起了沉沉的震动声，隐藏在楼里的血肉怪物全部活跃起来。联合小队冲进实验室前消灭的那些血肉怪物也活了过来，就算是被夏虫烧成了灰烬的，此时也滋生出了一根根肉芽……它们像巨蟒一样在走廊上扭动着，凭着本能向实验室爬了过来。刚刚冲到走廊尽头的联合小队成员同时停下了脚步，他们都看到了涌过来的巨大触手。这些血肉怪物毫不留情地阻断了他们的逃生之路。

红月静静地照耀着水牛城，下一秒，这座城市废墟剧烈地震动起来，粗大、狰狞的触手从各个黑暗的角落里伸展出来，高高地扬起，仿佛想要触摸月亮。

"轰轰轰——"一栋栋高大的建筑缓缓地倒下，溅起漫天的泥尘。泥尘之中，膨胀的血肉怪物像红色的浪花一样翻滚着、舒展着。

水牛城东十里外，中心城特殊污染清理前哨站，一位头发花白的老人轻轻放下了望远镜。

"告诉上面！我们——他们成功了。"

"嘭——"实验室的大门再次被踹开，联合小队再次冲进了实验室。他们的行为很古怪，在夏虫做下单独断后的决定后，他们明明没有多犹豫或矫情便往外冲，准备逃命，但逃了没几步，又呼啦啦同时冲回来了。

他们站在实验室门口，看到那只怪物正慢慢走向夏虫。强大的精神力场正混乱地四下发散着，不时扭曲桌椅的金属部件，或是将纸质文件吹得满天乱飞，或是将各种液体扬到空中。但这种精神力场正在缓慢地收缩，就像一团乱麻正在归拢、调整，似乎是这只怪物，或者说是玻璃房中的赵士明正在适应这种力量。

医生一步踏向前，闭上眼睛，不去看那只怪物，脑子里飞快地推算着，同时嘴上报出各种数据，最后大喊一声："快！"

哥特风女士立刻长鞭一甩，卷住趴在地上承受压力的夏虫，将她拉了回来。陈菁上前，一把接住夏虫，用手擦了一下她脸上的血迹。

夏虫的身体微微蜷缩着，吃力地睁开眼睛看了一眼同伴们，眼神有些迷茫。

"外面这么大的动静，前哨站肯定已经监测到了……"医生看向夏虫，平静道，"不需要我们拼命闯出去汇报了。"

"当然，主要也是因为我们跑不出去。"面具男道，"路都堵死了，所有死去的东西都活了。"

哥特风女士和精致男微微侧目，看了他一眼。他们最讨厌这种藏不住实话的人了！

"也不用考虑什么断后不断后的事了。"陈菁扶着夏虫，试了试她还能不能站稳，然后才放心地让她双脚着地，"我们的任务已经变更了，那就是尽一切力量保住自己的小命！各位，你们有什么办法？"

在场的有陈菁、夏虫、壁虎、医生小队的两个人、精致男小队和机动小队各三人，一共十一个人，蜘蛛系占了三个，另外八个人也各有自己的能力，而且是开发并利用到了很不错的程度的能力。按理说，这么多人，这么多种精神能力，足以应付很多局面。

"没有办法！"精致男忽然笑着开口道，"再多的能力也没有办法。这怪物对我们来说已经达到了不可直视的程度，说明它的精神量级远远高过我们，在这种差距面前，能力的差异性便可以抹除了。一滴毒药下在酒里可以毒死人，下在水缸里可以让喝了水的人肚子疼，但如果这滴毒药下在了河里，甚至是下在了大海里呢？"

他说话的时候拿洁白的手帕捂着嘴，因而声音听起来有些模糊："现在我们面对这只怪物，从某种程度上来说就是几滴不同的毒药面对——"

医生插话道："湖水，就是面对湖水。"说着，他看了那怪物一眼，"它应该还没有达到海洋的程度，毕竟海洋那么大……"

当他们快速说着话时，那怪物保持着沉默。它静静地垂着头，周身都是肉眼可见的扭曲力场，半径有十米左右。而在它身后，玻璃房中的赵士明飞快地敲击着一个个仪器。"开始自检！我似乎已经在不知不觉中受到了一些影响……头晕，刺痛，情绪失控，浑身如蚂蚁在爬！每个毛孔里都仿佛钻进了一只虫子……是因为我并非精神能力者，这种反噬超出了我的承受能力吗？但是，尚可忍受……"他喃喃自语了一会儿，猛然抬起了头，脑袋上戴着的铜色头盔让他看起来有些滑稽，头盔下面的眼睛瞳孔紧缩，眼白部分布满血丝，更是显得非常诡异。但他自己却好像毫无察觉，只是看向实验室门口的精神能力者们，激动道："那么，神之躯体力量实验……继续！"

话音刚落，那只怪物就抬起了头，六只眼睛同时闭上，又猛地睁开。维持在它周身的扭曲力场瞬间向外扩散了出去，仿佛毫无止境。

"啪——"就在怪物抬头的刹那，一直保持着警惕的某个蜘蛛系精神能力者立刻丢出了两个电浆手雷。他不敢直接扔向怪物，担心手雷会被怪物的扭曲力场弹回来，于是他把手雷朝实验室的门框上扔了过去。

两个手雷被门框弹到地上，顺着一条沟槽滚向前方。砰！电弧炸开，位置、角度以及爆炸的时间都拿捏得恰到好处。直径两三米的电弧仿佛一堵墙，暂时挡住了侵袭过来的扭曲力场。当然，只是暂时的。

"还有谁可以应付眼前的局面？现在可不是聊天的好时候啊，真想聊，等死了在下面聊不行吗？"有人焦躁而愤怒地大吼着。

"只有夏虫队长了。"精致男看向夏虫，平静道，"只有你还有希望再开一次门离开这里，所以我们才回来救你。用我们所有人的命，换取你最后一个逃生的机会，这是目前最有性价比的选择。"

夏虫把双手紧紧握成拳头，又泄了气似的松开。"没用，我开不了门了！对付完那只恶心的婴儿怪物，我就已经没有能力开门了。如果我现在强行开门，只会陷在深渊里；如果带上你们所有人一起开门，也只会让大家都落在那个地方。你们觉得，是所有人一起进入深渊，求生不能求死不得好……还是直接死在这只怪物面前更痛快些？"

众人沉默。身后，血肉怪物们如巨蟒一般的触手噼噼啪啪地拍打着地面；身前，那只绿色怪物的精神冲击扫去爆炸的余波，抬步向他们走来。"扑通、扑通……"巨大的心跳声在空气里荡起了一层层细密的波纹，刺激着他们的耳膜。

"玩个游戏吧……"医生脸上露出兴奋的笑容，握紧手术刀看着众人，"看谁先死！谁后死谁是狗！"

众人都愣了一下，眼神古怪地看着医生。然后，他们心动了……

"等等！"就在这时，一个声音弱弱地道，"待会儿再玩，或许还有个办法。"

所有人都向说话的壁虎看了过去。壁虎吞了一口口水，被看得有些不自在。

中心城的精神能力者们都有些不解，这位青港城过来的同行看起来只是一个普通的蜘蛛系，在能力的开发上兴许还不如夏虫死去的那位女队员，面对这样一只强大的怪物，这么多人都已经束手无策了，他又能有什么办法？

壁虎深深地呼了一口气，脸上是一片决然。面对那只一步步走过来的怪物，他突然扯着嗓子大叫道："救命啊队长！"

这一嗓子把所有人都叫蒙了。就这？他们正用有些鄙视的眼神看着壁虎，脚下忽然传来一阵震动。起初他们以为是那只怪物的脚步声，或者是那些粗大可怖的触手拼命挤过楼道的声音，但仔细一分辨，他们才察觉这声音来自哪里，猛地抬头看去。

实验室的天花板上扑簌簌掉下来一大片灰尘，然后破了一个洞，一道灰不溜丢的人影从洞里掉落下来，正好掉在那只怪物的脑袋上。

那道人影以异于常人的平衡能力站在怪物软软的脑袋上，有些迷茫地打量了一下周围的环境，然后把目光落在了实验室门口的壁虎身上。

"是你在喊我吗？"

"啊——"壁虎嘴巴张得大大的，表情都僵了。不仅是他，他背后的陈菁也一脸错愕。中心城的精神能力者们更是瞪大了眼睛看着站在怪物头上的陆辛，感觉三观炸裂——喊救命还真有用？还能这样玩？他站在了那玩意儿的头上！

瞬间的安静里，壁虎先是手足无措，然后拼命喊了出来："小心！"

那只怪物反应过来了，或者说是赵士明反应过来了。无论是陆辛的出场方式，还是他离得那么近却没有被精神力场扭曲的事实，都远远超出了赵士明的预料，这使得他足足愣了两秒钟才意识到什么。

"滚开！"他的脸上露出了一种异常癫狂的表情，十指飞舞。随着他的动作，那只怪物身边的扭曲力场瞬间加强，无数触手向上飞舞，同时抓向它头顶上的那个人。

与此同时，陆辛一直在找那个"神"在哪里，直到触手快要将自己洞穿，才意识到它居然在自己脚下。他顿时吃了一惊，感觉有点慌。幸好妹妹一直趴在他的背上，他立刻借助妹妹的能力灵活地跳跃起来，躲过了触手的抓捕，然后一个跟头跳到了天花板上。

"唰唰唰——"陆辛在天花板上一阵攀爬，然后精准地落在了壁虎等人的面前。

"挺吓人的……"看着那只抓狂的怪物，他轻轻抹了一下自己的脑门儿，心有余悸地说。

他的背后是石化的众人。夏虫呆呆地看着他，颤声问道："你不受它的影响吗？"

"受啊！"陆辛回头看了她一眼，"一看到它，我就头晕、眼花、耳鸣、脑子乱……"

"你这是受到了影响的表现吗？"

陆辛沉默了一会儿才小声解释道："我只是不太善于表达……"

这是善不善于表达的事吗？夏虫抿了抿嘴，忽然不知道该说什么了。她转过头，用力瞪了陈菁一眼。

医生眼睛微亮，似乎有一种找到了病人的亲切感。

陈菁反应过来，下意识伸手抓住了陆辛的胳膊："有……有把握吗？"

陆辛转头看了陈菁一眼，发现这位平日里一直表现得自信且理智的领导此时的表情居然有些惊慌，抓着他胳膊的手也在微微发抖。

"没事。"陆辛把陈菁的手从自己的胳膊上拿了下来。现在的情况很危险，被领导抓着手臂，会影响他发挥的。但他知道领导此刻需要安慰，便保证道："我会解决掉它的。"

陈菁看着陆辛自信的样子，有片刻的失神。

夏虫又狠狠地瞪了陈菁一眼，忽然低声问道："说，我们该怎么配合你？"

"嘎吱——"实验室里响起了让人牙酸的钢铁扭曲声。因为刚才没有抓住陆辛，赵士明脸上已经爬满了愤怒之色，控制着怪物迈开双腿继续向众人走去。

忽然，怪物抬头看向实验室门口，一股更强大的精神冲击向众人袭来。这是有意释放的精神冲击，威力比之前更大。与此同时，众人身后的走廊里，无数根粗大的触手蠕动着、扭曲着，仿佛从洞里钻出来的怪蛇，狰狞地爬了过来。

面对前后夹击，压力像噩梦一样淹没了众人。

陆辛皱眉，话还没说完便被人打断的感觉很不舒服。他猛然转头看向怪物，身前出现了大片的扭曲力场。两种力量相撞，产生了一层层扭曲的波纹，实验室里的白炽灯和各种瓶瓶罐罐同时碎裂开来。

在这片混乱里，陆辛的影子诡异地绕过身后的众人，蔓延到了走廊上。下一刻，有清脆的切割声响起，粗壮的触手一遇到影子便一截截断裂，掉在了地上。血浆迸溅，残肢遍地，整条走廊变成了暗红色。

"没事了……"陆辛盯着那只怪物，向身后的众人说道，"但我确实需要你们的配合。"

"怎么配合？"中心城的精神能力者们抢着问道，各自握紧了枪，一脸决绝。

陆辛顿了一下，道："离开这个地方。不要窥视，不要靠近，更不要参与！"

中心城的精神能力者们一时没有理解，脸上露出了惊愕的神色。

"啊！"壁虎突然大叫了一声，"这个我熟！"他大步向走廊里冲去，"快跟上我！"跑了几步，发现众人没有跟上，他又急忙嗒嗒嗒地跑了回来，"快走啊！"说着，他热心肠地去搀扶伤势最重的夏虫……

这时，陈菁也反应过来了，一把扯下壁虎背上的背包，远远地丢在陆辛脚下。然后她顺势转身，将另一位受了伤的中心城精神能力者推进壁虎的怀里，自己则搀扶着夏虫，大步向走廊里走去，边走边道："相信我们，现在立刻离开……"

刚才那些挡住去路的血肉怪物已经消失不见了——严格来说也不是消失不见，它们就在走廊里，只是变成了一层厚厚地铺在地上的半固化的红色结晶体。

"你……"夏虫回头看了一眼即将消失在视野里的陆辛的背影，然后转过头，第三次狠狠地瞪向陈菁，"这就是你说的稳定性极高、从无违规记录的B级蜘蛛系精神能力者？"

陈菁沉默了一会儿，然后道："从目前的资料来看，理论上是的。"

中心城的一众精神能力者闻言，脸色都变得异常古怪。哥特风女士转头看向壁虎："理论上讲，你们的水准是一致的？"

壁虎想骂人，但看了一眼问话的人，没骂出来，而是犹豫着点了一下头，道："理论上讲……是的！"

"你就是……神？"

见众人已经逃出了实验室外面那条走廊，陆辛微微放下心来，转头好奇地打量起站在十米外的那只怪物。然后他笑着摇了摇头，道："你不是。我听人说过，神是趋于完美的，你这个样子……"

"你懂什么？"怪物并没有开口说话，是玻璃房里的赵士明在大喊大叫。

当陆辛打量那只怪物的时候，他也在打量陆辛。因为受到了种种影响，他整个人正处于理智与疯狂飞快切换的状态。他野兽般吼道："就你那点见识，怎么可能理解真正的完美？你以人的眼光，又怎么能够理解更高层次的生命？"

"他这话侮辱的其实是莫易，因为'完美理论'是他提出来的……"陆辛在心里嘀咕了一句，然后看向玻璃房里的赵士明，认真道："我确实无法理解你们的审美观，但我知道，制造这样的玩意儿是违法的，甚至……突破了底线！陈勋……我的亲人，他做错了事，我会好好处理。至于你……"他看向周围那些或死或伤或疯的工作人员，"还有你们，作为他的同伙，也要接受法律的制裁！"

他摆出诚恳的态度："你们是准备直接投降还是等我动手？必须提前告诉你们的是，我处理这种事的经验还不够丰富，如果一定要用武力来解决的话，我很可能会收不住手——"

"神经病……"赵士明疯狂地怒吼了一声，操控怪物向陆辛冲去，很难想象刚才走起路来又慢又笨拙的怪物此时居然会有这么可怕的速度。地板被它踩出了一个大洞，锋利的爪子直接伸到了陆辛的面前。

陆辛的身体猛地向后倒下，并以这种绝对无法保持平衡的姿势向左转了半圈，顺势从陈菁丢给他的那个背包中取出了一把枪，然后无视地心引力一般跑到了墙壁上。"砰砰"两声，两枚子弹一前一后向玻璃房飞了过去。他瞄准的正是壁虎之前打出蛛网状裂痕的地方，那个中心点非常脆弱。第一枚子弹准确地打中了中心点，玻璃破了一个洞；第二枚子弹则精准地穿过那个洞，直接让赵士明的额头开了花。

陆辛握着枪，身形倒翻，挂在天花板上，看着脑袋一歪撞在玻璃墙上的赵士明，微微皱了皱眉头，补上了刚才没说完的话："会死人的。"

整个实验室里忽然变得异常安静。赵士明显然没有料到会这样，他整个人还保持着刚才说话时的疯狂状态，表情看起来有种异样的狂热。

"嗡——"这时，怪物周围散乱的扭曲力场忽然变得稳定，就像乱飞的蜂群一下子回到了蜂巢里。怪物进攻的动作做了一半就僵住了，六只眼睛呆呆地看着陆辛，像突然丢了魂儿一样。

"很明显，这个'神'是被玻璃房里那个人控制着的，所以，要对付它，首先就要切断他们之间的联系。可惜妈妈不在，只能我自己来……我没有剪刀，但是……杀了他也可以切断！"陆辛踩在墙壁上，飞速地思考着，"现在这玩意儿好像不动了，所以……"

当他的身体开始从墙面上向下落时，他已经做好了准备。他忽然看向那个僵立不动的"神"，身体投映下来的影子瞬间拉长、暴涨。

影子遇到怪物身体周围凝固不动的扭曲力场时，稍稍受到了阻碍，紧接着便顺利突破了半径三米左右的扭曲力场，直接穿过了怪物的脑袋，然后是它的心脏、小腹、四肢、触手。

所谓的"神"瞬间就被瓦解，变成了一堆碎肉块。

"搞定！"这时，陆辛的身体才刚刚落地，他看向那堆碎肉，微微皱眉，"能收工吗？"

他的工作看起来已经完成了，但他心里为什么总觉得好像缺了点啥？

就在陆辛这般想着的时候，那堆碎肉忽然爆发出可怕的扭曲力场，瞬间蔓延到了整个实验室里。所有的电路都发生短路，炸出了一串串火花，所有的液体都像摆脱了地心引力一样，飘浮在半空之中。液体里有一条条五颜六色的小鱼，正一跳一跳地向那堆碎肉靠近。

陆辛心生警惕，身形灵活地远离了那堆碎肉，并从那个背包里拿出了另外一把枪。他先是向左边甩出一枪，一团蓝色电弧炸在那群小鱼旁边，将它们烧成了焦炭。然后，他顺势对准那堆碎肉，接连不断地扣动扳机。

"砰砰砰！"一枚又一枚特殊子弹打在那堆碎肉上，炸出一团团耀眼的蓝色电弧。

"咻咻咻！"蓝色电弧还没有彻底消散，那堆碎肉里就爬出了一根根血红色的丝线，就像细了无数倍的血管，又有些像小十九分裂的时候勾连着身体各个部位的血肉丝线。这些丝线速度极快，瞬间就充斥了整个实验室，与怪物散发出来的扭曲力场混合在一起。

陆辛凭着身体各种不符合常理的扭曲，躲过了一根根飞到面前的丝线。他抬头看去，心里微微一沉。

这个实验室里的所有人都变了样子，无论是死了的，还是疯了的，或是还保持着几分理智的，甚至包括额头中枪的赵士明，他们的身体都发生了异变，一根根肉芽从他们的身体里延伸出来，向那堆碎肉探去。然后，他们的血肉之躯变成了柔软黏稠的液体，这些液体受到牵引，飞快地流到了那堆碎肉旁边，和它融合在了一起。

碎肉里快速生长出一根脊椎状的骨骼，骨骼上面延伸出来一个怪异的头颅，一层层血肉与神经、血管、内脏分别在不同的位置出现，然后裹上了筋膜与肌肉，最后是硕大狰狞的心脏与黑绿色的皮肤。

"神"重新站了起来。

"啊啊啊……"忽然，它的身体发出了声音。一个又一个人被它融化、吞噬，化作了它身上的一张张脸。它们仿佛还有着自己的生命，有的张大嘴巴用力呼吸，有的表情异常痛苦。

"你……你做了什么……""神"的心脏位置生长出了一张熟悉的脸。那是赵士明的脸。他大口喘着粗气，扯着嗓子大叫起来："你这个疯子，你这个疯子！你居然敢杀我！你知不知道杀了我会有什么后果？"

他愤怒得就像面对的是一个打碎了实验模型的"学渣"。

"不知道。"陆辛老老实实地回答，"既然你知道后果，还造它做什么？"

"无知的思想，根本不知道什么才是伟大……"赵士明的脸狰狞扭曲，似要择人而噬，"但我起码要让你知道对抗神的代价！"

他的愤怒好像影响到了"神"，忽然，六只眼睛同时盯住了陆辛，目光有如实质。有那么一刻，陆辛感觉自己不是被六只眼睛盯着，而是被六根钉子钉住了。猝不及防地，他的大脑仿佛停止了运转，眼前的画面就像出现了卡顿一样，上一秒"神"还在原地，下一秒就已经到他跟前了。它的身躯是如此庞大、臃肿，行动的速度却快过了小十九。

锋利的爪子抓向陆辛的喉咙，指甲划过空气的声音让陆辛感觉那是五枚子弹。激烈碰撞的空气搅成了混乱的气流，陆辛甚至感觉睁不开眼睛。他瞬间向后倒去，后背几乎与地面相贴，然后猛地抬起手，抓住了"神"的爪子。

"神"的爪子十分黏稠，有血丝蔓延出来，缠住了陆辛的五指。与此同时，"神"一脚踩下。陆辛脸色微变，快速撤回手，只留了一只手套在它身上，自己则一弹两米多远。

"神"一脚踩在了地板上，实验室出现了明显的颤抖。借着这一踏之力，它的身躯飞到了半空之中，身后的触手纷纷扬起，下雨般刺落。看起来，它不仅速度很快，而且好像可以看透陆辛的动作。

"砰——砰——"弹出去两米多远的陆辛猛地拔出手枪，连续向"神"开枪。蓝色电弧在它身上炸开，烧得它的皮肉吱吱作响，但烧焦处的火焰还没有熄灭，那部分皮肉就已经愈合了。它的动作丝毫不受影响，迅猛地袭向陆辛。

"妹妹，交给你了。"在彻底被逼进死角的瞬间，陆辛做出了一个决定。他并不擅长打架，但妹妹无疑很擅长。于是，在"神"一脚踏过来的瞬间，陆辛的神情忽然变得有些兴奋，口中发出了低低的嬉笑声。与此同时，他的身体忽然反着向后爬去，并飞快地爬到了墙上。当"神"一脚踩在地面上时，他已经从墙上跳了下来，轻盈地落在了它的背后。

他一把抓向"神"的后背，顿时撕下了血淋淋的一块肉。无数触手向他刺来，但他已经绕着"神"的身体，爬到了它的胸前。他五指弯曲，狠狠地向它的心脏掏去，赵士明的脸就长在那里。

赵士明恐惧地大叫一声，"神"的身体猛地拧转，任由陆辛一手抓住了它的左肋。血肉向外涌出，挤压着陆辛的手。与此同时，借着转身的力量，一只巨大的爪子抓向陆辛的面门。

陆辛双腿弯曲，跳起来踩在"神"的爪子上，借力翻滚了出去。他回过头来，瞳孔紧缩，凝视着"神"。

"汪汪……"随着他的凝视，眼镜狗瞬间从"神"身后跳起来，向它的屁股咬了下去。

霎时，"神"的整个躯体呈现出一种混乱的波动，不停地涌出一个个包，就好像有什么东西正在它的体内挣扎，想爬出来。与此同时，它身上的一张张脸都变得混乱起来，有的大叫；有的大哭；有的笑着，眼神愤怒；有的哭着，表情欢愉……

不过，这个状态只维持了几秒钟，它身上的触手很快便纷纷向后刺落，直接贯穿了眼镜狗，用力在它体内搅动，几乎将它整个撕裂。然后，在眼镜狗的呜呜声中，它直接将它甩飞了出去。

"砰！"眼镜狗砸在墙壁上，四肢抽搐，眼睛里露出了幸福的光芒。

快到了极点的反应，无视伤害的复原能力，眼镜狗的混乱能力似乎也对它造不成明显影响……陆辛迅速在心里做着总结。

眼镜狗被甩飞出去的刹那，陆辛的影子涌了出去。

影子是无形之物，但陆辛的影子掠过地面，瞬间划出了一道道深深的划痕，像一条条黑色的蛇，蜿蜒扭曲着，迅速游到了"神"的脚边。

影子想故技重施，包裹住它的躯体，但这一次，随着赵士明发出一声凄厉的吼叫，"神"忽然低头，六只眼睛看向地面上的影子。空气似乎凝固了，它的脚边出现了一面透明的玻璃墙壁。影子撞到玻璃墙壁上，两种力量顿时焦灼地对峙起来。陆辛能够看出，影子暂时占据了上风，但是玻璃墙壁也不是一时半会儿能突破的。

是精神冲击！就像陆辛之前遇到的大脑状怪物一样，连续不断地施展精神冲击，来阻挡影子的靠近。相比起来，影子的力量自然强过这种冲击，但影子无法瞬间突破这道防线。

与此同时，"神"身后的无数触手扬到空中，再次向陆辛刺落下来。

陆辛的身体快速地扭曲，一根根血红色的触手擦着他的身体飞了过去，他身后的合金墙壁被触手戳出了一个个闪着金属光芒的洞。

"嗯？""神"的胸口位置，赵士明露出了惊讶的表情。他有些看不明白，一般人被逼得这么左右躲闪，影子肯定早就乱成了一团，但是无论陆辛怎么动，他的影子都死死地贴着地面，似乎没有受到半点影响。

最后一根触手贴着陆辛的脸飞过去时，他看到这触手是半透明的，表面布满了毛细血管。他有些疑惑，突然张嘴咬了上去。

"嗤"的一声，神之躯体与陆辛同时哆嗦了一下。"神"下意识收回了那根触手，身躯微微颤抖起来。因为这出乎意料的一击，它的玻璃墙壁的威力瞬间减弱了不少，影子趁机突破了七八厘米。

陆辛一脸嫌弃地低下头，呸呸呸地往地上吐了起来。"果然像腐肉一样！甚至比腐肉更难吃！"

陆辛心想，妹妹果然还是有些不靠谱，换了他，肯定不会去咬那么一口。小孩子乱吃东西的毛病什么时候才能改掉？不过，他很快就调整好了状态，因为无论怎么说，他也算是尝过"神"的味道了！

现在妹妹替他控制着身体，以蜘蛛系极致的灵活反应能力躲避着"神"的追杀，父亲又已经在他允许的范围内施展出了最强大的力量，与"神"较量着。所以，唯一清闲的他当然就担负起了掌控全局的责任。

"它的精神冲击可以抵抗父亲的力量……不，不算抵抗，只是勉强防御……它看起来有些克制他，实际上……"陆辛皱起眉头——这只是他的感觉，实际上他此时的表情是兴奋狂热的，有一种看见了大型玩具娃娃的开心——发现了一个重要的问题，"这怪物的扭曲力场是抵挡不住父亲的，精神冲击才可以勉强挡住！而精神冲击与扭曲力场有着很大的不同，最大的不同就在于其中一个有方向！它只是可以正面抗衡父亲的进攻而已，身体的其他几个方向几乎完全处于不设防的状态……"

"妹妹……"想通了这个问题的陆辛忙与妹妹沟通。

"哎……"妹妹答应得可乖巧了。

"看到那怪物身后的触手没有……"

妹妹愣了一下，道："不好吃……"

肯定不好吃啊，这还用她说？陆辛控制着自己的脾气，循循善诱道："想不想全给它拔下来？"

"想！"妹妹的眼睛一下子变得极亮，大声答应着，飞快地向前冲去。

陆辛拿回了身体的主动权，立刻再次掏出枪来，向"神"不停地射出子弹。

"神"似乎察觉到陆辛的速度与灵活性产生了变化，触手狂乱地呼啸而来。

陆辛又象征性地开了两枪，知道自己是躲不过的，便不再躲，只是静静地看着那些触手涌到自己的面前。结果，它们一来到他的身前，就忽然纠缠

215 ◀◀

在了一起，还有几根直接掉到了地上，蛇一般扭动着。

陆辛抬起头一看，只见妹妹已经跳到了"神"的后背上，正飞快地拔着它的触手。其实妹妹已经有污染它的机会了，但这只怪物的复原能力太强，污染也没用。所以她干脆不去做徒劳的尝试，只是一根一根地拔着触手，看到顺眼的甚至会打个蝴蝶结。

"汪汪汪……"眼镜狗见状，趁机冲了上去，一阵乱咬。在这个过程中，它不经意地瞄了一眼地上那些蠕动着的触手，似乎有些惋惜。

"这究竟是怎么回事？"赵士明的脸上露出了愤怒而又不解的神色。他不是精神能力者，但他对精神力量的研究足以让他看清楚大部分精神能力者战斗的虚实，并借助"神"的力量做好规划，借此占据优势，确保自己立于不败之地。但如今，他那条理清晰的大脑却被一种混乱感所充斥。他不明白，对手明明在身前，背后的精神力量攻击又是从何而来？对手明明在驱使一种强大的精神力，与"神"的精神冲击对抗，又怎么能分心开枪？他的对手究竟有几个？

感觉到赵士明的混乱，陆辛的心情莫名变得很好。一家人配合作战果然是最有效果的，那么强大的"神"，不还是被他们搞得手忙脚乱的？而且，他们都没尽全力呢！他的家人都没到齐！

受到赵士明的影响，"神"的节奏也出现了明显的混乱，陆辛趁机大步冲了过去。随着他的靠近，影子的力量也得到了加强。"嘎吱——"伴随着钢铁扭曲的声音，影子一寸寸推进，即将蔓延到"神"的脚下。陆辛飞快地冲到"神"的面前，屏住呼吸，对着它的心脏位置连续开枪。接连不断的蓝色电弧炸开，"神"的精神冲击被一寸寸击碎，子弹终于开始打在赵士明的脸上。

与此同时，影子终于来到了"神"的脚下。下一秒，从"神"的双足开始，咔咔之声不绝于耳，它很快就再度变成了一堆烂肉。

"这回可以下班了吗？"陆辛心里这样想着，行动却不敢大意，一边警惕地看着那堆烂肉，一边又拔出了一把枪。但他没有继续开枪，因为他已经知道了，子弹对这怪物的作用微乎其微，再乱开枪就是浪费。

"最好别起来了吧！"他心里想着，甚至都想求求它。

"唰啦"一声，一根血红色的触手忽然从烂肉堆里钻了出来，刺向陆辛的面孔。陆辛猛地后退，同时轻轻皱了一下眉头。

这种怎么杀都不死的怪物真的太可怕了！害得他要加班，还不一定有加班费！

第八章

搞定"神"的男人

"他们这是在做什么？"

酒吧里面，蜡烛的光芒不时颤动，将周围照得忽明忽暗。

陈勋腰背挺直坐在高脚凳上，两只手被玻璃钉在桌子上，鲜血已经流成了两摊。钻心的疼痛时时折磨着他，他动也疼，不动也疼，锋利的碎玻璃碴儿仿佛已经逆着鲜血流进了他的血管里。他的手掌不受控制地微微颤抖着，每抖一下，疼痛更甚。他只能尽量转移自己的注意力，感受着周围的变化。

虽然他不是精神能力者，但也能够从楼面的颤动以及隐约传来的嘶吼声大体猜到正发生着什么，他的脸上露出了无奈的苦笑："那个家伙在做什么？他真以为神之躯体是可以用暴力杀死的？赵士明博士又在做什么？难道直到现在，他还没明白究竟什么才是神真正的力量？"

他默默地想着，手掌又不由自主地颤了一下。旋即，疼痛钻进了他的脑海，将他从理智的思考中拉了出来。

好疼。他知道疼痛只是受创部位刺激神经引起的正常的生理反应，没什么大不了的，但是，真的好疼啊！

"实验已经成功，神……降临了！"

当陆辛正头疼该怎么杀死那个生命力顽强的"神"时，中心城某个习惯不开灯的会议室里，几个身上披着黑色斗篷的人正围着一张长桌讨论着前哨站刚刚传回来的信息。

负责传递信息的人语气有种按捺不住的激动："黑台桌的实验已经成功了，我们的投资也看到了回报。诸位，祝贺你们。从此以后，你们就是可以驾驭神之力量的人了！"

与他比起来，另外几个人明显要冷静得多。

"多支精神能力者小队已经赶往水牛城，确保他们不会对我们的计划造成影响吗？"一个身材有些肥胖的男人双手交叉在小腹位置，靠着椅背，平静地发出了询问，"另外，那个实验体的安全性和可控性是否有保障，我想我们很快就可以得到答案。"

传信息的人稍微冷静了一些，道："那些精神能力者本来就是我们检测实验体力量以及性能的一个环节，根据目前得到的情报，他们在实验体面前几乎没有任何反抗的余地，这足以证明实验体的强大。至于安全性方面……我想，黑台桌已经为我们做过足够的演示了！"

长桌周围的人都沉默了，似乎在盘算一些重要的事。他们明显都不是那么容易被短暂的胜利冲昏头脑的人。

"既然如此……"片刻的静默之后，一个身材瘦长的人轻轻开了口，"什么时候与研究院摊牌？"

"研究院"三个字出口的瞬间，所有人都脸色微变。仅仅是提到这三个字，他们的心脏便不由自主地猛然跳动了几下。

"研究院到现在为止都还没有任何反应，是他们没有发觉，还是……"

黑暗的会议室里，死寂蔓延开来。

"啪！"忽然有人重重拍了一下桌子，沉声道："这是我们一早就做好的选择，那我们就需要做到底。研究院里毕竟只是一帮书呆子，他们除了搞各种各样的研究，根本就不懂任何东西。放任一批只知道追求所谓'真理'的人去胡作非为，是一件极度危险且疯狂的事！如果不是他们极力阻止，中心城与其他高墙城之间不会仍然以联盟的形式存在。再说了……"他的语速放缓，像在考虑什么。然后，他忽然掀去了自己的黑色斗篷，一张瘦长阴沉的脸庞顿时借着窗外的微光，呈现在众人的眼前。

众人大吃一惊，很明显，他们认识这个人，没想到他居然敢露出脸来。

露脸的人目光坚定地扫过众人，低声道："研究院确实强大过，但是这么多年来，背叛、内乱、实验失败、寄生物品丢失……接二连三的打击早就已经严重损害了研究院的实力。所以，是时候由我们行政总厅来接管研究院的具体事务了。"

听了这话，有人微微咬了咬牙，下定了决心，也有人只是坐着，沉默不语。

过了半晌，才有人开玩笑似的道："既然这件事已经准备了这么久，就没有半途而废的道理，由行政厅来掌控研究院，本来就是大势所趋。所以，诸位尚请安心，研究院那些人只是一帮象牙塔里的神经病，除了研究什么也不关心，反应慢些也正常。说不定到了这时候，他们还只顾着到餐厅吃饭呢……"

中心城有大小两个主城，规模小一些的二号主城位于一号主城的东侧，是一座异常干净且有条理的城市。这里的每一条道路都修建得符合物理上的美感，建筑墙面干净得反光。仔细观察就会发现，无论是建筑群，还是绿植、河流、湖泊，都没有任何不对称的地方。

城中心坐落着一大片规整的高楼，间杂着整齐的草坪。这片建筑群的大门是由两扇高达四米的铁栅栏组成的，此时此刻，大门正半掩着，轻轻伸手就可以推开。

大门外站着一个身穿军装、身材笔挺的男人，他的身后停着一辆辆军车，每一辆军车上都满载着全副武装的精英战士。

男人没有伸手推开铁门，只是在门外等着。他看到，铁门后面正是一派和乐的景象。

此时正是饭点，一个个穿着白大褂的知识分子怀里抱着书籍，从不同的建筑里走出来，步履悠闲地向餐厅的方向走去。草坪上有一些精力比较充沛的年轻人在大呼小叫地踢着球——球技无疑是很烂的。

穿着军装的男人抬手看了好几次腕表，几度忍不住想要冲进铁门里去，但他还是忍住了。

不知等了多久——事实上是三十七分钟零四十二秒——研究院里终于有一个留着乱糟糟的长头发、戴着一副黑框眼镜的女孩跑了出来。她看起来跑得很吃力，气喘吁吁的，只是那个速度还不如一只乌龟……

"院长给回复了！"她跑到铁门前，喘了两口气，手撑着膝盖歇了一下，才着急地说道。

穿着军装的男人忙向前迎了两步，沉声道："他同不同意？"他一边说，一边又看了一眼腕表，"对方现在极有可能已经行动了，我怀疑已有多支武装部队通过各个方向进入了一号主城。另外，据水牛城那边传来的消息，黑台桌的禁忌实验已经成功，如果对方选择用研究出来的怪物攻击研究院，我们将没有任何还手的能力……"

"你……"女研究员摆了摆手，又喘了一口气，"先让我说完，不然我脑子乱。"

穿军装的男人被噎了一下，只能焦急地等着她把话说完。

"院长……院长说，他现在很忙……"女研究员的声音总算清晰了一些。

"很忙？"穿军装的男人顿时又忍不住了，"你说清楚了吗？什么事值得这时候去忙？"

"你……别说话！"女研究员用力挥了一下手，"院长说……他快胡了。"

"胡？"穿军装的男人难以置信，"胡了？"

"对！"女研究员道，"清一色。"

穿军装的男人一下子沉默了，内心只有一个想法：闯进去给院长的脑袋来一枪，或者直接在这里给自己的脑袋来一枪。

靠着强大的自制力，他冷静下来，咬牙切齿地问道："那……我们该怎么做？"

"什么该怎么做？"女研究员说话总算快了起来，看了穿军装的男人一眼，"院长的意思不是很明显吗？处理禁忌实验也好，清理特殊污染也好，不都是行政总厅的事吗？当初可是说好了的，研究院不管行政方面的事，行政总厅也不来干涉研究院的事，大家各司其职，互相扶持，才可以相安无事，让中心城与整个联盟和平地发展下去。"

"可是……"穿军装的男人硬是被她的这番套话说得脑子都乱了，愣了一会儿才又问道，"那如果已经有人不希望再继续相安无事了呢？"

"呵呵，那就是他们的问题了。"女研究员听了，笑着摆了摆手，"好了，我要去吃饭了，今天餐厅里有糖醋排骨。"她一边说一边转过身，又于心不忍地回头看了穿军装的男人一眼，好心地劝道，"你也回家吃饭吧，不看看现在都几点了？"

为了躲避迎面刺来的触手，陆辛皱着眉头飞快地向后退去，脚下的影子不情不愿地跟着收了回来。似乎是因为刚才被"神"的精神冲击拦住了足足二十多秒，父亲变得很不甘心，他才不想管"神"要怎么杀才能杀死呢，干脆先把它剁成肉酱再说！他的脾气似乎一直都是这样急躁……但他还是勉为其难地配合了陆辛，毕竟，妈妈不在，家里就他一个大人了……

下一秒，影子再次飞向前方，覆盖住了那摊血肉。但那摊血肉突然开始膨胀，随着体积的变大，逐渐有一部分血肉摆脱了影子的控制。旋即，越来越多的触手向空中伸去，仿佛青蛙的舌头一样粘在了天花板上。

"刺啦"一声，那部分血肉忽然撕裂，直接借助触手冲上了天花板，然后从陆辛制造的那个洞钻出去了……

逃了！"神"居然逃走了！陆辛反应过来，立刻大喊了一声"妹妹"。

下一秒，他手脚轻快地沿着墙壁爬了上去，蹿到那个洞旁边，身子一缩，钻了出去，急急地追赶着"神"。

"神"的速度很快，利用触手一层层穿过陆辛制造的大洞，逃向地面。而陆辛则在墙壁与天花板上攀爬，瘦长的身躯微微一缩，就可以钻过极小的空间，黑暗中格局复杂的大楼仿佛成了他的乐园。他一直紧紧地追赶着"神"，像追逐着自己的猎物。

"嗖！""神"飞速蹿出大楼，向更远处逃去。随着它经过一栋栋空洞的建筑，隐藏在那些建筑里的血肉怪物挥舞着粗大可怖的触手爬出来，有的袭向紧紧跟在它身后的陆辛，有的则飞快地融合到了它的身上。

"好胆小的'神'……"陆辛的表情很兴奋。他时而奔跑在楼面上，时而消失在建筑里。下一刻，他突兀地出现，身形高高地跳到半空之中，影子散乱，面目狰狞。"唰啦啦……"不时有可怖的触手从两侧的建筑中伸出来，砸向他的脸。但他的速度几乎不受影响，有时没骨头似的缩成一团，躲过触手的横扫；有时借着奔跑的势头，抬枪射向血肉怪物。蓝色的电弧时不时炸在他前行的道路上，所过之处是一地焦煳的触手状血肉。

一栋废弃建筑的楼顶上，刚刚才找路爬上来的联合小队看着满城蠕动的血肉怪物，正考虑着该如何尽快向上面通报这事，忽然，他们听到远处响起了一连串噼里啪啦的声音。狂风向前方挤压，卷起一地尘埃，刀锋似的气流瞬间扫过他们的身体，让他们的每一根汗毛都竖了起来。他们猛地转过头，就看到一团可怕的血肉正飞快地向他们冲来。

根据这团血肉散发出的精神力场，他们辨认出这就是地下实验室里那只强大的绿色怪物。他们赶紧拔出枪来，严阵以待。有两个人直接闭上了眼睛，准备等死。

但是，那玩意儿竟然一秒也没有停留，"嗖"的一声就从他们面前飞过去了。

他们愣了一下，还来不及思考这是怎么一回事，就听见"呼"的一声，又有一道黑影从他们身前蹿了过去。依稀间，他们还看到一张脸向他们露出了关切的笑容。

所有人一下子就蒙了。

过了好一会儿，壁虎才转头看向陈菁，喃喃地开口问道："组长……你刚才有没有看到，好像有什么东西在追着那玩意儿跑？"

夏虫也看向陈菁："你们青港城清理污染的方式……都这么狂野的吗？"

陈菁张了张口，却什么也说不出来，好一会儿才默默地点了一下头。

"跑得可真快，是黔驴技穷了，还是在憋着什么坏心眼？"陆辛一边跑一边想着。他已经把身体完全交给妹妹控制了，因为只有妹妹才知道如何最有效率地利用他的身体。

一路上，无数可怕的血肉怪物纷纷从黑暗之中现身，整座水牛城仿佛已经变成了血肉怪物的巢穴。但有父亲在，这些血肉怪物对陆辛造成的影响不大。

转瞬间，陆辛就已经赶到了中城区附近，与"神"的距离越拉越近。"神"似乎感觉到了身后越来越难以忽视的压力，慌不择路一般转进了一条街道之中。那条街道上没有一点灯光，两侧的高大建筑也挡住了月光。陆辛毫不犹豫地跟着它冲了进去。

"嗡——"刚一进去，他便感觉到了一种异常的力量，仿佛周围有无数只眼睛在窥视他、影响他。他立刻停下脚步，脚下的影子扩散开来。周围的黑暗在陆辛的视线里变得越来越稀薄，他几乎瞬间就察觉到了那些目光的来源——这条街道的两侧满是粗壮可怕的触手，与他一路上绞碎的触手没有什么不同，只是这些触手上长满了血红色的眼睛。

陆辛心想，这是地狱小组那个心魔的能力。当时在汽车旅店，心魔一个人就差点将他逼进了绝境，如今，这里的眼睛数量更多，力量也更强，几乎等于十几个心魔的威力。

不过，陆辛的脸上毫无惧色。他大步向前走去，影子瞬间覆盖住了那一根根触手。"啪啪啪啪——"无数眼球瞬间爆碎，溅落一地的血浆，仿佛两侧有喷泉在向外喷吐着血水。上次在汽车旅店，他身边有很多人，他不得不顾及那些人的安危，但现在他可是孤身一人，解决问题的方式当然可以简单粗暴一点！

"哇——"就在这时，前方响起了一声婴儿般的啼哭。随着这个凄厉的哭声，一团暗红色的血肉从黑暗里生长出来，开始无尽地膨胀，渐渐变成了一堵血肉之墙，然后又长成了一座血肉大山，足有十层楼那么高，带着一种令人作呕的腐臭味道向陆辛挤了过来。

血肉大山里面，一张直径二三十米的婴儿面孔慢慢浮现出来。它带着诡异的笑容俯视着陆辛，然后向他伸出了胖胖的手。

陆辛没有抬头看它，而是继续向前迈了出去，脚下的影子忽然缩成了一条线，闪电般划过那张婴儿面孔。巨大的血肉之山瞬间从正中间裂开来，哗啦啦地倒了下去，分作整齐的两堆血肉。周围顿时弥漫起了一种难闻的腥臭气息。

陆辛从两堆血肉中间走过，身边的空气扭曲，让脚下黏稠的血液恐惧地逃向两侧。他抬头看向街道尽头的"神"，脸上露出了一个温和的微笑："哟，堵住你了……"

"还有别的能力吗？"陆辛顺着街道向前走去，笑容和气地轻声询问，"我能感觉到，这些都不是你真正的能力，所以你的能力究竟是什么？"

"神"正冷漠地看着他。它的六只眼睛，四只看着别处，剩下两只则死死地盯着他。它的身前有三只蛹，被细细的血丝吊在半空之中。其中两只蛹已经破裂了。

陆辛知道，那两只蛹便是地狱小组的心魔与婴。他有些奇怪，心魔与婴应该已经被中心城的精神能力者杀掉了，它们的能力怎么会出现在"神"的身上？这难道是那个禁忌实验的某一个环节，可以将其他能力移植到它身上？那地狱小组除了心魔和婴，还有谁？他想不起来了……

陆辛继续向前走去，眼睛看着第三只蛹。

"咔嚓"一声，第三只蛹也破裂了，一把餐刀从里面伸出来，把裂口划得更大。然后，黑发白裙的小十九从蛹里钻了出来。

下一刻，陆辛周围出现了更多的小十九。她们有的从建筑物空洞的窗口里钻了出来，有的从那些蠕动着的血肉里钻了出来，有的从地下钻了出来，有的从半空之中慢慢落了下来。十几个小十九瞬间包围住了陆辛，每一个手里都握着餐刀，身上遍布粗大的刀疤。

陆辛停下脚步，轻声道："小十九，我终于找到你了。"

之前抱住小十九的时候，他就知道了，他抱的不是真正的小十九。而现在，他终于找到真正的小十九了。

"咯咯咯——"木偶的关节活动声响成了一片，所有的小十九都抬起头来看着陆辛，眼睛里一片空洞。

陆辛继续向前走去，边走边耐心道："听话，跟我回去好吗？我不是很会哄小孩，但我知道你这几年肯定过得很不好……"

陆辛走了没几步，离他最近的那个小十九忽然向他冲了过来，锋利的餐刀袭向他的脖子。

陆辛的反应很快，肩膀陡然塌陷下去，脖子也缩到了一边。与此同时，他的手向外一掏，直接洞穿了这个小十九的身体。

这个小十九滞钝地动了几下，便歪下了头。

陆辛继续向前走去："我来带你回家！"

"咔咔咔——"关节活动声再次连成了一片，所有的小十九同时向陆辛扑了过来，手里的餐刀划出一道道交错的寒光，无数的白色小裙子在空中翻飞。

之前那种肉眼看不见的丝线瞬间交织在了这条街道上。

陆辛叹了一口气，大声喊道："妹妹！"他的身体瞬间变得好像没有骨头一样，快速向前扑出。那些看不见的丝线把空间分割成了一个个小方格，小得连一只灵巧的小猫都过不去，但陆辛却身形扭曲变换，飞快地穿了过去。他用这种方法躲过了十几个小十九的攻击，最终站在了最远处的那个小十九面前。她正面无表情地看着向自己走来的陆辛，高高举起的餐刀似乎随时会刺下来。

陆辛向她露出一个温暖的笑容，然后蹲下身，无视那把餐刀，将她揽进了怀里。

"扑哧"一声，餐刀插进了陆辛的胸口。

陆辛脸上的笑容没有半点变化，双手将小十九抱得更紧了。餐刀因此插得更深，有冰凉的疼痛感从胸口传来，陆辛却感觉很满足，仿佛心里的空洞被填满了。

鲜血顺着刀锋溅到了小十九的脸上。小十九小小的身子僵了一瞬，随后便剧烈地挣扎起来。

"小十九……"陆辛按住小十九用力晃动着的小脑袋，慢慢抚摸着她的后脑勺，用一种担心会吓到她的口吻在她耳边说，"不要再害怕了，我已经想起你来了。对不起，我不该把你忘了这么久，更不该忘了，我曾经……杀了你。你害怕我，觉得我是大怪物……但没关系。"

"大怪物……"小十九好像被这三个字触动了，挣扎的动作慢慢停了下来。不仅她停了下来，陆辛身后那十几个正沿着丝线飞过来的小十九也忽然停了下来，脸上都露出了迷茫的神色。她们从各个角度看着陆辛将自己抱入怀中，好像分别想起了各种不同的回忆，有的回忆起了陆辛将自己逼到角落的事，有的回忆起了更多可怕的事。

小十九空洞的眼睛里缓缓浮现出了一层雾气。

"咕——"就在这时，街道尽头的"神"发出一种空洞而虚无的声音，下一秒，无穷无尽的血丝从它身上延伸了出来，其中有很大一部分与小十九制造出来的丝线连接在了一起。剩下的血丝则贴着地面与墙面爬行，向小十九涌了过来。与此同时，好像有某种意志灌输进了小十九的身体，使得她的身躯微微颤抖着，眼中涌现出疯狂之意。

陆辛轻轻地呼了一口气，心疼地抱着小十九，轻声道："别害怕。"

小十九眼睛里的疯狂之意退去，迷茫的神色再度出现。接下来，疯狂与迷茫飞快地在她的脸上交错着。小十九明显与那只被称为"神"的怪物有联系，换句话说，她一直在受着"神"的影响，这种影响自然也可以说是一种污染。陆辛不知道该怎么切断这种污染，此时此刻，他能够做的只有抱住小十九。

陈菁不久前跟他说过"反向污染"的概念，他在精神能力者初级培训课程里也学到过污染的定义与其本质。普通人也有污染，大笑，大哭，或者任何一个无意识的动作，都有可能造成"污染"。现在他唯一祈求的就是自己的怀抱可以"污染"小十九。

"你在干什么?"赵士明的脸在"神"的胸口狰狞地喊着,声音已经听不出一点理智了,"这种层次的力量是给你这样的小孩过家家玩的吗?我根本就不该跟你浪费那么多时间!现在我总算明白了,什么才是真正属于神的力量!"

陆辛没有说什么,只是眼神阴冷地看了"神"一眼,脚下的影子忽然拉长,向它冲去。

这一次,"神"的反应比较快,六只眼睛同时眨动,再次释放了精神冲击。精神冲击的力量与影子再次碰撞到一起,将地面横着割出了一道道深刻的划痕。但是这一次,影子突破的速度远比之前更快,像细密的黑色锯齿一样,将代表着精神冲击的扭曲空气一层一层地侵蚀。短时间内,影子距离"神"便只有一米远了。

"神"似乎慌了,身上那些密密麻麻的血丝延伸出去,变成了血管一样的物质。那些血管缠在周围的建筑物上,"哗啦"一声,废旧的建筑物破碎,鲜红色的巨大肉块涌了出来,由那些血管送到"神"的身边,与它融合在了一起。

数不清的血管继续无限延伸,只消一会儿的工夫,就将整座废弃城市的所有血肉怪物都缠住了,促使它们向"神"汇聚而来。一时间,全城到处都是血肉怪物在爬行,所过之处,一座座建筑倾倒,扬起无数尘埃。

整个水牛城仿佛变成了一颗巨大的"心脏"。

随着血肉怪物渐趋汇集,"神"的精神冲击也越来越强大,瞬间将影子推到了三米之外。与此同时,"神"的躯体在渐渐抬高,最终变得比那栋最高的大楼还要高上不少。赵士明的脸已经消失了,或者说彻底融化了。"神"只剩下一张漠然的面孔,在弯弯的红月之下俯视着这座废城,也俯视着渺小的陆辛。

下一刻,"神"的六只眼睛同时眨动,释放出一浪接一浪的精神冲击。影子立刻被挤回了陆辛的脚下,那有如实质的冲击力刮起一层层泥沙,像子弹一般向陆辛打来。

"啪啪啪——"陆辛身前出现了一个扭曲力场,将泥沙弹向了四面八方。这时,"神"的身上忽然延伸出无数根触手,瞬间缠住了两侧的高楼。

触手收缩、勒紧,将高楼勒成了束腰葫芦的形状,然后将其连根拔起,举起来向陆辛砸去，参差不齐的断面与扭曲锋利的钢筋茬头直接插向陆辛的身体。泥石与建筑废料滚滚落下，直接填满了这条街。

陆辛的身影已经彻底看不见了，不知道是否已经被压成了肉泥。但"神"还不满意，巨蟒一样的触手又缠向更远处，一座座房屋、一栋栋楼被它拉扯过来，重重地砸向街心。

随即，"神"似乎感觉到了力量的匮乏，于是，那些与它融合在一起的血肉怪物同时延伸出一根根血管，咝咝如蛇，飞快地向外城区涌去——那里正生存着十万以上的流民，都可以当作现成的"材料"。或者说，这些流民本来就是黑台桌准备的材料。

以强大且不可阻挡的气势污染整座城，控制整座城，这才是真正属于"神"的力量。

"部长，我们应该立即通报威胁升级，并申请使用大规模杀伤性武器……"此时的水牛城外三十里处，刚刚撤退二十里的禁忌实验应急处理前哨站，所有的留守人员都神色惊恐地看向水牛城方向。站在他们的位置可以清晰地看到，红月之下，那座废弃水池上空正缓缓升起一道暗红色的巨大影子。隔着夜晚的薄雾，他们看不清那影子的具体模样，但是，每个人都能感觉到它给他们带来的无形的恐惧感与压迫力。前哨站周围一台台大型检测仪像雷达一样对准了水牛城，这时候，它们都显示出了同一个让人触目惊心的数字——3000！

"我们现在检测到的只是水牛城外围位于精神辐射边缘的数据。那只怪物是有实体的，是具备活性生物特点的。根据以往对代号为'生命'的精神体的数据分析可以得知，这类实验品具备精神力量内敛的特征，也就是说，我们检测到的精神辐射量只是它无意识散发出来的一小部分。由此推算，它真正的精神量级是……"一位工作人员快速地做着汇报，"十万！"

在场所有人都不由自主地颤抖了一下，包括端着枪安静地站在一边的武装战士。

"最关键的是……"另有一位工作人员拿着文件汇报道，"它的精神量级仍然在不停地增长！根据以往的研究，'生命'可以通过污染并吞噬其他的生命力，来达到提升自己精神量级的目的。如果任由它继续发展下去，当它吞噬了水牛城的十万流民后，它的精神量级将达到……"他好像有些不敢说出那个可怕的数字，于是换了一种说法，"屠城级！真正的屠城级！根据联盟的记载，除了最初的红月亮事件，前不久发生在青港城的海上国S级精神能力者袭击事件属于高墙城内受污染严重程度排第三的事件。但那时海上国并没有打算真正毁灭青港城，只是要打垮他们……可我们现在遇到的却是一起真正的屠城级事件！若是这只怪物污染了那十万流民，再向其他城市蔓延，那么我们……"接下来的话，这位工作人员几乎是吼出来的，"我们中心城以及周围的所有聚集点将会再次遭遇红月亮事件！"

先前那位工作人员冷静地补充道："不，不是再次遭遇红月亮事件。红月亮事件发生之后，世界上有三成人保持清醒，并活了下来，而这次的污染区域内将不会留下任何活口。"

一番紧张的汇报之后是压抑的沉默，所有的眼睛都看向了那位头发花白的总指挥，身经百战的他在周围的人都按捺不住心中的急躁与恐慌的时候，仍然保持着冷静。感觉到众人的视线，他平静地抬起头道："慌什么？"

所有人都怔住了，觉得这个问题问得荒唐。

老人的目光扫过众人，表情不怒自威："你们想干什么？直接通报上面，让他们投放一枚导弹过来？还是动用S系列武器？要知道，那里面还有十万流民，他们也是人！"他的声音越来越大，直接训斥起来，"真那么做了，他们有几个人能够活下来？"

"这……"老人大义凛然的话让所有人都呆住了。

"可是，如果不这么做，可能中心城及其周围都没有人能够活下来……"还是有工作人员大着胆子说道。

老人脸上露出了一抹讥嘲的笑容："因为你自己害怕，就置十万流民的生命于不顾吗？更不用说水牛城里不仅仅有十万流民，还有我们的五支精神能力者小队，以及一位遭到绑架的博士，你想直接一枚导弹过去，把他们也消灭了？"

所有的工作人员都说不出话来了。他们感觉异常为难。老人说的每句话都对，都很有道理，但是，他们感觉有什么地方不对。

"先不要慌！"老人呵呵笑了一声，看了一眼腕表，"十个小时的时间还没到，不是吗？"然后他好整以暇地坐回了帆布椅上，端起了旁边小桌上的咖啡。

"在时间到十个小时，或是行动组与潜伏者给出明确的信号之前……"他慢慢说着，脸上露出了奇怪的笑容，"我们先不用着急！"

"完了，这……这玩意儿就是神吗？"壁虎低声哀号着。

水牛城里，当"神"的血管蔓延全城时，联合小队成员心里都生出了一种压抑的感觉，好在那些血管无法影响到他们。而当那只庞大的血肉怪物从中城区生长起来，粗大而可怖的触手延伸向周围，像拔草一样举起了无数大楼时，他们就不仅仅是感到压抑了，而是从心底深处生出了一种绝望感。这只怪物的污染能力本来就可怕，而此时此刻，已然变成庞然大物的它更是勾起了每个人藏在灵魂深处的对巨物的恐惧。

"所有通信工具都受到了影响。"身材娇小的夏虫抬头看了看那只怪物，然后下令，"使用信号枪通知外面……可以使用大规模杀伤性武器了。"

中心城的其他精神能力者都脸色微变，他们自然明白，这时候让外面使用大规模杀伤性武器代表着什么，但他们用余光看了看那只怪物，又能理解夏虫的决定。

在其他人的沉默中，医生嘿嘿笑了两声，道："我早就想近距离看看大烟花了！"他一边说，一边从自己的包里拿出了一把信号枪与一枚红色的信号弹。

壁虎的脸色一下子变得十分苍白，求救似的看向旁边的陈菁。

"没用。"陈菁深深地呼了一口气，按住医生准备装填信号弹的手，然后看向夏虫。

夏虫猛地转过头看向她的脸。

陈菁的脸色也有些苍白，但声音听起来非常冷静："你以为前哨站观察不到这里的变化吗？如果他们想使用大规模杀伤性武器，早在城里的血肉怪物苏醒时就使用了。或许他们也做好了牺牲我们的准备，但在那之前，他们一定会通过信号来提醒我们，让我们和那些聚集在外城区的流民尽可能地撤离。但是，你有看到信号吗？"

夏虫有些木讷地看着陈菁："你想……说什么？"

"我想说的是一些你早就知道的事。"陈菁冷漠道，"难道你就一点都没有怀疑过？为什么黑台桌可以在中心城周围搞出这样隐秘的实验室？若没有足够的利益，水牛城是怎么从荒野吸引十万流民聚集过来的？潜伏者为什么没有相关的报告？看起来是中心城为解决这件事而委派了你们，但是，你们真的是中心城最强大的力量吗？"她一口气问了很多问题，然后看着夏虫的眼睛，"我早就说过，你们中心城人太多了。"

夏虫向来面无表情的脸上露出了懊恼的神色，其他精神能力者则是一脸茫然。

最早反应过来的是精致男，刚才与众人奔跑了这么久，他身上居然连一点灰尘也没有沾到。他用手帕捂着口鼻，瓮声瓮气地笑了笑，道："那依你们青港城的看法，现在该怎么做？"

陈菁沉默了一会儿，抬头看向那只怪物庞大的身影："我们还有一个队员在那里。"

"他……"夏虫尽可能地保持着声音的平静，"他面对的是一只精神量级几乎已经成长到屠城级的怪物，而且大概率已经被埋了，但你仍然觉得他能够解决那怪物？"

"对！"陈菁点了点头，轻声道，"我必须承认，他不是一位普通的蜘蛛系精神能力者……"

"是的……"面对中心城精神能力者们的一脸疑惑，壁虎颤巍巍地开了口，"他的家人很厉害的！"

被一栋楼砸到脸上是什么感觉？陆辛觉得自己又多了一点人生阅历。碎乱的建筑材料一层一层堆在他身前，让他周围变得一片漆黑。起初他试图抵抗，只是，那种由重量转化过来的力量根本就不是精神冲击或扭曲力场可以抵挡的，哪怕他可以借助妹妹的力量，也无法躲避。于是，他结结实实地被埋在了街道中间。

"轰隆！轰隆！"剧烈的声响仍然在继续，那是"神"将更多的建筑砸了下来。

它这是在玩堆积木吗？陆辛摇了摇头。其实他对目前的局面挺满意的，因为他可以一直抱着小十九。无论是拥抱，还是小十九插在他胸口处的餐刀，都让他产生了一种可以填补那种空虚的感觉。

此时的妹妹不敢也不愿意打扰陆辛，她轻轻抱着他的胳膊，小脑袋搭在他的肩膀上，看着他怀里的小十九。"哥哥……她现在不害怕了。"她轻声说道。

这一点陆辛也能感觉得出来，因为小十九已经不再激烈挣扎了。他甚至感觉她想要把餐刀从他的身体里拔出来，只是他抱得实在太紧了，她无法做到。看样子，"神"已经放弃污染她了。

"该死，该死，该死！"黑暗里，父亲正愤怒地骂着。正是他用自己厚实的肩膀扛住砸落下来的建筑，撑起一个小小的空间，救下了陆辛和妹妹，以及小十九。只不过，他肩上的重量正在增加，他也已经彻底被激怒。

本来他并不愿意插手陆辛和小十九之间的事，之前小十九袭击陆辛的时候，他就选择了沉默。但在这种情况下，他就不能袖手旁观了，这让他很愤怒、烦躁、不满。"你只会抱着小姑娘在这里哭吗？你只会任由废物把一座城市砸到你身上吗？你不觉得你表现得太虚伪了吗？"

父亲的咒骂声让陆辛稍稍恢复了理智。与小十九比起来，"神"当然不重要，但再不重要，也要清理掉，毕竟这是他的工作。而且，他还要借此教育一下他的亲人。

听着隆隆的巨响声，陆辛暗自感叹，原来这才是"神"真正的实力！最初，赵士明借着"神"的躯体，对联合小队展开了追杀。他确实在力量层面碾压了他们，打得他们毫无还手之力，但这种"强大"是流于表面的。他是一位厉害的研究员，很快就想到"神"的力量不是这么用的。而现在，他已经做出了最正确的选择——污染！他已经通过污染水牛城里那些血肉怪物，壮大了"神"的躯体，接下来只要污染了那十万流民，就可以壮大"神"的精神量级。到那时候，"神"的力量就可以发挥到极致！

而作为一位特殊污染清理者，陆辛现在面临的问题是，到底要怎么阻止这种污染，并进一步解决掉污染源呢？

他明显能够感觉到，父亲已经被压制了，除非他给予父亲更多的信任，否则父亲根本不能打败那怪物……他最高给过父亲百分之七十的信任度，但那是无意中给的。现在他给父亲的信任度最多只有百分之五十，这明显已经解决不了问题了。那么，要再给父亲百分之七十的信任度吗？

陆辛认真地思索着这个问题。他不确定父亲有了百分之七十的自由后会做什么，他担心到时候局面会彻底失控……

"废物，废物……"父亲的咒骂声越来越响亮。

周围的建筑发出了令人牙酸的嘎吱声，巨大的震动从上面传来，似乎又有建筑砸落下来了。父亲的身体明显地摇晃了一下。他本就不擅长保护，此时是被逼无奈才这么做的，偏偏又护不住，巨大的挫败感让一向心高气傲的他怒不可遏。

"大……大怪物……"忽然，陆辛的怀里响起了细细的声音。

陆辛的身子微微一颤，脑海里再度闪过那一幕幕被鲜血染红的画面。他确实杀死过小十九。他清楚地记得当时小十九满面血污的样子，脑海里也不时冒出其他许多带血的面孔，他们的眼神都非常恐惧。那些人……都是他变成怪物时杀的吗？

陆辛在害怕。他害怕自己会再度变成怪物！如果他变成了怪物，那么，陈菁、壁虎，以及才认识的中心城那个矮矮的小姑娘、气质特别讨人喜欢的医生……也会被他杀死吗，就像他记忆里的那些人一样？未来某一天，他们会不会也成为他记忆中那一张张染血的脸？

陆辛的内心不断地摇摆着。他感觉自己可以击败"神"，但心里却在犹豫。他是可以杀死敌人，但他不知道杀死敌人后，他一睁眼，会不会发现自己杀了更多朋友……

"轰隆！"水牛城上空，鲜红色的触手再度卷着一栋残破的大楼砸了下去。看着面前山一样的建筑碎片，"神"的六只眼睛里只有冷漠，身边的触手无意识扬了起来，仿佛在宣示自己的强大。而在这座城市各处幽暗的阴影里，数不清的血管正发出蛇群爬行的声音，蔓延向外城区，蔓延向那些流民聚集的地方。

城外，前哨站的人还在旁观。城内，一栋幸免于难的大楼前，中心城与青港城的精神能力者们都呆呆地站着，仰视着"神"！

无尽的废墟下面，陆辛心里交织着种种情绪，痛恨、愤怒、沮丧、悲伤、恐惧……乱！他感觉异常混乱，混乱到又一次想要破罐破摔，一了百了，将一切都忘记。

"大怪物……"就在这时，小十九好像终于适应了陆辛的怀抱，把小脑袋靠在了他的另一边肩膀上，梦呓一般轻声说着，"大怪物答应过小怪物的，他会带着小怪物们逃出这里……"

霎时，陆辛感觉脑海里像有一枚炸弹炸开了。这句话好像一把钥匙，瞬间开启了他更多的记忆。

他们坐在各自的苍白冰冷的实验室里，隔着小小的窗口，传递着彼此的话语。

"怪物，这就是一群小怪物……"经常会有一些声音在门外响起，带着恐惧，以及不屑。这些人时常这样说，仿佛只要把这些孩子当成怪物，手术台上发生的一切就有了正义的理由，他们就不必再受到良心的谴责。最可怕的是，他们不只是自己说说而已，有时候还要让这些孩子承认自己是怪物。

"说呀，你们是不是怪物？"

"你们比城外的疯子还疯，你们变成了更讨人厌的怪物……"

孩子们都接受了这样的说法，毕竟大人的话是不会错的。只是，偶尔，他们的小脑袋里也会生出一些疑惑。最胆小的小十九缩在角落里，都不敢大声哭泣，但陆辛记得她细细的声音："可是，小怪物也会怕疼的呀……"

一时间，陆辛的表情彻底失控，脸上的肌肉蚯蚓一般蠕动着。那些碎片式的回忆终于在这一刻成了一个完整的圆。

他还是没能想起所有的细节，但有件事完整地出现在了他的脑海里。他想起了小十九以及其他很多人的脸，他们将他当成了希望。他们是一群小怪物，他是大怪物，小怪物们用渴求的眼神看着大怪物，盼望着大怪物能带他们逃离那个可怕的地方。大怪物曾经向小怪物们保证过，一定会带着他们逃出去。

原来他真的是怪物，他们全都是怪物。原来小十九不是在害怕他，她只是想起了他。从想起他的那一刻开始，她就在向他求救。

陆辛肌肉扭曲的脸上忽然布满了泪水。他用力抱着小十九，颤抖着道："对不起，对不起，真的对不起！我怎么会把这么重要的事也忘了……"

无穷无尽的压抑感蔓延开来。弯弯的红月悬在城市的上空，月光猩红而清冷，带着一种残忍的意味。

红月之下是那庞大如山、高过这座城市的血肉怪物，以及站在这团血肉怪物上面，冷漠地看着下方这座建筑废墟的"神"。因为强大的扭曲力场的存在，无论什么人看过来，它的身形都是模糊的。

在这样一座山下面，一切活物应该都已经死了，它也很久没有听到下方有什么动静了。但它却敏锐地察觉到，下方某种情绪一直在滋长，与天上的红月一样，让它本能地感觉到了威胁。

"队长……队长怎么这么久都没有出现？"远处，壁虎在满怀期待地等待，但等着等着，他的心开始慌了。他心想，当初对付海上国的那位S级精神能力者时，队长也没有耽误这么长时间啊！他甚至在污染真正扩散开来之前就收拾了他。如今，污染其实已经扩散了，如果这是一座人口众多的大城市，那么就有三分之二的居民被彻底污染了。但是，"神"还在那里。难道队长的脾气变好了？

"轰隆！"就在这时，那座山一样的建筑废墟下面忽然传出了沉闷的撞击声，剧烈得就像地震了一样。不仅远处的联合小队成员同时诧异地抬起了头，红月下的"神"的六只眼睛也飞快地眨动着，看向下面的这座废墟。它从这座理应没有活物的废墟下面感觉到了强烈的精神波动。

"轰隆！"剧烈的震动声再次传了出来。同时，这座建筑垃圾山正在快速地坍塌，仿佛下面有个黑洞一样。

"嗡——""神"周围的空气忽然变得异常扭曲，像沸腾的水。无数根巨蟒一样的触手延伸出去，在周围空荡荡的地面上爬行着，穿豆腐块一样穿起了七八座平房，将它们从地面上撕裂开来，举到高空之中，向那个坍塌之处狠狠砸去。巨大的压力激荡着空气，穿在触手上的建筑挤压碰撞，发出让人头皮发麻的声音。

就在这串建筑快要砸落在垃圾山上时，剧烈的震动声又一次响起。在那个快速坍塌之处，一道黑色的影子如火山爆发一样喷薄而出。这道影子的颜色非常黑，几乎成了实质，仿佛是由无数颗颤抖着的黑色小颗粒组成的。

黑影迎上那串建筑，瞬间使其化作碎片，流星雨一样散落。紧接着，那些触手也节节崩断，腥臭的鲜血混着建筑碎片落到了地上。

"神"的六只眼睛同时瞳孔微缩，死死地看着黑影。远处，联合小队的所有人也呆呆地看着黑影，尤其是夏虫，下意识踮起了脚。

在由泥石与腥臭的血液组成的"骤雨"之中，陆辛从垃圾山下面走出来，怀里抱着一个穿着白裙子的小女孩。

"神"微微低头，六只眼睛俯视着陆辛。与此同时，陆辛慢慢地抬起头，仰望高高在上的"神"。他们的目光一产生碰撞，顿时有剧烈扭曲的空气波纹向四方蔓延。

与在实验室的时候相比，"神"的精神冲击已经强大了数十倍。巨大的冲击涌来的瞬间，陆辛有些站不稳，身体向后滑出。但他只滑了一米左右，便踩住了一块结实的水泥墙板。墙板悄无声息地出现了蛛网状的裂纹，但陆辛的身体好歹是站住了。他直视着"神"，微微眯起了眼睛。

"神"似乎感受到了挑衅，庞大的血肉身躯忽然同时剧烈收缩，然后猛地放松，一股强大的精神冲击像潮水一样挤压过来。所有的建筑碎片同时剧烈下沉，足足下沉了半米左右。陆辛手腕上的精神检测仪闪烁起了耀眼的红光，显示的数字变得紊乱——这种超标的精神冲击影响到了它的运作。

剧烈的冲击涌到陆辛身前时，陆辛脚下的影子忽然收缩，就像周围有灯光出现，将影子赶到了他的身前，凝聚成了小小的一片。

这片影子的中心处有一道黑影在飞快地上浮，像一只从地狱里钻出来的恶鬼。精神冲击冲到黑影上，瞬间分裂开来，向两侧涌去，在地上刮出了深深的"V"字形划痕。只有一颗被精神冲击裹挟而来的小石子弹射了两下，向陆辛怀里的小女孩飞去。

陆辛抬起手，将这颗小石子拦在了手里。"你果然还是不怎么擅长保护啊……"他捏碎小石子，抬头看向黑影。

"呵呵呵呵……"黑影发出空洞且让人心悸的笑声，带了点不屑，也带了点兴奋。

"准备好了吗？"陆辛的脸色变得认真。

黑影不再笑了："你真的愿意相信我？"

陆辛顿了一下，道："其实一直以来，都是你不相信我。"

黑影的两只血红色眼睛微微一眯，似乎有些警惕。

"抱歉！"陆辛忽然轻轻向黑影点了点头，语气诚恳地道，"之前的我确实不值得信任。我忘了太多事情，甚至包括我答应过他们的事。一个连人生方向都没有的人，当然不值得被赋予太多的信任，所以我理解你。但请你相信我，现在我知道该去做什么了。"

黑影似乎被他的坦诚吓到了，沉默了好一会儿才小声地试探道："你真的都想起来了？"

"不全是……"陆辛无奈地抬起手，敲了敲自己的脑袋，"还有很多记忆是大片的空白，不过，最重要的事已经想起来了。当初，或许是以为这些记忆已经没有用处了，所以我才把它们忘掉了吧……结果没想到，还有那么重要的事等着我去做，还有人在等着我……"说着，他有些不好意思地笑了笑，"这应该就是人生方向了，对吗？"

"呵呵呵呵……"黑影又发出了笑声。

与此同时，精神冲击失败的"神"操控庞大的血肉身躯像潮水一样涌来。它打算以血肉淹没陆辛，毕竟，这种带有强烈污染性质的血肉才是它最强大的力量，也是它真正可以倚仗的优势。

陆辛的眼前出现了一座高达几十米的血肉之山，里面隐隐可以看到神经与血管，像蛇头一样攒动着。

"你现在这个样子顺眼多了。"黑影看着陆辛，低沉道。

陆辛笑得非常温和："人总是会成长的。"

"是吗？"黑影低声说着，血红色的眼睛里出现了笑意。

这时候，那座血肉之山已经移动到了陆辛的面前。高大的血浪遮住了天空中的红月，大片的黑暗降临，陆辛即将像一颗小石子一样被淹没。

陆辛轻轻将小十九放到地上，摸了摸她的小脑袋，轻声道："转过去，小孩子不要看。"

当小十九听话地转过身后，陆辛转头看向那座血肉之山。然后他的表情忽然变得狰狞，血丝瞬间爬上了眼白。他右脚蹬地，身体笔直地向前冲了出去。与此同时，他伸出了手。在他的身边，早就准备好了的妹妹将她的小手递了过来。

当妹妹握住陆辛的手时，陆辛几乎把她扯得飞了起来。妹妹直接被甩到了陆辛的背上，顺势用两只小手搂住了陆辛的脖子。有了妹妹的帮助，陆辛的速度一下子提升了好几倍。他再次向前冲去，与身前的黑影碰到一起。黑影瞬间裹住了他，使他的身形看起来好像膨胀了两三倍。但他的灵活性与速度却不受影响，瞬间就撞到了那座血肉之山上。

血肉之山中的神经与血管瞬间向陆辛钻来。但它们甚至还没有靠近，便已经被陆辛身前那涌动着的黑影给切割了。下一刻，血肉之山上出现了一道裂痕，并且裂痕一路向上扩散，就像红海分开，给摩西让路一样。

陆辛以一种极为恐怖的速度，一路踏着血肉，冲向最上方"神"的主要躯干所在的位置，嘴里发出了阴沉的笑声。他的眼睛与黑影的眼睛同时看向前方，这样看起来，他仿佛有四只眼睛。

"神？"陆辛和黑影的声音叠加在一起，听起来空洞而冷漠，"不，你只是垃圾！"

对于陆辛眨眼间就突兀地冲到了自己身前，"神"似乎有些意外。从它的脸上看不出惊慌的情绪，但它的六只眼睛飞快地转动着，突然抬起了自己的右臂。下一秒，它的右臂瞬间变得粗壮，一根根狰狞的骨刺穿破石化的皮肤露了出来。

"神"挥动遍布锋利骨刺的手臂，直接向陆辛的面门砸了过来。

陆辛见状也抬起手臂，向前抓去。

随着"砰"的一声巨响，"神"击中了陆辛的身体，锋利的骨刺没入了他周身的黑影之中。但陆辛抬手抓住它的手臂，顺势一撕，就把它的整条手臂撕了下来，就像妹妹撕开玩具一样，特别顺利。

"神"似乎被激怒了，用另一条手臂狠狠抓来。与此同时，它身后的触手如蛇一般飞起，向陆辛的身体胡乱刺下，每根触手末端都吐出了一根明亮如匕首的骨刺。

它的速度已经出奇地快了，但陆辛却忽然出现在它身体的左侧，抬手一扭一按，就将它的另一条手臂扯了下来。下一刻，陆辛沿着它的身体游走，将它身上的触手一根一根撕了下来，然后是它的左腿，又趁着它的身体还没有倒下，摸向它的右腿。

"嗡——""神"散发出了扭曲的精神力，似乎想将陆辛弹开。但陆辛却无视这种力量，仍然仔仔细细地做着拆解工作。

"神"的脸上终于出现了愤怒的表情，但它还来不及反击，陆辛就借力高高地跳起，抓住它的脑袋用力向上扯去。

"刺啦——"神的脑袋从脖颈位置被撕开，连带着血肉，以及一根脊椎。

"神？呵呵……"陆辛看着"神"正变得黯淡的六只眼睛，发出了愉快的笑声。他猛地一转身，就看到在不远处，小十九正瞪大眼睛看着他。她的小脸上是膜拜的表情，就像以前一样。

陆辛无奈地将"神"的脑袋藏在身后，用手比画了一下，命令她再转回去。

"轰隆——"陆辛脚下的血肉之山猛地向下塌陷。与此同时，血肉之山上明显地鼓起了一个包，它飞快地移动着，向远处冲了过去。

"还没有死啊……"

陆辛并不感觉意外，他早已经了解这怪物的本质了——代号为"生命"的精神体，拥有高度的活性，并且可以污染血肉。它当然不是那么容易就能杀死的。

"去吧！"陆辛动也没有动一下，仿佛自言自语一般轻声说着，"这是我第一次真正释放你的力量，你应该不会让我失望吧？"

"呵呵呵！"父亲没有正面回答，只是笑了几声。

裹在陆辛身上的黑影忽然越变越薄，与此同时，他脚下的影子却一下子膨胀起来，飞快展开。很快，影子就与这座废墟无处不在的黑暗连成了一片。黑色的阴影里面，从陆辛的脚下开始，那些膨胀蠕动的血肉以肉眼可见的速度快速凝固，变成了陆辛之前见过的那种透明结晶体。

一种异样的气氛开始在整个水牛城蔓延开来。

"那是什么？"远远地，医生忽然打了个寒战，警惕地抬起头，"好像有什么更可怕的怪物出现了……"

城中心唯一一栋还保持着完整的大楼里，陈勋坐在蜡烛的光芒中，呆呆地看着自己的鲜血一点点流失。

突然，他产生了一种战栗感，身体猛地一抖，身上的汗毛无端竖了起来。

他想到了一些可怕的事。

"不会吧……"他喃喃自语，不敢相信自己的猜测，"被他藏在影子里的那种力量……释放出来了吗？"

下一秒，他感受到了大地的震动，也看到吧台上那块秒表的指针突然开始不停颤动，好像失灵了一般。这代表着，它被一股强大的精神辐射影响到了。

"没有用的。"他冷汗淋漓的脸上仍然带着自己的骄傲，"真正的'生命'是杀不死的！'暴君'的力量再强，也是唯一不具备污染性的精神体！怎么可能撼动得了'生命'……"

他激动地喊着，这种激动甚至让他暂时忘却了从两只手掌上传来的越来越难熬的剧痛，直到一双眼睛自周围的黑暗中睁开，冰冷的目光落到了他的身上。

水牛城外城区，那些血管已经悄无声息地潜入居民区了。

"这是什么？"一间破旧的屋子里，一个流民借着油灯的光芒看到了那些血管，顿时吓得大叫起来。

"唰！"数不清的血管像蛇群一样抬起头来，向他扑了过去。

"呼——"就在这时，屋子里的油灯突然熄灭了。那人惊恐地大叫着，想要冲出房门，却发现自己早已经吓得动弹不得了。

在油灯熄灭的瞬间，他感觉到了一种刀锋刮过汗毛一般的森冷感。旋即，他听到了剧烈的碰撞声，然后是利刀剁骨头的声音。

同样的混乱不只发生在这间小屋里，屋子外面有人在惊呼，有人在尖叫，有人在大声喊着："阿毛快跑，别抱那只羊啦……"但这些声音只持续了片刻，然后便是死一样的寂静，仿佛每个人都被刀锋抵住了脖子，戛然失声。

"轰——"不知过了多久，巨大的震动声打破了这种寂静，外面有房屋塌了。不知什么东西燃烧了起来，火光瞬间照亮了这片区域。

借着外面的火光，那人看清了屋内的景象，顿时惊恐地瞪大了眼睛。他看到了一个高大而阴森的男人，他穿着透明的雨衣，正将一只怪物抵在墙壁上，手里的餐刀不停地捅进怪物体内。然后，他转头幽幽地看了他一眼。

这一幕，那个流民也不确定是不是幻觉，因为当闪烁的火光再次照亮屋内时，那个男人和那只怪物已经不见了，只是黑影深处好像有什么东西在乱动，或者说在抽搐、尖叫。

一弯红月挂在城市上空，整个城市里到处布满了黑色的影子。影子向来是安静而沉默的，但如今，它却好像活了起来。

每一个看到这种影子的人都产生了一种感觉，好像有什么东西正在影子里穿行。他们甚至可以感觉到，这影子里有一道目光，正在幽幽地打量着自己。无边的恐惧油然而生，让他们忘记了一切，身体好像成了一座座雕像。

　　"代号为'生命'的精神体可寄生于血肉之中，将其变为怪物。弱点：高温、可摧毁寄生精神体的各类武器，以及高强度的污染性。因其具备强大的再生长特性，所有弱点皆不致命。"

　　陆辛站在水牛城的最高点，也就是那座血肉结晶之山上，俯视着这座黑洞洞的城市，感受到了阴影里的危险。然后，他的脸上露出了开心的微笑。

　　"神"确实特别可怕，因为它几乎可以无限生长。在黑台桌的精心准备下，整个水牛城都是它生长的"材料"。满足了污染需求的普通污染源都可以在短时间内成长为怪物，更何况这个污染源是十三种异常精神体之一呢？这大概就是黑台桌满怀信心的原因吧？

　　只是，既然可以通过高强度的污染性解决问题，那事情就变得简单了。父亲会让他们彻底死心的。

　　整个水牛城除外城区之外，绝大部分废弃的建筑里都藏匿着可怕的血肉怪物。正是这些怪物让陆辛他们进入水牛城时遇到了不少阻碍，也正是因为这些怪物，"神"在那条街道尽头开始成长的时候，才瞬间获得了庞大的身躯。虽然后来它被陆辛打败了，但它借助自己的特性，顺利逃往了外城区。

　　然而，"神"向外城区蔓延的污染忽然中断了。然后，一切都不同了。

　　蛰伏在这座废城里的所有血肉怪物忽然躁动起来。有房屋猛地倒塌，从里面蹿出了一堆血肉怪物。这些血肉怪物挣扎着，身上的无数张嘴巴同时发出了惨叫声，好像非常恐惧，想从阴影里逃离。但是，它们刚蠕动了几下，便被阴暗角落里的黑色影子赶了上来。黑影一点一点蔓延过它们的身体，将它们彻底包裹起来。半晌之后，黑影退去，这些血肉怪物开始变得僵硬。

　　"咔咔咔！"它们的身体自上而下开始结晶，各种逃跑的姿势被永远地定格，像个人风格异常强烈的后现代雕塑。一座座建筑倒塌，便有一尊尊雕塑成形。

　　精神能力者联合小队的成员们忽然浑身发毛，同时后退一步，极度警惕地抬起头。他们看向的方向是不一样的，有的看向左边，有的看向右边，有的看向了天上，但他们的脸色却同样惨白。

"你们……有没有感觉……黑暗之中似乎有什么东西正在看着我们？"医生的反应最快，感受到的恐惧也最深刻。他都快被吓正常了。

"有……"旁边的哥特风女士喉咙微微发干，声音有些艰涩，"就像……就像……"她努力回忆了一下，才颤声道，"在我觉醒精神能力之前，我曾经碰到过一个变态，他……他每天跟着我，跟了我好几天。每当周围变得安静的时候，我都会产生一种极度不舒服的感觉……我一直想找出原因，但是找不到。直到有一天，他忽然出现在我家的窗帘后面，露出了笑容……就是这种感觉……"

众人都反应过来了，连连点头。

"所以……"精致男都顾不得用手帕捂住嘴了，两只手紧紧地攥住了枪。

所有人顿时转头看向陈菁，却见陈菁一脸迷茫地摇了摇头。她的胸膛不停地起伏着，冷汗从额头上流了下来。

"咯咯咯咯……"陈菁的身后忽然传来了细细的牙齿颤动声，一只红色的小怪物露出了身影。迷藏直接被吓得显了形。

"叔……叔叔！"一片死寂里，壁虎忽然哆嗦着开口道，"我们……我们都是小陆哥的同事啊！"

众人又转头看向他，还以为他被吓疯了。

谁也没想到，随着壁虎用一种快哭出来的表情说出了这句话，黑暗深处那种瘆人的目光忽然消失了。他们似乎还听到了一个空洞的"呵呵"声，也不知是不是幻听了。

一群人顿时用惊恐的眼神看向壁虎。

"组长……"壁虎带着哭腔看向陈菁，"你这次带我出来，真的不是为了害我？"

一群人又转头看向陈菁，只见陈菁的脸色同样无比苍白，表情也很疑惑。

陈菁飞快地想着白教授告诉她的一系列信息，从代号为"暴君"的力量，到"逃走的实验室"，再到实验室里的十九个实验体……明明这些信息已经可以拼凑出一个接近完整的事实，可直到这时她才意识到……有某个重要的信息出了错，从一开始就错了！

"不可能，这不可能啊……"

吧台上的蜡烛仿佛感应到了什么可怕的东西，火苗快速地缩小，使得周围的光线变得有些黯淡，温度也好像下降了好几度似的。

黑暗之中，阴森的目光有如实质，贪婪地在陈勋脸上、身上扫来扫去。这种窥视让陈勋浑身的汗毛根根竖起，血液几乎为之凝固。他瞬间想起了很多资料，因此变得更加恐惧。

"为什么他的力量有这么强大的污染性……不对，不对……影子里面的根本就不是'暴君'……'暴君'是没有污染能力的！……这是'恐惧'！只有'恐惧'才拥有如此强大的污染能力！"

"呵呵呵呵……"黑暗里忽然响起了空洞的笑声，"你居然把囚犯当成了主人……笑话！"

笑声的主人恋恋不舍地看了陈勋一眼，慢慢远去了。他似乎很想享受这美味的"食物"，但又不敢独自享用……

"是你……是谁？"陈勋拼命大叫着，睁大眼睛看着黑暗深处。

不知是双手处传来的剧痛太难以忍受了，还是事态越来越不在他的掌控之中了，他已经完全没有了之前的自信与理智，大把的冷汗从额头上渗了出来，嘴唇发白，眼神都已经变得涣散。

"囚犯？主人？"过了好久，他才忽然反应过来，"搞错了，一定是搞错了……我以为是'暴君'的东西，原来根本就是另一种精神体……那么……'暴君'在哪里？究竟谁才是真正的'暴君'？"

无尽的疑惑与痛苦冲击着他的脑海，他忽然抬起头来，面容扭曲："老师，老师是不是还有事瞒着我？老师究竟……究竟做了什么？"

"我没事！"

察觉到小十九担忧的目光，正蹲在那座血肉结晶之山上抽着紫色过滤嘴香烟的陆辛轻声笑了一下，然后抹掉了鼻端的鼻血。

他好像不只是流了鼻血，耳朵、眼睛里也有种湿漉漉的感觉，甚至吸进喉咙的烟也带着一股子腥甜的味道。他的脑袋更是空荡荡、沉甸甸的，整个人仿佛随时会跌倒。他想起了精神能力者培训课程上讲过的精神力量使用过度的状态。

父亲的力量太强大了，这就是他潜意识里一直不肯放父亲出来的原因。父亲几乎可以将他周围的一切污染，而且他完全无法控制。很长一段时间以来，他都以为父亲的力量是"愤怒"，但妈妈说过，父亲毕竟代表着他，他最清楚。现在他明白了，他确实一直都是知道的，父亲的力量是"恐惧"，污染性最强的"恐惧"！他不喜欢别人闯进他的领地，是因为恐惧。他最容易愤怒，也是因为恐惧。他经常一个人躲在厨房里，其实同样是因为恐惧。恐惧的伪装是最多样的，所以父亲看起来有很多特性，但论本质只有一个。

如果是妹妹要试图反污染什么，还需要陆辛的同意，但父亲不同，在他出来的瞬间，他就会开始污染任何东西。这个过程会无尽地消耗陆辛的精神力量，且不受他的控制，所以他才会这么快感觉到疲惫。

"问题解决了吧？"陆辛想着，站起身来放眼望去。一尊尊造型狰狞的血肉怪物雕像遍布这座城市，它们永远保持着最恐惧的状态。所有的阴影都在摇曳、狂笑、恐惧、咆哮、嘶吼、挣扎。

红色的月光洒在陆辛的身上，在地上映出凝实的影子。妹妹抱着他的手臂，乖巧地站在旁边。万千雕像面向陆辛，犹如赎罪的犯人一样垂下高傲的头颅。

陆辛轻呼了一口气："只可惜，我好像最多也就只能撑这么几秒……"

虽然极度疲倦，但陆辛的心情却很不错。他慢慢抬起头来，任由血液流出七窍。借着红月的光芒，他欣赏着那一尊尊雕像，感受着父亲游走在黑暗之中的快乐。他忽然起了些调皮的心思："别人好像都会给厉害的招数起个名字，我们也该有。"他的脸上慢慢露出了笑容，"所以，我决定给这一招取名叫作'地狱厨房'！"

妹妹只是默默地看着陆辛。

陆辛脸上的笑容渐渐消失了。

"大怪物……回来了！"一个淡淡的声音藏在风里，轻轻飘到了陆辛的耳边，听起来亲切、可爱又乖巧。陆辛转头看向声音传来的地方，那里没有人，只有一个小小的红色的人形结晶体。

那是一个小女孩，她静静地站在那里，连头发丝都显得特别真实。她的小脸上还残留着开心和希冀，但她的皮肤已经失去了活性，微微透明，像水晶一样。

陆辛默默地走过去，低头看着那个人形结晶体，抚摸着它的小脑袋。

其实他早就知道，杀了"神"，小十九也会死。"死"这个说法或许不太准确，因为小十九早就死了，只是被人用"生命"的力量救活了。在黑台桌的实验中，她的生命早就已经与"神"融合在一起了，所以，她本身就是那怪物的一部分，自然也会受到父亲的污染。

但她又不是真的死了。

陆辛知道，还有小十九的东西在这个小小的结晶体里。正是靠这东西，黑台桌才能复活小十九。

"这可不能怪我，我之前就说过的……"陆辛脚下的影子忽然开始产生变化，遍布全城的阴沉力量缓缓回到了他的身边。父亲发出了一声舒适的叹息，仿佛回到了家里一样。

陆辛瞬间觉得大脑清楚了许多，但他的身体已经虚弱到了极点，整个人微微一晃，居然向地面跌去。

但他没有真的倒下，影子里伸出一只手，扶住了他的后背。

陆辛站稳身体，等状态稍微稳定了，才睁开了眼睛。

"谢谢。"他友好地向影子笑了笑，很客气地说，"我能理解，这并不怪你。"

影子里的父亲沉默不语。也不知道是不是因为终于被陆辛看透了本质，他显得有些害羞……

"走吧，我们还有事要做！"陆辛抱起小十九的雕像，缓慢地迈开脚步，向城中心的那栋大楼走去。

此时，整座城市已经恢复了安静，只有那一片片狰狞的地基、小山一般的建筑废墟，以及那一尊尊保持着临死之前最恐惧状态的血肉结晶雕像，诉说着刚才的激烈与危险。

联合小队的精神能力者们慢慢地走出临时避难地，环顾着这座城市的残骸，心里一阵阵发紧。直到现在，他们还没能忘掉，刚才被阴影里的某个东西注视着的感觉。

"所以，现在我们可以跟上面汇报，任务已经完成了？"医生的眼珠子骨碌碌转了几圈，转头看向夏虫。

夏虫面无表情，让人看不出她现在的心情。她沉默了好一会儿，转头看向陈菁，道："那个……人，去了哪里？"

陈菁轻声道："我们可以汇报任务已经完成，但先不要去打扰他。"

迎着众人诧异的目光，她无奈地笑道："人家正在探亲呀！就算是有工作，也不该这么不近人情，不是吗？"

"怎么会这样？这根本就不合理！"

大楼之中，陈勋的身体正控制不住地颤抖着。身体的颤抖扯动了手掌，他的两只手摩擦玻璃，变得鲜血淋漓，皮肉撕裂。他感觉到了无穷的恐惧，接下来便是无数个问号充斥了他的脑海。他忽然感觉口干舌燥，特别想猛灌一口烈酒，压下躁动的情绪。

酒杯就在手边，伸手就能够到，但是他的双手被钉在桌子上，动弹不得。痛苦与欲望在他的身体里交织着，滋生出一种疯狂，他狠狠咬紧牙关，狠命一提手掌，血肉撕裂，终于获得了自由。身为研究者，他非常重视自己的双手，哪怕明知生命危在旦夕，他也不想让自己的双手损坏得更厉害，所以他苦苦支撑着没有动。但到了此时此刻，他实在忍不住了，想要喝酒的欲望胜过了一切。

滴着血的手掌颤抖着，慢慢靠近了酒杯。他的喉结在剧烈地滚动，某一刻，这金黄的酒液似乎可以胜过一切诱惑。酒是失败之后最体贴的安慰。

就在他颤抖的手快要触摸到酒杯时，另一只手拿走了杯子。

"不是说了喝酒对身体不好吗？"陆辛重新在吧台前的高脚凳上坐下，将杯子里的酒一饮而尽。冰凉的酒液流过喉管，有种辛辣的舒适。

陈勋猛地抬起头瞪着陆辛，目光凶狠而恐惧。

"不对……这一切都不对！"陈勋忽然大声喊道，语气激烈。

"还没有明白吗？"与他的激动和愤怒相比，陆辛只有平静。他只是很关切，还略有些失望，像看着一个蠢笨的学生，一副恨铁不成钢的样子。

"你……你究竟是什么？"陈勋死死地看着陆辛，金丝边眼镜的镜片上有淋漓的汗液。

陆辛微微皱眉："这个问题不是应该我来问你的吗？"

陈勋的粗喘声越来越重，忽然破口大骂："怪物，你是怪物！你是个不折不扣的怪物！我的实验已经成功了，但因为你是怪物，所以……所以才会……"

"承认自己做错了，有那么难吗？"陆辛将另一个杯子也拿了起来，慢慢地喝着。他发现，虽然这种酒并不像看起来那么好喝，但应该挺贵的，不喝浪费了，而且毕竟是亲人招待他的。

他一边喝着，一边平静地看着陈勋，耐心地跟他解释："你看，我甚至没有试图告诉你这件事违背了道德。因为我能看出来，你比较犟，也很凉薄，这种道理你不明白！我只是在用这种方法告诉你，你的实验错了，你的野心与努力也只是个笑话。你想要制造神，但你制造出来的……"他看了一眼外面，笑道，"只是这种脆弱而可笑的东西。你想控制神，但是……真能被你控制的……还有资格叫'神'吗？"

陈勋哑然，无力地张大嘴巴，拼命喘着气。看得出来，他完全不想承认陆辛的话，也有无数个理论涌到了嘴边，或许在这些理论里随便挑一个，都可以把陆辛辩得哑口无言。但是，看着陆辛的脸，尤其是他的眼睛，陈勋却什么也说不出来，只有一种被狠狠嘲弄了的荒诞感。

"你这个怪物！"他忽然大喊，瞪着通红的双眼，身体剧烈颤抖着，活像个疯子，"你才是真正的怪物！"

"我确实是……"陆辛看着他的眼睛，轻轻点头，"而且是你们造出来的。你不要以为你真的可以掌控一切——"

陈勋的脸上满是癫狂，不管不顾地打断道："我已经明白了！你知道你为什么可以击败我的造物吗？这不是因为我错了，而是因为你！因为老师在你身上做出了更高明的设计！我以为你是残缺体，但其实你不是……你只是还没有完成……老师的实验还在继续，你……你一直都在老师的实验之中……从来没有逃出来过！"

"是吗？那可真是一件令人愉悦的事。"听着陈勋透露出来的令人毛骨悚然的真相，陆辛诚恳地点了一下头，并轻声做出保证，"我一定会好好配合他，并劝说他的。"

"你……"陈勋彻底被击垮，冷汗像泉水一样涌了出来。

陆辛笑着慢慢站起身，道："本来抓住坏人后应该送给警卫厅处理的，但是我太累，想休息一下，所以……"他看了一眼妹妹，"你抓紧时间吧！"

说完，他轻轻走到旁边，倚着墙壁坐了下来，怀里抱着小十九的雕像。

精神的疲惫与困倦袭来，陆辛在凄厉恐惧的惨叫声中闭上了眼睛。

这种美妙的催眠曲，真让人感觉温馨安宁呀！

第九章

红月与深渊

"结束了……"

"黑台桌特殊污染事件被清理完毕。"

"'逃走的实验室'第九号实验体基础数据记录完毕。"

"深渊……未观测到明显反应！"

中心城二号主城，研究院五号观测室。

望着电子显示屏上正快速下降的检测数据，电脑前的两位工作人员长长地吁了一口气。其中一人缓缓伸了个懒腰，身体里的骨头噼啪作响，舒服得他呻吟了一声。另一人拿起手边的纸质记事本，开始记录详细的信息：

1022号特殊污染事件

地点：水牛城

起因：黑台桌禁忌实验

核心："生命"

威胁等级：S级

污染清理人员：青港城——单兵（已确认为"逃走的实验室"第九号实验体，检测到其具备扭曲、恐惧等特性，可确认其具备一种活性异常强烈的黑色因子能力，不具备观察条件，无法得出具体答案。估计其精神能力等级为S级，失控风险系数为80%）。

建议：执行回收计划。

然后他随意地将记事本扔到一边，笑着道："可以让他们将S级武器入库了。"

"走吧！"伸懒腰那人站起来道，"也不知道糖醋排骨卖完了没有……"

"比我预计的时间晚了三分钟……"

研究院公寓区，一栋爬满了绿植的小楼里，一间装饰得古色古香的书房内，有两个人正面对面坐在一张铺着丝绸桌布的方桌边，搓着麻将牌。坐在东边的是一个穿着中山装的胖老头儿，他戴着圆圆的黑边小眼镜，留着两撮短短的八字胡，笑起来的时候两只眼睛都眯成了缝。坐在他对面的是一个化着浓妆的冷艳的女研究员，尽管她穿着宽大的白大褂，却掩盖不住她那凹凸有致的身材。

只有两个人，但桌子上的麻将牌哗啦作响，像有八只手在搓。

中山装老头儿一边搓牌，一边笑眯眯地说道："看样子还是老王厉害，十几年前就已经有了这样的猜想与见识。只是他不怎么会教学生，只看重能力，却没注意品德素质的培养。黑台桌把动静搞得这么大，我想应该敦促行政总厅那边，狠狠地打压一下这类禁忌实验了。"

"呵……"冷艳的女研究员不屑地冷笑了一声，"装糊涂太久，小心真成了傻子。"

中山装老头儿脸色尴尬，八字胡抖了抖，看了冷艳的女研究员一眼，又快速收回目光，小声嘀咕道："看样子，我的学生在品德素质这方面的培养也要加强……"

排好麻将，两张牌飞了起来，落在了麻将桌的南面，同时响起了一个细细的声音："研究院就一味放纵行政厅的野心？"

中山装老头儿跟着抓牌，手伸得快了点，被冷艳的女研究员抽了一下。他讪讪地收回手，笑道："这个世界就是这样的呀，有人的地方就会有权力的争斗。他们作为掌权派，却总是被研究院压在头上，做事束手束脚的，行政令推行起来阻碍重重，于是心里积攒的不满越来越多，现在大着胆子想收回权力，不是很合理吗？我认为，我们不该过多地干预他们的行为。这种对权力的追逐听起来不太好，却也有其存在的必要。我们可以很轻巧地说他们这样做不对，却不能否认他们的存在是合理的。"

冷艳的女研究员瞥了一眼中山装老头儿，冷笑道："让一帮蠢货掌握力量是一件危险的事。这帮蠢货有了想要掌握力量的想法，同样是一件危险的事。"

"但从某种程度来说，我们去掌握权力也很危险。"中山装老头儿把自己的牌竖了起来，脸上闪过兴奋的神色，"让擅长的人去搞擅长的事，无论是政治还是研究，任何一方去插手另一方的事都是愚蠢的，自然也是危险的。所以，我一直不同意让研究院试着参与行政厅的事，反之亦然。话说回来，比起行政厅想要掌控研究院，如果研究院里有人想把手伸到行政厅去，那将会是一件更为危险的事，会害得整个世界……须记得，权力是最大的污染源！"

"那么，他们暗中资助黑台桌的事就这么算了？"麻将桌上安静片刻后，冷艳的女研究员才翻了个白眼问道。

"当然不会。"中山装老头儿一边温柔地抚摸着手里的牌，一边笑道，"还是那句话，合适的人做合适的事，我们只管研究，行政方面的事不归我们管。既然有人违反了规则，那么，自然会有人去惩治他们。等惩治完了，中心城还是中心城，不会有什么改变。新上台的人有了前车之鉴，以后做事想必也会更谨慎些。"他一边说，一边满意地看了看自己的牌，然后眉开眼笑地打了一张牌出来。

"九筒。"

"吃！"

"碰！"

两家响应，碰的那家抢走了牌。

中山装老头儿顿时有些尴尬，伸长脖子瞧了瞧。

冷艳的女研究员微微后仰了一下身子，冷淡地看着中山装老头儿道："你倒是用心良苦，但别人可不这么想，他们只会觉得研究院高高在上，像个太上皇。这种事不是第一次发生了，也不会是最后一次……所以，你到底打算怎么做？"

中山装老头儿看着自己的牌，沉默了好一会儿，好像非常为难。

"那就让他们知道研究院真正想做的是什么吧！"他终于做了决定，狠狠打出了一张牌，"八筒！"

"啪！"北边的牌被推倒，单吊八筒。

中山装老头儿眼睛都直了，一下子推倒自己的牌："我，清一色……"

"你……屁胡？"冷艳的女研究员嗤笑了一声，"天天花里胡哨的做什么……"

中山装老头儿死死地盯着那把牌，忽然愤怒地站起来，一把抓起旁边的电话，按了一个快捷键。几秒钟后，他向电话里吼道："立刻开始执行'逃走的实验室'九号实验体回收计划！"

"结束了？"

水牛城东前哨站，头发花白的老人远远地望了一眼忽然安静下来的水牛城，又看向立在营地周围的精神辐射检测仪，上面的数字都已经归零。他站起身来，死死地盯着那几个零，脸上露出了难以置信的表情："就这么……忽然结束了？"

不知过了多久，周围的人才反应过来，同时向他投来了钦佩的目光。

"果然……指挥官的决定是正确的！"

"没想到城里的精神能力者居然真的可以解决这个问题……"

"太好了！据观察得知，外城区的十万流民受伤的情况并不严重。黑台桌制造出来的血肉怪物已经彻底被清理，污染没有蔓延，只是损毁了一些建筑……完美的清理任务！至于究竟是如何清理的，还需要仔细调查……"

在一片恭维与庆贺声里，头发花白的老人嘴唇颤抖，脸色苍白。他心想："不对啊，实验明明已经成功了，怪物怎么会忽然消失不见……我们准备了那么多年，付出了那么多心血的实验，最终怎么会是这样的结果？还有那些大胆的布置与行动……现在该怎么办？"

周围的工作人员对他精准把握形势、泰山崩于前而面不改色的恭维仿佛成了最大的嘲笑，他静静地眺望着彻底安静下去的水牛城，良久，竟是一句话也说不出来。

就在这时，远处有一辆黑色吉普车孤零零地驶了过来，车灯的光芒直直地照射在这位头发花白的老人脸上，仿佛威严的目光。

黑暗的会议室里不知何时已经变得死一般安静。野心勃勃地将最大的筹码押上去的赌徒乍一看到开出来的牌面，就像被当头打了一棒，从赢到输的转变就发生在一刹那。

"所以，我们刚刚……推动了一场有史以来最可笑的政变？"有人忽然难以置信地开口问道。

其他人都没有回答，他们还没有完全接受眼前的局面。

"可是……"又有人忽然拍着桌子站起身来，大声嚷嚷道，"不可能的！研究院是怎么做到的？明明研究院根本没有对这件事做出任何反应，甚至没有向外传递任何消息……"他的声音有些颤抖，充满不解和不甘。

"这就是研究院最为可怕的地方……"有人苦笑道，"或许他们早就看穿我们的把戏了，并一直像逗小孩一样戏耍着我们……"

难堪的沉默里，又有人问道："那……现在怎么办？"

所有人都不吱声了，向他们中间唯一一个露了脸的人看了过去。那人眼睛瞪得极大，嘴巴大张，双手微微抬起，似乎想去捂脸。但最终，他没有做出这个幼稚而羞耻的动作。

"丁零零——"就在这时，某个人的电话响了起来。

"丁零零——丁零零——"紧接着，所有人的电话都响了起来。

有人咽了一口唾沫，摁下了接听键。

一个温柔悦耳的女声响了起来："徐部长，你好。张部长、李先生、赵大校等人也在吧？告诉他们不用接电话了，内容是一样的。你们违反了中心城行政总厅与研究院之间的核心安全协议，研究院希望你们立刻赶到一号主城行政总厅交代一下具体情况……半个小时后见，千万不要迟到哦……"

寂静的会议室里只剩下电话挂断的嘟嘟声，所有人泄了气一般瘫坐在座位上，良久无言。

这还是陆辛第一次因为精神力量消耗太大而陷入沉睡。这一觉，他睡得很香甜，梦里似乎回到了一个阳光明媚的日子，他和妹妹、小十九，以及那些大大小小的孩子，在孤儿院里快乐地玩耍，愁眉苦脸地写作业，三五成群地打架。老院长站在二楼的阳台上，拿着扫把着急地喊："住手！再打……再打晚上不许你们吃饺子！"

如果可以只记得这个阳光明媚的院子就好了。

当陆辛睁开眼睛的时候，就看到了俯身看着自己的妈妈。她的脸离他很近，带着温柔的笑容，仿佛要看看他做了什么梦似的。

"啊……"陆辛慌忙站起来,"你回来了?"

他突然觉得怀里空空的,心里一惊,才发现小十九的雕像不见了。

妈妈轻声笑道:"不用担心,我送那个小孩子去治病了。"

"去了哪里?"陆辛顿时有些警惕,下意识发问。

"这世界上唯一一个能治好她的地方。总比你带在身边强……"妈妈笑着道,"难道你觉得,把她带回家里去,当个摆件比较好?"

"啊……"陆辛连忙摇头,"没有没有。"

他心里飞快闪过了好几个念头。对于妈妈,他是比较信任的,因为这个家如果没有妈妈的话,早就散了。而且一家人之前经历了那么多事,妈妈付出得最多,也最值得信任。虽然她身上的秘密很多,但她从来不跟他说谎,她说有人可以治好小十九,那就一定是真的。

定了定神,他才看向妈妈:"这段时间,你去干什么了?"

"看看老朋友,打了几圈麻将,顺便赢了点小东西。"妈妈笑着回答,然后看了看四周,"看样子,这段时间你表现得很不错。我已经问过你父亲和妹妹了,他们都在夸你。我不在的时候,你做到了照顾好我们的家人。"

陆辛有些不好意思地挠了挠头,心想:妈妈的夸奖怎么也来得这么突然呢?

到了这时候,他才有工夫打量一下四周,只见旁边的吧台上已经没有玻璃碴儿、鲜血了,只有那些燃烧干净的蜡烛、两个深深的洞,以及一张类似手术台的桌板,显示着之前这里确实发生过什么事。

妹妹正开心地吊在天花板上,怀里抱着惨叫鸡,咿咿呀呀地唱着歌:"小娃娃,回来啦,对着叔叔笑哈哈!叔叔叔叔别哭呀,伤口多了就不疼啦!小娃娃,脸花花,笨手笨脚乱七八。叔叔叔叔我错啦,眼睛鼻子装反啦……"

陆辛皱了皱眉头,妹妹唱歌跑调是一件非常正常的事,只是她故意把周围打扫得这么干净,是不是因为她把场面搞得太难看了?这是欲盖弥彰啊。

妈妈看了一眼妹妹,脸上露出了嫌弃又溺爱的微笑。然后她笑着提醒陆辛:"该回去了……不然你的同事们该等着急了。"

"不能再等了,我们要进去看看。"

这时候，距离这栋大楼不足三百米的地方，中心城与青港城联合小队的精神能力者们等得已经有些心浮气躁了。

精致男皱着眉头道："我们已经在这里等了三个小时，天都亮了，周围也明显感觉不到任何精神辐射的存在了，无论如何都该过去看看怎么回事了。"

听了他的话，不少人都点了一下头，认同这个决定。只有壁虎在旁边坐着，手托着下巴，态度坚决，丝毫不为之所动。

"你怎么想？"精致男忍不住看向壁虎，问了一句。

"要去你们去，反正我只在这里等着，队长一定会出来的。"壁虎经验满满地回答。

精致男顿时有些犹豫。

"队长？"已经包扎好伤口的夏虫忍不住问陈菁道，"昨天我就很好奇了，他一直在叫'队长'，那他与那个……那个叫单兵的精神能力者……究竟组成了一个什么样的小队？"

陈菁若有所思，似乎在考虑该怎么解释这个问题。

壁虎闻言笑开了花，向夏虫道："因为能力的相互配合才能发挥出团队最大的优势，所以我们青港城一直在将有相同特性的精神能力者编入小队，这一点跟你们中心城一样……我们那支特别行动小队一共有三个人，队长就是你们知道的那个可敬可怕的单兵，另外还有一个队员，是个……A+级精神能力者，名字叫娃娃。"

"娃娃？"夏虫猛地瞪大了眼睛，哥特风女士、医生、精致男也脸色微变，他们似乎都知道娃娃的存在。

"是的，就我们三个人。"壁虎矜持地笑道，"我的表现一般般，只能做个副队长罢了。"

"……"中心城几位精神能力者的表情都有些复杂。

戴着面具的病人夸张地感叹道："好厉害！"

壁虎笑得更矜持了，转身向夏虫伸出手："正式认识一下，我叫壁虎，单兵小队的副队长。"

夏虫看了他一眼，慢慢地伸出手来。

"哥……"旁边一只热情的大手抢先握住了壁虎的手，戴着面具的病人冲到了壁虎的身边，"我真是有眼不识泰山啊哥！今天能够认识您这样的人，我实在是三生有幸！可怜我的那个队友……唉！哥，等回了中心城，我要请你吃饭！哥，你有女朋友了没有？如果你还没有女朋友，那你考不考虑……"

壁虎蒙了，被火烧到了似的拼命往回抽自己的手，硬是抽不出来，只能一脸惊恐地看着戴着面具的病人那张热情的络腮胡大脸。

"你们在这里干什么呢？"好在这时，不远处响起了一个声音。陆辛背着背包，从一片废墟之上翻了过来，好奇地看着他们。

唰的一下，所有人的身体下意识绷紧。有人甚至把手放在了枪袋边，又忽然意识到这个反应不对，这才讪讪地收回手，和其他人一样大着胆子看向陆辛。

陆辛被他们看得浑身不自在，下意识抹了一把脸："有血吗？"

好几个人脖子僵硬地摇了摇头，下意识想：他究竟做了什么？为什么第一反应是担心自己脸上有没有血？

"单兵，太好了，你没事。"陈菁第一个走过去，目光看向陆辛身后，"怎么样了？"

陆辛想了一下才回答："没事了，我已经见过我的亲人了，而且很愉快地跟他聊了聊，顺便解决了他那个实验室造出来的怪物。不过，解决那怪物后，我太累了，就倚着柱子休息了一会儿。当我醒过来时，他已经不见了……真的，真的不见了……"

所有人都默默地看着他。

"你不用特意解释的，我们相信你。"陈菁深深地看了陆辛一眼，然后向夏虫点了点头，"危机解除了。"

夏虫也面无表情地看了陆辛一眼，然后按住耳机道："支援小组可以入场了。"

"啊这……"陆辛眼神有些古怪地看了夏虫一眼。他都睡了三个小时了，他们才派支援小组入场？中心城什么效率啊……

"这次的黑台桌禁忌实验对中心城造成了很大威胁，也超出了我们的意料，还有很多事情……多亏了你们青港城的帮助，我们才顺利解决了这件事，谢谢你……"夏虫郑重地走上前来，向陆辛伸出手。

陆辛怔了一下，连忙握住她的手："没事没事，应该做的。"

夏虫的小手冰凉，不知道是不是流血过多的原因。

被面具男热情地攥着手的壁虎眼睛都直了。

"谢谢你哟，小弟弟。"哥特风女士将鞭子拴在腰间，也笑吟吟地向陆辛伸出了手。

陆辛急忙迎上去，也与她握了握手："不客气，不客气。"

"谢谢。"医生走上前来与陆辛握手，一脸深意地道，"我叫手术刀，以后有机会一起做研究。"

"好的，好的。"陆辛顺口答应下来后才回过神来：研究什么呢？

紧接着，中心城的其他精神能力者们也一一过来跟陆辛握手，包括精致男——他是用手帕裹着手握的。陆辛对他最不爽，心想：装什么呀？

最热情的是面具男，他一边用力摇晃陆辛的手一边问："哥，你好你好，有对象了吗？"

不一会儿，远处就驶来一辆辆军车，一排排穿着黑色防护服的人从车上跳了下来。

"可以准备撤出水牛城了，你还有什么事要做吗？"陈菁站在陆辛身边问道。

"有的。"陆辛略微考虑了一下，笑道，"我想跟研究院谈谈……"

陆辛的这句话让中心城的各位精神能力者都怔了一下，包括夏虫在内。

中心城也有特殊污染清理组织，这个组织隶属研究院，但又在某种程度上独立于研究院，彼此之间很少会产生交集。在场这些精神能力者都属于中心城特清部，理论上讲，他们——以及各高墙城的精神能力者——都与研究院有关系，但又没有直接关系。所以，陆辛这句听起来很自然平常的话，却让众人有些反应不过来。

陈菁冷静道："这件事我会帮你问一下。我们帮中心城解决了这么大的难题，研究院想必也会有一点反应。不过，你忽然想见研究院的人……是为了做什么？"有句话她没有问出来：不会研究院里也有他的亲戚吧？

对于陆辛想见研究院的人这件事，陈菁不会阻止。从白教授猜到陆辛的身份开始，青港城就定下了原则——青港城会在一定程度上帮陆辛隐藏身份，以免引来不必要的麻烦，但是，青港城不会自居为主人，帮陆辛决定一些事。在研究院与陆辛之间，青港城只会选择照规矩做事。比如，当意识到陆辛在来中心城的路上无意中接触了一些危险的事时，青港城为了保险起见，立刻派了一支支援小队过来，但如果青港城意识到陆辛与中心城——或者说研究院——即将发生一场不可避免的冲突，支援小队就会立刻撤走，而不是选择站队。

所以，陈菁状似无意问的这句话意义极大。

陆辛却没有意识到这一点，只是笑着回答："有些事想问。"

这话又回得让人不知道怎么接了，陈菁一顿，将目光投向夏虫。

夏虫立刻道："我会通过特清部，询问研究院的态度。"

"这么麻烦呢？"陆辛没想到，中心城的精神能力者居然不能直接联系研究院。他心想："早知道这么麻烦，还不如我自己骑摩托车过去呢！"

这时，远处的天空中有几架直升机飞了过来。

"先回去吧！"夏虫向陈菁与陆辛道，"我和你们坐在一起。"

一边的壁虎顿时露出了开心的表情。

壁虎没能坐上直升机。

这是陈菁决定的，因为他们的摩托车还停在水牛城外面，其他两辆可以不管，陆辛的那辆是青港城特清部花了不少心血改装出来的，可不能就这么丢在那儿了。壁虎需要带中心城支援小组找到那三辆摩托车，然后一块儿运回城去。

直升机的机舱里，陈菁坐在陆辛对面，披着一张厚厚的毛毯，腹部缠着厚厚的绷带。夏虫的状态跟她差不多，浑身都是"补丁"。

夏虫跟陆辛坐在一排，陈菁身边的座位空着，不知道给谁留的。

"莫博士，事情已经解决了。对……你们在中心城检测到的异常信号，应该就与这件事有关。"陈菁与中心城的莫易博士取得了联系，"事情能得到解决，很大程度上是靠单兵见义勇为……对，我已经与中心城的夏虫小队长取得了共识，她认为我们并没有什么违规的地方，还对我们的帮助表达了感谢。什么？他们说你们协助我们潜逃，把你们扣押起来了？还要发单兵的通缉令？"

听到最后一句话，陆辛顿时警惕地抬起头来。

"胡说八道！我们为什么要潜逃？"陈菁严肃道，"请注意！我们青港城的精神能力者并没有违反中心城的任何规定，哪怕是这次行动，也是夏虫小队长主动将我们临时征调过去的。更何况，问题还是我们解决的……莫博士，我希望你与许律师他们立刻提出严正交涉：第一，他们扣押我方研究人员，本就不合规；第二，名誉问题……"

夏虫早已经听得一脸不悦。她忽然把陈菁的电话抢了过来，冷漠道："我是特清部驻七号卫星城特别行动小队队长夏虫，无论现在是谁在听电话，立刻放人、道歉，把他们送回酒店！出了问题我负责！"

说完，她挂断电话，抬头看向陈菁："有必要这么麻烦？"

陈菁罕见地愣了一下，看了陆辛一眼。陆辛正微张着嘴巴，似乎被夏虫的气势给镇住了。

"你的诉求，我已经通过特清部转达研究院了。"夏虫转头认真地向陆辛道，"但是，我希望你可以将自己的目的说清楚，甚至将你想问的问题整理出来，提前告诉研究院……"

陆辛听了，有些为难，因为他根本没有想过有什么目的。

对于这个问题，陈菁没有帮他说话，因为她也很好奇。

"那好吧，我想想……"陆辛不好拒绝夏虫的那双大眼睛，只能慢慢点了一下头。

夏虫正准备点头，手上的平板电脑忽然亮了起来，有邮件发送过来了。她随意地打开邮件一看，怔住了。

陈菁关切地看了过去："研究院不同意？"

夏虫看了陆辛一眼，道："不，研究院同意了。"她顿了一下，又道，"他们说，他们也正想见你，让我们立刻过去。"

陈菁唰地转过头，有些难以置信地看着陆辛。

陆辛倒显得非常淡定，心里默默地想着：他们想见自己，又有什么目的呢？

直升机在空中转向，径直向中心城二号主城飞去。

直升机的速度自然要比卡车快得多，一两个小时后，陆辛就从窗口里看到了下方大片的建筑。

中心城足有十个规整的卫星城，拱卫着最里面的两个城市，一个是一号主城，中心城行政总厅所在地；另一个是二号主城，规模比一号主城小一些，却有一种别样的干净整齐的气质。二号主城最吸引人的便是那栋足有百层高的大楼，它屹立在阳光下，一面面干净的玻璃反射着阳光，远远看去，有一种高贵的金属质感。

直升机并未直接进入二号主城，而是在距离二号主城最近的九号卫星城落了地。早就有几辆黑色的吉普车在路边等着了，陆辛等人坐进了第二辆车里。吉普车驶上一条笔直的柏油马路，两侧是鲜艳的花卉。

陆辛发现，坐落着世界上最重要的研究机构——月食研究院——的二号主城外面居然没有钢铁吊桥，连检查闸口都没有，直接就是几条大路径直通往城里。他很惊讶，这不是等于完全不设防吗？月食研究院的驻地居然是随便什么人都可以进入的？

他心里正诧异地想着，忽然微微一怔，把脑袋探出了车窗。

"注意安全！"开车的司机立刻说了一声。

"哦！"陆辛收回了脑袋，眼睛还是看着车窗外面。

陈菁看了他一眼："你在看什么？"

陆辛缓缓吁了一口气，道："我终于知道研究院为什么不设防了……"

通往二号主城的道路两边是大片大片的草坪，上面看不见任何东西——当然，这只是在常人看来。陆辛清楚地看到，草坪上正有一只怪物在游荡——精神怪物。

那怪物有着长长的身子，一节一节的，像竹子。它的脑袋是一匹马的样子，身躯足有水桶那么粗，没有腿脚。它悄无声息地游走在草坪上，周围的空气不时扭曲一下，就像鱼在清澈的水里游着，荡起一圈圈涟漪。

它的样子就像在巡逻。

陆辛处理过的特殊污染事件已经不少了，却很少看到这么真实且稳定的精神怪物。凭他的经验，他猜测这只精神怪物的精神量级起码有一万！这样强大的精神怪物无论到了哪里，都会造成极大的混乱，但在中心城二号主城之外，它居然是守卫？

车辆径直驶进了二号主城，一路往城中心驶去。路边可以看到优雅的咖啡店与干净的超市，几乎每个路口都可以看到漂亮的喷泉，以及一些或穿衣服或不穿衣服的白色雕像。这些新奇的景象让陆辛舍不得收回目光。干净利索，秩序井然，这是二号主城带给他的最直观的感受。

吉普车驶到两扇高大的铁栅栏前，终于停了下来，陆辛等人下了车。这里看起来与其他地方没有什么不同，也有着干净的墙面、漂亮的建筑。一条笔直的青石路延伸向铁门里，路的两边是嫩绿的草坪。

铁门旁的一个守卫走了过来，夏虫递给他一张透明的白色卡片，他检查了一番，走回去打开了门。

陈菁有些不敢相信："这样就能进去了？"

夏虫看了她一眼，道："进入研究院从来不是一件难事，哪怕是心怀不轨的人也能进。只是，那种人进去后需要考虑如何离开研究院，或是葬在哪里。"

陈菁微微一怔，看了看陆辛，见陆辛一脸平静，便深呼一口气，又变成了那个从容不迫、自信满满的陈大校。

研究院里很宽敞，也有一种很特殊的气息。周围满是抱着书本来来往往的人，有人坐在大楼底下捣鼓着几个烧瓶，也有人在不远处吃着鸡蛋灌饼，还有几个胖墩墩的人正快活地奔跑在草坪上，并不时爆发出"好球"的喊声。

"偏了九十度也能算是好球？"陆辛忍不住嘀咕了一声。

恰好有人一个抽射，球偏得超过了九十度，飞向陆辛的前方。陆辛没有多想，一脚踢了出去。球在他的脚下画出了一道漂亮的弧线，擦着球门飞了进去。

"我只是稍微借了一点妹妹的能力，就可以踢得这么好？"陆辛有些意外，心情变得很不错。

夏虫面无表情地提醒道："这些踢球的都是研究院里的精英，说不定哪天他们就会被派到你们青港城的特清部去，成为你的上级或专属医师。得罪了他们中的任何一个人，你都要小心某一天受了伤，忽然遇到他正拿着手术刀，一脸记仇地盯着你的伤口！而你刚才……"她顿了顿才接着道，"一脚就得罪了七八个！"

陆辛怔了一下，回头看去，只见草坪上，七八张脸正阴森地对着他。

"单兵……"陈菁走上前来，按着陆辛的肩膀。

"可不可以别叫我这个名字？"

陈菁反应过来，微微提高了音量："走吧，壁虎。"

陆辛顿时松了一口气，快步向前走去。身后，几个满脸不高兴的研究员默默点了点头，记下了"壁虎"这个名字。

他们一路穿过草坪，来到了之前在直升机上就远远看到过的那栋大楼前。然后夏虫做了登记，领着陈菁和陆辛刷卡进入了大楼外的自动门。

这时候，陈菁好像已经不关心陆辛究竟要来说些什么了，她在大楼下驻足，仰起头欣赏了一下，询问道："当年那位天才研究员就是从这栋楼上跳下来的？"

夏虫点了点头，道："我听人说，从那之后，通往天台的门就锁上了。"

他们进入电梯，直接来到三十一楼，然后夏虫领着他们进入了一间宽敞的会议室。

"我先去问问，你们在这里稍坐。"夏虫跟陈菁与陆辛说了一声，拉开门走了出去。

"伤口很疼吗？"陆辛见陈菁坐下来时按了一下小腹，忙关切地问了一句。

陈菁看了他一眼，道："没事，我可以让自己感觉不到疼痛。"

"感觉不到疼痛，可不代表伤口就不存在啊……"陆辛看了看周围，起身到饮水机边给她接了一杯水。

陈菁有些诧异地看了陆辛一眼。类似的话她之前听白教授讲过一次。白教授与陆辛自然是不同的，白教授是根据实际情况说出这话的，同时也是在提醒她，陆辛却是出自一种自然而然的关切……更重要的是，陈菁从说出这话的陆辛身上隐约感觉到了一些之前不曾发现的东西，好像有什么地方不同了。

接过水杯，她沉默了一会儿，看着陆辛道："这次探亲……很成功吗？"

陆辛点了点头，露出整齐的牙齿："是的。"

陈菁若有所思，忽然意识到了陆辛身上多出了什么——自信。

以前的陆辛虽然是个性格很好的人，但眼中似乎总是有些迷茫，身上也有一种阴郁的气质。如今，这种阴郁的气质还在，却给人一种会逐渐明朗的感觉。她被勾起了好奇心，不是出于责任，而是发自内心地问道："这次探亲……你经历了什么？"

"想起了一些事。"陆辛笑道，"想起来的不多，但足够让我知道要做什么了。"

陈菁顿时有些紧张："做什么？"

陆辛怔了一下，又笑道："当然是找到其他的亲人，再力所能及地帮他们一下啊……"

陈菁微微松了一口气：还好不是毁灭世界。不对！她忽然反应过来，这次探亲，他闹出来的动静可不小啊！

忽然，夏虫推门进来了，怀里抱了一沓文件。她向陈菁道："之前我们联合的时候，我说过要跟你分享资料，没想到研究院很支持我的这个决定，特清部也很快批准了。所以，现在由我来跟你说一说这次事件的一些机密信息，不仅有关黑台桌的实验，或许还牵扯到了别的……可能需要继续合作解决的事。"

陈菁看着她严肃的表情，意识到这会是一次重要的信息分享。她看了陆辛一眼，点了点头。

"他的事会有其他人负责。"夏虫说着，看向陆辛，"她在3106号办公室，你现在可以过去了。"

陆辛点了一下头，站了起来。

陈菁有些紧张，也跟着站了起来。她的表情显得很担心，但当着夏虫的面，她也不好明说。犹豫了一下，她向陆辛道："小心，有事可以告诉我们。"

陆辛笑着点了点头，道："好的。"

陆辛不太明白，研究院这么快答应见他，甚至将他与陈菁分开来见，究竟是因为什么。他也能够看出来，陈菁究竟在担心什么，但他心里一片坦然。毕竟他提出见研究院的人，只是为了问一些问题，好解开疑惑。比如，孤儿院的老院长以前是研究院的人，那么，现在研究院里还有没有人认识他？当初孤儿院发生的事是不是与研究院有关系？他很期待，对他最为关心的一些事，研究院里是不是有人可以给他答案。至于研究院见他是为了什么，当面问问就好了。他一没违法，二没犯罪，哪怕对方是研究院，也不能欺负人吧！大家都要讲道理才对！

默默地想着这些问题，他的脚步越来越轻快，很快就来到了3106号办公室门前。办公室的合金大门紧闭着，谁也不知道门后有什么。

陆辛停下脚步，微一沉思，很有礼貌地敲了敲门。

"进来……"里面响起一个冷漠的女声。

陆辛深吸一口气，推门走了进去，目光快速地在办公室里一扫，然后就怔住了。

他没看到一排黑洞洞的枪口或是一堆不怀好意的人。这个装修得非常有格调的办公室里拉着窗帘，开着光线柔和的灯，门的正对面是一张办公桌，办公桌的左边是一个打开的衣柜，一个女人正站在衣柜边，以洁白的美背对着他。

女人两只手向身后探着，一抬眼就看见了陆辛。她化着极富视觉冲击力的浓妆，五官娇美，身材窈窕，眼神妩媚，眼睛里像有钩子似的……

"关上门……"她轻声开口，声音有些嘶哑，"你来得正好……来，过来帮我把拉链拉上。"

"拉……拉链？"陆辛无论如何也没想到，他来到研究院的第一个挑战居然是这样的。

望着女人高挑的身材、牛奶一样光洁的后背，他沉默了。女人见状轻轻跺了跺脚，似乎有些生气。于是他本着助人为乐的原则，默默地走到她身边，在不接触到她的情况下，飞快地拉上了拉链，然后后退到三米之外，轻轻呼了一口气。

女人款款地转过身来。她看起来三十岁上下，脸上虽化着浓妆，却并不给人一种俗艳的感觉。夸张的红唇与瀑布一样的长卷发不是普通人可以撑起来的，但她很撑得住。她穿的是一条类似旗袍的裙子，两边开衩很高。

她坐到办公桌上，身子向后一歪，从抽屉里扯出一双黑色的丝袜，开始往脚上套。

陆辛默默地移开了视线，心想："腿真长……"

"好乖的弟弟……"女人穿好丝袜，又从旁边拿起白大褂套在了外面。然后她从办公桌下面的盒子里取出一双黑色的细高跟鞋，却不急着穿上，而是拎在手里，仍然坐在办公桌上。她饶有兴趣地打量了陆辛几眼，轻声问道："你就是'逃走的实验室'里的那个孩子？"

见她衣衫基本整齐了，陆辛才开始打量她。在他的印象中，美丽和精致等词语跟白大褂是绝缘的。他在青港城见过两位女性研究员，一位是研究神秘学的袁教授，她的头发总是乱糟糟的，看起来很有几分神婆的味道；另一位是精通心理学的贾医生，她倒是把自己收拾得干干净净的，脸上也总是挂着让人舒心的笑容，但他从来不见她化妆。可是，此刻他却看到了一位气质娇艳的女研究员。她烈焰红唇，漂亮得像大明星一样。这样的人本来该出现在舞台上，但她居然穿着白大褂，坐在办公室里。

听到她问得如此直白，陆辛的表情变得有些惊讶。

"哦哟，抱歉……"看出陆辛的尴尬，女人红唇轻启，略带歉意地笑道，"我喜欢单刀直入，简简单单的，比较有效率。如果你觉得不习惯的话，我也可以把节奏放慢一点点。不过你要见我，我也想见你，你情我愿的，所以……"

陆辛立刻明白了她的想法，微一沉吟，老老实实地回答道："我是在青港城长大的，名字叫陆辛。特殊污染清理部招募我之后，给了我一个'单兵'的代号。至于你说的'逃走的实验室'……我只有一些碎片式记忆。现在，我正打算把这些记忆补充完整。"

"很坦率！"娇艳的女研究员赞赏道，"也很懂得配合。虽然有些青涩，但态度很好。"说着，她跷起了二郎腿，"我对你的印象一下子就好了很多。"

"她怎么说话怪怪的？"陆辛觉得有哪里不对，但又说不上来，只好当一切都是对的。

"坐。"女研究员起身，让陆辛在旁边的沙发上坐下来，然后拿纸杯接了一杯白开水给他，自己仍旧坐在办公桌上。她的白大褂没有扣上，修长的双腿随意地交叉着。

她静静地注视着陆辛，似乎在考虑该怎么开始。片刻后，她终于开口了："我姓安，叫安思思，你可以叫我安博士，或者是……"她咬了咬红唇，继续道，"姐姐。"

陆辛怔了一下，抬头看着她道："安博士，我其实是来——"

"不听话，果然有种小伙子的坚挺……"安思思扑哧笑了一声，然后看着陆辛道，"你先不要急着说，我先说我的。黑台桌的禁忌实验我已经听说了，本来这件事应该由我们中心城的行政总厅与特殊污染清理部处理，只可惜，中心城的特清部已经被渗透了，表现得非常不好，还要靠你们青港城的精神能力者，也就是你，处理这件事。依照惯例，你可以获得相应的报酬。我给你几个选择：第一，你可以借这个机会加入研究院，并做些力所能及的工作……"

这是陆辛万万没想到的，他愣愣地问："我能做什么？"

安思思靠近陆辛的耳畔，轻笑道："被人研究一下什么的。"

陆辛顿时闭上了嘴，脸色不太好看。

"咦？不好笑吗？"安思思挤了挤眼睛，疑惑道，"这明明是老电影里的经典笑话啊……"

陆辛仍是不说话，只是冷冷地看着她。

安思思大失所望地摆了摆手："年轻人虽然冲劲很足，但是太缺乏情调了……好了，说正事。加入研究院是很多精神能力者梦寐以求的事，因为研究院不但可以帮你们稳定状态，加强能力，而且可以轻松地帮你们提高……"她故意顿了一下，"生命的层次！"

"生命的层次？"陆辛的表情没有变化，握着纸杯的手却微微收紧了。

"不喜欢？"安思思瞟了陆辛一眼，继续道，"那还有其他的选择，一笔丰厚的奖金，或是……"说着，她俯身靠近陆辛，眼睛直勾勾地盯着陆辛的脸，"随你挑选。只要是你想要的，或是这个世界上有的，研究院都可以想办法提供。"

陆辛撇过头，有些不适应这位女研究员的好客。她口中的"丰厚的奖金"对他来说确实很有吸引力，但是他认真考虑了一下，转过头来轻声道："我只想了解一个人。"

"王景云吗？"安思思坐回办公桌上，似笑非笑地看着陆辛。

"嗯。"陆辛有些惊讶，但还是点了点头。

安思思好像早有准备，侧身将桌上的一个文件夹拿了过来，直接递给陆辛："自己看。"

陆辛先深吸了一口气平复心情，然后才郑重地打开了文件夹。首先跃入眼帘的是一个穿着白大褂的中年人，他四十岁左右，模样儒雅，鬓角花白，满面笑容，看起来很平易近人。这张脸也在陆辛脑海中的美好记忆里频频出现，他的目光落在照片上，久久不愿挪开。

"王景云，前红月研究院第二代研究员，如今应该五十四岁了。"安思思的语气认真了许多，"当初他在研究院极为出众，为研究院对精神异变的研究做出了很大的贡献，曾经被选为院长候选人。但十三年前，王景云与他的两个助手叛逃，以未知方式带走了一截载有研究院重要数据及实验体的车厢。这件事后来被研究院称为'逃走的实验室'事件。"

这些情况陆辛已经知道了，但不知为什么，再次接触到这些事，他还是会下意识觉得不舒服。这大概也是他下定决心要找到老院长，并彻底了解清楚当年发生了什么事的原因。他慢慢翻动着文件，发现内容是老院长当初在研究院做过哪些课题、提出过什么理论之类的，他根本看不懂。于是他抬起头，望着静静看着他的安思思，直接问道："他……做了什么？"

安思思好像早就料到了陆辛会问这个问题，她用纤细的手指轻轻撩了一下头发，轻声开口道："当年在研究院时，王景云教授一直在尝试将十三种异常精神体移植到普通人身上。他后来叛逃，大概是因为研究院有很多人不支持他的研究，甚至已经准备停掉他的实验。"

"移植？"陆辛不自觉地重复着这两个字。他深呼了一口气，一只手紧紧地攥着另一只手的手腕，想让它停止颤抖。他努力理清思绪，再次问出了自己关心的问题："他做这种实验是为了什么？"

"当然是为了更好地控制那十三种精神力量。"安思思伸了个懒腰，"如何控制那十三种精神力量，一直是研究院的重要课题。对于这个课题，一开始有很多人提出了很多不同的方向。他们都是绝顶聪明的人，自然也有很多分歧。有人选择用这十三种精神力量去制造寄生物品，虽然寄生物品的表现形式比较单一，上限也比较低，但好处在于只要了解了其中的逻辑链，就可以很轻松地利用它。有人更倾向于解开这十三种精神力量的秘密，获取相应的知识。"说着，她低头看着陆辛，"而王景云教授一直坚持用人来背负这些精神力量的理念。他曾经说过，如果他可以成功，那么他将会创造出一种新型生命——背负着神明的力量在人间行走的神之使徒！或者说是灭世级武器！"

陆辛的脑袋突然一阵刺痛，他连忙敲了一下自己的头，不愿意错过一个字。

安思思好像根本没有留意到陆辛的异常，自顾自地继续道："当时研究院有一位姓林的天才研究员，不知道你有没有听说过他，他最广为人知的事迹就是留下三个预言后，从这栋楼上跳了下去……他与王景云教授意见不合，认为王教授的实验开了一个很坏的风气，并且实验本身也走偏了方向。因为他的影响力很大，研究院里的大部分人都倾向于他，并且在研究院准备搬迁的时候做出了提案，打算终止王景云教授的研究……没想到，王教授并没有和其他人争辩，他直接选择了离开！"

她轻叹了一声，又道："这或许也说明了他的态度。他一定会继续自己的实验，无论旁人理不理解，也不惜直接与研究院决裂。"

陆辛不知道该怎么评价这段往事，他甚至无法在这段往事里找到属于自己的定位。他消化了一下这些内容，然后问道："后来呢？"

安思思却不急着说了，慢条斯理地从办公桌上拿起一根红色软糖，轻轻咬下一截，然后向陆辛示意了一下。

陆辛态度坚决地摇了摇头。

安思思立刻笑得眯起了眼睛。"王景云教授从那之后就消失了，很多年都没有消息。毕竟，他有本事在列车高速运行的情况下，悄无声息地将其中一截车厢盗走——甚至我们到现在都不知道他是怎么做到的——当然也就有本事藏起来，安安静静地去搞他的实验。直到前不久，他的助手陈勋被潜伏者发现，才算是又找到了他的踪迹。"

她摇了摇头，继续道："不过，我们还是认为他的研究是失败的，从黑台桌的事就可以看出一点端倪。作为王景云教授的助手，陈勋无疑是他的忠实信徒。陈勋的实验从某种程度上来说是王教授实验的延伸，但你也看到了，他借黑台桌与中心城某些人的力量创造出来的所谓的'可控之神'，其实只是一种对精神体的粗浅的利用。他造出来的'神'只是一个可以听从简单指令的血肉机器，一种威慑性武器。如果没有你的阻止，那么他创造出'神'之后，应该会借水牛城的十万流民，让'神'的精神量级达到一个相当可怕的程度，并且顺势创造出一支不死的怪物军队。只可惜，他从来没有想过，这只是一种会导致单个精神体失常的失败的实验。他自以为拿到了毁灭世界的按钮，就可以威慑这世上的所有人，这属于从事精神体研究的人经常会犯的一个典型错误——以人的思维逻辑去掌控不属于人的力量。"

听着她对陈勋的评价，陆辛皱起了眉头。他能够理解她的观点，却不能理解她的态度。

"当然了，黑台桌的实验并不能完全说明王景云教授的理论是错误的。"

安思思的表情变得有些神秘，"毕竟……我们发现了你。你的存在从某种程度上证明了王景云教授的理论其实是对的。"

"对的？你们居然说他是对的？"陆辛忽然感觉莫名烦躁，忙抬起手喝了一口已经凉了的白开水。从他个人的角度，他完全不想接受与这类实验相关的任何事被评价为是"对"的。虽然他心里也明白，这只是他们理论上的说法，但他还是无法接受。

"理论是理论，态度是态度。"安思思边说边淡淡地看了陆辛一眼。她突然拿起桌上的录音笔，打开开关道："对精神力量的使用并不稳定，情绪也难以控制。"

陆辛静静地看着她的这一举动，没有出声阻止，过了好一会儿才慢慢开口问道："你说是因为看到了我，才觉得他在某种程度上是对的，那么……我究竟是什么？"

安思思认真地看着陆辛道："你是神的使徒，也可以说是神的候选。当然了，最准确的称呼应该是'第三阶段造物'。"

"第三阶段……"陆辛对这个似乎不应该觉得陌生的称呼产生了一种强烈的混乱感。第一阶段、第二阶段的概念，他早就已经接触过了，甚至在白教授的帮助下进入了第二阶段，但是他什么时候到第三阶段了？

"是的，你本质已经是第三阶段的精神能力者了，所以你才可以在背负着那么强大的精神体的情况下，仍然没有失控，甚至可以轻松地解决黑台桌创造出来的怪物……毕竟，黑台桌创造的东西是有缺陷的，它甚至没有完整的意识与思维……简单来说，你在阶梯理论上的位置比它高。"

陆辛敏锐地捕捉到了一个词："你说的'阶梯'是什么？"

安思思耐心地解释道："走向神的阶梯。阶梯理论是我刚才提到的那位天才研究员生前留下的最重要的研究。这个人真是太聪明了，他只活到了二十七岁，却是研究院公认的天才。但终其一生，他其实只做了两件事，其中一件事是自杀前留下了三个预言，这三个预言给这个世界带来了绝望；另一件事现在没有完全公开，那便是留下了神之阶梯理论。他死后，我们从他的笔记中发现他通过对十三种异常精神体的研究，找到了某种隐秘的真相。他甚至计算出了人与神之间的差距，并且在这个差距之中找到了七个台阶。只要有人可以顺着这七个台阶走上去，一直走到金字塔的顶端，他就会成为真正的神！"

说到这里，她微微摇了一下头，又拿了一根红色软糖，轻轻咬着。

"人与神之间的差距究竟有多大？是不是经常有人问这种蠢问题？"她的语气有些自嘲，"这个人给出了解答：只有七个台阶而已！"

"神？"陆辛一听到这个字就感觉头疼。他才刚刚劝说了一个被这个字搞疯的亲人走上正路，怎么又忽然在研究院里听到别人一本正经地谈论它？

"是的。"安思思似乎没有看出陆辛对这个字的反感，"你可以讨厌神，也可以把这个字换成'终极''怪物''最强大的稳定污染源'之类的词语，但你不能否认会有这样的东西诞生。总之，那个天才留下了七个台阶理论，但他自己却死了。你想没想过这是为什么？"说这话的时候，她的眼睛直直地看着陆辛。

陆辛皱眉，缓缓摇了摇头。他同情选择自杀的人，他们肯定是承受了无法化解的痛苦，但人类的痛苦是最不相通的。

安思思微微扯开了嘴角，红唇在白炽灯的柔和光线下显得尤为鲜艳。"我猜，他应该是绝望了吧……"她低叹了一声，"他死了以后，很多人开始研究他的这个理论，结果恨不得跟随他去死。因为他们发现，七个台阶理论看似没有问题，实际上，要一步步去验证它，却是难上加难。你明白吗？看到了正确的方向，却不知道如何走过去，这是最痛苦的，痛苦得让人想敲自己的脑袋……"

说着说着，她的语气变得有些焦躁。不过她很快又莞尔一笑，贪婪地打量起陆辛。"但是，一看到你，这种痛苦就忽然减轻了。因为看到你的时候，我们一下子就看到了希望。我们不知道王景云教授是如何让你进入第三阶段的，但无疑，你是一个极为稳定的第三阶段造物。最让人眼馋的是……"

她看着陆辛的目光隐隐带了点狂热，鲜红的舌尖轻轻舔了一下红唇，精致的脸慢慢靠近陆辛，吐气有糖的甜味："你身上还有极大的潜力，只走到第三个台阶是极大的浪费！你就是为了走向第七个台阶而被创造出来的！"

当美艳的安思思眼神狂热地靠近陆辛时，陆辛的眼神却忽然变得冷漠起来。他没有躲，只是静静地坐在那里，一脸冷淡地看着她近在咫尺的脸。

一个狂热，一个淡漠，像火与冰的交锋，不知道结局会是冰熄了火，还是火化了冰。

气氛变得有些压抑。

安思思丝毫没有后退的意思，陆辛也丝毫没有躲开的意思，两人好像在较劲似的。

过了很久，陆辛慢慢从口袋里摸出一根烟，"啪"的一下点燃了，烟雾缓缓飘了起来。安思思只好后退，还被呛得轻咳了一下。

"我不喜欢你口中的'创造'这个词，尤其是'被创造'。"

正常情况下，陆辛出于礼貌，是不会没得到允许就在别人的办公室里抽烟的，但这次他只能破例，因为这个女人说话的时候习惯离人很近……现在看来，效果很好。

他慢慢吐出一口烟雾，思索着说道："我想知道，你们为什么认为我已经进入第三阶段了？又为什么觉得我有走上那几个台阶的潜力？"

"还没明白过来吗？"安思思又顺手拿起一根红色软糖，本来想放进嘴巴里，但看到陆辛抽烟的样子，她觉得自己好像无形中被压了一头，于是快快地放下了，"七个台阶理论只是给我们指了一个方向，该如何走上这七个台阶才是我们面临的最大的问题。比如，目前的难题就是该如何从第二个台阶走向第三个台阶。我们已经做了无数的尝试，结果始终不尽如人意……无法进入第四个台阶的第三阶段，其实也算是失败的。但是你很稳定，也很有潜力……"她眼珠微微一转，忽然笑道，"你是不是担心我们想把你拆开来看看，好了解王景云教授究竟对你做了什么？"

陆辛闻言没有太大反应，只是静静地看着她。

"其实，我们是真的想……"安思思毫不掩饰自己眼中的兴奋，"现如今，我们对于你的状态的猜测，只是通过仔细观察得出来的。按理说，应该对你进行全面的检测与研究，才能确定你真正的状态。只可惜，我们不敢……"

"为什么？"陆辛有些好奇，这个女人不像是会说"不敢"这两个字的。

安思思的声音又变得软绵绵的："当然是因为担心你吃不消呀……"

陆辛顿时一脸别扭。

安思思转过身去，拿来一只纸杯、几支笔、几根白色的丝线、几个黑色的磁球，变魔术一般捣鼓起来：先将纸杯斜放在桌上，然后在上面交叉搭了两支笔，又用丝线缠着磁球，小心地挂在笔上。接下来，让人觉得惊奇的一幕出现了。两支笔几乎全无支撑，明明看起来随时会掉落，但偏偏因为磁球的重量，保持了精准的平衡。

"看到了吗？"她抬头看了陆辛一眼，"这就是你的状态。复杂的多元化个体理论上是不可能达到平衡状态的，就如同一枚随时会引爆的炸弹，但是你偏偏能在这种极其危险的状态下保持趋近于完美的平衡。虽然我们很想搞明白这种平衡是怎么来的，但我们能够做的只有在旁边尽可能细致地观察……"说着，她用手轻轻一点磁球，整个平衡瞬间被打破，磁球、纸杯与笔在桌上滚动，"否则的话，就不只是散架这么简单的事故了。"

陆辛立刻明白了，她这是在向他表明研究院的态度。于是，他也诚恳地表明了自己的态度："我没有时间让你们观察！我要去找到老院长，问清楚当年孤儿院里究竟发生了什么，并且作为被他照顾过的孩子，向他表达我以及很多兄弟姐妹对他的谢意。另外，我不知道当年有多少人活下来了，但我要找到他们，因为我承诺过，会带着他们离开那里！"

"可以理解。"安思思没有露出异样的表情，只是轻轻叹了一口气，"有人向往真理，有人崇尚现实，而我则认为台阶才是该不惜一切去追求的东西！但我可以保证，这世界上的大部分男人都会认为我这样的女人胜过真理。"

陆辛怔了怔，竟觉得她说得很有道理，但他微一沉吟，又矜持起来，心想：反正他肯定不是那种男人。

"不过，"安思思话锋一转，温柔道，"这也不代表我们不能合作呀！比如说，我们都想找到王景云教授……"

陆辛吸完最后一口烟，将烟蒂放进纸杯里，抬起头问道："你们也想找到他？"

"只有研究院才可以找到他，"安思思自信道，"甚至只有我们才可以确定他还活在世上。"

陆辛闻言挑了挑眉。

安思思轻笑一声，继续道："王教授是个很厉害也很小心的人，我们找了他很多年，一度怀疑他已经去世了。但是，南方科技教会的兴起，西方开采公司的壮大，还有东边那群住在海上的人发生的异变……很多不该出现在这个世界上的异常现象让我们心生警惕。我们怀疑，有人在利用研究院的知识，暗中改造这个世界。拥有研究院的知识，甚至是寄生物品，并且叛逃了的，其实还有几个人。但是，经过一番仔细的调查和辨别，我们认为，能够将事情做得这么完美，能够将局势把控得这么好的人，只有王教授。这就是我们确定他还活着的证据。

"除了承担起自己的责任，研究院向来不愿接触任何权力。但是，我们还是打造了一支独特的队伍。这支队伍可以说是有史以来最强大的情报组织，他们无处不在，没有他们潜入不了的地方，也几乎没有他们打探不出来的消息。外面的人称他们为'潜伏者'。有很多人认为，研究院培养潜伏者是为了扫除异己，事实上，潜伏者最初只有一个任务——找到王景云教授！"

陆辛认真地点了点头。他知道，老院长很难找。这么多年来，对于老院长已经去世这件事，他一直深信不疑。他也没有从陈勋口中得到什么有价值的线索。可以想见，真想把老院长找出来，会有多么难。那么，他到底要不要和研究院合作，借他们的力量找到他呢？

他想着想着，又取出了一根烟。但这次他没有立刻点燃，因为他在犹豫要不要抽，毕竟剩下的烟不多了。

对面忽然伸过来一只手，轻轻将他手里的烟盒拿了过去。

在陆辛惊讶的眼神里，安思思从烟盒里取出两根烟放在自己的红唇间，又拿起打火机，慢慢地将两根烟一起点燃了。

"咳——"她轻咳了一声，将一根烟夹在指间，另一根递给陆辛——烟蒂上沾着她的口红。"当然了，研究院也有些工作需要你来帮忙。"

陆辛瞪大眼睛看了看那根烟，又看了看一脸慵懒的安思思，心想："我一共就剩五根了……"他不想浪费，还是把烟接了过来，只是有些幽怨地看了安思思一眼。

安思思怔了一下，一时没有反应过来。这个人是在嫌弃她抽了他的烟？

"我不想和你们研究院有太多接触……"陆辛毕竟是个大方的人，没有在烟这件事上多埋怨她，只是闷闷地说道，"你们是一群不正经的疯子，我对你们那个什么台阶也不感兴趣。我不喜欢那些痛苦的回忆，也不喜欢为了变强或是别的什么，再度躺到一张插满管子的床上。我尤其不喜欢你们叫我'实验体'。"

这些话都是他的肺腑之言，他确实不喜欢。如果不是妈妈说他进入第二阶段后才可以了解一些事，他甚至不会对第二阶段产生兴趣。

"我能理解你的心情，但你或许不必急着下结论。"安思思闻言又是一笑，"我说的需要你帮忙，不是指让你被人研究……"

"嗯？"陆辛偏了偏头。

安思思向陆辛眨眨眼，道："我让另一个人来跟你说。"

说着，她转过身背对着陆辛，弯腰拿起桌子上的电话，轻轻按了几个键，声音懒洋洋地道："你那边完事了没？现在可以来我这里了！这个小家伙还是太嫩了，愣头青一个，不解风情。我觉得他应该喜欢你这样的！对，我们两个一起对付他……"

陆辛听得苦恼极了，狠狠地吸了一口烟。

安思思放下电话后，陆辛和她一起耐心地等着，想看看她究竟要搞什么鬼。

不一会儿，走廊里就响起了脚步声，有人推门走了进来。出人意料的是，来人竟然是夏虫。她的伤势已经得到了很好的处理，人看起来也精神了很多。但是她有些担忧地向安思思道："我现在精神不足，撑不了太久。"

"看出来了。"安思思轻笑了一声，上下打量了一眼夏虫，"没关系，主要是让他体验一下。"

夏虫点点头，向陆辛伸出了自己的手。

"温柔些哦……"安思思笑吟吟地看着陆辛，又轻轻眨了眨眼，"千万不要太粗鲁。"

陆辛顿时整个人都不自在了。这些话他好像听懂了，又好像没懂，到底懂了不正常，还是不懂不正常？

"来吧！"见陆辛一脸迟疑，夏虫皱了皱眉头，面无表情道："不要浪费时间。"

"这……"陆辛闻言，只好握住她的手，尴尬地站了起来。

夏虫直接转过身，向办公室门口走去。"记住，进去之后，要安静，不要乱动。"陆辛这么大个子的人被她像小孩一样拉着走，一边走一边听她严肃地吩咐道，"然后，无论你感觉到了什么，都一定要保持冷静……"

"对对对……"安思思在一边道，"小年轻经验不足，往往一下子就投降了……"

陆辛简直不想在这里多待一秒钟了。

这时，夏虫轻轻拉开了办公室的门。陆辛整个人忽然僵住了，身体还轻轻哆嗦了一下。

夏虫拉开的是办公室的门，门外面自然是走廊，但被她牵着手的陆辛抬眼看去，却发现这扇门通往的是一个红色的世界。他一眼看过去，感觉这个世界的所有画面都是散乱重叠的，无穷无尽的精神扭曲充斥其间，光怪陆离。他只是看了一眼，便感觉有阴冷的风从门后吹了出来，下一秒，一股燃烧的铁锈的味道充斥了他的鼻腔。

"这——"他下意识想开口说话，但话还没有说完，便被夏虫拉进了门里。其实也不能算是夏虫拉的，那扇门后似乎有着强大的力量，陆辛是被它吸引进去的。

"嗡——"的一声，无数杂念忽然充斥在了陆辛的脑海之中。他好像听到有数以百计的人在呐喊、哭号、疯言疯语，每一道声音似乎都很清晰，但交织在一起却显得无比混乱，争着抢着钻进了他的耳膜。

"保持注意力，不要去细听任何一个人的声音……"

有一个虚幻的声音大喊着，与此同时，一只冰凉的小手用力捏住了陆辛的脸。陆辛惊醒，抬起头来，看到了夏虫近在咫尺的脸。他晃了晃脑袋，微微定了定神，然后向夏虫做了一个了解的手势，这才打量起周围的环境。

身后的门已经消失不见了，陆辛发现自己正站在一片残垣断壁上。经过好一番辨认，他才意识到这里是什么地方。他仍然在研究院里，只是那栋大楼凭空消失了，脚下是一片废墟。

这里的一切似乎都在燃烧着。他感觉自己的皮肤就像裸露在了烧红的钢铁前，被烤得火辣辣地疼，而且这种疼还不仅仅是热得疼，又像是每一寸肌肤每时每刻都在被空气割裂。远处，猩红、迷离、炙热的光芒下，残破的建筑在空气中摇曳着、扭曲着，看起来就像一切死物都活了过来，还在夸张地跳舞。红色笼罩着整个世界，像一个深沉的噩梦，让人彷徨无助，恐惧而又孤寂。又高又远的天空上，依稀能看到一轮圆圆的月亮。

陆辛的手在空气中挥舞了几下，又摸了摸自己的脸。这一切是如此陌生，但他又产生了一丝荒谬的熟悉感。这里好像是虚无的，但又是这么真实。

"这是哪里？"陆辛下意识问道。

"深渊。"夏虫回答得极为简洁。她歪着脑袋看了看，发现陆辛没有慌乱，感觉有些意外。但她并没有多说什么，直接拉着陆辛的手向前走去。

陆辛发现，他与夏虫每走出一步，周围的景象都会快速地后退，仿佛加速了一般。只不过走了几步，他们就来到了大街上，一辆辆古怪的破损汽车幻影般穿插而过。

"我的力量便是深渊组的契约。"只有夏虫生硬且没有起伏的声音还能给陆辛一点真实的感觉，"我与深渊里的门之虫签订了契约，所以它们可以带着我进入深渊，并给我最简单的保护。本来签了三条，之前在水牛城被杀了一条。除了这三条虫，我本来还与一只厉害的精神怪物签订了契约，但是，它已经在我面对黑台桌的那只怪物时被杀掉了。所以，我现在在这里没有自保的能力，我们只能速战速决。"

陆辛这才留意到，夏虫的左右肩膀上分别趴着一条胖胖的虫子。之前在水牛城，他确实在她身上看到过这种虫子，只是当时看到的远不如此时的清楚。在这个世界，一切实物都变得模糊不清，但这东西居然更真实了？

走着走着，陆辛忽然察觉到了什么，低头一看，顿时有些毛骨悚然。他脚下踩着的不是柏油马路，而是一只只手。他和夏虫居然正走在无数的手上。这些手黑漆漆的，皮肤干瘪，上面有着蚯蚓一般扭曲的青筋。它们用力地胡乱抓着，似乎想要抓住一切能摸到的东西，指甲锋利得就像一把把匕首。

陆辛终于明白，之前夏虫腿上的那些伤口是哪里来的了。是被指甲抓出来的。她每一次走进门后世界，都承受着这样的痛苦，无法躲，无法逃，因为这个世界所有的地面都是这样的。

这些指甲也在剐他的腿，接触的地方传来一阵阵冰冷锋利的感觉。

"习惯了就好。"夏虫说着，回头看了陆辛一眼，"你不用担心会留疤，我的虫可以治好你，保证让你的皮肤光溜溜的，像没受过伤一样。"

"这是留不留疤的事吗？"陆辛心里憋得难受，忍不住问道，"这是什么？"

"是这世上最廉价的恶意，与最基本的抓住一切的欲望。"夏虫声音没有起伏地回答，"因为廉价，所以最多，铺满了这个世界，一层又一层！"

"深渊……"陆辛深深叹了一口气，向远处看去，忽然发现这个红色的世界里充斥着各种各样诡异的生物。他看到有些地方长着蘑菇一样的奇异植物，也看到在那一栋栋燃烧的破楼里，有像蜘蛛、蛇一样的怪物不时探出头来，阴森地盯着他。

陆辛忽然想到，他已经不是第一次接触深渊了。之前在青港城四号卫星城配合酒鬼清理那个信奉"真实家乡"的神秘组织时，他就遇到了两只和他此时看到的很相似的精神怪物。海上国的S级精神能力者袭击青港城的时候，他同样看到了许多类似的精神怪物。他原本很好奇那些精神怪物是从哪里来的，现在忽然明白了。

"深渊就是'真实家乡'？"

"应该说，真实家乡就在深渊里，两者不能画等号。"夏虫低声说着，"就像中心城在这个世界里，但中心城并不等于这个世界。"

"那你带我过来看的是……"

"是这个世界最大的污染源，也是我们马上要处理的事……"夏虫说着，拉着陆辛的手继续向前走去。

周围的景物似真似幻，瞬息向后退去。有的地方，陆辛像是走过来的，另有一些地方居然像是从中间穿过去的。他看到了一片片废墟，看到了堆积如山的骸骨，看到了骸骨之上那些快速地爬来爬去、目光阴冷的奇异生物。仅仅是它们的样子，就足以让人毛骨悚然。

"看！"感觉也就过了几秒，夏虫忽然抬起手来，指向前方。

陆辛猛地抬起头看去，只见前面居然有一道光线。那光线清晰透亮，如同冰封的水底世界，里面有阳光、清新的风，还有时不时掠过的人影。它就像外面的真实世界在这个红色世界留下的一抹投影。

"这就是——"夏虫刚要跟陆辛解释，忽然大吃一惊。与此同时——或者说比夏虫还要早——陆辛也感觉到了一种汗毛乍起的阴冷。他瞬间转头向一个方向看去，只见远处的扭曲空气凭空燃烧起来，旋即，周围那些扭曲而阴森的怪物哗啦啦地四散而逃。熊熊燃烧的火焰里隐约现出一个高大的身影，正在快速接近陆辛和夏虫。

"快跑……"夏虫反应过来，连忙拉着陆辛往回跑。

他们脚下的那些手忽然变得更加狂乱。它们也感受到了那种可怕的压力，它们同样害怕，但它们逃脱不了，所以它们只能拼命去抓他们的腿，好像把他们留在这里就能让自己好受一些似的……

"咕叽——"远处的那东西正在追赶他们，将他们身后的空气挤压得异常稀薄。

夏虫的两条小短腿跑得噼里啪啦响，陆辛被她扯着，整个人都快飞起来了。刚才他们花了一分钟左右走过来的路，此时只花了十几秒便回去了，付出的代价就是被那些手划出来的伤痕也多了七八倍。在这里，每一步都像行走在荆棘之中。

终于，陆辛被夏虫拉着，回到了他们进来的地方。夏虫猛地伸出另一只手，一条胖胖的虫子顺着她的手臂滑了下去，并用它圆滚滚的身子卷住了一个地方，被它卷住的地方立刻出现了一个门把手的形状。夏虫一把抓住门把手，用力拧下，一扇门被打开。与此同时，身后的威压达到了最大。

陆辛感觉后背被某种东西贴住了，下意识回过头去，只见猩红的空气里，一张巨大的面孔突兀地出现，并快速贴近他。这张面孔惨白、僵硬，活像一副面具。它的眼睛位置是两个鲜血淋漓的洞，里面有一只只鲜红色的手。它们攒动着，抓挠着，痛苦地抽搐着，拼命从眼眶里钻出来，抓向陆辛。

陆辛与这张脸对视，皱了一下眉头。那张脸好像忽然感应到了什么，从眼眶里钻出来的手居然迟疑了，甚至有一些手快速地缩了回去。

借着这个工夫，夏虫终于拉着陆辛从那扇门里扑了出去。"嘎吱"一声，门在身后关闭，陆辛跟跄了一下才站稳脚跟。他发现自己已经回到了现实世界，还在那个办公室里，刚才经历的一切像一场梦一样。但夏虫腿上的伤痕明显不是梦，它们纵横交错，鲜血淋漓，有些伤口的皮肉都翻出来了。

"哟，十二秒……"安思思赞许地看着陆辛，"鉴于你是第一次，还算不错了。"

"这究竟是什么东西？"差点跌倒的夏虫不给陆辛开口回应的机会，抢先惊恐地喊道。

"对啊！"回想着那张脸的样子，陆辛也不由得有些后怕，"太吓人了。"

夏虫猛地转过头，盯着他的脸："我说的是你！你只进入了深渊十几秒，怎么就引起了领主级怪物的注意？这个级别的精神怪物一般只会对威胁到它的事物发起攻击。"

望着夏虫惊恐的脸，以及安思思若有所思的样子，陆辛一时不知道该怎么回答。过了好一会儿，他才低声道："这明显不是我的问题吧？你应该去问它……"

"这……"夏虫一下子不知道该怎么接了。

一边的安思思适时上前扶住夏虫的胳膊，安抚道："深渊里千变万化，发生一些意料之外的事也很正常。你先去陪着青港城那边的人吧，我来说就好。"

"是！"夏虫答应了，最后看了陆辛一眼，转身离开了办公室。这一次，她身上没有出现那种虫，打开的便是普通的门。

安思思笑吟吟地来到陆辛身边，红唇微微翘起："看清楚了吧？"

"看清楚了……"陆辛下意识回答，忽然反应过来，"看清楚什么？"

安思思只是双手抱胸，看着他笑。笑够了，她才轻声道："污染的源头，也可以说是精神怪物的故乡！"

"嗯？"陆辛猛地瞪大了眼睛。

安思思的神色有些感慨："作为第一次看到深渊的人，你的反应算是比较冷静的。除了一些被深渊里的怪物选中并受到其保护的人，普通人看到深渊后，下场无非是两种，一种是直接疯了，另一种是……迫切地想留在那里。"

"那么，深渊究竟是什么？"

"你有没有听说过一句话？"安思思笑着问道，"'当你凝望着深渊的时候，深渊也在凝望你！'"

陆辛迟疑了一下，点点头。对文明时代的文化稍有些了解的人都知道这句话。

"这句话可以帮你更好地了解深渊。"安思思轻声道，"你可以把深渊理解为集体潜意识海洋一类的存在。每个人都有精神力量，也有精神辐射，这些辐射交织，将人类连成了一个整体。深渊是我们精神世界的投射，也是我们欲望与情感的交织体。我们每个人都是这片海洋里的一滴水，这片海洋也永永远远与我们每个人相关。"

"集体潜意识？"听了她的话，陆辛微微皱了皱眉头。以前为了研究自己究竟得了什么病，他看过很多精神方面的书籍，自然也看过这个概念。说起来，这是一个心理学术语，大意是指人类祖先在进化的过程中，普遍拥有并遗传下来的一种精神沉积物，处于人类精神的最底层。"集体潜意识"世界虽然只是一个猜想，却真真切切地存在于人类的各种文化之中。

"你说的深渊应该只是一种象征性的存在……"陆辛有些笨拙地表达着

自己的观点，"可我刚才经历的却像是真的……而且，就算真有集体潜意识海洋，人类所有的思维与情感都会投映在那里，交织成另一个层面的世界，它投映的也应该是恶念与善念，怎么可能只有恶念？"

"哦哟……你给了我一点小惊喜。"安思思咬了咬嘴唇，赞赏地看着陆辛，"小弟弟，你在这个文明几乎断层，人人都只知道混吃等死的时代，能够提出这样的疑问，真是出人意料。"

陆辛顿时有些不好意思。

"你说得很对，精神底层世界应该有恶念，也有善念，甚至善念应该总是多于恶念的。只有这样，人类才可以生存下去，才会一直向前发展。说起来，深渊这个称呼，是指精神底层世界的恶念压过了善念，如果是善念压过了恶念，倒应该称之为天国了。"安思思说着，两根手指夹着香烟，轻轻抽了一口，徐徐吐出淡淡的烟气。

陆辛暗自惊讶，这个女人居然在这么短的时间内学会了抽烟！

"我们有过猜测，在红月亮事件发生之前，旧文明时代出现了一种可怕的变化。因为这种变化，全世界所有人的恶念压过了善念，而且达到了可怕的程度。所以，精神沉淀的世界不仅形成了恶念的深渊，那些恶念甚至渗透到了现实世界。正是这种现象导致了红月亮事件的发生。"

陆辛听得又吃惊又迷茫："怎么会出现这样的事？"

"不知道。"说到这个问题，安思思冷艳的脸上仿佛蒙了一层阴影，"有可能是外部原因，使得精神底层世界形成了异变；也有可能是现实中的一些事，导致世界上的所有人都产生了无穷的恶念，使得精神底层世界严重失衡；更有可能是因为，人类的存在，欲望与恶意的积累，本来就会导致这样的局面出现。"说到这里，她轻叹一声，"研究院知道很多事，但对这件事却没有答案。无论如何，可以确定，正是因为某段时间精神底层世界恶念与善念的失衡，导致了红月亮事件的发生，继而导致了旧文明时代的终结，并且形成了你刚才看到的深渊……现在，它已经在窥视现实世界了！"

陆辛沉默了，他仍然觉得有些不可思议。

红月亮为何会出现，一直是困扰着所有人的一个话题。每每有人讲起，旧文明时代多么好，多么有秩序，生活多么富足，阳光多么明媚，都会引出一个话题——那么好的一个世界，究竟是怎么变成现在这样的？人人都知道是因为红月，毕竟红月就在天上挂着。但红月是怎么来的？谁也不知道。听安思思这个女博士的意思，不是因为出现了红月，所以人的恶念压垮了善念，而是因为人的恶念压垮了善念，才导致月亮变红了……既然如此，又是什么让人一下子涌出了那么多恶念？

"不过，话又说回来，无论世界毁灭的真相是什么，红月毕竟已经出现了。现在，深渊才是我们面临的最为严峻的问题。红月之下，人的恶念或是其他负面情绪可以变成污染源，深渊便是污染源的聚集地，你可以把它理解为前所未有的巨大污染源……

"很多人直观地认为，污染源就是红月。但月亮是没有生命的，也从来没有人在月光里检测到精神辐射。所以，研究院早就有人推测，红月只是一个象征，一切污染的源头其实在别的地方。"说到这里，安思思弹了弹烟灰，"随着深渊组精神能力者被发现，这个推测渐渐得到了证实。深渊组精神能力者比较少见，而且，他们往往会被很强的恶意支配，或是有强烈的轻生欲望，因此，一开始有很多直接被当成污染源清理掉了。但当一两个稳定一些的深渊组精神能力者进入我们的视线后，我们立刻就确定了深渊的存在。"

安思思用纤长的手指捏了捏眉心，继续道："污染，或者说我们平时清理的精神怪物，其实有两类：一类是自人群中自然诞生的，往往是因为情绪崩溃，引发精神失常，形成污染；另一类便是自深渊里渗透到现实世界的……深渊与现实世界之间已经出现了很多裂隙。

"因为深渊的存在，导致很多问题变得复杂，其中最大的一个问题就是污染增多。而且不仅是普通的污染，还有深渊里的精神怪物……它们本来只会待在深渊里，就像待在噩梦里一样，不会出现在现实世界之中。但随着深渊的力量越来越强，它们便从底层精神世界来到了表层，甚至是现实……

"你可以这样理解，现实世界与深渊本来是互相覆盖并重叠着的。以前，它们中间有一堵无形的墙，这堵墙很结实，即使偶尔出现裂缝，渗透出来的东西也没有那么可怕。但是，当这堵墙上的裂隙越来越多、越来越大的时候，事情就没那么简单了。"

陆辛急忙点了一下头，他自然明白这个道理。身为特殊污染清理人员，他很专业地想到了一个例子——这岂不是等于他在清理一个水池，要让水池里的水变清澈，但这个水池有一个洞，不停有脏水流进来？那他得清理到什么时候才是个头？

"随着裂隙越来越多，进入现实世界的精神怪物自然也会越来越多、越来越可怕。"安思思说着，忽然问陆辛道，"但你想过没有，最可怕的是什么？"

陆辛开动脑筋略一思索，忽然想到了一个可能，脸色顿时变得有些错愕。

安思思点了点头："是的，最可怕的是，千里之堤溃于蚁穴，如果深渊里的压力得不到削减，那么，谁也不知道，这堵墙有一天会不会忽然彻底崩溃……当这堵墙彻底崩塌，深渊全面向现实渗透时，我们这个世界会变成什么样？"

办公室里变得很寂静，陆辛和安思思都一脸凝重地沉思着。陆辛想起了海上国S级精神能力者对青港城的袭击，那个一心求死的家伙只凭一己之力，就差点将偌大的青港主城变成鬼域。而如今，假如深渊真的冲破那堵墙，彻底污染现实世界，那肯定就意味着世界末日的来临……

过了好一会儿，陆辛才慢慢地抬起头来，问道："没办法修好？"

"我们一直在努力，但说实话，形势并不乐观。"安思思叹道，"深渊里的恶念越强大，这堵墙承受的压力就越大，崩溃得也越快。我们都知道这个道理，但是，人类的恶念又岂是那么容易消除的？积聚在深渊里的污染只会越来越多，直到满溢出来……"

陆辛紧皱着眉头，有些失望地低下了头。

"红月亮事件发生后，我们建起了高墙，保护自己。"安思思无奈地笑了笑，"但谁能想到，真正能保护我们的墙其实在每个人的心里呢？深渊是无法清理干净的，只要人心里有恶念，有扭曲的欲望，它便会一直存在。研究者总喜欢从源头解决问题，但这是唯一一个我们无法从源头上解决的问题。除非……"

听到"除非"两个字，陆辛顿时有些关切地抬起头来看着她。讨论一些令人绝望的问题时，这两个字最有魅力了。

但安思思又卖起了关子："那个天才研究员留下的三个预言，你知道具体内容是什么吗？"

陆辛缓缓摇了摇头。他加入这个行业不久，还没吃过几个行业内的瓜。

安思思深深地抽了一口烟。也不知道她是怎么做到的，短短一根烟的时间里，就变得像个老烟枪一样。或许是因为提起了这个人，她的心情一下子变得有些沉重。"他留下的前两句话是：一，随着精神异变的出现，我们之前赖以生存的社会结构与秩序很可能会迎来前所未有的冲击，到时候人类会进入另外一种生存结构；二，准备好迎接神的到来！"

陆辛微微皱眉，这些人天天将神神鬼鬼什么的挂在嘴边，难道就是从这个研究员开始的？

"而第三句话则是……"安思思意味深长道，"神不会放过剩下百分之三十的人。"

"这……"陆辛怔住了。前两句话听着还好，第三句话却让他觉得有些迷茫。

红月亮事件发生后，世界上有七成人变成了疯子。幸存下来的三成人里，有不少人认为那是神罚。依着这位研究员的话，难不成神是来"补刀"的？非要把剩下三成人也给罚了？他实在无法理解这句话，于是问道："啥意思啊？"

"不知道。"安思思的回答出人意料，"他只是留下了三句话，又不是留下了三篇论文，我们只能猜测他的意思，不一定解释得对。总而言之，他的这三句话让人感觉到了绝望。尤其是得知深渊的存在之后，这种绝望的感觉更是挥之不去。"

陆辛觉得自己好像并没有直观地感受到她口中的绝望，但他还是问道："没有办法解决吗？"

"当然有了。就像我之前跟你说的，那个家伙留下的三个预言给人带来了绝望，但是他留下的七个台阶理论又给人带来了希望。我们坚信，只要有人能够通过这七个台阶，走向金字塔的顶端，人类的未来便不一定是灰色的……"

"又是七个台阶……"陆辛下意识皱起了眉头。他似乎很不喜欢这个理论，慢慢摇了摇头，正想要说些什么，安思思轻笑一声，率先开口道："小弟弟，先不要急着否定哦。我想我必须为你科普一件事——有些时候，精神能力者是没有选择的。你们其实就是一群受到了污染的人，从被污染的那一刻开始，你们就已经被逼着走上这条路了。你可以试着理解一下，既然把这个通向神的阶梯比作一座金字塔，它就必然有一些金字塔的特性。第一，越靠近顶端，人越少。第二，当有人开始登顶的时候，下面的人都会成为其基石。"她平静地看着陆辛，"你能理解其中的残酷性吗？"

陆辛又皱了一下眉头，没有回答。

"十三种异常精神体，决定了会有十三个精神能力组别……如今的所有精神能力者，他们具备的各种不同的能力，其实都包含在这十三个组别之内。也就是说，同一组别的精神能力者，在登上金字塔的过程中必然会相遇。你能想象那些不愿意去争的人在一心要争的人面前会是什么下场吗？"她的笑容变得神秘起来，"吃草的一直都怕吃肉的呀。"

陆辛听得后背直发凉。这个女人简单的几句话，就道尽了其中的利害关系。他静静地思索了一会儿，最终说道："我需要考虑一下。"

"考虑？"安思思歪了歪头，似乎不明白这有什么好考虑的。

"对啊。"陆辛道，"毕竟我的直属领导就在外面，而且……我们还带来了律师。"

安思思的表情顿时有些古怪，怔了一下才笑道："小弟弟，你好有趣……"

陆辛又皱起了眉头。

"好吧，你会有自己的考虑时间，毕竟通向神的台阶也不是那么容易走的。"安思思叹了一口气，"但另一个问题却不能拖了。"

陆辛一副洗耳恭听的样子。

"我指的当然是深渊对真实世界的污染问题。"安思思道，"帮助一些人走上金字塔的顶端，对抗有可能到来的最大污染，这是一个虽然沉重但比较遥远的问题，不可能凭我们两个的聊天就轻轻松松地确定下来。如今我们亟须做的事，就是防止深渊对现实世界的污染加重。不瞒你说，月食研究院接下来的工作重点便是联合联盟的各大高墙城，开始对深渊与现实世界之间的一些巨大裂隙进行一定程度的修复。"

"嗯？"陆辛心里忽然有了点希望，忙道，"你们知道这些裂隙在哪里？"

"当然知道。"安思思故作神秘地笑了笑，"你也知道。"

看到陆辛一脸不解的表情，安思思笑得眯起了眼睛。然后她转过身，隔着一张桌子——明明从旁边很容易就能走过去，但她偏偏要隔着桌子——将书架上的一张地图拿了下来，在陆辛面前展开。

陆辛首先看到的是一个个小黑点，他对这种标注并不陌生——S级神秘禁区。他第一次出城的时候去过这样的地方，妈妈还在那里交了一个朋友。

"有巨大裂隙的地方，污染一定最严重，最容易形成大型污染区域。"安思思轻声道，"反之，大型污染区域里一定有巨大的裂隙。不然，你以为那些强大到不可思议的禁区生物是从哪里来的？它们或是受到了深渊的强烈污染，或是直接从深渊里跑出来的。如果不加以制止，它们所在地的裂隙只会越来越大，污染也只会越来越严重。而且，其增长不会是循序渐进的过程，在达到某种程度时，必然会像火山一样爆发。"

听到这里，陆辛已经隐隐猜到了什么，但他还是问道："那你们想让我……"

安思思放下地图，正色道："不仅是你，各大高墙城的精神能力者都要面临这项挑战，着手清理周围的S级神秘禁区。如果我记得没错，距离你们青港城最近的S级神秘禁区便是……开心小镇？"

未完，待续！
《从红月开始5》战斗升级！